JN250411

澁澤龍彥論コレクションⅣ トーク篇1

澁澤龍彥を語る
澁澤龍彥と書物の世界

巖谷國士

勉誠出版

澁澤龍彦論コレクションⅣ

トーク篇1

澁澤龍彦を語る／澁澤龍彦と書物の世界

目次

澁澤龍彦を語る

写真撮影　巖谷國士

澁澤龍彦論コレクションⅣ

トーク篇1

澁澤龍彦を語る／澁澤龍彦と書物の世界

装幀　櫻井久（櫻井事務所）

澁澤龍彥を語る

スペイン、ロンダのモンドラゴン邸

『全集』で読む作家・澁澤龍彦

座談会　出口裕弘／松山俊太郎／種村季弘／巖谷國士

巖谷　ようやくというか、早くもというか、『澁澤龍彦全集』が出ることになりました。全集の刊行については澁澤さんの遺言にもあったようですけれども、ともかくわれわれ四人が編集委員ということになって、たまたまみんな澁澤さんの友人だったわけだから、どうせつくるのならすばらしい、とびきりの全集にしようということで、時間をかけてやってきたわけです。

とびきりのといっても、別に奇をてらうのではなくて、この全集の特徴は、まず本格的な全集だということでしょう。つまり、たまたま「全集」という言葉を使ったということではなく、名実ともに全集であるようなものにしようという、まあ正攻法の全集だろうと思います。

それはどういうことかというと、澁澤龍彦の全貌がこれでわかるようになっている。つまり編年体で、単行本中心になるけれども、ともかく五〇年代前半から没後に出版されたものにいたるまで、澁澤さんの発表したものは全部入るし、しかも単行本未収録のテクストというのが意外に多くて、二千枚以上あるんじゃないでしょうか。その単行本未収録テクストという興味ぶかいジャンルも含んでいる。

そのうえに、これはあとで話に出ると思いますけれど、澁澤さんが注文をうけて書いたけれどもボツになった原稿であるとか、没後になって徐々に発表されるようになったプライヴェートな日記やノート、とくに旅行中の日記とか、あるいは初期の同人雑誌の編集後記であるとか、アンケート回答とか、インタヴューとか、図版キャプションとか、そういうものも含めて、いま考えられるかぎりのテクストを集めた全集であるということです。

さらに、澁澤さんの場合、これは一般の読者には意外かもしれないけれども、たとえばはじめに雑誌に載せたものを単行本にまとめる際に、ものによっては徹底的に書き直していたり、あるいは時によると大胆にカットしてしまったり、文章がすっかり形を変えたというような作品もかなりあります。そういうもののヴァリアント（異文）を全部入れるというか、解題でそれをいちいち指摘してゆく。また単行本収録時にカットされた部分も、各巻のうしろに「補遺」の形で収録してしまうことにする。

いまは澁澤さんが一種のブームのようになっていて、文庫本なんかよく売れているらしいですが、実際には澁澤さんの作品は年代順に歴史的に読まれてはいない傾向があって、売れているものは意外に澁澤さんの本領ではなかったものが多い。たとえば『世界悪女物語』がいま文庫本ベストセラーであるというようなことがあるわけですけれども、澁澤さんというのは年代順に追って読んでいくとはじめてわかってくるところがあるし、未知の部分をもういちど発見し直していくという過程が、今回の全集編集だったと思います。

さらにおもしろいのは、解題を編集委員だけで書いてしまうということでしょう。これはある程度まで機械的な、いわゆる全集の解題とは違って、そうとう生(なま)な情報を含めて、そのつどそれにふさわしいいろんなデータを盛りこんでゆく解題になるということです。解題自体がエッセーとして読めるところもあるのではないかと思います。

　もうひとつ、月報もこれまた新機軸で、ふつうの全集ですといろいろな人に短いエッセーを書いてもらうスタイルが多いんでしょうけれども、今回、これは編集部のほうから出たアイディアなんですが、全篇インタヴューにしてしまう。それも、これまでにほとんど発言していなかったような人々、とくにこのあいだ亡くなった澁澤さんのご母堂や、妹さんなど親族の方々、少年時代の友人の方々とか、それから非常におもしろいと思うのは、そのときどきに重要な役割をはたしていた編集者の方々に話を伺ったことで、初期の現代思潮社の石井恭二さんへの長いインタヴューからはじまって、若いところでは青土社の三浦雅士さんとか、河出書房にいた平出隆さんとか、かつて澁澤さんの文章をよく扱った、あるいは本をたくさん出した編集者の方々に、その本の成立事情などについて細かくお話を伺って、それがかなりの分量、月報に入っています。そんなふうに、この全集はいたれりつくせりです。

　実際にこれをはじめてみて、われわれもいろいろと澁澤さんについてあらためて見直すところとか、再発見するところがあったんですけれども、そのあたりのご感想をまず伺えたらと思います。種村さん、いかがですか。

種村　全集というのはもちろん完璧であればいちばんいいのですが、その点では澁澤さんというのは非常に整理が行きとどいている人で、自分の原稿とか資料なんかも、ものすごく古いものまでちゃんと保管しているようなタイプの人だから、ある意味では散らばったものでも集めやすかったということも言えると思うんです。

巖谷　あれはちょっと驚異的ですね。自分の書いたものをあれだけストックしているということは。澁澤さんはほかの人の書物について、たぶんそんなにマニアックなコレクターじゃなかったけれど、自分の書いたものについてはコレクターですね（笑）。

種村　そうそう（笑）。自著のコレクターだし、非常に整理がよく行きとどいている。だから、岩波書店の校正者として優秀だったというのは、よくわかるところがあるな。自分の原稿も、校正はちゃんとしていた。

全集というのはひとつの装置であって、それは読者がいなければ動かないものですから、その機械というものを、完璧に近い形でつくっていて、読者がそれにどうかかわっていくかで全集というものが完結していくわけだから、全集をつくる過程というのは半分だと思うんです。それを皆さんといっしょに、わりとチャランポランに楽しくやれた。それがいちばんおもしろかった。

僕は、自分の引きうけたインタヴューがわりに年上の人だったということもあるかもしれないんだけれども、吉行（淳之介）さんとか矢貴（昇司）さんとかにお会いしてあらためて感じたのは、澁澤さんは戦後、サドの紹介者として、またシュルレアリスムとかモダニズムの翻訳者として最初のころは出てきたんだけれども、それと同じくらいの比重で、戦前からの教養というか、そういうものが澁澤さんにはあったということです。これはたぶん、戦後の焼跡、闇市のころの「教養のアナーキー」から来ているところが多いんだろうけれども。

たとえば矢貴さん（桃源社）は、戦前のいいかげんなものだけれどもサドの古い本をずっと集めておられたので、澁澤さんの翻訳が出てきたときにすぐキャッチされたわけです。つまり、書誌学的に戦前のものをずっとフォローしてきた人がパッと澁澤さんを、ある意味では編集者の勘で見つけたわけです。もちろん戦後的な新しいタイプの編集者も食いついたんだけれども、同時に古いタイプの人も食いついていったというところが、そうとうおもしろい。矢貴さんなんかも、酒井潔のものとか、あるいは小酒井不木の『殺人論』とか、ああいうものを澁澤さんと共通に読んでおられたわけで、矢野峰人のなかに出てくるサドとか、そういうものをそれぞれおたがいに知っていた人が、安保前後の昭和三十五年くらいに共鳴現象をおこしたということが、当時の思い出といっしょに、あらためておもしろかった。

それ以前の、吉行さんなんかとやっていたころの闇市的な不良少年みたいなところも、あらためてお聞きしたりして、いろいろ作品以外のエピソードがあって、澁澤さんという人は作品もおもしろいけれども人間もおもしろい人だから、そういう意味では、いろいろインタヴューをして、そしてそれに連動するような巻の解題を書いていくのはおもしろかったですね。

巖谷　吉行さんも最初は「モダン日本」の編集者としてつきあったんですね。

種村　そうそう。吉行さんという人も本質的に編集者タイプの人じゃないかと思いますね。いちばん最近出された『ややの話』は編集者時代の思い出、あるいは編集の思い出が多い。澁澤さんもどっちかといえば編集者タイプの人でしょう。

巖谷　編集者との対話が解題にも反映してくるという、これもおもしろい部分ですね。

澁澤さんは最初、たとえば河出書房とか白水社あたりから翻訳を出していたけれども、自分のはじめての著書は弘文堂の『サド復活』ですね。残念ながらこの最初の本をつくった小野（二郎）さんは亡くなってしまわれたんですが、いま種村さんの言われた戦前からのつながりということで矢貴さんが出てくるなら、それに対する新しいタイプというのは石井恭二さんかな。やはり現代思潮社というのは非常に大きな存在だったと思います。

澁澤さんのサド（『悲惨物語』）はルフェーヴルの

本とともに現代思潮社の最初の出版物でした。そのころのことは出口さんがご存じでしょう。

出口　僕は北海道へ行っちゃってたんです。二十四、五のころに北海道へ行っちゃって。でも年中帰ってきて澁澤と遊んでいたから、つながってはいるんだけれども。

いきなりブランショの『文学空間』を翻訳しないかという話が来たのが、六〇年安保の直後かな。現代思潮社が革命運動体みたいになって燃えていたときね。そのときはもう石井恭二君と澁澤というのは、本の出し手と書き手として、そうとう密接につながっている感じはあった。すでに澁澤が一種の顧問みたいになっていて、あれがいいだろう、これがいいだろう、と。ブランショなんて澁澤がなじむ書き手じゃないけれども「これをやるならやろうよ」「じゃ、出口がいるよ」みたいなことで、僕のところへ来たんだと思うんです。だから、かなり早い段階で、石井恭二とはおそらく六〇年安保の前、五〇年代からつきあいがあったんじゃないの？

松山　石井さんと澁澤さんのつながりというのは、石井さんの友人の森本和夫さんが当時朝日新聞におられて、二人でブルトンの話をしていたとき、サドがいけるということになったのが最初らしいです。

巖谷　森本さんが澁澤さんにサドのことを書くように朝日から注文を出したわけです。ところがじつはそのエッセーが単行本には入っていない。こんどの全集で読めるわけだけれども。それがきっかけで澁澤さんは石井さんのところで本を出すようになっていったのね。

出口　森本和夫は石井君と幼友達で、中学の同級生です。彼らとは僕が一年下という関係です。

種村　いま錯覚だったことがわかったんだけれども、僕は五歳くらい下ですから、最初は読者として現代思潮社の本を見ていたんですが、寺田（透）さんなんかがはじめちょっと、顧問みたいな感じでやっていたよね。要するに東大仏文の人たちが中心で、それもわりに浦高（旧制浦和高校）出が多かった。だから下町の府立十一中（現・都立隅田川高校）の幼友達の出口、森本が石井と最初に相談してはじめ、そこに浦高グループが加わったのかと思っていた。野沢協なんかもやっていたからね。

出口　そんなに僕ははじめから現代思潮社の大物ではないんですよ。森本和夫と石井恭二がきわめて仲がよかった。そこがコアだね。

種村　なにか底知れない暗黒の人と、底知れない過激な人が仲がいいというのは、これまたおもしろいね（笑）。

巖谷　森本和夫さんだって、あのころは一種のアジテーターだった。

出口　そうね。ロラン・バルトなんかもいきなりやったでしょう。『零度の文学』なんていう形で。だから、ああいうふうにもっさりして見えるけれども、じつはアンテナの感度がよかった。

巖谷　『文学者の主体と現実』というのが彼の最初の本でしょう。あれは現代思潮社から出たんだけれども。サド裁判のときも、森本さんは動いていましたね。

出口　まさに石井、森本の両巨頭が中心だったな。石井君はあんまり海外のことは知らないから、情報は森本経由だね。そこへ澁澤が引っかかってきたんだろうな。

巖谷　石井さんは、澁澤さんにいろいろなことを教えたと言っていますね。日本文学をやらせたのも自分が張本人だというようなことも言っている。だから、澁澤さんは現代思潮社の顧問みたいな感じだったけれども、逆に石井さんが澁澤さんの顧問のようなところもあったんじゃないか。だいたいサド裁判というのも、石井さんの挑発がちょっとあったわけでしょう。

種村　現代思潮社の世界古典文庫は、澁澤さんがかなりタッチしているでしょう。

出口　あれは、野沢協、澁澤、僕、それから誰だったかな……。ただし、あれは時期的にずっとあとですよ。

編集部　古典文庫をやろうと言ったのは澁澤さんだと、石井さんもおっしゃってました。

種村　アンソロジストの思考が、そのころからあったということですね。それから、ちょっと岩波文庫に似ていますよね。岩波の裏。

編集部　要するに岩波文化を撃つということではじめたんだということでした。

巖谷　現にいまの岩波文庫は、古典文庫から逆にもらっているのがあるくらいだから。

出口　あのときは野沢協が総元締です。とにかくすごい学者だから、僕らが束になってもかなわないくらい、アカデミックでありながら異端的な男でしょう。彼の無尽蔵の学殖が、あそこに出ている。彼がいなかったらまとまらなかったね。澁澤はいろいろなことを知っているけれども、野沢はリベルタンでもなんでも、原典を本当に読みこなしている男です。

巖谷　そういうブレーンのこととはまた別に、石井恭二さんの現代思潮社というのが、サロンという言い方はちょっとおかしいかもしれないけれども、そういった役割をはたしていたということはありましたね。

出口　花札つきサロンね。

巖谷　寿司屋の二階で飲んだりね。花札もあったし百人一首もあるし。そういう隠れたサロンですね。六〇年代というのが最近さかんにノスタルジックに扱われていて、アングラ演劇とかなんとか言っているけれども、現代思潮社の存在も大きかった。澁澤さんがかなりの部分、そのへんを受けもっていたというところはあるでしょう。

石井さんというのは、ある意味では澁澤さんを引っぱりだした人ですね。それこそデモに参加するのも石井さんにつれられて行ったらしいし、美学校もそうですね。澁澤さんというのは人前で話すような人ではなかったけれども、美学校の講師までやっているわけだから。
松山　澁澤さんて、自分では動かない人でしょう。
巖谷　美学校はもともと技術を教え、職人を育てるみたいな発想があったんですね。ところが講師がズラッと並んじゃったわけだ。澁澤さんだけじゃない。ふつう並ばないような人が並んでしまった。
出口　僕だってやったもの。
巖谷　われわれも全員やったんだ（笑）。
出口　石井君の先導で澁澤がサドをやったみたいに世間が思ってしまうと困るので、補足しておくと、五〇年代にすでに彰考書院で彼はサドの選集を出していて、石井君はそれに目をつけたわけだよね。
巖谷　そうです。彰考書院の選集は、ずいぶん出まわっていたんですよね、当時。あの本は河出書房が発売元になっているでしょう。あのころのことはわからないんですか。河出にも担当者はもういないわけね。
編集部　そうなんです。
出口　彰考書院の三巻本ね。あれが貴重なんだよ。
種村　河出書房というのは七転び八起き型の出版社で、何回か危機があるわけでしょう。その危機のとき、「企画をもうなんでもいいからやっちゃえ」ということになり、たまたまサドの企画が通ったんだよ。それは澁澤さんが言ってた。そうでなければ、ああいうものはふつうのルートでは通らないわけよ。だから新東宝末期みたいなもんだね（笑）。
出口　そう。つねに新東宝末期をくりかえしている出版社なんだ、河出書房は（笑）。
巖谷　河出というのはなんとなくチャランポランだけれども、なぜか澁澤さんをつかまえてはいるんだね（笑）。それで自分の全集は河出書房新社でやってほしいといういきさつになるけれども、澁澤さんがそう言ったわけでしょう、遺言みたいに。
編集部　そうです。
種村　河出ももちろんあのときに危機があったんだけれども、それはつまり戦後に小出版、零細出版が乱立したんですよ。僕はそのころ編集者だったからおぼえているけれども、そういう人たちの敗残兵みたいなのが、だんだん中・大くらいのところに吸収されていく過程があったわけ。「モダン日本」だってそうなんです。あれはつぶれたけれども。小さい出版社でわりにオリジナルなことをやっていた連中が、だんだん高度成長離陸するときに、つまり世の中がモノポリー化してきたときに宙に浮いた連中が、さあどこへ行こうかという、そういう時期だったんだ。僕が勤めた光文社だって、少年ものなんか、「銀の鈴」とか、そういう小さいところから来た編集者がやっていた。これはベテランなんだよ。自分の著者をもっている、そういう人たちが来ていた。彰考書院というのは、そういった出版社のひとつじゃないですか。そんなに大きくないんだけれども、かなりユニークなものを出していて……。

彰考書院へ澁澤さんを紹介したのはどなたですか。小牧さんあたりですかね。

編集部　小笠原豊樹（岩田宏）さんらしいです。

松山　それは昭和何年くらいですか。

巖谷　三十一年ですね。三島由紀夫とのつながりも、そこからはじまる。

出口　そうそう。三島が序文を書いてね。

巖谷　あれもおもしろいことがわかりました。澁澤さんはどうも自分で頼めないのね。それで妹さんがジャーナリストだったからかわりに電話して、おそるおそる頼んだら、一発で三島由紀夫がオーケーしたというおもしろいエピソードがあった。

出口　月報の妹さんのインタヴューを読んでください。お楽しみに。

＊

巖谷　澁澤さんを戦後の出版史と関係づけて見るとおもしろいですね。石井恭二が澁澤さんの先鋭な部分を担当していたようなところがあったと思いますが、石井さんは『神聖受胎』みたいな本から『夢の宇宙誌』の原形だったエッセー「エロティシズム断章」を掲載した「白夜評論」というすごい雑誌まで出されたわけです。あのへんにいたる澁澤さんと、それからさっき種村さんの言われていた矢貴さんの桃源社のほう、この二社がまたかなり違うイメージなんですね、読者にとっては。だから矢貴さんの話を聞きだせたというのも収穫です。

種村　またぜんぜん別なところにいた人では、早く死んでしまったけれども、さっき出た弘文堂の小野二郎さんね。彼はウィリアム・モリスの研究家だから、最初から編集者とライターをいっしょにやっているような人だったね。

巖谷　僕は生前の小野さんに聞いたことがあるけれども、やはりあれは小野さん自身が澁澤さんを追いかけていて、自分で発見したつもりで最初の本を出せということを、自分で会いにいって頼んだと言っていました。

種村　現代芸術叢書の篠田一士とか安東次男とか、あれは当時は新鮮に見えたものでしたね。だけれども、弘文堂はあれからすぐ左前になったんだね。それは結局、戦後出版文化史のなかで、あのへんで、いい出版社なんだけれども左前になるという小さい出版社がいっぱいあったということですよ。雨後の筍のごとく出てきた、たとえば戦後派の作家なんかを出していたところが、どんどんつぶれて大出版社に統合されてしまうみたいなのが、あの時期ですね。だから、ある意味でそこに隙があり、その間隙からわりあいに新しいタイプの人が入れたのね。それがちょうど安保の前の昭和三十四年ごろにあたっていて、別の大衆文化で言えば、倶楽部(クラブ)雑誌というのがすべてつぶれた時期なんです。そのかわりに、いわゆる中間小説雑誌が簇生した。そこで出版界がガラっと変ったの。それでライターも変ったわけ。その前まで倶楽部作家というのがたくさんいたんだけれども、発表の場がなくなってしまい、新しいタイプのライターがザーッと出てきた。

巖谷　澁澤さんもそのひとりかもしれないな。というのは、五〇年代の終り、六〇年安保の前夜に『サド復活』が出たので、それが六〇年代の予言みたいなものになったわけです。

種村　出版界の空気が上から下まで、あそこで変ったと思う。

巖谷　ところが一方で、戦前からつながっている矢貴さんみたいな人が澁澤さんをとらえた、と。

種村　だからそれは、いま言った出版界のある意味での変り方と関係があるので、戦後の出版界がずっと来たとき、六〇年のところでなにか変った。変らざるをえない。そうすると変った空隙に入るものは何かというと、それが意外と戦前からの、ちょっと日の目を見なかったものが、かえって上が取れてしまったので浮上してくるということがあって、僕はそういうことも、矢貴さんが澁澤さんに結びついて出てきたことと関係あると思う。

出口　石井恭二君が澁澤の一種のパトロンになり、興行主になって興行を打っていった。それに乗った澁澤は、ちょっと反社会的ラディカルみたいな姿勢を示しながらやっていったでしょう。そこは現代思潮社とピシッと合うんだけれども、彼はまた一方でマニアックな綺譚収集家だったし、自分も奇譚作家になった。綺譚を蒐めたい、自分もつくりたいというところへ、桃源社のちょっと舌なめずりするような高度に趣味的な触手が伸びてきて、ピシャッとつかまえたんだと思う。桃源社のほうは、また違う筋だと思うよ。澁澤は両方もってた。

巖谷　それともうひとつ、澁澤さんには昔からの文人スタイルみたいなものもあるからね。それは桃源社のほうにピッタリ合っていますよ。

種村　アマトゥール（愛好家）のところとラディカリズム（過激思想）というのは、両方とも社会的に無責任というところで、通じあうところがあるんです。

巖谷　澁澤さんはむしろアマトゥールがラディカル

だという姿勢を示した人ですね。

出口　彼は責任なんかとりません。アンガジュマンなんていうものじゃないんだから。

巖谷　六四年だっけ、『夢の宇宙誌』という本は画期的なものだったと思うけれども、あれはひとことで言うと、アマトゥールに徹すればラディカルになるという本でしょう。その二面をうまく結びつけて、自分のなかで相反するものじゃないことにしちゃった最初の本だな。それがその後に風俗化して、そういうやつが輩出してくるけれども（笑）、澁澤さんの『夢の宇宙誌』という本は、そうとう力を入れて書いたということが今回わかりました。

種村　しかし現代思潮社も、アマトゥールを入れる余地はあったわけでしょう。いわゆる状況論だけではないわけだから。

巖谷　姿勢としては状況論で最初はやったわけでしょうけれど。石井さんのアマトゥールの部分は、古典文庫や、それから日本のものをいっぱい出すようになったときにドッとあらわれた。

種村　現代思潮社がつぶれてというか、編集者がみんな辞めてしまってからあとの『新猿楽記』とか、あのへんだな。

出口　澁澤は商売がうまかったと思うね。現代思潮社のラディカル路線とは別に、自分の資質のなかにしっかり閉じこもって、まわりもサロン的な雰囲気にして、パイプをくゆらしながら、すわったまま探偵をやる、ほら、あの、なんと言ったっけ。

種村　アームチェア・ディテクティヴ。

出口　そんなところがあるでしょう。そこをうまく売りこんで大成していったところは、なかなかの商才だと思ってる。

巖谷　編集者も優秀な人が多かったということですよ。

出口　彼らを引きつけたしね。

松山　矢貴さんのことだけれども、矢貴さんというのは編集者である前に愛書家なわけですよね。戦後というのは、日本が軍国主義化してから出す見込のなかった翻訳なんていうのが一斉に出たけれども、しかし出版しきれなかった本というのがいっぱいあって、矢貴さんはそれを古本で読んでいて、その延長上の本を出したいと思ったのだろうけれども、そういう出版の方針を立てた人というのは、あの当時、いそうでいなかったですね。やはりなにか新しい海外の風潮と呼応するものとか、もっとオーソドックスなヨーロッパの古典を出そうというのはあったけれども、昭和の初期のエログロ・ナンセンス時代からの異端ものを出そうというのは、わりに少なかったんですよ。

種村 もうちょっとあとでは出はじめたんだけれどもね。社会思想社や学芸書林やなんかで。だから僕は、戦後の出版ブーム、とくに翻訳出版ブームというのは、戦中のストックだと思うんです。戦中に発表する見込がないんだけれども書斎でコツコツ翻訳していたものが戦後にバーッと出て、それが期せずして戦前の版の改訳になっていたけれども、六〇年のあたりでそのストックが切れたんだと思うの。ストックが切れたところで、そのひとつ前の戦前の昭和十六年以前ぐらいまでのものが、再版とか、あるいは再評価ということで日の目を見そうになった。そういうところが矢貴さんのねらいだし、それからもうひとつ、戦中のストックじゃないものを、これからライターも出していかなければならないという、そういうときだったと思うんだね。

巖谷 澁澤さん自身に、戦中のストックというか、昭和十年代から連続している教養がずいぶんありましたね。

種村 ええ。それは少年読物ですね。

巖谷 それもあるし、たとえば堀口大學だとか、堀辰雄なんかまで愛読していたということは、初期のものを見るとよくわかる。

松山 澁澤さんはそれを戦争前に読まれたのですか。

種村 高校時代じゃない？ 中学時代はわりに理科

少年だったでしょう。

巖谷　一年下の菅野昭正さんが書いていましたが、高校から大学にかけての澁澤さんはいつもなにかちょっと変った本をもっていたけれども、そういうものばかりでもなかった、と。ただ読んでいた本は、たとえばジャン・コクトーとか、やはり戦前から読まれていたものが中心だったんでしょう。

出口　しかしそうでもないんだ。理科の友人だった松井君の話では、ちょっと意外だと思うような情報がけっこうあった。僕はコクトーとかフィリップ・スーポーばっかりかと思ったらそうでもなくて、わりにオーソドックスなものも読んでいた。あたりまえだけど。

*

巖谷　話を六〇年代に戻して、松山さん、『世界悪女物語』の話は出ませんか。

松山　この本は要するに小野二郎さんのおかげで田村（敦子）さんが目をつけて書かせたんだけれども、桃源社の本で似たような、なんとか物語式のものは出てますか？

種村　『妖人奇人館』。これはずっとあとです。解題に書いたんだけれども、要するに澁澤さんは男の奇人を最初にやろうと思っていたんだけれども、注文があっちのほうが早く来ちゃったわけね。

松山　『黒魔術の手帖』は？

種村　もっと前でしょう。

松山　私は『黒魔術の手帖』なんていうのは、澁澤さんが書いても、読もうという気はまったくなかったよね（笑）。だいたいあの人は、魔術が本当に好きな性格の人じゃないし、魔術のことなんて知っているわけないと思ったので。

巖谷　むしろ、このあたりでエピソード集みたいなスタイルのジャンルが、澁澤さんのなかにできたわけですね。

種村　『黒魔術の手帖』の連載はミステリー雑誌で

すよね。彼はいわゆる文壇ではなくて、ミステリー雑誌みたいな、わりにローワー・ジャーナリズムから入っていったわけです。

巖谷　僕がおもしろいと思うのは、『世界悪女物語』と『夢の宇宙誌』が本になったのが同じころでしょう。今回はじめてわかったんだけれども、『夢の宇宙誌』の原稿がすごいんです。「あとがき」に書いてあるけれども、石井さんが編集していた「白夜評論」に連載していた「エロティシズム断章」というのがあって、それから換骨奪胎して本にしたというので、どうなっているのかと思って調べてみたら、とにかく徹底的に継ぎはぎをしたり、切り貼りをしたり、カットしたり、書き直したり、苦心惨憺したらしい感動的な原稿が出てきたんです。あれは雲野(良平)さんの担当なんですけれども、雲野さんがその原稿をちゃんと保管しておられた。澁澤さんはわりと、本にするときにあまり手を加えないでやるというのが一方にあるんですが、いざという場合に、徹底して、ほとんど書きおろしみたいに直してしまう本もあったということがわかりました。そのいちばん大きいのが『夢の宇宙誌』だったと思います。あと『悪魔のいる文学史』もそうですけれども、『夢の宇宙誌』で彼は、それまでの仕事をまとめようとしていたということがよくわかる。現代思潮社的なものと桃源社的なものをあそこで統一したと言えます。あの本は、ほんとに石井さんのところで出すことになっていたのかな?

編集部　石井さんは、「うちは出す気はなかった」とおっしゃってました。

巖谷　でも澁澤さんは「あとがき」にそう書いているのね。現代思潮社から出すはずが、諸般の事情によって美術出版に移した、と。それで雲野さんの仕事になった。雲野さんみたいなタイプの人が、もう出てきていたわけだ。つまり、学生時代からの澁澤さんの愛読者で、澁澤さんの本を出してやろうと待ちかまえていたところに、あの本がポンとできあがった。
こんどの全集でおもしろいのは、この『夢の宇宙誌』みたいな本がどのようにつくられたかという過程がわかること。澁澤さんが最初の雑誌連載で書いていたエッセーの、どういうところを削ったとか。削られた部分まで全集補遺や解題には入るから、その組みたての過程を見られるというのが、すごくおもしろいところですね。そこには、ぜんぜん見たことのない澁澤龍彥が出てきたりする。本を組みたてる過程で、自分のイメージをある意味では演出していたという感じもします。

松山　澁澤さんは最初から、売文用の読み物と、自分が書きたい、自分の世界を構築したい本と、かなり分けて書いてたでしょう。

巖谷　よく言ってましたね、本人も。売文用と言っていいかどうかわからないけれども。ただ、じつはいま売れているのは売文用のものが多い（笑）。だから澁澤さんは、ちゃんと先を見越してそうやっていたのかもしれない。

松山　明確な方針があるわけだよ。

巖谷　『夢の宇宙誌』に力を入れていたので、『世界悪女物語』のほうがお留守になったということはあるかもしれませんね。あれは澁澤さんも、ちょっといいかげんな作り方をしているところがあるわけだから。実際のところは、松山さんの長篇解題に語られています。

松山　あれは要するに、編集者がいて澁澤さんが動かされて書くという受動的な作品はずいぶんあるから、それの代表として、ああいう見方をしたわけだけれども。

*

出口　僕はいまでも、まだ彼の生身（なまみ）のほうがどうしても先立っちゃって、作品はあとからついてくるという世界から抜けられない人間です。はじめ、澁澤の書いたものを編年で全集に組みたてるなんて、そんなことができるのかなという非常にペシミスティックな気持をもっていて、そういうことをずいぶんこの席でも言ったおぼえがあるんですが、それから五年経って、ここまで組みあがってきてみると、生身の彼とこけつまろびつ生きてきた僕にしてみても、やはり「うーん」というか、「そうか、それじゃ、もう一回彼のことを考え直してみようかな」というきっかけになりそうですね。

それと、さっきびっくりしたのは、単行本未収録の文章がたくさんあるということです。僕は、そんなにあると思わなかった。なぜかというと、彼はわりあい細かいものまで集めて本にしていたと思っていたから。

巖谷　未収録テクストについては、いろいろな問題がありますね。すこし先へ行くと、七〇年に『澁澤龍彦集成』というシリーズが出て、あれが澁澤龍彦の前期の終りです。澁澤龍彦というイメージがあそこで確立されたようなものだけれども、あのときに落としている作品がずいぶんあるし、「集成」というのは全集じゃないわけで、すでに単行本に載っていたにもかかわらず、削除されたものもかなりあった。たとえば『サド復活』なんかは解体しちゃったわけで、「サド復活」という題名の章が『澁澤龍彦集成』の中にあるけれども、そこに載っているのがじつは単行本の『サド復活』の中身とは似ても似つかない。「サド復活」というエッセーが『サド復活』という単行本の中にあったのに、それはカットしている。それから『サド復活』のいちばん最初の、非常に長い「暗黒のユーモア　あるいは文学的テロル」というエッセーがあって、あれは澁澤さんのあの当時五〇年代後半の宣言だったはずだけれども、それも『集成』では消えてしまっているんです。

そんなふうにして、本を出すたびに、同じ本でも新しい本にしたときに中身を変えてしまうとか、そういうことが意外に多かった人だということがわかっちゃったのね。

出口　それは驚きだし、楽しみだね。

巖谷　単行本未収録のものが、まさかこんなにあるとは思わなかった。それぞれの巻のおしまいに「補遺」の項を設けましたが、その「補遺」が百枚を超えたりするわけですから。しかも、その「補遺」に収まっているものに、意外なのがたくさんある。これは全集をやってみてよかったということね。澁澤さんの思いがけないものがポンポン出てくるということはあるでしょう。

出口　それはスリルがあるね。さっき言ったように、僕のように生身にあんまり偏執しすぎて、こだわりすぎて、いわば見えなくなっているものが見える可能性がある。

巖谷　澁澤さんというのは、けっこう無頓着に、自分の書いたものをまとめて本にしちゃうというのをくりかえしていたようなイメージが読者にあるかもしれないけれども、意外に慎重なんです。何を入れるかということを克明に考えて計画して、自分でプロジェクトをつくって澁澤龍彦像を自分で形成していったという、その傾向もすこしある。

出口　そうすると、この全集でそれがはじめて明らかになるということですね。

巖谷　『澁澤龍彦集成』というのは、矢貴さんのインタヴューのお相手は種村さんがなさったわけですが、中身もほとんど澁澤さんが自分で決めたんだというのね。あれはそうでもないだろうと僕は思っていたんです。かなり機械的にやったのかと思っていたら、そうじゃないのね。あのときに澁澤さんは自分の仕事をまとめたわけだから、あそこで収録しなかったものというのが、逆におもしろい。

編集部　澁澤さんの場合、前半で、身辺雑記を出さないという方針を宣言されたでしょう。だから、それは入れてらっしゃらないんですね。だけれども身辺雑記もあるんですよ。

巖谷　自分は身辺雑記は書かない人間だと宣言すると、それまでの身辺雑記は単行本に収録されなくなる（笑）。自分の像というのをいつも新しくつくりなおしてゆくわけね。澁澤さん自身は見てもらいたくない部分もあったはずだけれども、やはり作家の長年の仕事というのは、そこまで見ないとわからないところがあるから。全集ではじめてわかるいちばん大きなことはそれかもしれない。

出口　洗い出されちゃうわけだ。なるほどね。それだったら全集のメリットは大きいですよ。

編集部　あと、同じタイトルの書物が、場合によっては内容を組みかえられていくというのも多いんですね。

巖谷　わりと新しい本でも、『ヨーロッパの乳房』あたりだって、『ビブリオテカ』に入ったときには中身の一部が変っているわけです。それから出口さん担当の『偏愛的作家論』なんて、解題を書くとしたら、こんなにめんどうくさいものは少ないね（笑）。最初に出た本、増補版、再増補版と内容が増えてゆくし。

出口　あれは迷路でしたね。

巖谷　おまけに、ものによっては徹底的に手を入れてしまうというのがある。つまり、雑誌に出たものを単行本に収録する際にガラリと変えちゃったという本は、前にもふれた『夢の宇宙誌』でしょう。次が『悪魔のいる文学史』。これは、直し方が資料中心でよくやっているんですね。やはりある意味では、自分にとって大事な本だという意識が働いていたと思います。それから『サド侯爵の生涯』も、ある程度の変化があるでしょうか。

松山　人名表記などは変っているけれども、文章そのものは、まったくいじっていませんね。

巖谷　そうですか。ともかくそういうタイプの本がいくつかあって、それをどうこちらが考えるかは別として、そういう本が偏ってあるということも今回わかったわけです。何度も手を入れ直す本と、ほとんど無頓着に出してしまう本と、はっきりわかれているんですね。

松山　『悪魔のいる文学史』などは、本来は完全な書物になるべきだから、澁澤さんの頭のなかで、完全な書物というのは成育するにしたがって書き直さなければならないという気持があったんじゃないか。今度の全集では、『悪魔のいる文学史』の場合は、やはり初出で出して、ヴァリアントというのか、未収録の部分はうしろへつけているわけですか。

巖谷　「補遺」のほうにつけています。カットされた部分ですね。どのように書き直されたかということがある程度は追えるように、解題を書いているわけです。正直に言うと、当時『悪魔のいる文学史』なんかは、僕はわりと軽く読んだ本なんだな。澁澤さんがいままでやってきたことがもういちど書かれているな、というような感じもあって。ところが、あれはかなり厳密です。いろいろ文献を引用するところなんかも、澁澤さんはどこから引用したということをめったに書かない人だったけれども、あの本については、単行本にするときにそうとうきちんと入れ直しているんですね。そういうことも今回わかった。

七〇年代に入ると、澁澤さんはいくぶん変ったと思う。一九七〇年に出た『澁澤龍彥集成』というのは、そういう意味でも非常におもしろい本なんですね。全部自分のやったことをまとめておいて、そのまとめも取捨選択のまとめであるということと、ジャンルわけをかなり考えたうえでやっているということ。しかも、『集成』が出ているあいだにヨーロッパ旅行をする。ある程度のところまで出たころにヨーロッパに行っています。それも生まれてはじめての旅でね。澁澤さんにとっては大冒険だったわけだから、多少とも緊張した旅行だったようなことが、その旅行のときの「滞欧日記」というのを読むと素直に出ています。

そういう旅行をして、帰ってきたら三島由紀夫が亡くなった。十一月二十五日ですが、帰ってきたすぐあとで。それをきっかけに、澁澤さんが三島さんについて一連のものを書いたりしているわけだけれども、なにか象徴的に、一九七〇年というのがあったような気がします。

『澁澤龍彦集成』を今回もういちど見直せたというのがよかった。あれは単なる集成じゃなくて、澁澤さんがつくりあげた澁澤龍彦像だったということです。それと、同じ時期に『黄金時代』という本を出しているのがおもしろい。

『黄金時代』というのは、『集成』に入っているものをさらにあらためて取捨選択したもので、澁澤さんのあのころの大事なメッセージを含むものを並べていますが、それに『黄金時代』という題名をつけているというところが、僕は境目だったんだなという感じがする。

＊

松山　ちょっと話は違うけれども、こんどの創作篇には「不思議物語集成」のためのものは入っていないわけでしょう。澁澤さんが「不思議物語集成」に書かないうちに現代思潮社の企画がつぶれたわけだから、本は出ていないわけ？

編集部　出てないです。

巖谷　あとで『東西不思議物語』という本を出したね。題名を使って。

松山　あれで澁澤さんも日本のことは、少なくともあのことに関しても勉強しているはずだけれども、それと日本の古代を主として題材に書いた澁澤さんの創作というのは、時期的にはどうなんですか。

巖谷　もうちょっとあとじゃないですか、古典を題材にして書くというのは。

松山　そうすると、あの「不思議物語集成」が何かの刺戟になったということはあるのかな。

巖谷　あれも現代思潮社ですね。三方金で風呂敷に包まれているという変った本で、現代思潮社の趣味的な部分が出ていたおもしろいものです。石井さん自身は、澁澤さんにずいぶん日本の古典を読め読めと言ったということを、今回明らかにしています。それだけじゃないにしても、澁澤さんが七〇年代に入ってから、かなり日本の古典を読むようになったことは事実ですね。エッセー集に出てくるわけです。『思考の紋章学』あたりがドッと出てきたはじまりかもしれないな、自覚的には。

松山　ものすごい集中力だよね。日本のことを勉強したのは。

種村　それは三島さんが死んだことと多少関係があるんじゃないの。

巖谷　あるかもしれないね。だから、やっぱり七〇年が象徴的だと思う。七〇年という年が澁澤さんの変り目ですね。

種村　全集に索引はつくんですか。

巖谷　別巻に彼の著作の索引は全部入る予定です。

種村　人名索引も？

巖谷　それはやりません。なにしろ表記がいろいろ違っちゃうし、初期にはまちがえた表記が多すぎます（笑）。だから人名索引をやっても、収拾がつかなくなる。

ところで、さっきの日本のものを読みだしたというのは、松山さんは感じておられたんじゃないですか。つきあっているあいだに。

松山　いや、あまりにもスッと早いからね。身がまえしてから、書きだすまでが。

巖谷　『廣文庫』の復刻版なんかが出はじめたころ、僕は気がついたような記憶もあるけれど。

松山　『廣文庫』が出たというのは、澁澤さんが網羅的に日本のことを早わかりするのには都合がよかったということがある。

巖谷　澁澤さんの古典の読み方というのは、『廣文庫』、あるいはそれに類する百科全書的なアンソロジー経由であるということね。

松山　それにしたって、ものすごく資料を収集して按配する能力はあるなと思って、感心しちゃいますよね。

巖谷　といって、本に埋もれるわけじゃないんだな。整理されていますね、あの人のは。たまたま『廣文庫』みたいな本が出たので、それとぴったり合ったということもあるかもしれないけれど、澁澤さんの取捨の勘というのは、やっぱりすごいですね。

松山　だいたい澁澤さんというのは偏執狂じゃないでしょう。だから、バランスがとれて世界をだんだん拡大して緻密にすることはあるけれども……。

種村　なにか対象の内部に潜りこんじゃうという意味でのモノマニアックなところはないです。非常に距離を引いてロングショットで見るでしょう。初期の『神聖受胎』なんかも、世界の滅亡とか、そういう非常にロングに引いた歴史観だから、あんまり近いところ、それから肌を接して見るようなタイプの人じゃないでしょう。だから日本文学をとらえるときにも、遠距離から「これとこれとこれ」というふうにパパパッとやれる人なんだな。たとえば太宰治にのめりこんで太宰治しか読まないとか、そういうタイプの文学青年みたいなものとちょっと違う。やっぱりそれは理科的なパースペクティヴがあったんじゃない？

巖谷　『記憶の遠近法』という題名をつけているのがあるけれども、「遠近法」というのは澁澤さんらしい言葉ですね。距離をおいてパースペクティヴをつくっていくということは、何度もやっている。たぶん自分の作品についても、そうとうそれをやっていたんじゃないかな。それこそ人の本よりも自分の本の収集整理がすごかったので、徹底的に残してあって、しかも手沢本（しゅたくぼん）を見られるけれども、あとで手を入れているものもかなりある。そういう点では、全集をつくるのにこちらは楽だったわけです。

種村　そういう意味で、再編集みたいな本を出してくるというのも、自分の作品をかなり遠いところにあるオブジェとして見ているから非常にやりやすいし、それからまたやる必然性があるということね。

巖谷　著作の遠近法、みたいな。遠近をはかって構築し直す。だから澁澤さんの場合、本づくりそのものが一種の作品というか、どういうエッセーをまとめて本にするかということに、非常に自覚的な人だった。

種村　発展というのがない人なんだね。なにかあるものをずっと育てていくというのではなくて、ポコンポコンと生まれたものを遠距離から見るということじゃないのかな。

巖谷　組みたて直しをやっているんじゃないかな。だから自分の個人史も遠距離から見ているところがあるんじゃないか。

おもしろいのは、文庫本にいろいろ代表作みたいなものが入るようになってから、たとえば『思考の紋章学』だとか『胡桃の中の世界』とか、ああいうものに「あとがき」を新たに書くでしょう。その「あとがき」はほとんどの場合、これは自分のいままでの著作活動のなかではこういう意味がある、ということが書いてあるわけです。そういうふうにして位置づけをいつもやりながら、いままでの歩みというのを考えている。だから、その点で発展はあるんじゃないかな。発展を空間的に見ていたということはあるかもしれないけれども。

松山　私は、なんとなく成育していく結晶という感じで、それのなかに澁澤さんがいるので、『犬狼都市』に出てくるダイヤモンドみたいな感じがするんだけれどもね。

＊

巖谷　そういえば出口さんが書いておられましたが、『犬狼都市』に最初は五本入れようと思って、二本は突っかえされたとか。

出口　矢貴昇司とのやりとりでね。

巖谷　非常に分量の少ない本として出たけれども、実際には、澁澤さんは最初「撲滅の賦」と「エピクロスの肋骨」も、『犬狼都市』に入れようとしていたんですね。

出口　だろうね、たぶん。そうだと僕は思うよ。
編集部　矢貴さんはそうおっしゃってました。
巖谷　あれが削除された過程はおもしろいですね。
松山　だいたい「キュノポリス（犬狼都市）」という作品は、三島さんに「聲」かどこかに載せるからなにか書きなさいと言われて書いたわけです。
　私が澁澤さんのところへ行って泊まって翌朝散歩していたら、「そういう話があったけれども、何を書こうかな」と言っているので、そのころ私は澁澤さんのことも犬だと思っていたわけだから（笑）「犬のことを書けば」と言ったら、それで書いたんだよね。だから、そこのあいだにちょっと複雑ないきさつはあるけれども、「犬のことを書けば」と言ったら狼になったというぐらいだから、あのころ自分のなかからの衝迫で何かを書かなければならないという気持が、そんなに強くなかったんじゃないかと思うのね。
巖谷　これはもう知られていることだけれども、下敷きがあるわけだし。
種村　それはしかし、ずっとそうなんじゃない？自分のほうから書きたいという衝迫というのは、あんまりないんじゃないかな。翻訳がいちばん好きだと言ってたくらいだから。
巖谷　ただ、これは書きたいというふうに編集者に話をしたというのは、いくつかあるんじゃないかな。『悪魔のいる文学史』なんかはそうだと聞いているけれども。
種村　そういうのもあるけれども、それは澁澤龍彥のイメージが、ある意味でジャーナリズムに定着してからじゃないですか。そして、ジャーナリストのほうからあるテーマを半分ぐらいもってくる。それを話しあいのなかで詰めるということで。
巖谷　七〇年代からはそうですね。
種村　だから『玩物草紙』なんか、朝日（新聞）で連載のはじまる前に、ちょうど僕が行ったら、「何を書こうか」と言うから「自分のことをお書きになったら」と言ったんだけれども。それまでは自分の身辺雑記を書かないというようなことだったんですが、それを自分もひとつのオブジェみたいな書き方で書いたらということで……。

ただ、なにか自分から「これを書きたい」というのじゃなくて、むこうから話があって、その話の大枠のなかで、なにか自分のなかにうごめいたり発動したりしているものがあって、それを書くというようなタイプじゃないかな。

巖谷　初期はどうでしたか、同人雑誌の時代は。

出口　あの人は、他人の書いたもの、足穂でもスーポーでもなんでもいいんですが、好きな文学者の書いたものに、ほとんど同化しちゃう。朝から晩まで夢のなかでもいつもそれを考えている。それから、図鑑とか、図録とか、要するにイメージとしての動物植物が桁はずれに好きだった。そういうものがいつもワーッと動いていて、文章にして吐きだしたいという気持があるわけ。自分の人生を書くなんていう気ははじめからない。

種村　ない、ない。

出口　ぜんぜんそういう作家じゃないからね。だけれども、吐きだしたいことはいつもあったんだよ。だから、きっかけさえあれば……。

種村　スーポーを読んでいても、スーポーで頭は当座いっぱいになるんだけれども、スーポーと何かとの関係を考えているでしょう。スーポー専門家になるというのではなくて。

出口　いわゆる研究者になる気はないんだよ。

種村　戦前からいろいろ、二〇年代、三〇年代、白水社とか第一書房で出ていましたね。そういうものの蓄積のうえで、そこにスーポーがあって、スーポーとブルトンとか、スーポーと誰とか、なにかある図を考えて、そのなかでいまスーポーを読んでいる、ということじゃないですか。たとえばコクトーもほかにいるだろうし。

出口　ハイティーンあたりからの彼の衝動は、翻訳ですよ。入れこんだ作品をどうしても翻訳したい、と。だって、『大胯びらき』のあのうまさっていうのは、驚くべきものだからね。

巖谷　澁澤さんの初期のおもしろいのは、出版のあてもなく翻訳をやたらにやっているんだよね。その原稿も出てきたでしょう。

編集部　出てきました。

巖谷　だから本を読むということは翻訳することみたいなところがあるんだね。

出口　翻訳すると、こんどはその自分の日本語を偏愛するわけ。僕らだって同じだけれども。

種村　翻訳した言葉をなにかすべすべした玉みたいに磨いたりしているという、そういうのね。

*

松山　さっき出た自分で書くという衝迫があるなしということだけれども、『高丘親王航海記』が書きおわる前くらいに、もう次の作品の構想はあったわけでしょう。

出口　あった。「玉虫物語」だね。『高丘親王航海記』を書いていて、ある段階で、もう次の小説の構想を持っていたということでしょう。

巖谷　それから、初期はやっぱり違うんじゃないか。「撲滅の賦」なんていうのは、そうとう作品衝動が強いものです。

出口　そうなんだよ。そこへ話を本当は戻したいね。

巖谷　『犬狼都市』とは違うんだよ。だから矢貴さんにしても、あれを落としたんだと思う。だって『犬狼都市』に入っているのは、ほとんど翻案のコラージュだから。ところが「撲滅の賦」と「エピクロスの肋骨」では、若いときの創作衝動にあふれていた。

出口　あれなんか私小説だよ。

種村　だから、詩を書いていたというけれども、どこかそれと似ているよね。

松山　あの「撲滅の賦」は、自分が思う程度に書けなかったという、ある種の不満があって、それで創作するという衝動が断絶したということはないんですか。あれは会心の作というには遠いでしょう。

巖谷　「撲滅の賦」は、文学青年が書く小説にしては、うますぎますね。

出口　悪達者みたいなんだね。

巖谷　それはどういうところかというと、書きたい衝動があるんだけれども、一方にはなにか形式意識みたいなものがあるから、かなり紋切型の言葉できちんとまとめないと気がすまない。そうすると自分から離れるんですよね。書きだしからして、石川淳調を使ってみたりね。

出口　クリシェ（常套表現）だらけだから。

巖谷　「撲滅の賦」は、クリシェに当てはめていく衝動と、それから自分の内発的な衝動というのが、ちょっと平均がとれていない部分があるでしょう。その二つが揺れ動いていて、だからいま読むとおもしろいし、いい作品だと思うんだけど。

出口　あのころの彼は、恋愛青年だったんだもの。純情なくらい。

巖谷　どうしても既成のもの、デジャ・ヴュ（既視）に当てはめないと気がすまないところがあるんだ、澁澤さんには。だから書きだしからしたってそうだし、いちばん最後の金魚鉢がどうのというのだって、埴谷雄高の小説からとってきているんだと僕は書いたけれども……。そうやって意識的に、すでにできあがっている何かに自分を当てはめるということ。ただそれは、澁澤さんにはめずらしく葛藤があったんじゃないかな。

出口　葛藤があって、人生的であり、かつ恋愛青年的だったわけ。それが「撲滅の賦」に噴きだしてる。僕はとても愛着があるんだけど、まあ、アンバランスな小説だよね。

巖谷　それからアフォリズム趣味みたいなものがあるでしょう。ちょっといま度忘れしているけれども、「撲滅の賦」にいくつか出てくるアフォリズム的な表現は、このあいだ澁澤さんの卒業論文を読んでいたら、同じ言葉が出てくる（笑）。

だから、澁澤さんて、デジャ・ヴュの積み重ねがすごくあるんですよ。自分があるときにとらえた、ある形式的に完成したものというのを、いつも使いたくなっちゃう。それは人の本から得たものもいろいろあるわけだし、映画の一場面とか歌の歌詞とか、そういうふうな既成のものででっちあげる。マルセル・デュシャンとまでは言わないけれども、コラージュ的な部分と、内発的な創作意欲というのが、揺れ動くのね。あの小説は二十代なかばちょっと過ぎくらいでしょう。そこらへんが彼の出発点だというのが、今回よくわかると思う。一方で、それよりもすこし前にあった『大胯びらき』の翻訳もある。

出口　あの翻訳は、プロ中のプロだよ。

巖谷　あれなんか、クリシェの専門家による翻訳だよね。

出口　年にしては日本語ができすぎてる。

巖谷　うん。原文をいかにして日本語特有の紋切型のきれいな言いまわしに当てはめるか、という習作ですね。

出口　紋切型をちょっとずらすというのは、ちゃんと心得ているけれどもね。

巖谷　コクトーにはそういう部分があるから、うまく当てはまるけれども、コクトー独特の抒情的な青年節（ぶし）みたいなものが消えちゃって、妙に老練で、達者で、それこそ内発的なものがないかのごとく見える、翻訳はそういう文章に変っている。だから、そこらへんが出発点ですよね。そこの揺れ動きはあると思う。

出口　あれからあと、僕は北大の教師になって札幌へ行っちゃったんだけれども、そのうち、雑誌「聲」が出た。あそこに中村光夫、三島由紀夫、大岡昇平とズラッと綺羅星が並んでた。あの人たちに声をかけられて、彼は一念発起（ほっき）して、恋愛青年的なものは下へ埋めちゃって、綺譚づくりのテクニシャンとしてのひらめきを見せたんだよ。借り物だらけだけれども。

巖谷　それが『犬狼都市』ですね。

出口　そう。だから矢貴さんはやはり目が肥えていたわけで、水と油ですよ、あの二作とは。

巖谷　だからあの二作を併録しなかったんだと。

種村　「撲滅の賦」は、ちょっと戦後文学的なんだよな。なにか印象がバラバラになってゆく、ちょっと表現主義的な書き方でしょう。それから、ちょっと戦後青年の抒情があるよね。椿實とか、あのころいたじゃない。澁澤さんは前に編集者をやっていて、そのときに久生十蘭のところなんかに出入りしていたでしょう。だから久生十蘭的な、ああいうクリシェでずっと積み重ねていって、抜く手を見せないというか、懐を見せないようなものが一方ではあったでしょう。ところがフランス文学というのは、どうしてもそれがあるじゃない。だから、ある意味で当時、フランス文学に対する固定観念がありましたよね。クリシェで積み重ねて積木細工みたいにするという。

巖谷　そう。だいたいアフォリズム文学が一時はやったわけね。アナトール・フランスの翻訳だとか、ジュール・ルナールとか。ああいう感じもありますよ。ただ、「エピクロスの肋骨」のほうはそうでもない。へたすると堀辰雄みたいになる可能性もある題材だし。

出口　あれは、どういうふうに見ていいかわからないでしょう。

巖谷　すごくリリカルですよ。全体がリズムに乗っているでしょう。

出口　哀しみもあるしね。

巖谷　「セビリアの理髪師」だとか「ドライボーンズ」なんかを引用しながら、歌と映画をないまぜにして流していって、リリカルにまとめています。

出口　あの線で行っても、けっこうな異色作家になれたんじゃないかな。

巖谷　いけたかもしれない。ちょっと近代文学系とか——埴谷雄高なんかを彼はずいぶん読んでいますけれども、それから、安部公房の影響などもちょっとあるな、「エピクロスの肋骨」は。
出口　「エピクロスの肋骨」については、安部公房の影響があるな。初期のシュルレアリスム小説。
巖谷　その感じがちょっとね。花田清輝も入っています。「撲滅の賦」のほうが、澁澤さんの形式主義というか、アフォリズム志向、クリシェを磨くというところが強いと思う。それで、そのあとに、「錬金術的コント」という、翻訳そのものというのが登場する。
出口　あれは彼のジョークだよ。
巖谷　それで『犬狼都市』になる。あれもほとんど翻訳ですね。翻訳だからこそ自分の文章を試せる。ところが、同じ時期の「聲」に、『サド復活』に入るサド論なんかが載るでしょう。あっちのほうがむしろ内発的ですね。あれは、書きたくてしょうがないというのがわかる感じがする。
種村　ある意味では、その内発性を現代思潮社が持っていったんじゃない？　だからそれを、抒情的なテーマじゃなくて、むしろ永久革命論とか、そっちの理論的な組みたてで出している。理論的な組みたてに見えるから内発性が出ないように読者には見えるけれども、じつはそれが彼の抒情なんだよ。
巖谷　『サド復活』はすごくロマンティックです。あるところでドロリと何かが流れおちるような感じの文章で。そこを見せまいとして、どうもあのへんをあとで隠蔽しちゃったんじゃないか。『澁澤龍彦集成』にはあの本のものがあんまり載っていないという、おもしろい現象がおこるわけです。
種村　だから文庫本解説なんかであとで当時をふりかえっているものは、かなりその隠蔽作業をやるわけね。「若気のいたりで」とか（笑）。ところがじつは、それを書いている時点でもまだそれが持続していて、ある意味でそれが書く衝動で、もちろんいわゆる文壇文学的なものはそれを生(なま)にむきだしにもっていかなければいけないけれども、その必要がないところで書いているから、それを出さなくてすむわけでしょう。とくに澁澤龍彦のイメージが固まりかけてからは、その澁澤龍彦のクリシェで書いていればよかったわけだから。
　そこのところに、しばしば危機感が訪れるよね。このまま自分のつくりあげた澁澤龍彦の成型雛形に入ってしまって、こうなっちゃったらどうしようかというか、ここでおしまいみたいになる。それをどうしたらいいかというときに、やはり「撲滅の賦」的な情熱というか、衝動というか、パッションがどこか出てきて、変っていくでしょう。短篇小説を書いたり。
巖谷　だから、何度も何度も出発し直すところがありますね。僕はそれを象徴的な意味で澁澤さんの「旅」と呼んでいるんですけれども、それをやるんですよ。
種村　パリンゲネジーだよね。反復発生なんだ。卵みたいに割れては孵化して出てくるというような、なにかそういう感じがする。
巖谷　だから「撲滅の賦」を捨てたわけじゃない。「撲滅の賦」と「エピクロスの肋骨」が死後に出たというのは、非常にいいことです。
出口　僕はとてもあれは楽しかったね。
巖谷　あれがなかったら、澁澤さんがクリシェから出発したんだとすると、なにかフォルマリズムみたいなものを引きずっていることになるけれども、じつは澁澤さんはフォルムを自分で壊していたんだからね。それが徐々に流れていって『思考の紋章学』みたいな、かなり流れる文章になっていく。あれはきちんとまとまらないで、どんどん先へ先へ、ある意味では垂れ流しの論理でくりかえし何度も何度も進んでいって、めずらしく長いものを書いちゃったという、『思考の紋章学』というのはそういう過程の本だと思いますね。

＊

巖谷　澁澤さんの文章があるとき、平明になったということはありましたね。七〇年代のなかばぐらいから。わりと不用意にものを書いてそのまま残すということもやって、あんまり武装しなくなったということを感じたことがあります。

種村　それはそうなんだけれども、たとえば石川淳とか久生十蘭とか三島由紀夫とか、クリシェの名人が前にいるわけです。花田清輝もそうかもしれないけれども、そういう人たちから伝授されたものを使いきって……。

巖谷　使いきったか（笑）。

種村　それからひとつは、自分も結局『澁澤龍彥集成』でひとつのイメージを確立した。そうしたら、ある意味で自分独特のクリシェというのか、何をやってもいいんだけれども、しかし形式的なものは残したいというので、勝手にやっているなかでのクリシェというのは、後期の文体にも残っていると思う。

出口　ただ、あの人のクリシェ体質を言いすぎたようだから、すこし修正させてもらうと、澁澤は、日夏耿之介みたいな冷たい銀の鎧（よろい）を着たクリシェじゃなくて、体質的に山の手のべらんめえみたいなものがあるんですよ。

種村　そうそう。旗本の部屋住みの次男坊だよ。

出口　そう、御家人。粋に啖呵をきりたくてしょうがないわけ。その衝動があるから、あとになればなるほど、やさしい文章をめざしたんだと思う。佶屈（きっくつ）聱牙（ごうが）ではないんです。だから、小説家としてはまったく未完成のまま死んだというべきだね。

巖谷　そう。小説はずいぶん変化していますね。

出口　小説家としては、本当にこれからだったんです。

巖谷　『高丘親王航海記』は、むしろクリシェじゃない部分に魅力がある。

種村　要するに、澁澤オタクみたいな人は、日夏耿之介みたいな、ああいうものの延長に澁澤龍彦を位置づけたいと思っているんでしょうけれども、それは違うんだと思うんです。もちろん日夏耿之介はずいぶん若いころに影響をうけたけれども、「日夏とはもう別れたい」とか、「コクトーとは話しあって別れた」とか、そういうようなことを書いているでしょう。それは本当だと思う。つまり、ある時期までは誰でも日夏耿之介を読むからね。だけれども、途中から違ってきちゃうということはあったと思うね。

出口　そういう意味では、「玉虫三郎」は、もう「海燕」誌で何月号からどう連載するって決まっていたんだから、万斛（ばんこく）の涙をのんで死んだんじゃないかな、彼は。

巖谷　彼の「玉虫三郎」の構想を見ると、いちばんハチャメチャな小説になるはずだったわけですからね。時間も空間も全部ごちゃまぜになる。

出口　石川淳と山田風太郎をあわせたようなものをねらっていた。

種村　『狂風記』（石川淳）とか、あのあたりが出たあとでしょう。花田清輝もあるね。

出口　そうね。なまなましく影響をうけている。

巖谷　小説では、ざっくばらんというかノンシャランというか、そういう傾向も出てきた。『唐草物語』あたりはまだ堅苦しいところがあるけれども。

種村　あれは堅苦しい。結局、エッセイストとしての自分のイメージを壊さないまま小説に移行しようとしたのだけれども、実際にコントだけれども小説を書きはじめてみると、これはいろいろなことを言えるジャンルだなというので、そのざっくばらんのクリシェをいくつか出して、これは気持がいいというのでずっとつづけたというか、内在していたものが出てきたね。

巖谷　ところが途中から、なにかわけのわからないものを書くようになりましたよ。『うつろ舟』なんかが変り目だと思うんだけれども、いちばん最後に実朝の出てくる「ダイダロス」があるでしょう。自分が何者だかわからなくなって蟹になっちゃう話ね。あれはいちばん最初に書いたものなのに、澁澤さんは、あの短篇小説集の最後に入れている。

澁澤さんがもう声が出なくなっちゃって、病院で鉛筆で話をしたときに、僕が「この本でいちばん最後の作品がいい」と言ったら喜んで、「それだ、それなんだ」というようなことを書くわけ。あのへん、なるほどと思ったけれども、ああいうふうになにか自我意識の崩れたようなものに彼は向っていったんですね。『高丘親王航海記』は、そういうものの予告だった。妙に崩れた小説だから。ひとつひとつがきちんとまとまっていないし、それから不用意な文章がかなり入っている。そのまま生かしちゃっている。クリシェに固まっていないところがある。

種村　太宰とはちょっと違うんだけれども、一種の崩れていくデカダンスへの何かがあるんじゃない？

巖谷　ありますね。

出口　結晶願望はあったんだけれどもね。

種村　結晶願望はあるんだけれども、もう一回それを崩してグジャグジャにしちゃう。

出口　そういう面があるな。

巖谷　結晶というのと水というのもあるからね。水とか砂とかね。澁澤さんの場合は水、水時計みたいなものかな。結晶というなら文字盤のあるきちんとした時計だろうけれども、むしろ水時計の自然に自分を委ねていくようなところへ、最後には行きたかったんだろうとも思う。

松山　短篇の場合は、その作品の終らせ方として、崩れていくとか溶けていくというのはひとつの終らせ方であるけれども、『高丘親王航海記』の場合は、自分自身が本当に死ぬかもしれないという予感がだんだん濃くなるところで出てきたので、動機が違うんじゃないかと思うんだけれども。

巖谷　『高丘親王航海記』の、そういう事態がまだ予感されていなかった最初のほうでも、僕はそれを感じたんです。題名を変えた最初の章。

種村　「都心ノ病院ニテ幻覚ヲ見タルコト」、あれなんかもそうだけれども、もちろん短篇で余韻を残すために最後を崩しちゃうということはあるよね。『高丘親王航海記』は、崩壊していく感覚、自分の肉体が崩れていく感覚とサイクルがあったということはあるんだけれども、短篇の結構で崩すというのと、自分の肉体の実感で崩すというのとが、やはり重なっていたんじゃないかな。幻覚を見たことにしても、『宇治拾遺』とか『今昔物語』あたりからとってきて。わりに自覚的に崩れていくということが、六十近くなってあったんじゃないかな。

巖谷　僕は『うつろ舟』あたりからだと思っているんです。あのへんを読んでいたころに、いちばん感じましたね。澁澤さんはどこか違ってきているな、と。死の予感というのは、あのころはなかったわけだから。

種村　崩れるというのとは、ちょっと違うんだな。つまり、『うつろ舟』でもひとつの容器はあるわけだから、水に漂うということかな。

巖谷　解放につながっているんじゃないか。

松山　それは、これからもし書くとすれば、どこへ行っちゃうかわからない、それから時間も空間もどうなっちゃうかわからないというので、『澁澤龍彥集成』で一期が終ったとすれば、『高丘親王航海記』で二期が終って、三期、四期があったはずだね。

種村　かなり自分の深いところからのレミニッセンスみたいなものが出てきそうな幕開きがあったわけだね。

巖谷　種村さんの言われるように、デカダンスみたいなものが一方にはあるけれども、他方はもっとなにか健康な解放感みたいなものとつながっていると思いますね。『高丘親王航海記』に感じられるのはそれなんです。

＊

編集部　『思考の紋章学』に戻りますが、七〇年代の仕事は『ビブリオテカ澁澤龍彥』でまとめてあります。その最後がこの作品ですが、この作品のころ、七〇年代を締めくくるような変化があったと思うのですが……。

巖谷　そうですね。『思考の紋章学』を書きながら、これは変っていくぞと……。

編集部　このままエッセーみたいなものをやってもどうか、ということがあったんじゃないでしょうか。

巖谷　そういうことはあったと思いますね。

種村　それとそのころは、いま『澁澤龍彥文学館』（筑摩書房）でやっているような世界文学集成の編集を澁澤さんはしたかったんだけれども、出版社の都合でだめになったんですね。これは澁澤さんにとってひとつのまとめだったと思うんです。後日、平出隆君が編集者時代に手がけた三冊のアンソロジーが出ましたね。

編集部　『澁澤龍彥コレクション』（全三巻、河出書房新社）ですね。

種村　僕はこれがそのかわりだと言っているんですが、これで一応、区切りをつけるというか、もう外国文学についてはいいやということではないんだろうけれども、そこをあんまり掘らなくてもいいと、終止符を打ったんじゃないかと思う。けっこう力を入れているんだよね。

巖谷　だから、『澁澤龍彥集成』のときにひとつ、方向転換というか、もっと自分の方針を立てるということがあったと思うけれども、もう一度くらいあったんでしょうね。七〇年代というのは、そういう積極的に自分のやりたいことをやった時代かもしれない。だから、最終的にそれをまとめようと思っていたことはたしかだと思う。あとは、博物誌的なエッセーとか、『フローラ逍遙』にいたるようなエッセーとか、それから自分のことを書いた『狐のだんぶくろ』とか、エッセーはああいうちょっと独特の淡々としたものに変っていきます。

種村　まあ、散歩ですよね。『フローラ逍遙』『私のプリニウス』なんていうのは。ある意味で『高丘親王航海記』も散歩ですよ。あれは海の散歩だから。どこか歩いていって風景が刻々に変ったり、歩いていく速度で風景が崩れていったり。それで歩いている当人は別に崩れるわけじゃないからね。精神だから。そういう、非常に自由なところに出たんだよね。

巖谷　そうですね。だいたい『夢の宇宙誌』の時代というのは、澁澤さんはぜんぜん歩かないんだからね。部屋の真ん中にすわって望遠鏡かなにかで眺めて、それを記録しているという印象が強かったでしょう、文章そのものに。だから八〇年代は逍遙の時代かな。小説も、それとともに、だんだんに流れていったというか。

『高丘親王航海記』の解題が楽しみですね。あれは松山さんじゃなければ書けないでしょう。

松山　いや、私がいちばん書けないだろうと思うけれども、ただ、私は、澁澤さんが好きだったホルベルクだかホルベアの『ニールス・クリムの地底旅行』、あれが『高丘親王航海記』と関係があるかないかというところを新たにチェックしてみなければ、と思っているんです。

出口　それはおもしろいね。

松山　あの作品は、ほかの日本人はほとんど問題にしていなくてね。戦争前に、世界文学を三冊くらいで紹介した概説書にあったが、その本はあまり売れなかった。それと、ルネ・ドーマルの『類推の山』がやはり、そうとうの影響がありますね。

種村君が前に「澁澤さんは快感原理みたいなもので話の筋を進めていく傾向が強いから、もし少年小説を書いていれば大ベストセラー作家になったろう」ということを言ったけれども、『高丘親王航海記』は、よく考えぬいてあるところと、何かを考えていてついでに出てきたから伸ばしてみようというのと、両方あるでしょう。
出口　ある、ある。そうとうチャランポランだよ、あの小説は。
巖谷　おならの話とかね（笑）。
松山　『高丘親王航海記』の見出しが、うまい。
出口　全部、二文字にそろえてね。あれはいい。しかしこの座談会、ちゃんと『高丘親王航海記』まで話が及んだじゃないですか。
種村　あんまり喋っちゃうと、全集をこれで見た気になって売れなくなるかもしれない（笑）。
巖谷　最後に年長の出口さんが、「乞うご期待」ということで締めてください。
出口　さっき申しあげたとおり、二十代と晩年の彼がますます僕にとって至近距離の人間になってしまってね。これはもうしょうがないんですよ。だから僕にとっては、単行本未収録の文章がたくさんあるということがまず非常に新鮮だし、それを読めるということだけでも、僕個人としても編年体の全集にこれから取り組もうという気が大いに出てくるし、あらためて、いままで僕のなかでモヤモヤしていたものが、焦点が決まってきたなと思っています。つまり編年体で彼の世界を再構成する意味が、これで鮮明になったなという気がして、たいへんいい気分になれました。
巖谷　これ以後、澁澤さんは全集で読む作家だ、ということになるんじゃないかな。
松山　そうだね。
出口　いいね。それはとても供養になる。
松山　私は十八か十九のころに戻って、この全集を読みたかったね（笑）。
編集部　あるひとつのエッセーが何回も何回もいろいろなところに入っていくという流れとかは、全部わかるようになっていますから。
巖谷　それが最高のまとめじゃないですか。全集で読む作家なんだということは、澁澤龍彥の再発見だよね。

種村　一種の建築構造があるからね。そのなかで経めぐり歩くと、いろいろな……。いままで陰になっていた紀行文とかが収録されるんだけれども、そういうものが亡くなったあとにもいくつか出ているという、これがおもしろいね。

出口　彼の身近な理解者でも、「編年体の全集を組むと、澁澤龍彥の単行本を解体しちゃうことになる」って心配してる人がいるんです。

種村　リアルタイムで読んできた読者は、そういうあれがあるかもしれないね。

巖谷　編年体といっても、もとの単行本をバラバラにするんじゃなくて、単行本主義ですよ。単行本がすべて年代順に入り、しかもヴァリアントを入れ、その時期に書かれた未収録エッセーを各巻の「補遺」に入れるということだから、どんな読み方をしてもいいようになっている。

種村　『澁澤龍彥全集』を全部読んで「玉虫三郎物語」の構想を見て、それで「玉虫三郎物語」を書いちゃう人はいるだろうか。

松山　それは無理だろう（笑）。

出口　『明暗』（夏目漱石）の続篇のほうがまだ書きやすいよ。

巖谷　『高丘親王航海記』ですら、未完だった場合、先を書けなかったろうな。

松山　そうね。それまでのものと違うもの。

巖谷　やっぱり未知のほうへ向っていたから。自分でも何が出てくるかわからない状態になっていたんだと思う。亡くなる前は。

編集部　どうもありがとうございました。

一九九二年十二月十五日　於・河出書房新社会議室

近所の澁澤龍彥

公開対談　出口裕弘／巖谷國士

巖谷　澁澤さんが亡くなってそろそろ七年ですけれども、その七年が長かったのか短かったのか、いろいろな思いがあります。澁澤さんにとってよかったと思うのは、これはかなりめずらしいことでしょうけれども、亡くなってからどんどん読者が増えているらしい。とくに新しい若い読者が没後に増えつづけているということで、それでいま、展覧会などがひらかれることになったわけです。

ちょうど河出書房新社から『澁澤龍彥全集』を発刊しつつあって、これが予定どおりに毎月出せる状態で、順調にいろいろなことがわかってきています。亡くなって以後、澁澤さんの読者もすこしずつ新しくなり、変りつつあるだけでなく、全集が出ることによって、澁澤龍彥という作家がもういちど新しい見方で読まれはじめつつあるんじゃないか。というのは、亡くなるころまでは文庫本なんかでポツンポツンと澁澤さんの世界を断片的に読めるという程度だったと思うんですけれども、この全集によって、ともかく全部出てしまう。しかも編年体で、若いころから晩年まで、あるいは没後まで、澁澤さんの作品がすべてあらわになるというはじめてのスペクタクルが、いま展開されているわけです。それによって澁澤龍彦という作家が、いま再発見されつつあるんじゃないだろうか。それもひとつのきっかけとなって、展覧会がひらかれたのだと思います。

展覧会と、全集がいま発刊されつつあるということは関連していますから、たまたま澁澤さんと長いつきあいがあり——といっても僕はだいぶ年下ですから多少短いんですが——専門領域ともかかわりのある四人の友人が編集委員を引きうけているわけですけれども、その四人で、ひとつなにか語りあおうじゃないかということになりました。

きょうは出口裕弘さんと一対一でお話しすることになりましたけれども、出口さんはご存じのとおり作家でありフランス文学者でもあるわけですが、澁澤さんとはいちばん古いおつきあいで、旧制の浦和高校時代からの同級生で同い年でもあり、同じ時代を歩んでこられたかたです。全集の「月報」に使われているインタヴューがありますが、澁澤さんのお母さん、妹さんをはじめとして、澁澤さんの生い立ちからずっと担当しておられました。あれを読んでいると、非常におもしろい、いろいろなデータが出てきている。たぶん澁澤龍彦というのは、作品そのものと「澁澤龍彦」という作家の人格が、微妙に重なりながら、あるいは対立しながら、イメージを読者に与えていく。それが澁澤さんの作品の特徴でもあって、彼はいつでも「私」ということを表に出して文章を書く人でしたから、作家像と作品とがつながりがある。展覧会がひらかれるというのも、それがひとつの根拠なんで、作品だけが独立して読者にイメージされるわけではないような世界を、自分でつくってきたという面があるからだと思います。そこで全集の月報では、澁澤さんとはどんな人だったかということを、いろいろつきあいのあった人々に聞くことになったわけです。

出口さんはまずトップバッターとしてそれをやってこられて、いろいろとおもしろいことを聞きだしておられるわけですが、じつは出口さん自身のことをあまり喋っておられない。おそらく、長いおつきあいをしてこられたわけだから窺い知れない何かをつかんでおられるのではないかと僕は想像していますので、きょうはひとつ僕のほうでインタヴューしてしまおうと思います。

たまたま「近所の澁澤龍彦」というタイトルになっているのは、電話で題名を仮につけてくれと頼まれたときにふと思いついて言ったら、それでいいということになったんですが、出口さんにはまず、澁澤さんとの最初の出会いのことを伺っておきたいんです。そのへん、あんまり書いておられないんじゃないですか。

出口　断片的には喋ったり書いたりしてきたんですが、こう見わたすと若い人ばっかりで、僕らは年寄になりましたね。昭和三年生まれですから。かろうじて昭和。澁澤――僕は「澁澤君」なんて言ったことはありませんので呼び捨てにさせてもらいます――が五月、僕が八月の出生で、ほとんど同じコースを走ってきた人間です。

そもそも旧制の浦和高等学校というのはいったい何だということになりますが、そこから説明するとたいへんなことになりますので、どうしても知りたい人は、そういうところはあとで勉強してください。一高、二高、三高、四高、五高と各地にありまして、そのあと浦和とか静岡とか高知とか弘前とか、旧制の高等学校――国立大学に行く予科みたいなものです――が日本中にあったんですよ。これが、いまでは想像がつかないでしょうが、女の子は入れないんです。男子だけ。そういうものがありまして、そこに僕も澁澤も、昭和二十年の四月、いや、実際には七月でしたね、もう戦争末期で、じきに原爆が落ちようというぎりぎりのときに入ったんです。

澁澤も僕も、時代の戦時テクノロジーの影響もあり、理科の人間だと徴兵猶予という特権があるものですから、じつは旧制浦和高等学校理科甲類というのに入ったんです。でも、二人ともちょっとだらしがないのは、八月十五日に戦争に負けたとたんに、「それっ」というので、いちばん先に僕と、あと、同じ組で二人ぐらいでしたかね、文科に逃げだしました。つまり、むりやり理科にいたやつがいっぱいいたんですね。でも適性は理科じゃない。試験をしたって零点ばかりとるんですから。ベクトルとか微分積分とかやっているわけですが、できっこない。僕が第一番に逃げ出して、翌年昭和二十一年の四月に澁澤も逃げてきた。

旧制浦和高等学校文科甲類――甲乙丙とありまして、甲というのは英語とドイツ語、乙というのはドイツ語が第一で英語が第二、丙というのはフランス語と英語、そういうふうにわかれていて、ものすごくハードな、フランス語でも英語でも週に十何時間も叩きこまれるようなシステムだったんですが、その文科甲類に僕がちょっと前に逃げこみ、澁澤もそこへ半年ぐらい遅れて逃げこんできまして、そこでめでたく文科の人間として出会ったということです。

巖谷　澁澤さんは理科はけっこう好きじゃなかったですか。どうなんでしょう、そのへんは。出口さんが好きじゃないというのはわかるけれども。

出口　僕は絶対だめです（笑）。因数分解まではできるかな。因数分解も、もう危ないですね。

巖谷　澁澤さんもやはり文学少年だったでしょうけれども、理科にはちょっと興味があったんじゃないかと……。

出口　そうそう。僕よりは興味も適性もあったみたいだね。インタヴューした松井（宏）君というのがいたでしょう。理科の友達ね。彼に聞くと、僕ほどひどくはなかったみたいですよ。多少適性もあったし、やる気もあって、航空工学をやりたいというようなことを言っていたといいますから。

巖谷　文科の甲類で、澁澤さんは最初はドイツ語をやったんですね。

出口　英語が主で、第二語学がドイツ語。

巖谷　いまドイツ語、できます？

出口　冠詞が言えないです。der des dem denで、その先はもう真っ暗というか、つまりものすごくドイツ語に適性を欠いていて、単位制度なら僕は卒業できなかった。ほとんど零点ですから。だけれども昔は、一年生を二年生に、二年生を三年生に、先生が集まって二時間も三時間も討論して、しょうがないから上げてしまおうと、上げたわけです。だから、ボロボロでも上っちゃう。それで上ったんです。

巖谷　どうだったですか、澁澤さんは。最初に会われたころ……。

出口　僕はいきなりズブズブの文学青年になっちゃって、いちばんやさしいのは詩ですから、詩からはじめるわけだよね。俳句、短歌とみんなやって、小説も書いたりして、十代にけっこうそういう修業をしたの。文芸部という、旧制浦高で文学をやりたいというのが集まっている部があって、同人雑誌を出したりやっていたんですが、まったくそれと無関係なところに澁澤はポツンといて、教室でしか会わない。こっちは回覧雑誌をつくったり、あとで活版のも出したりするんだけれども、彼はまったく入ってこようとしなかった。野球部のマネージャーをしていたそうだけれども。

巖谷　スコアーブックをつけて暮していた、と。

出口　そうです。気持が悪いくらい色の白い、やたら鼻の高い、奇妙な、蝋人形みたいな少年が高歯をはいて。昔の高等学校というのは、黒マントを翻して、わざと踏みつぶして汚した帽子をかぶって、朴歯の高歯をはくんです。僕も澁澤も背が高いほうじゃないですから、ちょうどよかったんですがね。

しばらくすると、すでに、野球部なりなんなりに彼の信奉者がいた。もう小教祖になっていたんです。要するに、僕なんかの視線を感じながら、「あいつは文芸部の詩かなにか書いているやつで、俺は本当はそういうのは嫌だ」という顔を明らかにしているわけよ（笑）。それで、彼もドイツ語が嫌いだから、自分でフランス語を独学でやって、かなりできるわけね。早いうちから一応、読むという作業は好きだからどんどんやれて、黒板に、マッコルランとかスーポーとかシュルレアリスムとか書いて、無知な信奉者をケムに巻いていた（笑）。

巖谷　文芸部としてはどうなんですか、そういう相手は。

出口　文芸部としては、まったく無関係で、なにかキザな、横文字ばかりを振りまわすやつ、ぐらいにしか見てなかった。

巖谷　出口さんは実存主義あたりをやっていたんですか。

出口　いや、そんなことないです。僕は主義なんかやったことない。十九歳からずっと小説家になろうと思っていて、まあ、なるのに何十年もかかりましたがね、やっているわけです。

巖谷　澁澤さんも、もうそのころなにか書いていたでしょう。

出口　それがよくわからないんだよな。文芸部にいれば裏側までスケスケに見えちゃうんだけど。あの人は、そこは僕には不透明ですね。

巖谷　俳句をやっていた時期もあるといいますね。

出口　それを聞いて、僕はショックでね。澁澤龍彦が俳句をつくっていたというのは、ちょっと解せないですけれどもね。でも、けっこうそういうことは、孤独な立場で、やってはいたみたいだね。旧制高校では僕らのほうが文芸部で、多数派の文学青年で、彼らは少数派だった。

巖谷　じゃ、すぐ仲よくなったというんじゃないんですね。

出口　そうじゃないんですね。むしろ彼のほうも白い目で見ていたんじゃないかな。この気持の悪い文学青年めが、と。

旧制高校っていうのは、肺病が名物だったな。それから自殺。文芸部でも肺病と自殺が続出しました。
巖谷　それじゃ、どんどん数が減っちゃうじゃないか（笑）。
出口　減っちゃうんだよ（笑）。
巖谷　「近所」という意識はなかったですか、最初から。
出口　澁澤に「近所」の意識はないね。
巖谷　澁澤さんというのは、芝の高輪で生まれて、埼玉の川越にちょっと行って……。
出口　類別すれば、山の手の人だよな。
巖谷　それで滝野川の中里でしょう。
出口　そうそう。
巖谷　出口さんとは、中里ならわりと近いんじゃないですか。育ったところが。
出口　地域的には。僕は日暮里ですからね。日暮里の荒川低地のほうなんです。
巖谷　澁澤さんは高台のほうでね。
出口　わりと近くにいたんだね。僕はもちろん知らなかったけれども。
巖谷　出口さんは澁澤さんと生年も同じだし、共通点をときどき強調しておられるけれども、じつは正反対じゃないかと僕は思うんですよ。
出口　すごく違うタイプかもしれないね。
巖谷　そこらへんのお話を、きょう、お願いしたいんです。めったに言われないでしょう、その正反対のところを。
出口　言わないね。ご返事はいたします（笑）。
巖谷　近所というより、はじめから何か、その違いは感じておられたですか？
出口　感じていましたね。
しょうがないな、もう、なんでも喋っちゃおう（笑）、僕は何十年もフランス語の教師をしたくせに、フランス語はぜんぜんできなかったね、旧制高等学校のときには。英語はなんとかやっていたけれど、ドイツ語は冠詞もろくに言えないぐらい嫌でね。ひとつの名詞が格で変るなんて嫌なんだよ。こんなの、とんでもないと思ってました。
巖谷　フランス語だって、動詞がいろいろ変るではないか（笑）。
出口　まあね。野沢協君という大学者がいるでしょう。彼もいっしょだったんだよ。あの人は最優秀のアカデミシャンになった。でも、もともとは同じ文芸部にいたんです。
　澁澤は、平岡昇先生について、どんどんフランス語をマスターしていった。僕はしないわけ。マスターしないで小説を書いてた。
巖谷　でも澁澤さんは、フランス語でわからないところがあると、出口さんのところへ電話して聞いていたでしょう。
出口　それはのちのち。僕がなんとか苦労して教師になったあとでのこと。昔は彼のほうがずっとできた。すべてヨーロッパ的なもの、前衛的な西欧文学、とくにフランス的なもの、そういうのはみんな彼のほうで、こっちはハートでやっているという感じ。一所懸命ハートでやってた。
巖谷　澁澤さんはハイカラだったと？
出口　ハイカラだったね。ハイカラという言葉は、あんまりこのごろ聞かなくなったけれども。君も古いね（笑）。
巖谷　古いかな（笑）。僕は、生まれ育ったのが港区の高輪なんです。だから、山の手の南のほうですね。澁澤さんの生まれたところも高輪。その点では「近所」かな。ところで、東京というところは、土地によってずいぶん違いますからね。
出口　そうそう。ものすごく違う。
巖谷　出口さんの場合、澁澤さんが崖の上にいたでしょう。出口さんはその下のようなところで、近所だけれども、その違いもあって、ある種の反撥があったんじゃないかな。
出口　いや、そういうことはまったくなかったね。だいたい僕は下町人間じゃない。血筋は西伊豆の郷士で、東京の下町はいっときの足溜まりなんだよ。もっといえば別に僕は、その人間がどういう育ちだろうが、もともとは熱帯樹林からサバンナへ降りたサルにきまっているんだから。そうでしょ？

巖谷　それはそのとおり。

出口　もとはサバンナのサルでキーキー言っていたにきまっているんだから、無視するね。いま何を言って、どういうことをしているやつか、これしか僕は評価の基準にしないの。第一、澁澤は、山の手臭を振りまくというやつじゃなかった。

巖谷　ではなかったでしょうね。

出口　そういう感じじゃない。山の手ったって、あいつ滝野川だろ（笑）。

巖谷　外れです。いわゆる山の手じゃなくて、北の外れです。

出口　君みたいに高輪だったら……。

巖谷　高輪もそう、南の外れに近い。

出口　山の手と違うの？

巖谷　あそこは武家屋敷の町だけれども、いわゆる山の手とはちょっと違いますね。まあ澁澤さんの生まれた高輪はともかく、育った滝野川は、東京の真ん中の山の手じゃないからね。

出口　そうそう。端っこ。北区だもの（笑）。

巖谷　だけど、「山の手人」という印象はけっこう強かったですね。

出口　そうかもしれない。あそこは境界線なんだよね。いま荒川線が走っているでしょう。荒川線というのは低地を走っていて、両側が崖だったりするんだな。そういう境界線だよ、彼の故郷は。山の手の深窓の令嬢、じゃなくて令男？

巖谷　「令嬢」と言ってもいいけどね、澁澤さんなら（笑）。

出口　そうだね（笑）。でも、そういうイヤミな風を吹かしたことはないね。それは言っておきましょう。

巖谷　僕は、なにしろ十五歳も年下だから、ちょっと同時代の意識は持てなかったけれども、大学に入ったころに出会っちゃって、その後ずっとつきあっていたんですが、はじめから彼はざっくばらんな人でしたよ。その後、黒のイメージかなにかあって、本人もちょっとその気だったんだけれども、密室にこもってエロティックな博物誌のようなものに没頭して、わりと暗いイメージで売っていた時期がありました。

出口　そうだね。

巖谷　いまでもそういうイメージで読んでいる人がいるかもしれないし、きょうも「澁澤龍彦展」の会場へ行ったら、妙に暗かったですね（笑）。

出口　照明が絞ってあってね（笑）。

巖谷　しかも、澁澤さんの書斎なんていう展示室がありましたけれども、あれ、ひどく密室の感じだったですね。

出口　あれはむちゃだよね（笑）。

巖谷　実際には、もっと大っぴらな部屋で、お客がいくらでも入っていけるようなオープンなところだったんですがね。それが澁澤さんです。

出口　そうそう。本人だって、いわば江戸の御家人くずれみたいなところがあったのよ。

巖谷　ちょっとね。

出口　つまり、町民じゃないけれども、やっぱり御家人くずれであって、侍でもないし、山の手の坊ちゃんじゃないんだよ。

巖谷　そうですね。

出口　伝法なところがあった。あの人の文章に、ちょっと啖呵をきるところがあるでしょう。あれはそういうことですよ。

巖谷　あのべらんめえ調というのは、僕にもあるけど、澁澤さんについてまわったものだと思う。

出口　そうそう。

巖谷　旧制高校のとき、文芸部というのがそれほど大きな存在だったとしたら、それに対して澁澤さんはちょっとポーズをとったのかな。自分はそういうところへ行かないんだ、と。

出口　あの人は、そういうことは喋らない人だから、あらわに僕は聞いたことはないけれども、人種が違うっていう感じはありましたね。文芸部にもフランスの前衛文学に熱狂する風潮はあった。でも、澁澤のやっていたフランス前衛文学——大戦下の文学だね——とは違う形の、不安の文学みたいな、そっちのほうだった。僕もフランス文学にかぶれたけど、澁澤のとはずいぶん違ってた。マルセル・アルランとか、ジュリアン・グリーンとか。

巖谷　出口さんは、あのへんを読んでいたんですか。

出口　読んでましたよ、いっぱい。みんな翻訳ですけれどもね。

澁澤は、ことさら文芸部に反撥して徒党を組むなんていうことはしないわけね。ひとりでジャーナリズムを突破して物書きになっちゃおうと思っていたんだと思う。

巖谷　もうすでに？

出口　そう。翻訳家として非常に出発が早いでしょう。

巖谷　そうすると、いわゆる正統派の文学といいますか、文芸部のとは違う種類のものを読んでいたのかな。

出口　彼なりにオーソドックスなものも読んでたとは思う。

巖谷　あのころオーソドックスというと、何だろう。ジードとかアナトール・フランスとか、あのへんを読むのかな。

出口　フランス文学に限らないわけで、新潮社の世界文学全集を片っぱしから読むというのは、彼もやっていたでしょう。それから日本の明治・大正文学全集とかね。改造社の三段組の。ああいうのは彼だってちゃんと読んでいると思いますよ。そこが抜けている人じゃないと思う。

巖谷　いや、浦高に入ったころのことですよ。戦後すぐ。もうすでにフランス語でいろいろなものを読みはじめていたんですか。
出口　少なくとも三年生になってからは、読んでたみたいだね。
巖谷　戦後になってドッと来たんだろうと思うんです。それはフランスに限りませんけれども、外国から。
出口　そうなんです。
巖谷　それが一気に、それまでは閉ざされていて、知らなかった新しい二十世紀の文学に触れたわけでしょう。戦中にあったのはある程度、正統的なフランス文学だけだった……。
出口　いや、そんなことはないよ。瀧口修造さんなんか、もうすでに昭和初年にやってた。
巖谷　戦前にはやっていましたけれども、翻訳は少なかったし、戦中にはもちろんもう出まわってはいなかった。それから外国の原書だって、来ない時期があったわけだから。
出口　ぜんぜん来なかった。
巖谷　それが一気に来ちゃったときに、何を選ぶかということが、若者のその後をきめるという面があったと思うんです。
出口　それはあるね。浦高の文芸部には、フランス語はあんまりできないけれどもフランス文学がめちゃくちゃに好きだ、みたいな先輩がいるわけ。
巖谷　だいたいフランス文学の好きなやつって、フランス語のできないやつが多い（笑）。
出口　ぜんぜん読めないんだけれども、ありとあらゆる翻訳で、あのころは第一書房なんかの、マッコルランであろうが、グリーンであろうが、みんな出ていたでしょう。ああいうのをどんどん読んでいたわけ。そういう先輩がいたから、僕のまわりもフランス文学でたいへんだったわけ。戦前の雑誌「詩と詩論」がそろって学校の図書館にあったから、僕はあそこで――翻訳でですよ――ピエール・ルヴェルディの散文詩なんかも読んでいた。それは、ムードとしてはたいへんなものだったね。フランスでないと夜も日も明けないというような。
巖谷　「詩と詩論」なんていう雑誌は、案外、あのころにはよく読まれていたんですか。
出口　戦争中は禁断の書に近かったんでしょうが、高等学校の図書館にそろっていて、先輩が借りだしてきた。瀧口修造さんも僕らは読んでいるし、春山行夫も読んでいる。北園克衛も。あッという間に、半年ぐらいで翻訳を介してフランス新文学を身につけたということは、僕らはある。だから澁澤のフランス文学と、そんなに違うわけでもないんだよ。
巖谷　彼は、マッコルランとさっき言っておられたけれども、ジャン・コクトーなんかもそのころからかな。
出口　コクトーは戦前から、東郷青児とか……。
巖谷　佐藤朔さんとかね。
出口　そうそう、そういう人たちの翻訳で、「白紙」とか「阿片」とか、みんな読んだ。堀口大學の翻訳がいちばん多かったと思う。
巖谷　澁澤さんは堀口大學は最後まで好きだった。
出口　僕らの世代はね。
巖谷　やはり世代ということになるのかな。
出口　そうなんだよ。大學さんの翻訳で育ったのが僕らです。
巖谷　旧制高校では、つかず離れずですか。
出口　ああ、澁澤とはね。いっしょに切磋琢磨（せっさたくま）したことはありません。
巖谷　切磋琢磨というのは、彼に似あわないしね。
出口　ぜんぜん似あわないね。
巖谷　競争の嫌いな人ですよ。はじめから競争しないですむ場所にいるんです。
出口　そうでもない点もあるんだけれどもね。
巖谷　そこを聞きたいね（笑）。
出口　それは、そんなことはないんだよ。僕は同い年で、同郷で……。
巖谷　ライバル意識があった？
出口　やっぱり、気にさわることはいっぱいあったしね（笑）。

巖谷　出口さんのほうに？

出口　彼が僕に対して気にさわることもあったろうしね。それはそうだと思う。僕は彼と喧嘩もずいぶんしましたしね。

巖谷　どういうことでですか？

出口　文学上のことで論争になって喧嘩するなんていう、そんな野暮なことはしないですよ。そんなことは、おたがい好きなようにやればいいんだというのが僕らの考え方だから。何だろうなあ、そういうときは、だいたい酔っぱらっているから、ごくつまらないことで喧嘩になるんです。

巖谷　いま酔っぱらっていますか？

出口　いや、いまは大丈夫です（笑）。

巖谷　大学は仏文科ということですが、そこへ進むというのは、自明の理だったんでしょうか。

出口　僕は自明の理。

巖谷　澁澤さんもそうだったかな。

出口　もう自明でしょう。僕は法学部法律学科へ行こうと思ったことはないですよ。経済学部もないです。文学部の他の学科もね。

巖谷　大学を受けるころは、おつきあいは？

出口　ちょいちょい教室で会うし、いろいろな情報を教えてもらったな、僕のほうが。

僕は、旧制高校のときに、文芸部のハナガタ詩人だったわけです。校内新聞に北川冬彦かぶれの詩が載ったりして。

巖谷　筆名は津島なんとか？

出口　そうね、「津島」を使ったかもしれませんね。いや、あれはずっとあとだ。「ジャンル」のときだ。

巖谷　太宰治（の本名）からだな（笑）。

出口　いずれにしても、彼にしたら「なんだ、あいつ」と思っていたところがずいぶんあると思う（笑）。僕らのほうは徒党を組んでいたからね。

巖谷　ちょっと飛びますけれども、澁澤さんが「龍彦」になったころはどうなんですか。本名じゃありませんからね。「龍雄」という人物が「龍彦」に変ったのは。

巖谷　あれはずいぶん早いでしょう。

出口　ただ、「澁川龍兒」なんていう名前を使っていたことがある。

巖谷　それは僕は知らない。

出口　いちどそのペンネームで発表して、あまりよくないと思ったんでしょうか、その後は使っていませんけれども。

巖谷　よくないね（笑）。

出口　「澁川龍兒」じゃ、いまの展覧会はないでしょうね（笑）。

巖谷　ぜんぜんだめだね。

出口　それから「蘭京太郎」というペンネームがあります。二十代後半に。

巖谷　それは何かに使っていたね。おぼえてる。

出口　「澁澤龍彥」となったころというのは、ご存じですか。もう大学を出たころかな。

巖谷　いやいや、もっと前でしょう。

出口　じゃ、大学時代か。

巖谷　そうだね。翻訳がそもそも「澁澤龍彥」でしょう。コクトーの『大胯びらき』が。

出口　そうですね。あれは大学のころに訳しはじめたという。出口さんは、もう卒業しておられたけれども。

巖谷　僕は二年先に入っちゃったからね。彼は、はずかしそうに、「俺の字は字画が多いんだよ」っていうんだ。本当にそうだよね。六十か七十あるんだよ、全部足すと。だから、「龍雄の「雄」という字はよけい多いから「彥」にした」って。そんなことないんだけど、かわいいこと言ってた。

出口　「澁川龍兒」のほうが少ないけれども（笑）。

巖谷　それでいて、略字にすると、烈火のごとく憤るんだよね。澁も澤も龍も。

出口　「彥」もそう。「彥」だって旧字だから。新聞なんかは新字にしたがるし、こんどの展覧会でもたいへんだったようですね（笑）。

出口　大学のころじゃないかな。龍彦になったのは。翻訳がそもそも「龍彥」だから。

巖谷　でも、「澁澤龍雄」と「澁澤龍彥」じゃ、ずいぶんイメージが違う。

出口　そうだよね。

巖谷　大学時代に、その名前で澁澤さんはなにか書いていたんですか。

出口　旧制高等学校から僕は、なんでか知らないけれども、大学は一回で受かっちゃった。ストレートで仏文科へ入っちゃったんですよ。彼はまた、よく落ちるのよね。二度も落ちて、三度目に入ったんだ。

巖谷　浪人時代の彼は、働いていたわけだ。生活がたいへんだったし。

出口　「モダン日本」でね。

巖谷　吉行淳之介と飲んだくれてたわけだね。

出口　貧乏な時代なんだよ、ものすごく。

巖谷　澁澤さんも貧乏だったんですね。

出口　貧乏。どん底（笑）。もちろん僕もだけどね。

巖谷　出口さんのほうがましだったのかもしれない。

出口　そうかな。

巖谷　澁澤さんはだから、大学を落ちてもしょうがない。でも、彼は入りたかったみたいですね。僕はずいぶん話を聞きましたよ。やっぱり仏文科に憧れていたんだ、と。

出口　そう。彼は仏文以外のところへは行かないでしょう。

巖谷　それで遅れて仏文科へ入って、じつはデビューは早いほうですね。大学の最後のころには翻訳をどんどんやっていますから。

出口　『大胯びらき』が最初で、あれがおそらく二十四、五でしょう。

巖谷　最初に出したのは二十六歳のときですよ。

出口　文筆業者としてのデビューは非常に早いです。

巖谷　サドもね。

出口　彰考書院ですか。

巖谷　いや、河出文庫（旧版）で最初に出していて、あれのほうが早い。それに、いろいろな人の下訳をやっていますね、小牧近江とか。あのころ、出口さんはもう北海道ですか。

出口　いや、北海道にはまだ行っていない。

そのあたりが彼と僕との黄金時代なんだ。話を縮めて言いますと、旧制高校の文芸部の連中はつぎつぎに死んじゃうし、このあいだまで小説を書いていたのが、ケロッと法学部に行っちゃったりするんだよ。みんな裏切るんだよね（笑）。お役人や実業家で偉くなった人がいっぱいいます。文芸部には理科生もいたから、サイエンスのほうで大成したのもいる。文学なんて一時の気の迷いなんだね（笑）。みんなやめちゃったわけ。

巖谷　だいたいそんなもんでしょう（笑）。

出口　僕はそうは思ってなかった。文学一点ばりでずっとやってたら、まわりに誰もいなくなっちゃった。僕がいちばん信用していた一年上級の某君なんか、コロッと映画監督になっちゃった。

巖谷　映画ならいいじゃないですか。

出口　いや、いっしょに仏文をやるはずだったんだよ。それで僕は孤立無援になって、あらためて、僕のほうから澁澤に親交を申し入れたわけだ。「あ、あいつがいた」と思ってね。

巖谷　それは二十代前半？　大学のころですか。

出口　出るころかな。澁澤はまだ在学中だったかもしれないね。僕のほうから手紙を出して。

巖谷　手紙を出した？

出口　うん。身辺さびしくなっちゃったから（笑）。

巖谷　ラヴレターだね（笑）。

出口　そうだね。そうしたら、まあそこが彼のいいところで、「あ、いいよ」といって、あの字で、そういうことならば何月何日の午後何時何分ごろ、自分はどこそこの画廊でエラリー・クイーンを読みながらすわっているでありましょう（笑）、ぜひそこで会いましょう、と。

巖谷　デートだな（笑）。
出口　デートです。やつはエラリー・クイーンをひろげて……。
巖谷　それで、どうでした？
出口　そのころの彼は、なんというのかな、とても度量が大きいというか、なんでも受けいれちゃうというか、どういったらいいんだろう、いいやつだったね。その後、悪くなったというわけじゃないですけどね（笑）。
　昭和二十年代の、翻訳の仕事がそろそろはじまるころでした。僕もさびしくなっちゃって、彼と親交をあらためて結ぼうと決心した。もっともそれから二〜三年で僕は、北海道大学の先生になって行っちゃったんだけれども、その前二年ぐらいが黄金時代。急に、彼の家へ年中遊びにいくというふうになったんです。
巖谷　鎌倉の小町ですね。澁澤龍彥の書斎というのが、再現という形で展覧会場にもありますけれども、あれは引っ越し後の北鎌倉の家のほうなんで、むしろ、小町の書斎のほうを再現するとよかったかもしれない。
出口　うん。僕はエッセーに書いたけれども、僕の友人でひとり貧乏ゆすりをするやつがいて、そいつが貧乏ゆすりすると揺れるんだよね。二階全体が。
巖谷　階段をあがるとき、危ないんですよ。そのうえ、暴れる人もいましたから（笑）。あそこでは、同人雑誌の相談をしたり？
出口　そう。「ジャンル」というのを一号だけやりました。
巖谷　それでまさに「近所」になったのかな。出口さんと。
出口　だけど、そのときにすでに僕は、北大の専任講師の口がかかってきて、実際に行っちゃったんです。だから「ジャンル」に載せたものは、僕は北海道で書いたんです。小笠原豊樹君から電報で矢の催促で、電報に追われながらやっと書いて送って、校正が来て、という具合にやっていたんです。
巖谷　「撲滅の賦」と同じ号に載った、あれですね。
出口　そう。
巖谷　「撲滅の賦」というのは、例の裏の事情はともかくとして……。
出口　モデルのことなんか、いろいろ知っているけど、これは長くなるし、フィクションにでもしないと、言えないな。
巖谷　その「撲滅の賦」を読んだときは、どうでした？
出口　これほど自分と違う文学志望者が、なんでこんな身近にいたんだろうと思ったくらい、ぜんぜん違う人だなと思った。
巖谷　あれはそうとういいものですよ。二十代であれだけのものをまず書いちゃうというのは、めったにないことだと思いますね。
出口　彼の小説のなかで、いちばんいいんじゃないかな（笑）。
巖谷　そのあとの「エピクロスの肋骨」もいいですけどね。あれは、亡くなるまで、多くの読者は知らなかったわけです。ただ、「二つ残っているのを誰かが見つけて本にするだろう」という予言を、彼はしていたらしい。
出口　逆に言えば、死ぬ覚悟をしていたんだろうね。
巖谷　おもしろかったのは、彼の初期の小説集に『犬狼都市（キュノポリス）』がありますけれども、あれを桃源社で出すときに、あれは三作入っているんですが、最初は五作もっていったというんですね。作品を五つもっていって、その五つのうち二つを、桃源社のほうで、ちょっと違うからといって落としたのか、澁澤さん自身が途中で落としたのか、五作ではなく三作になってしまった。それで『キュノポリス』というのは、非常に人工的にできあがった耽美的な本になった。
出口　一種のモザイクなんだな。
巖谷　ああいうもので彼は最初の小説世界をつくっ

たけれども、あのとき落とされた二本が「撲滅の賦」と「エピクロスの肋骨」。ところがいまから見ると、あの二本のほうがいいんです。

出口　小説としては、初心があるというだけじゃなくて、じつに全体の構築もしっかりできているしね。人間てわからないもので、あのままあれがもっと評価されたりしたら、ひょっとすると彼は小説家になっちゃったかもしれないのね。

巖谷　さあ、どうですかね。そこらへんはちょっとむずかしいところだけれども。そのあとの道が、だいぶ変ったかもしれないとは言える。

出口　それは変りますよ。『犬狼都市』とはあまりにも違うからな。

巖谷　あの二本については、やはり若い文学青年の雰囲気もある。ただ、別の特色もあるな。そうとういろんなものが下敷きになっているし。

出口　ペダントリーもちゃんとあるのね。

巖谷　それから紋切型の表現とか。文章の言いまわしが、すでにあるものを巧みに嵌めこんでいる。クリシェというのか、そこに嵌めこんでいくやりかたがすでに非常にうまいですよ。それでいて、かならずしも紋切型だけで構成されてはいない。

出口　紋切型をうまく使うんだよ。でも、紋切型だけだったら思考も紋切型になっちゃうから、頭のなかも。それじゃしょうがない。でも、そういう人じゃないということです。

だから僕はいまになってつくづく、ここまで来てやっと、彼の人間と仕事の全部をいったいあれは何なのだろうと、本気になって考えはじめたところです。

巖谷　いままではかなり疑問があった、ということだな（笑）。

出口　うん。彼については、マイナスの点をずいぶんつけたし、人にも言って歩いたしね。でも、全集がなんと二十二巻、ひとりの物書きの全貌がわかるわけでしょう。僕だってこうなれば坐り直すよ。

巖谷　じつはそのマイナス点のところを、きょうはお話を伺おうかと思ったんだけれども（笑）。でも、いまや変っちゃったとすれば……。

「撲滅の賦」でも、すでになにかしら下敷きがありますよね。澁澤さん特有の、自分のいわば人にわからない、かけがえのない個人的体験のようなものからは出発しないという傾向。むしろ他人の文学作品がプレ・テクストとしてあって、それを自分の言葉でパラフレーズしていったり、紋切型のなかにうまく閉じこめて、完成品として提出してゆく。

その後のエッセーも、たとえば彼の代表作のひとつと言ってもいい『胡桃の中の世界』なんかは、典拠がいっぱいあるわけですね。どの章も、だいたい元の本がある。場合によっては、ことわりなしに元の本――ほとんどがフランスのものだけれど――を、うまくパラフレーズして自分のものにしている。

出口　パラフレーズとはまた、うまいこと言うね。

巖谷　変換かな。あるいは、そのまま盗んで使ったといって批判する人もいるんだけれども。

出口　実際、そういうところもあるからね（笑）。

巖谷　つまり下敷きがある。でも「撲滅の賦」はそうではない。創作衝動みたいなものに動かされているんだ。もちろん形としては、はじめが石川淳みたいだったり……。

出口　語り口は石川淳だね。

巖谷　ちょっとね。それでおしまいのほうに埴谷雄高みたいなモティーフがあったり、いろいろコラージュしてあります。ああいう傾向は、当初から彼にあったんだろうな。

出口　だと思うな、僕は。あの人はそういう人だよ。

巖谷　やはり……。

出口　つまり、よく純文学で昔、嫌な言葉なんだけれども、「文学の臍（へそ）がない」「臍の緒がつながっていないからだめだ」という言い方が、ずっと言われてきたでしょう。

巖谷　出口さんも言っているんじゃないか（笑）。

出口　僕はそんな言葉は使わないよ。ぜんぜん別の言葉で言う。

巖谷　別の言葉で同じようなことを言う（笑）。

出口　違うんだけど、さしあたり、ま、いいか。僕のなかには正統派が、彼よりも非常に色濃くあるからね。

巖谷　少なくとも明治以来の日本の文学にそなわっている、ある種のオリジナルな「私」から出発するという部分なんですね。

出口　それは僕にはいまだにあるね。でも、そういうのはおたがいさま、商売道具でもあるわけです。

巖谷　一方に、エッセーでは小林秀雄みたいなのもありますね。なにかかけがえのない体験というものが出発点にあるやつ。

出口　澁澤は、そっちでもないんだよ。それとはうんと違うんだ。

巖谷　正反対。

出口　というほどでもないね。あの人もオーソドックスなものをちゃんと読んでいるし。

巖谷　一見正反対だから、僕はそこがおもしろかったわけ。学生時代にはじめて会ったときに、こういう人が世の中にいるのか、と思った。つまり、臍の緒のないところがよかったんです。ポカーンとして、何かがひらかれていますね、澁澤さんは。ああいう狭い書斎のなかで、ウジウジしていたというイメージをいだく人もいるかしれないけれども、そうじゃないんだ。オープンで、いわゆる私的密室のない人だから。

出口　なるほど。

巖谷　たとえば小町の家だって、書斎と居間もなにも全部つながっていたわけだし。

出口　そうそう。

巖谷　展覧会場に「再現」されている北鎌倉の書斎にしても、じつをいうとあんな書斎はめずらしいですよ。だって、いつも戸口を開いているんだから。ふつう作家の書斎というのは、扉があって、他人は入れない。

出口　僕だって閉めてるよ（笑）。開けっぱなしじゃ、書けないね。

巖谷　ふつうは内部を見せないものですね。ところが澁澤さんの書斎は、閉ざされた小宇宙のように言われもするし、篠山（紀信）さんの写真なんか見ても、なにか美的に統一された、ちょっと近寄りがたいような印象をうける人がいるかもしれないけれども、実際には戸口の幅が一間あって、開かれていてね。それが居間兼客間とつながっていて、誰でも入れるようになっている。居間と客間との区別もないんですよ。

それは、いわば象徴的な比喩になるけれども、澁澤さんの作家としての人格というのも、書斎から外への境があんまりない。ほかの人に窺い知れないような創作衝動の源泉としての感情的な、生理的な衝動、そんなものがあんまりない人だという、それが僕の最初の印象でしたね。

出口　でもそれは、巖谷君が十いくつも年の違う人だし、やっぱり彼がある時期を経ちゃったあとで友達になったからだよ。その前はやっぱり、僕なんかと同じ文学青年だったんだ。

巖谷　じつは、そのへんを伺いたかった（笑）。

出口　同人誌「ジャンル」は、僕も彼も、一も二もなく小説を書くという衝動をもっていた時期に出したわけです。

巖谷　それがよくあらわれていると思いますね、初期の作品には。ういういしいですよ。でも、それだけじゃないんですね。やはりどこか、「臍の緒」のないところがある。

出口　「臍の緒」がないというふうに見えちゃうし、内面を見せないというのか、内面がないふうに演技しつづけたのかなと、僕は本当にいま考えこんでいるんです。

巖谷　そこが澁澤龍彥の作品のポイントのひとつかな。たしかに内面がなさそうに見える。だけれども、ああいう内面の人もあるだろうというのが僕の考え方ですね。
出口　つまり、あれ全部が彼の内面なんだろうね、きっと。
巖谷　そうなんです。
出口　だから、いま全集で二十二巻あるのが内面なんだよ。
巖谷　内面を隠していたというフィクションは、日本の文学の風土でいうと、いちばんわかりやすい。内面のドロドロしたものを全部おさえて、意志の力で統一して、ああいうどこか抽象的な、あるいは読者にすぐ共有できるような独特の世界をつくる。これはミクロコスモスである。そういうと説明しやすいですよ。けれども、あの人の場合、内面を隠すということがあったんだろうか。じつはなにも隠しちゃいない。むしろ、少なくともそれまでの日本の文学にはなかった内面というのが、彼のなかに芽ばえていたのではないか。
出口　うん、それはおもしろい問題だね。だから、これは時代のつくった人間でもあるということが、非常にはっきりしている。
巖谷　少なくとも戦後にしか、そういう人はありえない。
出口　そう。戦前の風土では存立を許されないでしょう、あの人は。
巖谷　ちょっと考えられない。
出口　原稿の注文が来ないですよ、戦前じゃ（笑）。来ても、きわめてマイナーなところで終ってしまう可能性がある。
巖谷　たとえば戦前から書きはじめていた花田清輝も、内面を見せなかった人です。たぶん花田清輝は、ほとんどジムナスティックというか、猛烈な精神の鍛錬の末に、内面のない世界をつくっていったんだろうと思う。だから花田清輝の文章は、彼独特の紋切型で、がんじがらめに縛ってあって、でも最後には、それが崩れて水の流れのようなものになっていったわけ。『小説平家』とか『室町小説集』とか、あのへんで小説の世界に移っていってからはね。ちょっと澁澤さんと似ているのは、あんなふうに崩れてから中途まで行って、六十歳ぐらいで亡くなってしまったことですけれども。

ところが澁澤さんの場合には、内面、あるいは小説的な「私」というのを、むりやりねじふせたうえでああいう彼の人格がつくられた、というふうには見えないんですね。

出口　そうね。たとえばいちばん文学でわかりやすいのは、性的ななにかひとつのねじれ、翳（かげ）りがあって、それをみごとに作品に昇華して、なかを見せないということがあるけれども、そういう感じはしなかった。

巖谷　いわゆる性的なものは、あの人の文章にはないよ。

出口　だけど僕は、何かあったと思うんだ。僕はポイントを二つ、三つ、つかんでいるんだ。

巖谷　それをここで……。

出口　それを喋っちゃうのは、商売上もったいないんでね（笑）。でも、ちょっとあるよ。

巖谷　じつは僕もそれは感じている（笑）。

出口　チラッチラッと、これはもしかすると、意識して作品化しようと思えば、できないことはないなというものを、けっこう持っていますよ。でも、途中から世間の注文が違ってきたし、まわりの信奉者も、澁澤龍彦神話をつくるふうになってきたじゃないですか。

巖谷　というか、これは別の意味で澁澤さんの「私」という人格の特徴ですね。書斎だって、客間とそのままつながった世界になっちゃうというのは、ある意味ではいつも読者と協力関係、共謀関係で自分をつくってきた人なんですよ。

出口　それは言えるな。あのね、彼が喉がおかしくなって、じつはもうすでに癌だったんだけれども、堀内さんと、あなたもいたんじゃないかな、僕の家に来たことがあるでしょう……。

巖谷　堀内さんがいたとすれば、別のときだな。堀内さんや出口さんといっしょに来たのは、僕の家じゃないか。

出口　そうだ。ごっちゃになってた。僕の家のときは、君と僕と、それから種村君がいて、澁澤が急に、「君たちは月給をもらってるからいいよな」と言ったの。僕らはみんな大学の教師をしてるからね。あのときの彼は、身体からくる気の弱りがあったんだろうね。

巖谷　気の弱りがあったかな。癌だとは思っていなかったはずだけれど……。

出口　あのときはね。でも身体が言わせることがあるんだよ。そこで、彼と読者の共謀関係の話なんですが、彼、初期にはずいぶん勇ましいことを言ってたね。たとえば、本に「あとがき」なんか要らない、と。何か言いたければ「序文」をつけろ、「あとがき」なんてくだらん、と。それを「あとがき」として書いていた。

巖谷　『神聖受胎』のときね。

出口　そうそう。それが、そのうちに微妙に変ってきてね。

巖谷　あんなに「あとがき」をいっぱい書いた人はいない（笑）。

出口　そう。「読者の皆さん」なんて書いているんだよね（笑）。「こっちへおいで」みたいなことを。

巖谷　そうなんだ。「このように読んでいただければさいわいである」とかね。

出口　「まことに私は嬉しい」とか。

巖谷　澁澤さんて、「あとがき」魔ですよ（笑）。たとえば文庫本に入ると、前の「あとがき」をやめて、また新しい「あとがき」を書いた。そのたびに、この本は私の生涯のなかでどういう位置づけだ、なんていうことをやるわけね。

出口　そうだね。だから、あの人は途中から、読者と共謀作業を、かなり楽しくやっていこうという人になったんだ。
巖谷　そういうこと。ただ、その「読者」というのを、固定したイメージでとらえてはいなかったと思うんです。つまり彼が「私」という言葉を使っても、はじめから「私」と「私たち」というのにあまり区別はなかった。彼が「私」という名において美術なら美術を語るとすると、読者もそれに協調できるような書き方をしている。ほかのやつにはわからない自分というものがあって、その自分がこの作品をこのように愛するんだ、文句あるか（笑）、という書き方は絶対にしない。たとえば、彼はマックス・ワルター・スワーンベリをもっとも愛する画家だと公言して、何度かエッセー、オマージュを書いていますけれども、どうして私はこの画家がこんなに好きなのかということをわりと客観的に説明しはじめて、気がついてみると自分の内面の問題ではなくなっていて、いわば現代人の共通したある傾向を説明している。
出口　そうか、そういう文章がいっぱいあるんだね。
巖谷　だから、比喩で言えば、書斎と外の世界というのがつながりを持てるような状態、そういうかなり柔軟で開放的な「私」というものを、徐々に確立していって、それである時期まで行ってから、例の「あの澁澤龍彥」というイメージが流布するようになった。それで、そのイメージに合わせるようなことも彼はやっています。
出口　自分で自分を、じつにみごとにつくっていたと思いますよ。
巖谷　でも、ある時期までだと思うな。
出口　そう？
巖谷　やはり『胡桃の中の世界』あたりから、「私」というものと世の中とがちょっと離れてきますね。というよりは、もっと自由になったんですね。もういちど小説のほうに移っていくころ。
出口　あれはいくつのときだろう。四十代？
巖谷　一九七〇年代後半だから、四十代のなかばくらいでしょうか。いずれにしても、読者というものを引きこむことができる作家としての主体、あれは案外、明治以後にめずらしいものじゃないかな。
出口　そうだね、いろいろな作家、エッセイストを考えてみると、あんまりいないね。小林秀雄は「さあ、読者の皆さん、いらっしゃい」なんて言わないものね。あれは「寄らば斬るぞ」みたいな感じで、それでも寄って来て、けっこう本が売れる。
巖谷　それが売れるコツだったりするから（笑）。日本ではそうでしょう。文学者というのは、そんじょそこらにゃ解らないことを書いて売ってきた。
出口　遠くから崇めながら買うわけだよな。
巖谷　そう。そういうふうな形でスターになったりした。だから澁澤さんというのは、ひょっとしたら、じつは新しいタイプの文学なんじゃないか。
出口　世の中のほうも変ったんだから、つくっていたんだ。世の中が彼をつくっていることを自分で知っているからね。非常に頭のいい人だから。微調整をして。
巖谷　そのように頭を使っていたかはともかく、本能的なものもあったと思う。
出口　そうね。
巖谷　僕は、それが彼の内面じゃないかという気もする。しかも、すこしずつ変っていったんです。だから六〇年代の彼は、いろいろな「澁澤龍彥」というのを演出したでしょう。「血と薔薇」なんていう雑誌を編集したり、裸になって写真を撮らせたり。へんな服を着てポーズをとって。僕らの見ている澁澤さんとは違うからね、あの写真あたりは。
出口　そうね。
巖谷　本人はモモヒキかなにかで大騒ぎして歌を歌って……。
出口　モモヒキというのは、かわいそうだよ（笑）。
巖谷　でも、モモヒキで出てきたりした。
出口　モモヒキで出てきた?
巖谷　うん。上にガウンを着たり、パジャマのままで客間にあらわれたりすることも多かった。ところが写真になると、すごいダンディーだ。

出口　僕だってモモヒキは嫌だ（笑）。

巖谷　いや、澁澤さんはモモヒキも好きですよ。寒がりでね。それに、かまえない。出口さんのほうが、そういうところが厳しくて、ストイックなんですよ（笑）。

それはともかくとして、自分の作家イメージをそうとうにつくるようになりましたね。

出口　いつごろからかな。

巖谷　六〇年代から。きっかけは『夢の宇宙誌』だな。あれは読者に対する呼びかけがある。「寄ってらっしゃい、見てらっしゃい。読者のみなさん」という形で、驚異博物館を公開したわけ。そのあとの『快楽主義の哲学』、これが決定的ですよ。これは、あとで澁澤さんは嫌になっちゃって、『快楽主義の哲学』は再刊してくれるな、と。全集にも入れないほうがいいのではないかという説も出たぐらいで、でもじつは、あれは自分でちゃんと書いていたことがあとでわかったんだけれども、あの本がベストセラーになったわけです。

出口　あれをやっているころ、僕はよく知っています。

巖谷　いやいやながら書いたように言われるけれども……。

出口　いや、けっこう乗っていました。あれは、ちょっとスターっぽくなったんだよ。急に需要が増えて「一発、俺はやるぜ。カッパブックスだぞ」というのがあったんだ（笑）。

巖谷　そうでもないと思うけれどもね。ほかならぬ相手が出口さんだから、そういうふうに言ったのかもしれない。ちょっと違う面も僕は感じていた。

でもとにかく、ああいうものが出て、ベストセラーといっても、カッパブックスの他のベストセラーほどではないかもしれないけれども……。

出口　けっこう売れたよ。

巖谷　あれで、いわば反世俗的な、ちょっとかまえた、書斎のダンディーみたいなイメージが確立しちゃったでしょう。
出口　そうだね。
巖谷　あれは本人がつくったとも言えるし、まわりのジャーナリズムがつくったとも言える。それで六〇年代のうちに、あの本が出たあとで北鎌倉の家が建ちますね。あの家のイメージも、それに近い感じがしましたね、最初。
出口　合わせたな（笑）。
巖谷　ところが、すこしすると、彼はもう嫌になっちゃうんですよ。世の中のほうがあんまり澁澤さんぽくなると、嫌になっちゃって、別の世界へ行くのね。だって、七〇年代に入ったら、澁澤さんみたいなポーズは誰でもやれそうに思われはじめたから。澁澤さんが「こんなにめずらしいものはない」といって陳列して見せたものを、そこらで売っている時代になった。七〇年代の高度成長社会というのは、そういうものでした。
出口　一方では大学院の論文のテーマにされちゃったりしてね。こわいよ。
巖谷　渋谷の文化屋雑貨店かどこかへ行くと、澁澤さんの好みのものがあったりする（笑）。そういう時代になった。「ブルータス」なんていう雑誌が出ちゃうと、変ったものがいくらでもカタログ風に紹介される。澁澤さんは、もう「驚異の部屋」コレクションではやっていく気がなくなって、自分のポーズというのを捨てましたね。
出口　脱皮するんだ、あの人は。
巖谷　それが七〇年代。それがいま、大衆的にはたぶん受けているんでしょう。でも澁澤さんの新しい読者というのは、少なくとも八〇年代のいわゆる「オタク」の元祖のような、閉じこもって自分の好きなものを並べて、パイプかなにかくわえて悦にいっている、ああいう澁澤さんじゃないものを読みとる読者が、いまは出はじめていると思うんです。

すこしずつ澁澤さんがポーズを変えていったというのは、彼の本能的な変化だったんだ。
出口　キャッチするんだろうね、電波を。
巖谷　頭のよさで商売のやりかたを変えたというのとは、ちょっと違うと思いますね。一見して非常に古くさい文学者のようなところ、昔の文人気質もあったし、昭和十年代の東京のイメージがずっと残った人でもありますから。
出口　ノスタルジアの人ですよ。
巖谷　しかも同時に、彼自身もわかっていなかった戦後特有の新しい文学というものが、彼のなかにできていたかもしれない。そう考えてみると、澁澤龍彦は興味ぶかい。説明のつかないところが残る。
出口　でも僕は、これから説明つけようと思ってる。なんとか、澁澤龍彦という存在を納得したいんだ。
巖谷　出口さんのほうがいわゆる古典的でしょう、たぶん。
出口　それはもう、彼にくらべればオーソドックスですよ。
巖谷　出口さんの場合は内面と外面というのがちゃんとあって、文学のほうへ内面があふれでてくるという形をとりますね。
出口　あんまり内面は好きじゃないけれどもね、僕も。内面づらは嫌いだよ。
巖谷　じゃ、なくしちゃったらどうですか。
出口　そんなことをしたら、本を買ってもらえなくなる（笑）。でも内面は見えないみたいね。僕もあんまり内面が窺い知れないっていう文学者には見えないから、彼とはいい勝負だよ。
巖谷　彼には、それはないですからね。
出口　チラチラあったんだけれども、消えていったね。みごとに。ラッキーな人でもあるわけです。
巖谷　澁澤さん自身も、あんまり気がついていなかったかもしれない。
出口　だからラッキーなんだよ、あの人は。
巖谷　なにか得体の知れない、新しい、外面・内面というのがそれまでの常識でとらえられないような空間としての「私」をもっていることを、彼自身もよくわかっていなかったかもしれない。

出口　明確に意識して操作した人じゃないからね。

巖谷　それから、いわゆる内面がないということは、彼も意識していたと思います。

出口　そう？　君が言ったんだろ。「あなたは内面がない」なんてズケズケ言うんだから（笑）。ほんとにおそろしい人でね。言ったにきまってる。

巖谷　言ったかもしれない（笑）。

出口　ほらね（笑）。澁澤さんにはあれとこれがないみたいな、すごいこと言ったんだ。内面がなくて、もうひとつ……。

巖谷　外面もない（笑）。そうね、僕はたしかに何かが「ない」ということを言ったおぼえはあります。飲んでいるときに。

出口　そういう言い方をよくしてたんじゃないの。

巖谷　ひょっとすると、僕にもあんまりないんですよ、いわゆる内面が（笑）。だから話は通ずるわけです。内面がないというか、むしろ得体の知れない自分というものをもっていたと思う。それを自分で追いかけていたということはあるね。だから彼の作品は、ある意味では「私」の文学なんです。

出口　だんだん、とくに晩年になって、それを表に出すようになったものね。

巖谷　そうです。

出口　たとえばレーモン・ルーセルなら、『狐のだんぶくろ』みたいなものは書かないよ。

巖谷　レーモン・ルーセルなんて、完全に抽象化された、外面だけで成り立つような自我をもっていたわけです。

出口　巖谷君のほうがレーモン・ルーセルにちょっと近いよね。

巖谷　そんなにすごいかな（笑）。

出口　褒めてるんじゃないよ。類別してるの（笑）。澁澤はもっと嫋々（じょうじょう）たるところがあってね。だからレーモン・ルーセルみたいな人じゃないよ。

巖谷　「自分は何だろう」ということが、はじめからあったように思いますね。それをずっと追いかけていくと、これは偶然だけれども、最後の作品になった『高丘親王航海記』に行くんじゃないかな。

出口　そうね。だからそこは、やっぱりあの人も、日本の文学者だということになってくるので、自分を殺しきるなんていうめんどうくさいこともしないし……。

巖谷　いや、さっきから言っているように、「自分」といっても、少なくとも戦前までの日本の文学の「自分」とはちょっと違うわけですから。なにかまだ名づけられないような、不思議な「自分」というのをあの人は察知していて、それを追いかけていたような気がするんですね。

出口　それは僕にもまだよくわかっていない。だから、そのこと自体も研究にあたいするわけです。

巖谷　前に戻って、もういちど、「撲滅の賦」はどうでした？　いわば彼のデビュー作ですよね。デビュー作といっても同人雑誌ですけれども。同時代人として、読まれた当初には、どういう感想をもたれたんですか。

出口　とてもおもしろかったし、好きだった。僕とはまったく異質だけれども、彼の小説のなかでいちばん好きです。好もしい。フィクションにはちがいないとしても、あそこに登場する「私」がおもしろい。着流しかなにかでフラフラしていて、いいなあと思った。あのころの彼のイメージにぴったり重なる。

巖谷　金魚鉢なんか眺めちゃってね。モダニズムがあるな。

出口　モダニズムがあるし、文章が玄人でしょう。ずばぬけて玄人だ。紋切型、常套句が大好きなのは生涯かわらなかった。でも、常套句だけ並べてたら、頭のなかも常套句っていう化けものになっちゃう。そんなばかな文学はないわけで、澁澤は常套句を裏返したっていうか、常套句を駆使して異様なものをつくったんです。

巖谷　常套句は、ある意味では「私」を殺せるわけでしょう。

出口　そうね。

巖谷　澁澤さんの場合はそういうことが多いですけれども、たとえば大男が出てきたとすると、「山のような大男」とか言っちゃえば、なにも描写しないでいいわけだ。

出口　ほほえむときは「ニッコリほほえむ」。

巖谷　そこにはなにも作者の「私」は投影されないわけですね。だけれども澁澤さんの場合、常套句の組みあわせで自分が成り立つというところがある。コラージュですよ、いわば。

出口　そうかねえ。コラージュと言っちゃうと、いかにも澁澤にピシャッと合っちゃうんだけれども、ちょっと悔しいな。

巖谷　悔しい？　澁澤さんに対して？

出口　うん。ちょっと違うんじゃないかと僕は思うね。これから考えることにするよ。

＊

巖谷　出口さんは澁澤さんの高校時代からの友人で、ある意味で対立者だったんじゃないかというふうに、僕は思っていたんです。見ていてもおよそ資質の違う二人だから。同じフランス文学をやったということもあったし、体験的に近所だったし、共通のものをもっていながら、澁澤さんに対する批判者だというふうに一応は想定していたんだけれども、最近また出口さんは方針を変えられたというか（笑）、深められたと言いますか、出口さんが澁澤さんを批判し、僕が擁護するという形の対談になるものと思いきや、そうではなくなってきている。

僕らは澁澤さんの初期のことからだんだんに話を進めていって、ときどき『高丘親王航海記』の話なんかしましたけれども、出口さんがお話しになりたいと言われていた澁澤さんの晩年、喉（のど）の病気になってからのことですけれども、たぶんそんな話はふだんしていないと思うので、そっちのほうをお願いします。

出口　死んで七年も経っちゃったんですね。僕は同い年だからそれだけ長生きしているわけですが、八年前に澁澤と僕と、もうひとり、堀内誠一さんという澁澤と前後して亡くなったアートディレクターと、この三人で喉がおかしくなった。声が出なくなっちゃった。僕だけが良性ポリープだから、こうして生きているわけですけれども、あとの二人は咽頭癌だったんです。でも症状が似ていましてね、声が出ないんですよ。三人とも掠れ声になってしまった。澁澤って、イノセントというか、自分の病気について目が行きとどかないところがあったんですよ。医者がどんなに伏せていても、医者の目の色、挙動で「あ、俺は癌だ」とわかっちゃう人がいるでしょう。澁澤はそういう人じゃないんです。

巖谷　たしかにね。

出口　もう末期癌になっているのに、「これはね、咽頭炎なんだよ」と言ってた。

巖谷　はじめは「良性、良性」と言っていました。

出口　「俺のは良性なんだよ」と言っていてね。「堀内君はネクラだからね、あれは癌だよ」と言うんだ（笑）。巖谷君もいっしょに東北の旅行に行ったじゃないですか。

巖谷　行った、行った。

出口　暑いなか、彼はいかにも苦しそうに歩いてたね。

巖谷　あれはたしか、福島の磐梯熱海から喜多方に出て、歩いていたときね。

出口　喜多方ラーメンを食べた。彼の様子を見ていると、じつに大儀そうでね。でも彼はぜんぜん、癌だなんて思っていなかった。『高丘親王航海記』の最後の二つの章以外は、彼は自分が癌だなんて思っていないで書いたものです。だから、いかにも澁澤ワンダーランドなんだよね。ところが、最後の二作は癌を宣告されてからあとに書いたんです。急速に病状が進んで、一年足らずで亡くなってしまったんですけれども。

巖谷　八六年の九月のはじめに入院したわけです。あのとき、僕らはおそらく癌と思ったんだけれども、澁澤さんはまだ知らなかった。入院してすぐ、悪性だというので、声帯を除去されました。首に管をぶらさげた状態で、それからは筆談になってしまった。声がなくなって、鉛筆書きでわれわれと話をするようになってしまったんですね。

出口　そういう、最後の一年の澁澤というのがいるんです。

巖谷　その鉛筆書きをもらってきたのが二、三あるので、このあいだちょっと読んでいたら、まだ最初は、入院して声帯除去の手術をされたときにも、癌だと思っていないんですね。

出口　そうなの？

巖谷　「奇病らしい」と書いて、非常に朗らかです。声のない状態で。ですから病気について、はじめは楽観的だったんですよ。

出口　さっき言ったように、ものすごく敏感な病人とは、まるで異質なところがあったわけです。彼が癌だとわかってすぐ、もう末期なんで危ないというので、声帯を切られちゃった。僕が一足遅れて行ったら、手術室から帰ってきた。あれに乗せられて。なんていうの、動く担架みたいなの。あれに乗って、ここから血がブクブクブクブク噴いているところへ僕が行ったわけ。僕の顔を見て、「やあ」と言ったって声は出ないわけで、「やあ」と書くわけだよね（笑）。そして、「紙、紙」としぐさでやって、いきなり僕に「幻覚がおもしろかったよ」と。

巖谷　むこうから言いだしたの？

出口　僕はなんとも言葉がなくて「やあ」と言っただけなのに、むこうから「幻覚がおもしろかったよ」と。ハッタリもあるんだろうけれどもね。

巖谷　このくらいのワラ半紙に書いていたんだけれども、僕の行ったときに最初に書いた一行を、このあいだ見直したら、「サイボーグになっちゃった」と書かれてあった。

出口　そういうたぐいの書き方ね。それから、しばらくして病状が落ちついてからは、なにしろ鉛筆で書くのは大好きで、絵もけっこううまいんだよね。自分の喉の部分を図解して、「ブローネル風」とかね。

巖谷　「ここを切りとる」とか書き加えてね。

出口　そうそう。ブローネル風とは何ごとだろう、この男はいったい何者なんだろうと、僕はあらためて思ったね。その反面、あのとき君がいたかどうか忘れたけれども、僕と誰だったかが、なにか文学の現状みたいなことを喋っていたら、「俺はそういうアクチュアルなことに興味はない。なにしろ俺は死に直面しているからね」というメモをよこしたわけ。「死に直面しているからね」と病人が言うのに、「そうだな、おまえ」と言って「じゃ死について喋ろうか」なんて、そんなことできないよね。「冗談いうな。おまえは治るんだ」という言い方しかできなかった、僕らは。

巖谷　でも、それも冗談かもしれない。なにか黒いユーモアがありますよ。

出口　そうだね。パッとそれを引っこめて、「まあ、君は俺の衰弱ぶりをとくと見てくれ」みたいなことをまた書いて。イヤミなやつでね（笑）。そういうことからはじまったんです。それでほぼ一年、彼の筆談はおもしろかったね。あんなに筆談のおもしろい病人はいないんじゃないか。

巖谷　ふだんはあんまり喋る人じゃなかったんですが、筆談のほうがお喋りだった。

僕も彼とはなんだかツーカーのところがあったし、仲よかったから、年に二、三度は会っていたんだけれども、じつをいうと、いちばん頻繁に訪ねたのは澁澤さんが入院してからです。

出口　あのころまで、あんまりみんな、彼の家に行かなくなっていた。わりあいごぶさたしていたからね。

巖谷　僕の場合もそうだったな。病室に、とくに亡くなった年ですが、週に一度ぐらい行くようになったことがあるけれども、そのときの澁澤さんを見たというのが、やっぱり大きいかもしれないな。その後、亡くなってから、彼に頼まれた感じもあったので、いっぱい澁澤さんのことを書くようになって、『澁澤龍彥考』のような本を出す気になったのは、あの澁澤さんを見たからですね。入院して以後の、晩年の澁澤龍彥というのは、いくつもの謎を含むような存在だった。

出口　非常におもしろい存在だったね。これは類例がないと思う。つまり、癌を宣告されて十一か月ですか、九月に宣告されて翌年八月ですから。その間、僕はそんなにしょっちゅう行っていたんじゃないけれども、こっちが勝手にワーワー喋ると、彼は筆談で即答してくるわけね。それでやりあって、いろいろ喋った。そして、だんだん衰えていく。その間に家へ帰って、小説の最後の二篇を書く。そういうふうにして、彼は一年間、ある高密度の、ミニの生涯を演じたわけだよね。

巖谷　そうですね。なにか凝縮したものがあそこにあらわれていた、ということは言える。

出口　それが、文学者なりなんなりが死霊にとりつかれて、最後にすごした一年は感動的だったというのとは、まるで違うんだよね。

巖谷　違うんだ。かならず出てくる病気との闘いみたいな、そういう美談がないんですね。

出口　誠実な癌患者じゃないんだよね（笑）。彼って、まだたくさん書きたかったんでしょう。書きたいものを彼はいっぱいもってた。明治開化期かなにかの綺譚も書きたかった。山のようなプランをもったまま死んでいったんだから、無念といえばおそろしく無念なはずなのに、そういう気配がまるでなかったね。
巖谷　その無念というのを、ちょっとでも示したことはなかった。少なくとも僕の記憶にはないな。
出口　僕にもないね。
巖谷　そもそも「無念」なんていう言葉を彼は使わない。
出口　「残念、無念、口惜しや」という顔にはならないんだよな。まあ、ひとりになったときのことは、憶測のかぎりじゃないけどね。それにしても、絶望の顔にはならない。
巖谷　ならないんだ。非常に透明になりましたよ。
出口　そうだね。
巖谷　表情も穏やかだったし。
出口　非常に穏やかだった。
巖谷　青空みたいで、ポカーンとしているんです。
出口　これから、時間をかけて考えてみるつもりです。あの穏やかさは何なんだってね。
巖谷　たとえば、ちょっとホーキング博士みたいな感じもあってね。
出口　ああ。うまいこと言うね。
巖谷　スッと外へ抜けたような感じが漂っていたんですね。あれは僕には感動的だった。
出口　それと一回、快気祝いをしたでしょう。
巖谷　やりましたね。お花見のときじゃなかったかな。
出口　君も僕も種村君も、堀内さんもいっしょに、四月に行ったでしょう。
巖谷　堀内さんも、まだあのとき、癌だと思っていなかった……。
出口　いや、癌はわかってたけど、治せると信じてたんだ。放射線でつぶしきれると信じてた。
巖谷　われわれ、夫妻で集まりましたね。
出口　僕らは、そういうときはノーテンキな話しかしない。
巖谷　酒飲んじゃうしね（笑）。
出口　澁澤も「こんなに腫れちゃった」と紙に書い

たりしてね。再発の癌であんなに喉が腫れれば、すぐに死ぬわけだよね。そこからして尋常じゃない。ワイワイやって僕らは盛りあがって、帰ってきたんだよね。

巖谷　盛りあがりましたね（笑）。

出口　盛りあがって、ばかな話をいっぱいして。

巖谷　でも、やっぱり寂しかったね。

出口　それはあった。

巖谷　朗らかでスッと抜けちゃったという印象があったために、僕は澁澤さんのことをすこし、ある意味では歪めて書いたかもしれないな。歪めるというか、澁澤さんが非常に広い、それまでの「私」でない、器みたいな透明な「私」をもっているという感覚は、そのころとくに感じていたことかもしれない。それまでずっと、作品のなかにもそれを見ていたわけですけれども。でも、ある意味ではそれも彼がつくったんだから。

出口　「それ」というのは、何？

巖谷　つまり、晩年の「私」だって、澁澤さんが自分でつくったんだよ。

出口　あの人の星で、そういうふうになったんだね。僕が言いたいのは、『高丘親王航海記』の最後の二篇は、澁澤ワンダーランドとちょっとトーンが違うんですね。

巖谷　澁澤ワンダーランドというのは、要するに「あの澁澤龍彦」の世界？

出口　そう、「ドラコニア」っぽい……。

巖谷　六〇年代を引きずった、ああいうのですね。

出口　もっと総合的な意味でもね。なにか、あそこをちょっと超えちゃったというか、あなたの言う透明感があった。

巖谷　うん。

出口　つまり、浄土みたいなものに酔っている感じがした。僕は、それをうまく言うつもりだったのに、非常に感動したので、行って彼に「非常にこれはいい」って、そのことばかり言った。僕はあまり彼の作品を褒めない人間だから、彼は「そうか。君が『高丘親王航海記』を褒めるとは思わなかったよ。あんなナンセンス小説」と言うんだね。僕も、よく考えると、最後の二篇に感動したというところがあるんだね。一種「白鳥の歌」かなと思ったんだよ。それを、ちょっと口をすべらしたのね。そうしたら彼は、「いや、違うんだ。俺は別にまだ死ぬ気はない。そんな白鳥の歌みたいに言ってくれるな」というか、まあ、もっとソフトな感じでだけど、そういうふうに反応してきて、僕もちょっとあわてたおぼえがある。

巖谷　「死ぬ気はない」というのは、ほんとにそうだったのかな。それはいつごろかな。亡くなったのが八月五日だけれども、だいぶ前ですか。

出口　おしつまってからだよ。最後の大手術の前かな。

巖谷　僕は大事な友人が死ぬときに日本にいないという運命があるらしくて、六月のはじめにヨーロッパへ発っちゃったんです。その前日かな、会いに行ったとき、まだあと一年後に何をしようとか言っていたんですが、そのうえであの病人がと思うけれども、エレベーターのところまで送りにきて握手を求めてきたんです。そのときに感じたことも大きいんですけれど、本当にまだあと一年ぐらいはと思っていたんじゃないかという気がする。

出口　うん、そう思っていたんじゃないかな。でも癌が、動脈を切っちゃったんでしょう。爆発的に死んだんだよね。

巖谷　そうです。

出口　だからあれは一種の事故死で、本人は、癌で自分が終っていくことは知っていても、まだ先はあると思っていて、もう一作ぐらいは書けると思っていたんじゃないかというところがあるんだよね。もっとも書きたかった、『玉虫三郎』?

巖谷　わけのわからない不思議な物語の構想……。あれはおもしろそうでしたね。

出口　僕らは快気祝いでオダをあげて、横須賀線で帰ってきちゃったわけでしょう。そのあと彼は奥さんと残ったわけだよね。そのあとの二か月ぐらいで『高丘親王』の最終回を書いた。その文筆の力というのか、人間って、ああいうことができるんだね。あれはすごい。自分の癌の闘病記を書いてるんじゃないんですからね。フィクションを書いているんだから。

巖谷　闘病記はついに書かなかった人ですよ。「都心ノ病院ニテ幻覚ヲ見タルコト」という有名なエッセーにしても、闘病記を拒否していて、自己観察の説話風な記録ですよ。

出口　『今昔物語』かなにかを真似てる。

巖谷　あえて自分を紋切型で説明しちゃっていて、何か「これだけは書きたい」というものをわざと避けてみせる。そういう作品しか残していない。闘病記のなかった作家です。

出口　そうなんだよね。

巖谷　『高丘親王航海記』の最後は、死と直面した作家の物語だというふうに理解される面もあるんだけれども。たとえば、あれが読売文学賞をとって、あのときの受賞理由も、みずからの死を知っていた作家の最後の作品で、それが感動的に書きこまれているというようなことを言われたんだけれども、それはちょっと違いますね。

出口　僕は澁澤よりはふつうの小説家や批評家とつきあいがあるんで、いろいろ耳に入ってくる。みんな圧倒的にそう思っている。そしてあれはすばらしい、と。

巖谷　死を乗りこえた、とかね。

出口　澁澤も改心して真人間になった、とか（笑）。

巖谷　文壇的になったとか（笑）。そうも言われているかもしれない。

出口　でも、どうもそうじゃないんだな、あれは。そこの思いこみが僕も大きすぎたのか、「白鳥の歌」というふうに思ったしね。彼にみごとにずらされたんだよ、僕は。病人に。

巖谷　僕は、あれははじめから現代的な説話だと思っていた。澁澤さんは小説家としても、最後はいわゆる近代小説を超えると思っていましたね。むしろ説話の世界のようになっちゃうんじゃないか、と。それこそ自我というものを投入する作品とは違うんです。開かれちゃって。

高丘親王というのは、たしかに澁澤さんの「私」でしょうね。澁澤さんの自分なんだけれども、高丘親王が死んじゃうところがありますね。虎に食われて簡単に死んじゃうんだ。

出口　食われるところは書いてなかったけれどもね。

巖谷　それはわざと書かない。それで終ってから、骨だけ拾われるんですね。「モダンな親王にふさわしく、プラスティックのように薄くて軽い骨だった」という書き方をしています。あれが澁澤さんで、しかも「モダンな親王にふさわしく」なんていう、ある意味ではふざけた書き方をしている。あそこは雑誌に発表したときにはなかったんです。単行本に入れる前に、病床で書き加えたんです。あるいは、もとに戻したのか。

出口　それもおもしろいね。

巖谷　あそこに「私」がいるのだとしても、「プラスティックのような」と、ポーンと離れたところで、自分をなにかモダンな存在として、もういちど見直しているわけですね。

出口　そうだね。

巖谷　そういうところへもってゆく。それが闘病記みたいなものと錯覚されるところだけれども、あの書き方はむしろ、それを避けるために書いているとも言えるからね。

出口　なるほどね。「都心ノ病院ニテ幻覚ヲ見タルコト」という文章もふつうじゃない。このごろいろいろな人が鎮痛剤かなにかで幻覚を見て、体験記を書くよね。苦痛除去のクスリのせいで、新型の地獄が出現したんだね。一般にはそれを文学にする傾きがある。

巖谷　いま文壇で闘病記が流行しているようだな。

出口　彼のは、ただもう嫌だったと書いているんだね。本当に不愉快で、こんなもの気持わるかった、と。

巖谷　ある意味では、自分でコントロールできない妙なものが体に入ってくるのがかなわん、と。

出口　そう。あれも、だから闘病者の、誠実な癌患者のアピールになっていないよね。

巖谷　なっていない。

出口　だから、ますますへんなんですね。それは研究課題になります。

巖谷　出口さんは、ああいう経験、あります？　幻覚を見るというのは。

出口　幻覚なんて見ませんよ。一度ぐらいは見たいな（笑）。

巖谷　それは、病気になれば……。僕もとんでもない病気をしたことがあるから、幻覚を見ましたよ。とてつもないものですよ、あれは。麻薬のせいだからね。

出口　僕は大病は、成人してからはないですね。

巖谷　でも、あんまりドラマティックに幻覚を見たことを書いたとすれば、そのほうが嘘だという気がするんだな。

出口　そう。そこは僕は本当にわからないんだ。

巖谷　もっと自分が客観的に見えるのかもしれない。人間機械論みたいなところへ戻るもの。

出口　あなたの幻覚体験？

巖谷　僕は奇妙な難病で手術をうけたあとで。その直前に澁澤さんがやめろと言いにきたのに、あっさり手術をうけちゃった。

出口　胸のね。そのときに見たわけか？

巖谷　何度か見ましたね。だけど、それは文学の素材にはならない。

出口　そうみたいだね。だから澁澤もしてないんだ。

巖谷　もちろん、それは人によって違うと思うけれども。

それで、出口さんは澁澤さんの晩年に、ご自身の今後の文学のテーマにもなりうるようなものを見ておられるということですか。

出口　澁澤の晩年は僕の研究課題ですから。じっくり時間をかけて、本にしますよ。だいたい僕は、彼の書くものについて、おもしろいけれど疑義があるっていう立場だった。僕も彼も仏文だし、近すぎると下敷きが見えちゃうからね。僕はあんまり下敷きを使わない人間でしょう。使ったら、ちゃんと明記しますし。

巖谷　要するに「私」というものを非常にストイックにとらえておられるから。でも、それは仏文学者として？

出口　仏文学者というより、物書きとしてね。エッセーでもいいし、小説も書いたからね、彼は。

巖谷　たしかに澁澤さんのエッセーというのは、ある意味では全部、どこかから持ってきているわけですからね。

出口　その点も僕は、この人はいったい何なんだ、と思うの（笑）。

巖谷　やむにやまれず、どうしても他人の言葉というものに自分を発見しちゃう人間ということも、ありうると思うんだ。

出口　なるほどね。

巖谷　フランスの、バルトルシャイティスでも、バシュラールでも、カイヨワでも、誰でもいいです。それを読んでいるうちに、そのなかに自分がいるんだな、おそらく。そこらへん、僕は追体験できなくはないと思うんだけれども、それが自分になっちゃうんですよ。自他の区別があんまりなくなって、いろいろな人の言葉を組みあわせて――これも一種のコラージュかもしれませんけれども――それが自分になっていく。それはあると思いますよ。

出口　外国の作家だけじゃなくて、日本の作家でも好きな人にのめりこむと、文章が似てくるしね、あの人は。

巖谷　そうです。

出口　だから、あの人の文章は一種の合金だよね。晩年に、五十いくつになって自分の幼年期をどんどん書くようになってからは、やっというか、文体をついにつくっちゃったなという気がする。

巖谷　でも、あれだって、昔あったような説話やメルヘンの文体に近いと言えなくもないな。

出口　明治以降の、日本近代文学の文体ではないんだよ。

巖谷　ではないところに行ってしまった。つまり、まだ近代的な自我がなかった時代の文学に戻っていったということ？

出口　いや、そんな人ではないですよ、あの人は。そんな人じゃない。あれは意志的にやったんだろうし、そこはなかなか隅におけないやつだと思うよ。

巖谷　そうなんだ。計算とは違うだろうけれど、いつでも自分を観察していますからね。

出口　そうね。見ています。これはもう喋ったことがあるかもしれないけど、パリをいっしょに歩いていて、フナック書店の二階を覗いたら、デモノロジー（悪魔学）の本がこんなに積んであるわけね。堀内さんか誰かが「澁澤さん、悪魔学の本があるよ」と言ったら、「あ、俺はもうデモノロジーやめたんだ」と言うんだね。みんな仰天して、何をこの人は言うんだろう、と。僕は彼らしいなと思って。

巖谷　澁澤さんはだいたい悪魔学なんて、そんなに好きじゃなかった。

出口　だいいち、似あわないしね。

巖谷　もともと、そういうところがあまりない人じゃないですか。

出口　でも、それはやって見せていたわけで。そこは、彼もなかなかのプロだということです。

巖谷　「悪魔学を好む澁澤龍彦」を演じていたと。

出口　そうそう。それもけっこう長いことやっていたからな。それで世間にはそういうイメージを植えつけておいて、スルッとまたどこかへ行くんだよね。しかし、いまの愛読者はクールに読んでいるんだろうね。そこまで見えていて。
巖谷　どうでしょうかね（笑）。
出口　虚像を追っているわけじゃないでしょう。
巖谷　それはよくわからないけれども、全集が出れば違うだろうということはある。というのは、あの全集で澁澤さんの全作品を時間を追って読めるということだけじゃなくて、彼が単行本に入れなかったものもみんな出ちゃうからね。それから、最後の「別巻」まで出てしまうと、ボツになった原稿だとか、初期の、発表を意識していなかったかどうかわからないけれども、原稿の形で残っているものも収録されるわけですよ。
　亡くなってから河出から『滞欧日記』を出したけれども、あれだって発表を意識していたとは、とうてい思えない。
出口　そうだね、あの日記の文章は。
巖谷　ああいうものが出はじめて、全集でもういちど、彼の自分でつくった「澁澤龍彥」じゃないものも見えてくるから、それで読み方も変ってくるだろうと思うんです。すでに変りつつありますよ。昔ながらの澁澤龍彥のイメージに合わせて澁澤さんの本を読む、というんじゃなくなるでしょう。
出口　いちばん安い文庫本でいちばんたくさん売れてるものから読んでいくという傾向があって……。
巖谷　そうすると『世界悪女物語』あたりになるからね（笑）。あれがいまベストセラーらしいです。だけどあれは、いわば片手間の仕事だから。
出口　あれだけ読んだら、かわいそうだよね。文庫本を別にすれば、とにかく白水社の『ビブリオテカ』があるわけです。あれは自分で監督しながらやった彼の集成だよね。こんどは、巖谷君みたいな篤学の士がいて、編年体でなにもかも全部出されちゃう。隠したかったものだってあると思う。谷崎潤一郎でも、絶対に生前は入れなかったものを、死んだら結局みんな出ることになっちゃった。
巖谷　ある時期までは隠したかったと思う。『快楽主義の哲学』は再刊しないとか、若いころの生硬な文章は嫌だ、嫌だと言っていたけれども、彼の晩年を見ていると、もう開いちゃったなという感じがしたんですよ。
出口　それはそうだけれども、編年体の全集を読むと、ある種のファンは熱が冷めるかもしれないね。
巖谷　でも、それでいいんじゃないですか。
出口　「えー!?　こんな人だったの」みたいなことで。しかし、作家というものはそういうふうにして五年経ち、十年経って、評価があがったりさがったりしながら、だんだんだんだん固まっていくんだから、その軌道に乗るわけね。
巖谷　別の見方をすれば、澁澤さんが結局そういう作家になりえたということですよ。だからジャンル別の著作集や代表作集ではない。作者本人がある時期にこういう作品を読者に見せたいと、ある程度は意識して自分を演出した、たとえば『澁澤龍彦集成』だとか『ビブリオテカ澁澤龍彦』とか、あるいは文庫本のような、そういうものではない形で読む気をおこさせるような、そんな作家になってしまったということです。
出口　それはとくに君がしたんじゃないの？(笑)僕はむしろ、キリのいいところでまとめたらいいんじゃないかと、よく言っていたでしょう。
巖谷　全集の編集の過程でね。そうだ、出口さんは全部を出すなと主張していた。
出口　テーマ別にして、高級おもしろ本の澁澤選集に仕上げればでいいんじゃないかというふうに僕は言ったんだ。でも、君は全部を出せということだったから。
巖谷　全部を出さなければ澁澤さんの本当のよさがわからないからです。
出口　だから、君の手柄というか……。
巖谷　手柄？　嫌な言葉だね(笑)。

出口　半分、意地悪というか（笑）。
巖谷　意地悪じゃないですよ。全集が出るべき作家になったということ。たしかに考えてみれば、なんであいう人が、というところはある。いわゆる小説家と違うから。谷崎潤一郎があらいざらい全集に入るというのとは違うかもしれない。肩書は仏文学者だし。こういう例は、日本の出版市場ではめずらしいんじゃないかとも思える。
出口　非常にめずらしいですよ。仕事の中軸がエッセーと翻訳なんだから。こういう文学者の仕事が、全集の形になるというのはたいへんなことです。しかも、あまり大きな著書はないんだからね。短文が多いでしょう。
巖谷　そうです。だから、そういう人が全集の必要な作家になったということもひとつ、澁澤さんの問題ですよ。謎だとも言える。

＊

巖谷　そういえば、晩年の澁澤さんの印象について、もっと話したいことがあると、さっき休憩中に楽屋で言っておられたけれども……。
出口　それは、彼がまさに死んでゆく三日前に、僕とどういう対面をして、筆談で彼が何を言ったか、ということになってくるね。話せば長いことになるけど、聞きたければ聞いてください。
巖谷　晩年の澁澤龍彦を見て、現在の澁澤龍彦についての思いが、そこである程度きまったということでしたが。
出口　僕には二十代の澁澤と晩年の澁澤がとりわけ大事なんです。僕みたいな「俺」「おまえ」でやってきた親友というのは、本当はじつに危険な存在なんですよね。僕の訳したシオランという人の文章に、ヒトラーにはレームという親友がいた。直情径行の突撃隊長です。レームはヒトラーと「俺」「おまえ」でやっていたわけですよ。この男にずっと生きていられたら、ヒトラーはヒトラーになれないわけだから。殺しちゃった。「これにみんな習うべきである」と言うんですよ。「俺」「おまえ」でやっていた友達はだいたい殺してしまったほうがいいというブラック・ユーモアだね。

僕も等身大の彼というのをいやというほど見てきたから、これだけ世間が騒ぐと、ちょっとなにかギャップで、「そうかなあ」と……。

巖谷　どうも等身大じゃないな、と？

出口　だから、過剰に辛い見方もしたし、それが僕はまちがっているとも思わないんだけれども、しかしこういうところに出てこいという口もかかるし、それじゃいっそのこと、僕自身の仕事としてちゃんとやろうかなと思っているの。今日はその事始めかな。「彼は借物が多い」というふうに僕は書くわけですよね。

巖谷　あそこまで借物が多いと、もはや借物じゃないんですよ。

出口　二十代からあの人は、かせいだお金はフランスの洋書に全部投入した。洋書だけは買うんだよ。パリのポーヴェール書店あたりから、ガンガン。日本の仏文学者がポーヴェールなんかろくに知らないころに。

巖谷　ポーヴェールどころじゃない。エリック・ロスフェルドとか、チューとか、ふつうに見たら不思議な本屋からばかりとりよせていた。

出口　そうそう。僕が遊びにいくと、満面に笑みをたたえて、だいたい十冊ぐらい、「こんどはこれが来たよ」ともってくるわけね。それをまた、アンダーラインを引いて読んでいるわけ。ちょいちょいとつまみ食いしていたんじゃないんだよ。

巖谷　それに澁澤さんは非常に選んでいたね、本を。

出口　早くからよく選んで読んでたね。

巖谷　だから、ものすごくいっぱい蔵書があるかと思いきや、そうでもないわけですよ。

出口　そんなにないです。

巖谷　博識の学者としてはむしろ少ないほうじゃな

いかな。だから、完全に精選された蔵書の世界があったということです。

出口　それに、お金もないし。時代が時代だから、第一次資料は買えないじゃないですか。一冊何万円なんていうのは買えない。金持のコレクションみたいなことはしていませんよ。

巖谷　ひとつ、ちょっと挑発的なことを言うと、そもそもオリジナリティーなんて、たいしたものじゃないのではないか。借物とか言われるけれども。

出口　いや、それはまた別の話。

巖谷　二十世紀芸術のひとつの方向なんだから。

出口　それは君のいつもの持論で、僕にも持論がある。オリジナリティーに異議申し立てをするんなら、発表するものに個人名なんかつけないことです。いっそ十ぐらいペンネームを使って、TPOしだいで神出鬼没っていうのもいいね。

巖谷　いや、「ではないか」と言ったのであって、「そうだ」とは言わないけれども。それから、澁澤さんのが借物だとしても、借り方の問題がある。

出口　いちばん知っているのは君だものな。

巖谷　まあ僕も仏文だし、興味の範囲の一部が共通しているから、彼の読んだ本はかなり読んでいるわけです。そうすると、ここは誰の何から借りたというのがわかるわけ。それでもそのうえで、彼の書き方は、やっぱりみごとだと思いますよ。誰かの説をそのまま自分のものにしちゃうという、そういう借物ではないんです。他者のなかに自分、自分のなかに他者という、そういう交流が文体のなかにもあるということ。

出口　そうでもないところもあるけれどね（笑）。単に「ここは借りた」と書けばいいんだよ。

巖谷　それを言わないからね。ひどいのになると、「フランスのある作者によれば」なんて書いて、その名前を明らかにしないで終っちゃっている場合もある。

出口　いや、それだけじゃないんだ。「これこれの著述家によれば」と書いてあるから、「あ、引用しているな」と思うじゃない。ところが、パラグラフが変って「私は……」というのを読みはじめると、それも借物だったりするんだよね。

巖谷　はじめからおわりまで全部が借物だったりすることもある（笑）。

出口　僕は「それもいいじゃないか」という人間ではないんですよ。

巖谷　そこは厳しいんだな、出口さんは。

出口　それで全集が二十二巻まで出て、読者をこうやっていつまでも吸引しつづけている、死んでます広く読まれているのは……。

巖谷　文章の問題でしょう、それは。

出口　それだけじゃないと思う。やっぱり日本の文学そのものの問題でもあり、日本とフランスの問題でもあり、文化の落差の問題でもあり、いろいろ僕はあると思う。明治以降の西洋文化受容のみごとな帰結だと思うよ、澁澤の仕事も、こんなに澁澤ブームがおきちゃったことも。

巖谷　そうね。その点はパラフレーズという言葉でいいと思いますが、澁澤さんがパラフレーズしていたということ自体、出口さんのテーマになっているわけですね。

出口　ちゃんとそのことを言わなきゃだめだと思う、僕自身が。「あいつは借物でだめだよ」とだけ言っていたんじゃだめだ。

巖谷　出口さんは、借物が多くていかんと言いつづけていたんですか？

出口　いかんというよりも、値引きをしていたわけ。いまだって値引きはしていますよ。しかし、早い話が、彼の語りは読みやすいし、おもしろいんだよね。『サド侯爵の生涯』でも、翻訳よりこの人の著書のほうがおもしろいものね。

巖谷　あれはジルベール・レリーの本とそっくりだけど、まあ組みたては違うからね。

出口　節（ふし）があるしね。でも、仏文系の篤実な研究者なんかには、澁澤龍彦に対して、非常に批判的な人がいますからね。そういうことが耳に入ってきますから。

巖谷　それはいますよ。あと美術史の人なんか、これは他人のを写したんだと批判することが多いけれども、ただ、そのあとで元の本の翻訳が出ても、澁澤さんのものはあいかわらず魅力があると言われたりもする。

出口　それを全部ふくめて、この人は何なんだろうということを、僕はやってみるつもりです。

巖谷　それも全集を読むことでわかると思います。ある程度。

出口　そうだね。編年体の全集という企画は、残念ながら君の勝ちだよ（笑）。

巖谷　別に勝負をしていたわけじゃないけれども、それはあたりまえじゃないですか。

出口　そうか。だいぶ楽屋裏を出しちゃったね（笑）。

［質疑応答］

質問①　先ほど巖谷さんは、澁澤について内面がないとおっしゃいましたが……。

巖谷　のように見える、と言ったんです。はじめから内面のない人なんていませんから。

質問①　それと関連して、何かの雑誌で、出口さんが澁澤龍彦に「君にはアンチテーゼがない」というようなことを言って、喧嘩をしたということを読んだんですが……。

出口　そんなことをよく言ってましたね、僕は。「おまえには葛藤がないだろう」とか。

質問①　そういう喧嘩になったようなことをいくつか聞きたかったんです。どういうことで喧嘩になったか（笑）。

巖谷　僕も今回、出口さんからそれが聞けると思っていたんです（笑）。ぜひお願いします。

出口　僕も、おまえの書くものは借物だからいけないという形で彼と喧嘩したことはないですよ。そういうことじゃないの。

巖谷　アンチテーゼがないということは？

出口　彼の書くものに葛藤がないという言い方を昔からしてたんです。アラベスクみたいに全部並列しているし、立体性がないということを僕は二十年ぐらい前から言って、生田耕作さんなんかもいるところでそれをやって、酒飲んでいるうちに喧嘩になったりしたんだね。

巖谷　葛藤がないということを澁澤さんに言うと、澁澤さんはどう答えるの？

出口　よくおぼえてないんだよね（笑）。酔っぱらってて。

巖谷「いや、俺にもあるぞ」と言ったかな（笑）。

出口　いや、そうは言わない。高橋たか子さんがそのことを書きとめていて、そこから話をおこして、「本当なんだ、葛藤のない人だ」という言い方をしていますよ。

巖谷　葛藤のない人と言ったほうが、澁澤さん自身は喜んだかもしれないけどね（笑）。

出口　そうなんじゃないかな。「そうだよ、俺には葛藤なんて関係ないんだよ」という男だから。

巖谷　葛藤がないというのは幼児ですよ（笑）。赤ちゃんだよね。大人に葛藤がないわけはないんだ。ただ、葛藤がない自分というのを保持しようとするという、そういう強い意志のほうが問題だと思うな、澁澤さんの場合。実際には葛藤していますよ。日常生活だって。

出口　もちろん。僕は十代から知っていますから。

巖谷　ぶざまなところもあったよ。そういうものだって見せていたよ。

出口　そうね。恋愛がらみで、いろいろ組んずほぐれつやってきたから、僕にもじゅうぶん、わかってます。

巖谷　だから、澁澤さん本人には葛藤はあるんですよ、もちろん。だけれども、書くものでは葛藤を見せないということですね。

出口　そういうことだろうね。そういう言い方をしたのは、僕のほうが旧文学風だったんだろうね。文学には葛藤がなくちゃ話にならないと思うから言うわけでしょう。でも、本当にそうかと言われたら、つまり、おまえはそんなに正統近代文学に近いのかと聞かれたら、そっちよりは澁澤のほうに近いよって答えるほかはない。

巖谷　そうかもしれない。

出口　じつに変なんだけれども、自分でそう思う。そういう言い方しかできないですね。

巖谷　僕はそのうえで、澁澤さんはそんなにノーテンキだったのかな、とも思うね。

出口　ノーテンキではないよ、彼は。

巖谷　そう、ノーテンキじゃないんだよ。だって、葛藤の見えない文学をつくるってたいへんなことなんだから。その意志というのは、すごいですよ。

出口　そうそう。葛藤のない文学をつくったんだよ。

巖谷　そう。葛藤オンパレードのある種の文壇文学のほうが、むしろノーテンキじゃないですか。

出口　そこまで僕は言っちゃう気はないんですがね（笑）。

巖谷「ある種の」と、ちゃんと言ったよ（笑）。
　ところで、いまの質問をされたかたは、いかがですか。葛藤があるべきだと思っておられるわけですか。

質問①　まったくそうではなくて、澁澤龍彦はノスタルジアの人だということをおっしゃっていましたけれども、物を通してしかノスタルジアの自分を語ることのあまりない人であって、葛藤というのとはぜんぜん違う……。

巖谷　ノスタルジアのことで言えば、そのとおりでしょうね。きょうも展覧会場に貝殻やなにかが展示されていましたけれども、彼はああいうものを、いわゆるこだわって集めたわけじゃないんです。なにか思い出にまつわるものだから置いてあるんじゃなくて、形がおもしろいからというだけでちょっと拾ってきたとか、そういう、自分の個人の思い出というものとわりに切りはなしたところでものを見る、しかもそれがじつはノスタルジアなんだ、ということを言っていたと思いますね。

出口　人間と人間の絡みあい、愛憎、三角関係、そういうものが文学の必要条件だとは、僕も思っていませんよ。

巖谷　そうですか?

出口　だんだんめんどうくさくなってきたんだ。わりあい、気が短い人間だから。そこは、あの人とそんなに違わないんだよ。だから、「葛藤がない」というのは僕の言いがかりだな。いまはそう思っていません。二十年ぐらい前の喧嘩ですからね。

巖谷　なるほど。

出口　葛藤のない人ではないですよ。人間として。

質問②　いまこの時代になって全集が出るということを聞いたときに、私は正直いって非常に驚いたんです。編集委員は生前すごく交友の深かった方々ということで意外だったという点があるんですが、こうやって全集が出て読者を増やし、一般化していくということで、こうやって大きな展覧会ですとか講演会がもたれるというのは非常にいいことかもしれないんですが、いままでのイメージから言いますと、やはり書斎にこもってなんとなく陰で読む文学というイメージが多くの人にあったんじゃないかと思うんです。こんどの全集が全部完成したところで、かなりそのイメージも変ると思うんですが、現在これが受けいれられているという背景、いまの時代との絡みではどのようにお考えになっていらっしゃるでしょうか。

出口　そういう話は苦手なんだよね、僕は(笑)。『澁澤龍彥の時代』という本が出ていましたね。浅羽(通明)さんの。お読みになった?　あれは、そのことを細かく書いてある。だから、それを読んでもらうほかないという気がします。
　僕も意外でしたね。これほど大衆的な読まれ方をする人になるとは思わなかったし、さっきも内幕を言ったように、僕は、「澁澤だって駄作がたくさんあるんだから、そんなのまで出さなくても『ビブリオテカ』を手直しして、彼のピカピカのいいところ、おいしいところだけでいいんじゃない?」と言っていた人間なの。僕も驚いている人間のひとりですよ。
巖谷　ご質問のどこにポイントがあるかわからなかったんですけれども、澁澤さんはあんまり大衆化しないで、ある種の読者のものにしておきたいという、そういうお気持についてですか?
質問②　それがひとつあったのは事実ですけれども、全集にほとんど九十九パーセントの作品が入るというお話でしたが、そんな形で生前におつきあいのあった方々が編集委員となってそれを出してしまうということが、私にとっては意外だったんです。
巖谷　ということは、たとえば澁澤さんが単行本に入れなかったものも入っているということですか。
質問②　そうです。
巖谷　でも全集に入るのは、単行本に入れていなくても、彼がすでに発表したものがほとんどなんですよ。だから、原則として読者が探せば読めるようなものを集大成しているわけで、それは公的なものだから、むりやり彼が隠そうとして隠匿したわけじゃなくて、ただあとで自分の単行本には入れなかった。なぜ入れなかったかを読者は考えることができるように編集する、そういうことです。すでに公表されたものが全集に入るというのは、むしろ「全集」と名のる以上はあたりまえだと思います。
　さっき僕が伺ったように、それでも愛読者として澁澤さんというのをあんまりみんなに知らせたくない、ちょっと密室のなかで澁澤さんをひそかに読んでいたいというお気持があるということですか。
質問②　以前はあったので驚いたということです。
ただ、全集を読んでみると、本当にそれだけではなかった、いままで私にとって見えてこなかった澁澤龍彦という人が見えてきたとは思います。

巖谷　いま言われたことは、時代の変化もあると思う。澁澤さんが亡くなる前後までの八〇年代、日本という国は、言ってみればひとりひとりが密室にこもりがちだったと思うんです。密室のなかでひそかに愛着のあるものをかわいがる。さっきの浅羽さんの本でも強調されていたように、その結果かどうか、少女殺人がおこったりということもあったし、いわゆる澁澤龍彦ファンも増えたということがあるかもしれない。いろいろなところでカプセルみたいなものに閉じこもって読む対象として恰好のものだった、と。ところがそれも、所詮はあのころの光景にすぎなかったような気がしますね。

猛烈な経済好況とやらで、歴史上とんでもないバブルになったわけです。文化のバブル、情報のバブルもね。それが崩壊しちゃって、のんびりしたぬるま湯みたいな小世界のなかにはいられないような状況に、いまはなりつつあるわけでしょう。九〇年代というのは先が読めない歴史の時代ですね。ユートピア式の空間的な安定の時代じゃなくなってきたわけです。澁澤さんも、かつての「オタク」の元祖みたいな、そういう読まれ方ではもう済まなくなってきているし、事実、読者のほうも、そういうふうには読みたくなくなっているような気がする。浅羽さんをはじめ、そういうやりかたで澁澤龍彦に頼っていていいのか、という方向があるんですね。

つまり、そこに言う澁澤龍彦というのも、じつは「あの澁澤龍彦」にすぎなかったわけで、写真のイメージだとか、書斎のイメージもあいまって、それからたぶん文庫本なんかでも、出口さんもよく言われているけれども、よく売れるものは本意ではないものが多かったりして、澁澤さんの文学の隅から隅まで読まれていたわけではない。時代とともに、読者にとって都合のいい澁澤さんのお風呂のなかに漬かるというのではなくて、はじめから澁澤さんのやってきたことを、時間を追って歴史的に読むという欲求がどんどん強くなって、それで全集が出ることになったんじゃないでしょうか。

もういちど言いますが、澁澤さんの隠していたものが全集に入っているという言い方も、隠しているといったっていろいろありまして、すでに活字になっているものを隠すことはできないんです。ただ、澁澤さんがちょっと格好をつけるために、そのときそのときで言わないふりをしたりしていたテクストまで含まれている、ということはあるでしょうね。

質問② そういうことで言ったんです。

巖谷 活字になったものがすべて入るということに加えて、ボツになった原稿、これは活字になることを予定していたものです。それから『滞欧日記』という彼の旅日記をなぜ出すことにしたか。僕ははじめは、プライヴェートな文献だからといって反対したんです。ところが読んでみたら、意外にも澁澤さんというのはプライヴェートなレヴェルでも、むしろいわゆる公的な書き方をしているんですね。彼のエッセーとあまり変らないし、これは澁澤龍彥の読者にとってはいちばんおもしろい何かをつかめる本かもしれない。それであの本の編集を引きうけた。そういう経緯があります。『滞欧日記』もすでに活字になっちゃっているので、活字になったものだけすべて載せるという全集の原則に入ります。

プライヴェートな文献というのは、これはほかの作家の、たとえば谷崎潤一郎全集というのがあるとすれば、手紙まで入りますね。澁澤さんの全集にはプライヴェートな手紙は入りません。これまでに発表された、活字になった手紙しか入らない。だから、澁澤さんの見てもらいたくない内面までわれわれがほじくるという意味での全集ではなく、澁澤さんの文学作品を全部あらわにして読み直すという、それをきっかけに澁澤さんの時代をもういちど遡っていくという方針にすぎません。そのことへの欲求が生まれはじめているんじゃないかということです。

質問② 彼がつくっていたイメージ、あとで出したくなかったといったようなものがあると思うんです。そういうのも載せるということで、実際に友人のなかに多いんだけれども、こんどそういうのを読んではじめて、「あ、こういうのもあったのね」と、すごくイメージが崩れたと言う人もいるのが事実なので……。

巖谷 たとえば『快楽主義の哲学』とか？

質問② ええ、ああいうのを含めて、「こうだったのね」と。

巖谷 ところが出口さんは、けっこう乗っていたと言っていましたね。あれを書いていたときに。

質問② そういう意味できょうのお話はおもしろかったんですけれども。そんなものが出るのは私は嬉しいけれども、すごく反応としてはおもしろいだろうし、ちょっと伺いたかったので。どうもありがとうございました。

質問③ ご友人の方々から見て、澁澤龍彦と澁澤龍雄の違いとか、澁澤龍彦が澁澤龍雄をどう見ていたとか、何かありますか。

出口 それは簡単なことで、二十代なかばに彼は翻訳を出すときに照れながら「彦」にしたんですが、僕たちはやっぱり「龍雄」ですよね。「龍雄のやつが」なんて、彼のガールフレンドが手紙で勇ましいことを書いてきたりした。「龍雄のやつがこんど出口さんに来てもらいたいと言うから、おいでよ」なんて言う。そんなふうだったから、僕らはずっと「龍雄」で通してた。でも、いいじゃないですか。「彦」のほうは、僕はそんなに「よかったね。いいね」とは言ってやらなかったけれども、いまになってみると、やっぱり「雄」じゃまずいよね(笑)。その程度だね。

巖谷 「澁澤龍彦」というペンネームも彼の作品ですからね。

出口 そうだね。その程度でいいんじゃないですか。

巖谷　「龍雄」というのは、「撲滅の賦」に出てくるでしょう、「たっちゃん」というのが。それは実際に、幼年時代まで近所にいた人にも「たっちゃん」がいたらしいんだけれども。

出口　そうそう。よく喋る子ね。辰年だからたっちゃん。

巖谷　「ハコたっちゃん」とか。でも人の名前って、とくに物を書く人間にとって自分の名前というのは、ある程度の作用がありますね。澁澤さんは、やはり「龍」にはかなりあったでしょうね。

出口　「ドラコニア」だものな。

巖谷　なにしろ「澁川龍兒」というペンネームもあったんですから。それは「別巻1」で出てきますが。

質問④　澁澤龍彥はかなり花田清輝の影響をうけているんですけれども、花田清輝のほうから澁澤龍彥にコンタクトはなかったというか、影響があるとか交流があるとか、接触はなかったように思われるんですが、それは原因としてどういうことが挙げられるか教えてください。

巖谷　コンタクトはなかったと思います。花田さんのほうでは、ちょっとぐらい触れたことはあるかもしれないですが、ほとんど意識していなかったんじゃないですか。

出口　澁澤のことについて？

巖谷　ええ。

出口　触れていないでしょう。意識していないでしょうね、たぶん。世代がうんと違いますからね。

質問④　でも、安部公房とか石川淳とかは、花田清輝がとりあげたりしていますよね。

巖谷　石川淳は花田清輝よりもずっと上ですし、安部公房も、澁澤さんよりはだいぶ年上ですね。

質問④　安部公房なんかも、花田清輝とは友人関係というか、けっこう交流はあったと思うんですけれども……。

巖谷　それは「夜の会」の仲間だったし、花田清輝は安部公房に対して一時、先生のようだった時代がありますからね。澁澤さんの場合は、花田清輝の一方的な愛読者です。

出口さん、花田清輝に凝ったというのは浦高時代からでしょうか。

出口　あれは時代の流行でもあって、みんな読んだんです。『錯乱の論理』と『復興期の精神』はみんな読んでた。彼だけじゃないです。非常に読まれた本です。

巖谷　あれはたいへんなものです。あの時代の非常に完成度の高い一種の文化論で、他方、レトリックのお手本みたいなところがあったでしょうね。澁澤さんはとくに、そういうものにかなり入りこんでいたことがあると思いますが、それだけじゃなくて、花田清輝という人も、あんまり「私」というのを外に出さない人でしょう。澁澤さんよりもはるかにストイックに、徹底的に自分の私生活を書かなかった人ですね。そういう意味でも澁澤さんの一時のお手本だったかもしれません。

ただ、花田清輝のほうは、若い文学者をとりあげる際に、まともにはやらないからね。戦略的だったから。澁澤さんのものも、ちゃんと読んでいたかもしれないけれども。

出口　それと、まだそれほど澁澤の名前も大きくなかったからね。サドの訳者ぐらいにしか思っていなかったろうし。やっぱり世代が違いすぎて。花田清輝という人は、けっこう文壇的な人ですから、視野に入らなかったんじゃないかな。

巖谷　それから「新日本文学」との関係もあるでしょうね。

出口　そう。あの人は進歩派だしね。

巖谷　政治的な立場もあって、アナーキスト風の澁澤さんに触れなかったということはありうると思います。どこかで読んでいたかもしれないけれど。

出口　それはわからないね。

巖谷　花田清輝というのは、ものすごい読書家ですから。あの世代の人だったら、花田清輝よりも埴谷雄高のほうが、早くから澁澤さんを注目していましたね。いわゆる近代文学系の人では。
出口　埴谷さんはずっと書いていますね。
巖谷　それから三島由紀夫が、澁澤さんに頼まれて序文を書いたことでつきあいは早かったけれども、花田清輝と三島由紀夫というのも独特の協調関係があったわけですが、そこらへんはよくわからないので、誰かが調べるといいなと思っているんですけれどもね。近代文学の専門家がそのへんをやるとおもしろいとは思ってますが。
出口　そのへんは、あまり書かれていないな。
質問④　いま花田清輝の専門家として名前の挙げられるような学者さんは、いらっしゃいますか。
巖谷　どうだろう。専門家って、いるのかな。いわゆる研究するほど昔の人じゃないし、まだなまなましいところもあるしね。花田清輝を論じたのは、たとえば高橋英夫さんとか、絓(すが)秀実さんとか、それから古いところでは小川徹さんも独特の花田清輝論を書いていたし、戦後の日本の何かを体現している作家だということはまちがいないですから。それに久保覚さんなどを中心として、立派な『花田清輝全集』が編まれましたけれど、これは澁澤さんの全集をつくる際にも、ちょっと参考にしていることを申しあげておきます。
　だいたい澁澤さんは、花田清輝のことは最後まで好きだったようですね。花田清輝の晩年の小説なんていうのは、たしかに澁澤さんも小説を書くようになってから、どうやら花田清輝を読み直しているな、と思われる部分も僕は感じます。僕の『澁澤龍彦考』のなかにも、二人を対照して書いたエッセーが入っています。
質問⑤　三点お伺いしたい点があるんですが、一点は、高校時代に澁澤さんは仏文科に進むんだというふうに決めてらしたとおっしゃっていましたが、その当時、仏文というのは花形だったんでしょうか。それともなにか、そこに進む理由というのを感じていらっしゃれば教えていただきたいのですが。

出口　東大の仏文っていうのは、アカデミズムの牙城でもあったけれど、一方で小林秀雄も太宰治も東大仏文なんですね。渡辺一夫さんみたいな大学者がいた反面、勉強はぜんぜんできないが、実作ならという野心家もいっぱい巣食っていましてね。小説家や詩人になるならとりあえず仏文に行っちゃうというムードもあって……。

巖谷　文学青年の溜りでしたからね。

出口　そうそう。文学青年の溜り。とにかく仏文に入って、そこからいろいろなことをやれる。映画監督にもなれる。俳優にもなれる。僕の友達なんか、俳優座へ仏文科の途中から入ったりしてます。そういうバラエティーそのものみたいな場だった。人気はありましたね。

巖谷　辰野隆あたりからね。

出口　辰野隆という大先生の個人的な人気もあったし。

巖谷　辰野隆、渡辺一夫というのが好対照ですけれども、あと鈴木信太郎とか、文学青年はその翻訳で育ったということもあるからな。僕はそれより十五年あとですけれども、僕らの時代でも仏文というのは、大江健三郎を経て、そのイメージはつきまとっていました。その後、そうでもなくなったみたいですけれども。

出口　いまはちょっと変りましたね。

質問⑤　あと、お名前で旧字と新字にこだわりがあるということで、私の父も昭和二年生まれで旧字をずっと使いたがっているんですけれども、世の中では新字にしてくださいと言われるわけですね。これはなにか、旧字に対する思い入れとか、たとえば新字にしたときの体制への反撥とか、何かがあるんでしょうか。

出口　でも、彼は旧字で文章を書いてはいませんからね。たとえば仏文で言うと、齋藤磯雄さんなんていうかたは、著作集も翻訳も全部正字でなければ出さなかった。出版社は苦労したでしょうね。

巖谷　澁澤さんは旧仮名じゃなきゃいかんという人ではない。ただ自分の名前はね。じつは僕もそうですよ。僕は戦後育ちだから文章に旧字を使っていたわけじゃないけれど、戸籍上の名前で自分が小さいころから書いていた字があるでしょう。その字じゃないと、やっぱり気分が違っちゃうから、そのままでいたいという、それだけですね。澁澤さんもそうじゃないかな。とくに「龍」を新字にしてしまうと「竜」で、タツノオトシゴみないになっちゃうでしょう（笑）。あまりにも違いすぎるから、嫌がっていましたね。だから正字にしてくれということを言っていましたけれども、初期にはいいかげんだし、新聞なんかでは一時、すべて新字でやるというシステムがありました。ただ、いまは逆に、ひところとくらべると旧字を使う傾向は強いです。

出口　世の中の動きはそうだね。

巖谷　人の名前というのは、とくに日本語の場合には視覚的イメージを伴いますから。

質問⑤　たしかにおっしゃるとおり、文体とかは澁澤さんも再版するときとかに開いて書かれていたりとか、昔は旧字で書いたものを新たに……。

巖谷　いや、澁澤さんが原稿を旧字で書いたことは、ほとんどないですよ。

質問⑤　そうですか。

巖谷　卒業論文なんかは旧字まじりで書いていたけれども、彼の本はすべて新字ですね。世代的にも新字にそんなに抵抗がなかったんじゃないかな。

出口　僕らは両方書ける。齋藤さんほど厳格ではないんですよ。

質問⑤　それからもうひとつ、私は、澁澤さんは内面のないかたというふうには読みとっていませんで……。

出口　「のように見える」と言ったんです（笑）。

質問⑤　私は、澁澤龍彥さんという作家から澁澤龍雄さんという個人をわりと感じてしまう読み方をしているんですけれど、夫人の名前が龍子さんで、またご本人の本名も龍雄さんで、筆名も龍彥さんと、まるで双子とか、なにか縁があったようなお名前に感じるんですが。

巖谷　それはどうとも言えると思います。一種のナルシシズムと関係があるかもしれないし。だけれども、そのへんは窺い知れぬものでしょう。

質問⑤　じゃ、ご友人の方々にもそのことでなんとかということはないわけですね。

巖谷　まあ、ないですね。それはたまたまでしょう。それに、「龍彥」という名前だって思想がこもっているわけじゃなくて、辰年だというだけでしょう。昭和三年生まれに龍雄や龍彥という人は、いくらでもいる。たとえば池田龍雄さんとか、横尾龍彥さんとか。みんな昭和三年生まれです。

出口　ないし十五年ね。

巖谷　十五年は夫人の龍子さんがそうですね。だから、それはそんなに意味があることだとは思えない。僕は澁澤さんが、そういうちょっとしたことで動くような人だという印象はもっていないですね。

それから、内面がないというのは……。

出口　「のように見える」んですよ。弱ったな、これは（笑）。ないわけないでしょう。

巖谷　いわゆる日本近代文学的なカッコつきの内面がない、ということを言ったつもりなんです。

出口　そうそう。

巖谷　それはいわゆる近代日本文学の営々と築いてきた、ある意味では架空のかもしれないような「内面」というものを、自分は持たない、という内面をじつは彼が、持っていたと、僕はむしろ言いたいんですね。それは外面との境目というのが、そんなに意識されていない。もうすこしひろがった内面ではないだろうかというふうに感じています。

ちょっと微妙なところで、なかなか喋り言葉で言えないところがありますが。

質問⑤ どうもありがとうございました。

一九九四年五月八日

於・西武池袋コミュニティ・カレッジ

少年皇帝の旅

公開対談　松山俊太郎／巖谷國士

巖谷　松山俊太郎さんをお迎えしました。松山さんといえば、澁澤さんともっとも深い仲だったかたじゃないかと思います。僕はできたら聞き役にまわらせていただこうと思っていますが、今回のテーマは何であってもいいでしょう。どんなことでも、たぶん五時間ぐらいはつづくかたですから（笑）。
　どういうところからお聞きしましょうか。そういえば、さっき近くの喫茶店で、「人の出会いとは不思議なものであるな」というようなことを言っておられましたが。

松山　そこにそらしちゃ、ちょっと困るんじゃないの（笑）。まず題名から、あなたが説明してくれなければ。

巖谷　このシリーズ対談の題名はかなりいいかげんなもので、電話でなにか仮題につけるとすればどうかと言われたので、ヒョイヒョイとやったんですね。このあいだのは「近所の澁澤龍彥」でしたけれども、あれは出口さんが昔ボードレールのことを書いていて、なんとなくそこに「近所のボードレール」という感じがあったので、それを思いうかべてつけたわけです。今回は「少年皇帝の旅」というふうになっているると思いますが、これは別に、そんなに深い意味があるわけじゃなくて、よく澁澤さんのことを「少年皇帝」なんて言う人がいたり、宣伝文句に使われたりとか、そういうことがあったのと、松山さんが澁澤さんのことを語るときに、澁澤さんという人は、いわば世界の中心にいて、ほかの人間とのつきあいがあまり対等でないところがあった――簡単に言えばなんですけれども――というようなことで、どこかで「少年皇帝のような人」と言っておられたんじゃないかというのがチラッと頭をかすめて、こういうのはどうか、と。そのあとに何かつけなければいけないので、たぶん今回は『高丘親王航海記』の話が出るんじゃないかと思いましたから、「の旅」とつけてみたわけです（笑）。その内容に沿ってやる必要はまったくないわけですが、結果としてそうなるんじゃないかと……。

そんなことなんだけれども、澁澤さんについて語る場合、松山さんは、「人と作品というのがあって、作品よりも人物のほうに魅かれることのほうが多い」ということをときどき洩らしておられる。その「人」というのを、まず松山さんから最初に語っていただくということで、どうでしょうか。

松山　「人」と言っても、澁澤さんはあんまり「人」という感じがしなくて、私も自分は犬だと思っているけれども（笑）、澁澤さんのことも犬だと思っていたりなんかして、人間くささというのが稀薄な人だと思うんです。ただ、作品と対比しての「人」ということになると、澁澤さんは書く本のなかでは、他人の説の受け売りなんていうのをうまくしたりするけれども、実際に二人とか何人かで会っているときに、たまたま何かの話になって、あることを聞くと、そのときに答えることに非常に根柢のある、澁澤さん自身の考えをパッと言うわけね。

巖谷　話が早いですよね。

松山　ええ。それで、こちらと考えが違っていても、基礎からずっとつながっている論理でもって言う話だから、それなりに非常に有益なわけですよ。そういうことにくらべると、書かれたものはやはりかなり長いあいだ売文のためということもあって、時間も制約されるし、発表される紙面も、本当はもっとうんと書けるのを縮めなければならないとか、そういうなかで書かれていたから、あまり読みもしないながら、私は書かれたものにずっと不満を持ちつづけていたけれども、人柄の素直な正直なよさというものと、なにかものを発言されるときは非常に論理的で明晰で、そこの部分は書いたものよりも澁澤さん独自のものがあるという意味で、人間のほうを高く評価するという、そういう妙ちきりんなことになったわけです。

巖谷　「出会いとは不思議なものであるな」というさっきの話にちょっと戻しますけれども、最初に偶然サド全集の注文の際にお会いになった、そのときの印象からして、そういうことがすでにありました？　二十代なかばぐらいじゃないかな。

松山　いや、そのときは、それほどないんですよね。それに、サド全集を注文したわけじゃないのね。最初にサド全集を注文したのは澁澤さんにお目にかかるちょっと前で、本のカタログを見ていましたら、アヴィニョンという法王庁があったところで三十巻のサド全集が出ていると出ていたんです。それを注文したら、遠藤周作さんが書店のほうからそれを聞いて注文したいと言って……。

巖谷　松山さんの真似をした？

松山　こっちが先に注文したから。それで紀伊國屋（新宿）かどこかで会おうと言うから、遠藤さんと会ったんですよ。そうしたら、こっちがあんまり変なやつなもんでむこうは仰天したらしいけれども。それが、そのアヴィニョンの全集というのは架空の全集だったわけね。そのあと、パリのジャン＝

ジャック・ポーヴェールから出はじめた全集を買おうと思って行ったら、偶然、澁澤さんと矢川澄子さんがいて、あとで通りを渡って、裏側のほうにある風月堂という……。

巖谷　ちょっと怪しげな喫茶店ね。

松山　イカレたやつがいっぱいいたところだけれども（笑）、そこでいろいろな話をした。私のほうも、あんまり人生をいかに生きるかなんていう文学は好きじゃないから、結局フランスでいえば幻想文学とかなんとかに近いものが戦後いっぱい翻訳で出ていて、そういうものが好きであったところへ、澁澤さんも、そのころはもうアンドレ・ブルトンなんか読んでいたんじゃないかな。

巖谷　一九五〇年代の前半ですね。五〇年にブルトンの『黒いユーモア選集』というのが出たから。

松山　あの本をたぶん、いまから思えば読んでいたから、いろいろネタはそのへんにもあったんだろうと思うけれども、私と好みが似ていて私よりはるかにそういうことをよく知っている人だということで、非常に親しみと尊敬の念を感じた。

ところで巖谷さんと澁澤さんの場合は、先輩・後輩の関係があっても、人間的には対等というのが基本でしょう。

巖谷　なんだか、そんなふうに言われますね。

松山　両方、傲岸不遜でね（笑）。日本でナンバー1とナンバー2で、その差はほとんどないという感じなんだけれども、私の場合は非常に謙虚なる犬ですから（笑）。

巖谷　そうですかねえ（笑）。

松山　それで、兄事（けいじ）するという関係になったわけね。それまで私は自分でサドのことをすこしは調べなきゃと思っていたわけだけれども、澁澤さんがやるならいいというので、サドのことはやらないことにしたわけ。

巖谷　じゃ、全集を注文されたときには、松山さんはサドの研究をもうはじめておられたわけですか。

松山　だけれども、そのころは、わずかな英訳本を除いては、戦争前のコレクシオン・メートル・ダムールとかいうのでつまらないのとか、『ゾロエ』なんていう偽作とか、変な屑みたいな本しかなかったんですよ。だから澁澤さんの翻訳も、テクストがないので、作品のなかであんまりたいしたものでないのから訳しはじめているわけですね。澁澤さんが訳されたというので、彰考書院の三冊本なんかもいただいたりなんかするから、私が調べることはないと思ってね。

私のサドに対する関心というのは、まったく野蛮なんで、人間がどういう生き方をするかというときに、殺人、暴行、姦淫——すべてのことは赦されるという大前提をまず肯定したうえで、しかし現実の社会に生きていくためにはどういうところを抑制しなければいけないかという形で、自分用の倫理というのをつくろうと思っていたわけです。私は完全に倫理的な興味でサドのことをやろうと思ったんだけれども、そんなことはちょっと自分で考えたって、サドをよく知らなくたって、そういうやつがいるということだけわかれば、研究なんかしなくてもわかるでしょう。

巖谷　ええ、わかります（笑）。

松山　そこへ澁澤さんがサドを研究するというんだから、なおさらやる必要ないというので、サドに対する関心が、澁澤さんに会ったおかげで急激に消えたわけね。ボードレールの場合でも、阿部良雄が一所懸命やるというから、ボードレールのことはやらないですむ。だから、だれか一所懸命やる人がいれば、その人にすべて預けちゃうという性質があるわけです。

巖谷　インドは誰もやらないから？

松山　インドは、成績が悪くても進学できる梵文という学科で、同期に進学するやつが少ない、だから必然的にバカが少ない、それで喫茶店かどこかで講義をするんじゃないかと思って入っただけで、インドのことなんかは独学でやろうと思ってもできにくいから入ったんですよ。

巖谷　それで五〇年代、鎌倉の澁澤さんのところへどんどん行かれるようになったんですね。

松山　どんどんでもないですね。やっぱり遠いんだから。

巖谷　それはそうだけれども。三田（港区）におられたんですね？

松山　そうです。

巖谷　僕の記憶では、澁澤さんのところへ僕はそれほどよくは行かなかったと思うけれども、行くと、松山さんが昨日までいたとか（笑）。

松山　それは年末年始だからそういうことになるんです。

巖谷　年末年始だけですか。

松山　鎌倉の北鎌倉じゃないほう……。

巖谷　以前の、小町のほうですね。

松山　あそこへ行って泊まって、変なゲームを幼稚にやって。酒飲みながらやっているわけで、起きてみると夜なんだよね。だから、起きたときがちゃんと朝になるまでいるということでいたから（笑）、長くなって。

巖谷　そういうので、よく松山さんの話が出ていたわけです。

松山　そうですか。

巖谷　このあいだの全集の月報に載っている石井恭二さんとのインタヴューでも言っておられたと思うんだけれども。

松山　石井さんとだって、鎌倉で会ったのは一度だけです。

巖谷　松山さんが澁澤さんとずいぶん長いこと話をしていた、と。

松山　動くのが嫌で、そっちへ行っちゃったら動かないから、必然的に話も長くなるということです。

巖谷　石井さんが、澁澤さんは話が早くて、なにか話をすると「あいつはバカだよ」でおしまいになると言ったら、「いや、そんなことはない。論理的な話を延々とした」と言っておられましたね。それが聞きたいですね。どういう話をしたのか。

松山　澁澤さんがするんですよ。

巖谷　相手が松山さんだと？

松山　誰が聞いたってするんじゃないの？

巖谷　そうかなあ。僕のときはそうでもないな。わりと簡単に終るんです。簡単だから、話がいくらでも飛んでいっちゃう。

松山　でも、あなたと澁澤さんと、どっちがフランス語ができないかと言って、自分のほうができないと言い張るときは長くつづくんじゃないの？（笑）。

巖谷　つづきましたね（笑）。

松山　そうでしょう。そういうふうにつづくんですよ。

巖谷　僕は、どう考えても澁澤さんのほうがフランス語はできると思うんです。ところが譲らない。ふつうなら「できる」と言いあうのかもしれないけれど、「できない」と二人で言いあっているわけね。

松山　私だって、いつだってあらかじめ伺うと言わないで行くでしょう。明日が締切だというのにお酒もつきあってくれて、十二時になっちゃったから終電がないというので、それじゃ朝までつきあおうと言うと、どっちがバカかというので澁澤さんと私が「俺のほうがバカだ」とおたがいに言い張って、朝までもつんだよ。

巖谷　なんだ、そういうことですか（笑）。

松山　いや、それは論理的じゃないよ。でも、それもずいぶんいろいろな説明をしてたよ（笑）。筋が通る説明は。だけど、そうじゃなくて、たとえば私はなにか奇妙にホーフマンスタールの『バッソンピエール元帥の回想』というのが好きなんだけれども、「なぜ好きなのかなあ」と聞くと、澁澤さんがたちどころに十ぐらい理由を挙げる。ただ、『マルジナリア』というのにあとで載った文章になると、澁澤さんが勝手に、こっちが結論を言ったみたいに……。

やっぱり酒飲んだときの記憶って、正確じゃないね、澁澤さんでも。本では対談風に辻褄をあわせちゃっているけど、実際のお酒の話のときは一方的に十ぐらいの理由を挙げて、非常に納得いく話をしてくれるんです。だから石井恭二へのインタヴューでも、不思議だと思って確認したんだけれども、美学校へ行くと「僕が澁澤龍彦です。なにか質問があったら……」と言ったまま、何十分間か黙っているということが信じられなくて……。

巖谷　教壇で、四十五分だか黙っていたというんですね（笑）。

松山　でも、不特定多数が相手でなければ、どうもそうじゃないんだよ。

巖谷　ええ、そんな無口じゃないですよ。僕もずいぶん話をしました。ただ、話は早いんですよ。結論がすぐ出ちゃうという感じ。それで、あとは歌ですよ。

松山　歌は長い（笑）。

巖谷　長いですね。それで、「人の出会いとは不思議なものであるな」ということですが……。

松山　澁澤さんと私の場合は、あなたみたいに、ただ年齢上の先輩・後輩じゃなくて、兄貴分と弟分という……。

巖谷　松山さんのほうが弟分だと言っておられるわけですね。

松山　もちろんそうですよ。そういうふうに思っていたから、澁澤さんは言葉の綾で「友人」と言ってくれるけれども、私は澁澤さんを自分の友人と思ったことはないです。いままでずっと。

巖谷　それは、たとえば主従関係みたいなものですか？

松山　主従関係ではなくて、ちょっと傾斜しているわけね。それがあるからずっと何十年もつづいたので、よく考えてみると澁澤さんとは最初に出会ったときがいちばん近くにあったので、澁澤さんがあと十年、二十年生きられるとまた接近する部分があったろうけれど、なにかぶっちがって離れた感じがあるわけね。だから、そこのところで、「兄貴分だ」というふうに思う原則を変えないということがないと。もし対等の友達とか同級生というのでつきあっていれば、そのまま縁遠くなっちゃった可能性が非常に強いという気がするから、最初の出会いが何十年を規定すると思うんです。

巖谷　それは松山さんの個人的なおつきあいの問題だけれども、澁澤さんというのは基本的にあまり対等の関係を置かない、ふつうの日本によくあるような人間関係をつくらないということも、ちょっとひろげて言われたことがありますね。

松山　そうですね。だから澁澤さんという人には、本質的には友人というのはいてもいなくてもいいということなんです。ただ、澁澤さんもなにか不思議な幼児的な体系の世界では義理人情みたいなものを守るから、昔の同級生とかなんかには非常に友情が篤くて、そんななかの一人を「あれはバカだ」と私が言ったんです。「バカ」と言うのは澁澤さんだって私だって同じで……。

巖谷　松山さんのほうが多く言うかもしれない。

松山　私は「殺せ」というのが、より多いけどね（笑）。澁澤さんは「殺せ」とはあんまり言わない。そういうふうに言っていると、「僕の友人をそんなに悪く言わなくたっていいじゃないか」とかって言うの（笑）。論理的じゃないんだよね、そういうところは。

巖谷　なるほどね（笑）。

松山　ほかの部分は論理的だけれども、生活感情の部分では、かなり論理的じゃないところがあった。

巖谷　澁澤さんというのは、僕の場合も、ちょっと特別な人なんですね。澁澤さんのことを喋りだすと、ある程度は自分のことを言うことになります。ちょっと鏡みたいなところがある。どこか透明で、澁澤さんのことを書こうとすると自分が映ってしまうようなところがある。あの人は、本当にスーッと反射しちゃうようなところがある。だから松山さんの場合もおそらく、やはり不思議というのか、それがあるんだろうと思いますが。

松山　澁澤さんのことを「こういう人だ」と言おうとすると、「自分はこうなのに、こうだ」という言い方になって、今日なんかそれを言ったら自分のことばかり言うことになると思うから、やめよう、と……（笑）。

巖谷　逆に、澁澤さんにとっても松山さんの存在というのは大きかったと思うんだけれども、僕は。

松山　あんまり大きくないと思うね。

巖谷　そうかなあ。

松山　ただ、澁澤さんにとってはほかの人もみんな存在が小さいから、小さいなかでやや大きく見えても、ふつうの人にとっての他人というよりは、はるかに小さいんだと思いますよ。

巖谷　だけれども、松山さんて、なにしろこれだけよく喋る人でしょう（笑）。

松山　今日は喋らなければ仕事にならないから喋ってるんですよ（笑）。

巖谷　いろいろなデータが出てくるから、たとえばインドの話かなにかがどんどん出てくる。澁澤さんはそういうのを聞いているわけでしょう。

松山　それが、インドの話はしないんだよね。ぜんぜんしなかった。

巖谷　サドはともかく、澁澤さんは一九七〇年代ぐらいからいろいろ、インド、中国とアジアのものに目を向けるようになったでしょう。あのへんも、松山さんから入ってきたものがあるんじゃないかな。

松山　いや、それはまったくないんですね。

巖谷　澁澤さんもそう書いていますよ。

松山　いや、そんなことないよ。

巖谷　「友人の松山俊太郎から聞いたが……」とか。

松山　それは、ごくたまに、澁澤さんが持っているフランス語の、『東西不思議物語』の種本みたいなものに、たとえば宇宙卵というものがあると、それはインドではどういう言語でどう言うんだ、なんていうことを一、二度聞かれたことがあって、あとはインドのことなんか聞かれたことは絶無ですね。
巖谷　むこうが聞かなくても、松山さんは延々と喋っているわけですから。
松山　いや、喋らない。私、澁澤さんのところへ行ってインドの話なんかしたことないの。
巖谷　インドにかぎらず。松山さんは日本、中国の古典でも、博学そのものだから。
松山　でも、そういう話はぜんぜん出ませんね。
巖谷　出ない？
松山　ええ。だから、ふつうの大人が話すような話は、澁澤さんとはほとんどしていないと思います。
巖谷　それは誰でもそうかな。
松山　だいたい、二人足して十歳程度の精神年齢の水準で話してるんじゃないかと思いますよ（笑）。どういうわけだったか、よくつづいたと思うの。その話が。
巖谷　ついでに伺っておきたいけれども、五〇年代にもうお会いになっているわけでしょう。それでかよってお酒を飲んだりしている。澁澤さんの書いたものは、そのとき読んでおられたでしょう？
松山　いや、読まないね（笑）。
巖谷　「人」だけ見ていたということですか。
松山　だいたい、そうですね。現在にいたるまでそれで、そのためにいま全集の解題で非常な苦労を重ねているわけです（笑）。

*

巖谷　ようやく本題に入れますね（笑）。
　解題の書き方はいろいろあると思うんです。僕はわりと古典的な全集の書き方を一応は守って書いているんだけれども、松山さんのはものすごく詳しくて、枚数からしたって……。それから出典もどんどん調べておられるわけでしょう。さっき「不思議な出会い」と言っておられたけれども、こんど『東西不思議物語』が全集に入りますが、あれは案外重要な本だと思うんです。七〇年代の作品ですが、あの『東西不思議物語』の出典がどうなっているか調べておられたでしょう。

松山　出典はね。

巖谷　ちょっとそういうところを、あらかじめ伺えないかと思っていたんですけれども。

松山　若いころの澁澤さんは、発表する形はつねに売文でしょう。だから、時間的にもじゅうぶんな準備もできないし、さっき言ったように長さも制限されちゃう。澁澤さんというのは全方位に自分の世界を形成しようとしているわけでしょう。そうすると偏執狂になれないから、わりに書割みたいで、その書割をバンと破るとむこう側はないというような不安感があるわけですよ。だけれども『東西不思議物語』というのは、二千字ぐらいで書かなければならないから、とても書ききれないものだけれども、その裏側にある勉強というものは、私ははじめて澁澤さんの気宇の壮大さというものに触れたわけね。あれは、豊臣秀吉が朝鮮侵略からはじめて明の皇帝になろうという野望をいだいたのと同じぐらい、ものすごい大計画の最初の段階だということになると思います。

巖谷　あれは、一年間、毎日新聞の日曜版に連載したものですよね。ということは、字数も決まっている。それで年間五十回ぐらいでしょう。これ、たいへんなんですよ。僕も新聞連載をやったことがあるけれども、週に一度で、しかも澁澤さんだってほかのことも書いているわけだから。よくまあ、あれだけの話をどんどん惜しげもなく、それぞれみんなテーマがきちんとわかれていて、はじめから全部計画して書いたのかどうかわからないけれども……。

松山　計画はしないんでしょうね。

巖谷　しないでしょうね。四十八本だったかな。

松山　ただ、計画はしないけれども、書く必要は四十八本だけれども、何百本も書ける程度に、いろいろなことがかなり調べてあったわけだよね。
巖谷　すでにね。
松山　だから、そのなかからどれを選ぶかということは、わりに行きあたりばったりでやっても、それのどれをやっても二千字やそこらは立派に書けるという勉強をしてあったということでしょう。
巖谷　そのあたりの出典を調べることを、いまやっておられるわけですね。
松山　にわか勉強でやってみたんですよね。そうしたら出典として、それまではほとんど言わなかったものとして、中国──「中国」と言うとチベットとかなにかもまざっちゃうから私はシナと言いたいんだけれども、シナの古典は八種類か九種類しか言っていないわけ。日本の古典にも、原文は漢文で書いてあるものがあるでしょう。それで石井恭二に「日本の古典を勉強しろ」と言われたら、「だって僕は漢文が読めないもん」と電話で嘆いたとかということだけれども、それはまさにそうですね。
巖谷　漢文なんて、読もうと思えば読めますね。
松山　漢文は英語だと思って読めば読めるんですよ。シナ人だって正確に読めない漢文なんかざらなんだから、われわれも気を楽にして読めば、かなりの程度には読めるんですね。澁澤さんの書庫へは入ったことはなかったけれども、書斎とか昔の家とかを見ると、漢籍というものは一冊もないんですよ。そして晩年まであった形跡がないのね。
巖谷　最後までなかったかな、いわゆる漢籍は。
松山　だから中国の古典のお里探しというものが、本の題名とか本の内容じゃなくて、どういう叢書、あるいはシリーズのなかからそれを見つけたかというのが、いちばん楽だと思ったんですよ。それは平凡社の東洋文庫からほとんど出ているわけね。
巖谷　『唐代伝奇集』とか、いろいろありますね。
松山　それに拠っているんですね。もうひとつ『中国古典文学大系』というのが、やっぱり平凡社から出ているけれども、同じものでも東洋文庫のほうが完訳であることが多いし、注が詳しいんですね。『中国古典文学大系』の場合には一冊のなかに何十種類も入っている場合があるけれども、そういうのを分解して出した。東洋文庫のほうが、あとなんですね。だから注なんかも詳しいから、澁澤さんは原則として東洋文庫で読んでいるわけです。それに入っていないものだけが『中国古典文学大系』です。たとえば『山海経』なんかは東洋文庫では出ていないから、四種類ぐらい入っているなかのあれを使っているようです。

巖谷　『中国古典文学大系』のほうには図版入りでありますからね。

松山　だから、東洋文庫にないものは、それで見ているんです。ほとんどは東洋文庫だということが、やっぱり思ったとおりわかるから、「ざまあみろ」と思うわけね（笑）。

しかし、違うのがひとつあって、『玄怪録』という本なんだけれども、これは東洋文庫にも『中国古典文学大系』にもないんですね。澁澤さんはとにかく原文では読まないから翻訳で読むしかないと思っていたけれども、こっちの家のほうで考えていてもだめだから、先週の金曜日に澁澤さんのところへ行って現場で本を見ていたら、角川で出ていた『中国怪奇全集』の四巻にあった。それは十冊前後のシリーズだけれども、東洋文庫とか古典文学大系だけじゃなくて、平凡社の本では満足しないで、そういうものもどしどし買っているわけです。だから、いちばん底の浅い中国文学についての勉強だって、かなり猛烈なものがあったということです。

巖谷　名著普及会で、物集（もずめ）父子の『廣文庫』とか、巖谷父子の『大語園』とか、復刻版がいろいろ出ましたね。あれよりも前なんですか。

松山　あれより、ちょっと前ですね。

巖谷　あれがあれば、索引でいろいろ引いたりして、総合的に勉強できるんだけれども。

松山　私も、あれを使ったにちがいないと思って、タカをくっていたんですよ。
巖谷　僕もそう思っていました。
松山　そうしたら、予想がまったくずれたんです。つまり、『廣文庫』にあるものを使っていないし、『廣文庫』にないものを使っているとか、『大語園』にないものを使っていて、『大語園』にあるものを使っていないとかいうことがあるわけです。それで、なんだかどうもおかしいと思って刊行月日を見たら、『大語園』はあの人はもとの版はもっていないわけだから、復刻版には絶対に間に合わないんです。
巖谷　あれはもっとずっとあとかな。
松山　ずっとでもないでしょう。
巖谷　『廣文庫』のほうが先なんです。
松山　だけれども、二年ぐらいしかずれていない。
巖谷　『東西不思議物語』というのは七五年でしょう。
松山　本が出たのは七七年。
巖谷　でも、連載したのが七五年。
松山　だから、本が出たときで見るとなにか間に合いそうな気がするけれども、執筆したときで見ると、そういうものは使えない。
巖谷　それは意外ですよね。
松山　もうひとつは、『廣文庫』のほうは二十冊ですから、三冊ずつ二か月おきに出しているんですよ。そうすると、『廣文庫』のいちばん早いところと『東西不思議物語』のいちばん遅いところが、やや重なるんだね。そうすると、あれはアイウエオ順だから、なにか澁澤さんが書いたのでと……。
巖谷　『廣文庫』から使ったものも調べられたんですか。
松山　あるかないかというのを『廣文庫』で当たろうと思ったら調子わるくなったから、直そうとして酒を飲んだら能率が落ちたと、こういうわけなんです（笑）。だから、いちいち調べてはみないけれど、時期的にそれは使ってないわけね。
巖谷　それにしても、週に一度、ああいうものを書いていたわけですからね。

松山　つまりそれは、もっと前に蓄積があるんですよ。

巖谷　でも、『廣文庫』が出たからといって、それをどんどん週一度の連載のために読むなんていうことを、もしやっていたとしたら、澁澤さんというのはたいへんな人ですね。

松山　だから、それはやっていないでしょうね。つまり中国のものはたいしたことないわけで、生涯たいしたことなかったんですね。ポテンシャルには、たいしたことになるはずだったと思うんだけれども。

日本の古典については、昭和三十三年ぐらいから四十二年ぐらいまで、岩波の『日本古典文学大系』が出てたでしょう。あれを全巻の隅から隅まで見たかどうかはわからないけれども、『今昔物語』とか、もうちょっと前の現代思潮社から出た日本文学だけのアンソロジーの解題の『幻妖』というのを書いて、そこでもいろいろ引用されていても、とくに『今昔物語』が中世説話の最大の作品でもあるし、これは反復熟読していると思いますね。

巖谷　ただ、僕ははっきりおぼえてはいないけれども、引きあいに出すのは江戸のいわゆる随筆が多いんじゃないですか。平田篤胤とか、ああいうのをよく引いているけれども、大田南畝とか、あのへんのも……。

松山　平田篤胤は、『平田篤胤全集』を自分で買っていて、好きなんです。それから江戸の随筆は、吉川弘文館から出た『日本随筆大成』の新版をもっているんだよね。新版だから一期、二期、三期とあって、それからさらに『続日本随筆大成』というのが出るけれども、だいたい使っているのは一期と二期なんです。三期はもう執筆時期に間に合わないし、「続」ももちろん間に合わないのね。

巖谷　そうすると、出典はだいたい松山さんに洗われちゃってるんだな。

松山　でも、わからないのも、いっぱいあるんです。

第三期の随筆を一つと、「続」の随筆を一つ使っているんですよ。名前を出しても、じつはどこかの索引にあるのを書くというのもありうるわけだから、そのへんでいま悩んでいるけれども、もしかすると旧版で見たとか、別の版で出ているのを使ったかもしれない。ところが別の版になると一挙に明治四十年ぐらいに戻っちゃうから、そういうものを使ったかどうかという判定はできないということがおこりましてね。『東西不思議物語』は、だいたい書名が出ているのが百なんです。

巖谷　もうそこまで調べたわけですか。

*

松山　ヨーロッパのは、書名を出さないのをいっぱい使っているのね。

巖谷　ヨーロッパのは僕もすこしわかりますけれども、使っているのはそれほど多くはないですよ。「東西」と言っている以上、あの書き方がすごくおもしろいんだ。つまり、たとえば中国の話を出すと、「そういえば、フランスにもこういう話がある」というふうにして、いつも並列するわけです。コラージュというか。

松山　それは、西のほうを先に言うか東のほうを先に言うかということはあっても、原則としては土台は西のことがパーッとできているわけよ。だから、それに東の何かがあればすぐ、どこに対応させるかというのが組みあわせられるので……。

巖谷　あるいは原稿が何行か余ると、「そういえば……」といって、ちょっと加えるとか、そういうふうに東と西を意識的に同じものにしちゃっているという傾向が、あの本にはある。

松山　西のことを先に言いだして、東に対応するものがあるかどうかというのを探すのは困難だけれども、なにか東のほうでおもしろいことがあれば、それに対応する西のことというのは、蓄積があるから、ちゃんとそれが自動的に結びつくようにできているんですね。ただ、中国は少ないんだけれども、日本のことだけ書いているのが十話ぐらいあって、西とくらべなくても書けるぐらいの日本文学に対する蓄積が……。

巖谷　西とくらべなくてもと言っても、それは枚数が短いわけだから、別に蓄積が足りないから西とくらべるというわけでもないでしょうね。

松山　つまり、蓄積はあるんだよ。蓄積があるから、日本のなかで似た話がこれとこれとこれにあるというのが、いろいろな索引を見ても合わないような組みあわせがあって、これはもうひとつ、太田為三郎という人の『日本随筆索引』という正続二巻あるのを、ちょっとまだとりだせないからあれだけれども、そこにあるのを引き写したんじゃないだろうかと思います。そういうところで、あの人の勉強のしかたというものが、本当に気宇が壮大なんですよ。

よけいな話だけれども、澁澤さんが四十歳のときに、ある絵かきのかみさんが天ぷらを食わせてくれるというから澁澤さんを誘って鎌倉へ行く自動車の途中でそこへ寄ったら、そのかみさんが、澁澤さんに「絶対あんたは、はたちだ」と言うんですよ。見かけもそうだけれども、頭のなかは、もしかするともっと若いのね。『東西不思議物語』を書いたのは、四十代でも五十に近かったわけでしょう、あのころは。それでも十七、十八の少年が知識を吸収するくらいの速度で読んでいるわけですよ。もうひとつは、記憶力が非凡でしょう。それから頭が明晰で、しかも何かを組みあわせる才能というのがまたあるわけだ。あの人は、新聞やなにかのコラムニストとしての才能もあったはずですよ。だから、そんなものは手もなくできるけれども、とにかく読んでいる量が膨大で、肩書き上あの人はフランス文学者ということになっていたからフランスの知識がいちばん多いのかと思ったら、フランス語の本とか英語とか、ラテン語と英語の対訳なんていうような本を合わせて、もっている西洋の本は四千冊ぐらいでしょう。ちょっと見ただけだから、わからないけれども。

巖谷　そんなに多いわけじゃないでしょう。でも、精選されているんだ。

松山　全体の本が二万冊あると言うけれども、二万冊にちょっと欠けると思うのね。それで自分の本が何十冊とかあったりするから、そういうのを減らして、それから寄贈された本とか昭和以後の作家の本もあらかた減らしてみても、一万冊はないけれども、八千冊ぐらいは日本の古典の本ですよ。それを一所懸命に勉強していたということで、いわゆるフランス文学者じゃないのね。

巖谷　それはいつごろからかな。石井恭二さんは、石井さん自身の影響もかなりあるということを言っていたけれども、六〇年代の後半ぐらいかな。

松山　六〇年代というと昭和三十五年でしょう。石井さんが言ったのは、もうちょっとあとだと思う。まず第一に岩波の『日本古典文学大系』が重大で、最初はおそらく私は『今昔物語』から入ったと思います。それから『宇治拾遺』とか、いろいろある説話集がいちばん好きで、読んでいるのね。

巖谷　それから『仮名草紙』『御伽草紙』ね。

松山　しかし、そういうときに、中国の場合でも、ひとつのシリーズに目を通しただけで満足しないで、そこに欠けているものを、いろいろな解説とかなにかからわかるとかならず読もうとして、手に入れているわけです。

巖谷　そうですね。それはフランスの文献でもそうですよ。

松山　たとえば『古本説話集』というのがわりに新しく出て、岩波には入っていないんですよ。それは朝日新聞社で出した『日本古典全書』のなかに入っている。それをわざわざ買って読んで、それもすぐ使うわけです。

　だから、場合によっては、本であっても澁澤さんの書斎に行かないとわからないので、初版の初刷が出た年号で判断するとだめで、初版だけで十三刷なんていうのがあるでしょう。そうすると、あれを書くのにスレスレの時期に読んでいるというのもあるんですよ。しかし基本は岩波の『日本古典文学大系』で、日本文学に対する基礎的な教養というのができているから、それにちょっと足せば、いつでも使えるのね。きょう読んできょうだって、それは使えるベースがあるんです。だから、西のベースがいちばん多いけれども、日本の古典に対するベースというのも、昭和三十三年ぐらいから四十二年に百冊出たんですね。それを読んでからは、ずいぶん時間が経っているわけね。それをつねに熟読して、気に入ったところはなにか紙をはさんだり、書きこみをしたり、赤線を引いたりしているわけですよ。

巖谷　なるほど。そういうことがわかったんですね。それは意外だし、たいへんなことですね。

松山　そういうことは、つい金曜日に行ってわかったことだけれども、やっぱり行かないとひとりで悩んで、またお酒をうんと飲んで絶望が深まっていたね。

巖谷　そうか。それで解題がちょっと遅れているということですか（笑）。

松山　いや、それより前に生来的自律神経失調症で書きたくないから遅れていたので（笑）、行って見たから、また解題を書こうというふうに、気をとりなおすことはできたんです。

巖谷　いまのお話を伺っていて、フランスの文献もある程度、共通した集め方をしているだろうと思いましたね。フランスは手軽なアンソロジーのさかんなところですよ。そういう本で「不思議物語集」なんていうのもあるわけです。「コント・ファンタスティック」とか、そのようなものが一九五〇年代からずいぶん出ていたわけだ。それのいちばん最初の、澁澤さんにとって原形になったのが、ブルトンの『黒いユーモア選集』でしょう。あれも近代文学のアンソロジーですね。

その後、興味のあるところ、お話の集成のようなものをたくさん集めている。中世語の文献に遡ったりしていないのは日本の説話の場合と違うけれど、たとえばオカルティズムだって、ロベール・アマドゥーとか、ロベール・カンテルとか、そういう日本の仏文学者はあんまり読まないオカルティスト、あるいはオカルティズム研究者というのがフランスにいるわけですけれども、そういう人たちがまたアンソロジーをつくるわけですが、そういうものをかなり集中的に集めていて、片っぱしから読んでいる。有名な作家の大小説みたいなものに取りくむよりは、なにか簡単な案内のある現代フランス語のアンソロジーみたいなものを集中的に読んでいた。それが彼の若いころの傾向でしょうね。

松山　そういうことは私も感じていたから、日本の古典についてもそうだったと思ったんだけれども、わりにそういうアンソロジーというのは日本では少ないわけですよ。

巖谷　『日本古典文学大系』だって、一種のアンソロジーでしょうけれど。

松山　そう言えばそうだけれども、作品は丸ごと入っているし、テーマ別に集めたという本じゃないですからね。

巖谷　そうですね。現代語訳ではないし。

松山　テーマ別で原文がちゃんとついているというのは、『廣文庫』か、あるいは『古事類苑』しかないわけです。澁澤さんは売文をつづけているうちに、いろいろ経済的条件もよくなったり、外からの評価も高まるから、だんだんものを書く条件がよくなってくるでしょう。それにあわせて仕事の手のかけかた、厚みの、改善されてゆく傾向が非常に顕著なんですよ。だから私は、『高丘親王航海記』にいたるまでの十年間だってそういうものがあるけれども、むしろ澁澤さんの読み方が進めば、亡くなられなければ、それから十年、二十年というものが、ものすごいことになったということを考えると……。

巖谷　そうですね。じつは、これからだったかもしれないんだな。

松山　澁澤さんは南方熊楠も好きだったし、南方熊楠というのは痛快で一種の天才ではあるけれども、まったくでたらめも言うし、意外にものを知らない人だから、植物学なんてあの人は知らないんじゃないかと僕は思います。とにかく、でたらめを言う人なんだよね（笑）。それにくらべたら澁澤さんはでたらめ度は少ないし……。

巖谷　少ないですか？

松山　ええ、はるかに少ないですよ。そのくらい南方のほうが多いというふうに考えていただいてもいいけれども（笑）。

巖谷　南方熊楠のほうが、ある意味で創作衝動が強いしね。だいたい、ずっと苔と向いあっていたわけだし、苔を蒐めるようなことは、澁澤さんはやらなかった。

松山　南方は粘菌は知っているけれども、植物一般のことは知らないね、あれは。

巖谷　澁澤さんはなにも蒐めない、生のものを。観念は蒐めるけれども。

松山　コレクターじゃないからね。

巖谷　もうひとつ、「不思議物語」という題名はどこから来ているんでしょう。彼は「不思議物語」というのを、ごくあたりまえにある言葉のように序文でも書いていますが、あとがきでも。

松山　あれは、直前に石井恭二が『日本不思議物語集成』というのを……。あれは中身だけじゃなくて、外側も不思議だったよ。

巖谷　とんでもないものですね、あれ。風呂敷で包んであった（笑）。

松山　内容はかなりいいかげんなものなのに、総革で、三方金で、それで紫色の風呂敷で包んであるんだから。

巖谷　あれは、巖谷小波のお伽噺集の豪華本をモデルのひとつにしているんだよね。

松山　あ、そうなの？　じゃ、外形の悪口は言わないでよかった（笑）。

巖谷　いや、総革と三方金と判型だけで、デザインはお伽噺集のほうがずっといい（笑）。風呂敷で包むというのは別口でしょう。それで桐の箱かなにかに入っていなかったですか？

松山　桐じゃなかったでしょう。

巖谷　あのタイトルから来たんだろうと……。

松山　あれの「不思議物語」という名前から来たんじゃないかと思うんです。

巖谷　それにしちゃ、「不思議物語」というのはどういうものを意味しているかというのを、澁澤さんはどこにも書いていなくて、平然と「不思議物語」というものがあるんだという話にしちゃっているね、あの本は。

松山　ちょっとは説明みたいなものがあるんじゃない？

巖谷　ないですね、たぶん。僕は、あれはフランスのものの訳語かとも思うんですけれども。

松山　あ、そう？

巖谷　フランスにコント・メルヴェイユーという一種のジャンルがあるんですよ。それを日本語で「驚異物語」と訳す人が多いけど、僕なんかは「不思議物語」とやるのね。名詞のメルヴェイユというのは英語で言えばワンダーだし、ドイツ語だとヴンダーですから、アリスの場合は「ワンダーランド」を「不思議の国」と日本で訳すでしょう。あれを「驚異の国」とやったらおもしろくないですから。

松山　それはそうですね。

巖谷　訳した場合、「驚異」と「不思議」というのは同じ言葉なんですよ。澁澤さんの場合、「驚異物語」とやらないで「不思議物語」とやっている。コント・メルヴェイユーという不思議物語みたいな言い方がフランスでずいぶん使われている。それも頭にあったと思うんだな。

松山　そうすると、もしかすると石井恭二が「不思議物語」という名前をつけたのも、あれは森本和夫さんと仲がいいでしょう、あれあたりから来たかもわからない。

巖谷　僕もちょっと石井さんに言ったんですよ。あれを出すときにね。

松山　「不思議物語」って？

巖谷　現代思潮社に、僕はすこし関係していて。

松山　そうか。いまさら解題を書きかえるわけにもいかないけど、ゲラのときに「巖谷國士によれば」と書こうかな（笑）。

巖谷　不思議というのはシュルレアリスムとも関係があるわけ。不思議というのは、シュルレアリスムの重要な概念なんですよ。たとえば瀧口修造は、『超現実主義と絵画』という有名な本を昭和の初期に訳しましたね。翻訳と言えるかどうかわからない創作に近いものですけれども、いちばん最初のくだりに「不可思議」という言葉が出てくるし、形容詞では「不思議な」と。その訳し方が、ある程度まで浸透していたでしょう。

「メルヴェイユ」を、最近は「驚異」と訳す人が多いですね。たとえば、澁澤さんがよく使った本のひとつで、下敷きというよりは、その内容をそのまま使ってしまった本にピエール＝マクシム・シュールの『想像力と驚異』という本があるんだけれども、「胡桃の中の世界」というエッセーもそこから来ているんです。

松山　あ、そうなの？

巖谷　ほとんど同じことを言ってる。それから「プラトン立体」もそうだし。それで、あとで谷川渥の翻訳が出ちゃったのね。それは『想像力と驚異』という訳語になっているけれども、その「驚異」はメルヴェイユだから、「想像力と不思議」でもいいんですよ。そういう概念をもってきていると、僕は思うんですけれどもね。

松山　そういうことがいろいろあるから、澁澤さんの『東西不思議物語』にもなにか種本があるにちがいないと思いたくなるけど、事実は、種本よりも、とにかく原典をのっぺらぼうに見たなかから素材を抽出しているという作業が非常に膨大だったわけで、そこで私も、この一週間以来、すこし澁澤さんに対する思いを、また変えなければいけないと思って……。

巖谷　じゃ、いままでは、もうすこしタカをくくっていたと……。

松山　もうちょっと、そういうところが要領いい人だと思っていたんですね。そうしたら、そうじゃなかった。

巖谷　フランスの文献だって、かなり古い時代の本で、二十代のころに手に入れたのがあるらしい。ボワテュオーという人の、メルヴェイユーじゃなくてプロディジユーですけれど、これも『不思議物語集』と訳せる本。そういうものも読んでいるんですね、いろいろ。体系的にかどうかはわからないけれども。

松山　だからスケールというのが、本当に無限に増殖するはずだったと思うんです。

巖谷　そうですね。それもとくにペースが安定してきたのが、七〇年ぐらいからですか。

松山　そうなんですよね。

巖谷　僕がつきあっているあいだも、どんどん本が増えはじめているという感じがしましたね。あのころから。

松山　鎌倉小町にいたときは、本を置こうといったって置く場所もないし、金もなかったから、数は少なかったと思うけれども、引っこしてからワーッと増えたんですよね。私は、はじめから見える書斎はともかく、「書庫を見せてくれ」と言うのは、手の内を覗くみたいだから、遠慮していたわけですけれど。

巖谷　澁澤さんは平気でしょう、そういうのは。

松山　平気かどうかわからないけれども、私はすこしこだわるわけです。もっとも自分の本はみんな出しているけれどもね。隠すところがないから。あの書庫は裏のほうにあるわけよね。
巖谷　ええ、書斎のうしろに穴をあけちゃって、書庫に入れるようにした。
松山　置くったって、あの家では、生活空間のほうが広くできているから、本なんてあんまり置けないんじゃないかと思って、一万五千冊ぐらいがせいぜいかと思ったら、二万冊近いということで、思ったより五千冊ぐらい多くて、その多い部分というのが全部、日本の古典とか、いわゆる「不思議」に関係する民俗学関係の本ですよ。
巖谷　そういう証言が得られると、新しい何かが見えてきます。
松山　そうなんですね。
巖谷　あの人は、いわゆる雑学じゃないんだ。よけいな本がほとんどないんですよ。
松山　そう。それで系統的に勉強するでしょう。そういう古典を読む時期と前後して読んでいるのは柳田國男で、『定本柳田國男集』という三十冊前後あるのを熟読しているんですね。
巖谷　中央公論社の『折口信夫全集』もね。
松山　それから南方熊楠は自分で索引をつくろうと思ったぐらいだから……。
巖谷　南方熊楠の前の全集ですか。
松山　いや、じゃなくて、平凡社のほうです。
巖谷　いや、前の乾元社版も持っていましたよ。澁澤さんの遠戚の澁澤敬三が序を書いているやつ。
松山　あ、そう？
巖谷　ええ。白い表紙の。全部あったと思う。
松山　変なザラザラの和紙の柏餅みたいなカバーがついてる？　本としては、あっちのほうが好きなんですけどね。
巖谷　僕もそうです。あれのダブったのを彼が二、三冊くれたことをおぼえている。
松山　南方熊楠の仮名遣いがそのままで、「有た」と書いてあって「有った」という促音がないとか、ああいうところがいいんですよね（笑）。

巖谷　『大語園』なんかは、昔のはもっていなかったですね。だから、七〇年代の終りに名著普及会の復刻版が出はじめて、推薦文を書いて全巻を入手したから、検索しやすくなったわけだ。なにしろうしろに、龍なら龍、蛇なら蛇という索引のところ、そういう項目で引くと、不思議な話がズラッと出てくるから、どれを使ったかというのがある程度わかりますしね。

松山　『廣文庫』のほうは、『群書索引』というのがあるから、あれで引けるけれども。

『東西不思議物語』を執筆してから二、三年経つと、ああいう索引を大幅に活用するようになるけれども、『東西不思議物語』のときはどうも、まともな索引は使っていないし、『古事類苑』もいまは置いてあるけれども、使えなかったでしょう。『群書類従』にしかない本なんてのがあるのに、『群書類従』をお世話した時期は『東西不思議物語』よりもあとなので、どういうところから知ったかというのにこだわると、また何年もかかるから……。

巖谷　たとえば都良香かなにかが出てきますが、ああいうのは子どものころの記憶で書いているんですか。そのように匂わせているけれども。

松山　いや、あれは中世の説話集のなかにある。岩波の本で見ていると思うけど。

巖谷　少年時代に聞いたか何か、そんな感じで語っていたような記憶がありますけれども、そうでもないですか。

松山　あれは、そういうふうに書いていましたか？　書名は挙げていないんだけれども。

巖谷　日本人だったら誰でも知ってる、というような感じで書いていたのかな。あれなんかも、竹生島（ちくぶしま）かどこかで、天女かなにかのインスピレーションで下（しも）の句が出てきたという話でしょう。すぐフランスのヴィクトリアン・サルドゥーという画家の話にもっていっちゃって、サルドゥーというのはやはりちょっと神がかりのところがあって、昔の十七世紀の陶工で澁澤さんの好きだったベルナール・パリッシーという人の霊が移っちゃって、ベルナール・パリッシーのとおりにものが描けるようになったと、そういう話にスッと持っていっている。その自然さというのが、「東西」と言うけれども、東西の区別があんまりないように書けた人ですね。

松山　そうね。『東西不思議物語』では、西だけの話というのは二つか三つしかないんですよね。だけれどもつねに、いざとなれば西に結びつければうまくできるという安心があって……。

巖谷　話がまとまる。だから、西から書いたというのは少ないでしょう。東から書いたほうが多い。

松山　余裕があるから、まず東から書いて、西でおさめようという……。

巖谷　東の話でちょっと余ったりすると、こんどは西の話を出してくる。西のほうに安心感があったのかもしれない。

松山　そうね。

巖谷　ただ、あれがそのあと、おそらく数年して、もう『唐草物語』なんかを書くようになっているわけだ。小説のほうへ行きますね。

松山　出典を探すというのは別にアラ探しをしようと思うのではなくて、やっぱり『唐草物語』から『高丘親王航海記』にいたるときに、どういう本当の勉強をしているか。いろいろ索引を使ったのでは。とても索引じゃ無理なんですよね。

巖谷　ものの書き方が変ってきたんじゃないかな。『東西不思議物語』は、澁澤さんの本としては、ある意味で極端ですよ。お話の枠組だけで、こういう話だということしか書いていなくて、それに対する「私としては」みたいなのは、あんまり入ってこないわけ。ところが『唐草物語』になると、かなり自分のフィクションの世界に古典をとりこんでいきますね。あそこらへんの変化――助走があってのことなのかな、あのころに。

松山　まあ、一生助走だけどね。

巖谷　そう言えばそうだけどね。かわいそうだな、それじゃ。
松山　そうですよ。だから『高丘親王航海記』というのは、第一期の終りで助走して空中に飛びだすというところで亡くなられたのだから、本当に惜しいことだったという気がせざるをえなくてね。澁澤さんがあと十年生きていれば……。すでに書いたものだって南方熊楠を凌駕している面もあるけれども、あと十年生きていると全面的に南方熊楠を凌駕するというような感じになったろうと思う。
巖谷　「全面的に」というのは、よくわからないけれども。
松山　粘菌のことなんかを無視して、ということよ（笑）。
巖谷　でも、あっちは粘菌の人だから。
松山　粘菌の人だけど、あといろいろ仏教のことやなにかでも、ひとつおぼえみたいなことを言っているんですよ。それから、いろいろ提灯（ちょうちん）をもつ人は、参考文献だってつねに変ったものを使っているみたいなことを言うけれども、たとえばシナの植物のことを言うときは、ブレットシュナイダーの『ボタニカ・シニカ』という、その当時でも時代おくれの文献ばっかり使っているとか、熊楠にはそうとういいかげんなところがある。だけど澁澤さんは、そんなでたらめなことは言わないし、脱線もあんまりしないでしょう。
巖谷　しない。それから、かなり計画的にあの仕事が進んでいると思いますよ。だから『東西不思議物語』というのは、あのときに一挙に自分の好きな話をまとめてしまおうというので、いろいろテーマ別に整理してありますね。あれもおもしろい。

＊

松山　で、ちょっと「旅」ということを……。
巖谷　じきにその話にしますから、ちょっと待ってください（笑）。七四年に出た『胡桃の中の世界』

というのが、すでに澁澤さんの好きな空間構造というのを整理していますね。それで、おおかた下敷きがあったりする。だけれども、下敷きがあるということをみごとに方法化しているとも言えるので、それが「胡桃の中の世界」という言葉に象徴されています。「ハムレットによれば、胡桃の中の世界にいても王者になれるような」とか引いているけれども、澁澤さんの場合の「胡桃の中の世界」というのは、そういう閉ざされたユークリッド空間じゃないから、そこから抜けでて出口になっちゃう。胡桃の中の世界というのは入れ子の世界なわけです。ある世界のうちにそれがまた映っていて、さらにさらに奥へ奥へ行って、結局無限に行っちゃうという、そういう構造をしっかり発見したんですね。あの本は。

松山　縮小的な無限なんですね。拡大する無限じゃなくて。

巖谷　そうそう、縮小無限。その構造ができちゃって、「これからやるぞ」という雰囲気が出ている。それで、「これからやるぞ」といってやってみたのが、『思考の紋章学』でしょう。これは東西の文献をすべてぶちこんで……。

松山　『思考の紋章学』にも、東の文献ってある？

巖谷　日本のですね、多いのは。もちろん中国も。

松山　それ、何巻に出てる？

巖谷　松山さん、読んでるでしょ？

松山　読んでないと言ってるでしょ（笑）。

巖谷　あ、読んでないのか（笑）。『思考の紋章学』は、すべてそれです。

松山　全集の何巻？　もう出てる？

巖谷　まだまだ（笑）。

松山　まだか。まだなら不思議じゃないんだ。

巖谷　全集の刊行順で読んでいくというわけ？

松山　そうなんですよ（笑）。

巖谷　『東西不思議物語』の一巻前ぐらいだったかな。

松山　そうですか。それなら読んでなくて当然だよね。

巖谷　『思考の紋章学』だと、もう整理は終っちゃって、あとは自由自在に自分のいろいろな空間なら空間のタイプというのを整理ができていて、それを好きなように組みあわせて、自由自在に行く。それを喋っているように書いているわけだけれども、その書いている文章がどんどん流れていくようで、結論もなんにも出ないで終ってしまう。

澁澤さんはそうとう形式意識の強い人で、きちんと型に嵌めるということをやっていたんだけれども、その型に嵌めることを崩してみたのが『思考の紋章学』じゃないかな。そういうふうに順序だてて、その次に小説が出てくるわけです。それで、ここでひとつ、きちんとこれまでのを整理するとか……。

松山　そういう意識はいっぱいあるんだね。

巖谷　大いにそれがある。だから『高丘親王航海記』まで行って、その先のことまで計画していたわけだから、それは本当に惜しかったですよ。『唐草物語』が出てきたときも、『唐草物語』という題名からして、「唐草」というのはアラベスクですから、無限の概念です。どんどんひろがっていくものに行った。それまでは箱のなかに入ってきちんとまとまった標本の世界みたいだったのが、いくらでも語っていけるような自分の構造をつくった。

松山　そうなのね。

巖谷　それが七〇年代の後半。

松山　西のことは、「不思議物語」的なものを書きつづけても、種本がいっぱいあるからよかったけれども……。

巖谷　そうでもないんだけど、まあ、いいや（笑）。

松山　でも東のことっていうのは、そういう関心で集めている人が少ないわけですね。

巖谷　僕は東のほうが文献はいっぱいあるはずだと思ってました。

松山　文献の数はあるけど、文献を整理してテーマ別にやるということは……。

巖谷　そういうことはね。

松山　中国は類書がテーマ別にわけてあるというのは、中国というのは「いろは」とかアルファベットというのはないから、膨大な総合的な書物をつくると、テーマ別にしかつくれないんです。だから、自動的にそうなるのね。そういう本を見れば、またいくらでもネタはあるけど、澁澤さんは漢文が自身で読めないから、それは生きていられた範囲ではぜんぜん使えなかったでしょう。

だけれども、そういう「不思議物語」みたいなものを西洋でもいろいろつくる人がいて、そういうとのやりかたが完全に澁澤さんは身についていたから、東洋のことをやろうと思ってもできるようになったわけだし、まして西と結びつければものすごく楽というので、澁澤さんの『東西不思議物語』はいちばん便利な索引ですら、ほとんど種を探すのに利用する必要がなかった。それから『唐草物語』とかなんとかになると、はじめのうちは石川淳の亜流みたいな感じもあるけど、だんだんコクが出てきて、ひとつのテーマも、昔の人が使ったままじゃなくて、それにもういっちょうひねりを加えた作品になってきたから、非常にすばらしくなったという感じがする。

巖谷　「東西」というのは、それから「古今」というのもあるかもしれないな。それをアナクロニズムみたいに、現代と、たとえば十二世紀というのをそのまま並列して話をつくっちゃう。東西もすぐ結びつける。一種のコラージュですね。あの時期ので、『東西不思議物語』のすぐあとかな、『記憶の遠近法』というのも出していますね。

松山　題名はおぼえています（笑）。

巖谷　読んでないですか？

松山　読んだか読んでないかもわかりません（笑）。

巖谷　「遠近法」というのがそれなんだな。遠いと近いというのを結びつける方法なんです。澁澤さんというのは、本の題名を非常に考えて、うまい題名をつける人だけれども、『記憶の遠近法』というのは一見雑文集みたいに見えますが、かなりおもしろい本です。「遠近法」というのは西洋美術史のルネサンスあたりに確立されたもので、遠いものと近いものを同一平面におさめるというひとつの方法でしょう。遠いものが小さくなり、近いものが大きくなって、パースペクティヴが生じて、そこに現実に近い一種の幻想が生まれるということなんだけれども、澁澤さんの場合の遠近法というのは、それを攪乱しちゃう要素のほうが強いですね。

松山　そうでしょうね。

巖谷　コラージュというものがそもそもそうで、マックス・エルンストがコラージュをつくったときに、まったく意外なものを結びつけるということをやっているんだけれども、実際にコラージュが結果としてどういう美的効果を生んだかというと、それまでのヨーロッパの美術を支配していた遠近法を完全に壊してしまうことです。たとえば、ここに風景があるとして、そこに巨大な虫とか貝殻とかがバンと貼られたりする。そうすると遠近法がまったくなくなる。

松山　中身を読まないでこういうことを言うのはまことに無責任だけれども、本の題名の「遠近法」って、そんなに厳密に使っているの？　題名としていいから使っただけじゃないんですか？

巖谷　題名としていいからね。澁澤さんの題名は、題名として格好のいいのをつけているのはまちがいないです。

松山　だって、言語でいえば、どんなに時代が違ったって場所が違ったって、ある文章のあとに別のことを書けば、それは自動的に文章としてはつながっちゃうんだから、遠近法もへったくれもないんじゃないかと思うんだけど（笑）。

巖谷　だから、むしろ遠近法を壊すんですよ。併置しちゃうわけだから。それが『記憶の遠近法』という本でそろそろ出はじめているんです。それまではいろいろな貝殻なら貝殻のイメージを集めてきて並列して、いくらでも増えつづけるような箱みたいなものをつくったり、それから『東西不思議物語』みたいに、お話のコレクションをやっていた。ところが澁澤さんは、こんどはノスタルジアと言いだすんです。どうも自分の昔の思い出というようなものを、たまらなく書きたくなってくる。それを「遠近法」と称しているんだ、時間的な。『思考の紋章学』とか『唐草物語』とか、そこらへんから、徐々に徐々に私事に移っていく、そういう徴候が見えます。それで小説に行っちゃったんでしょう。

松山　自分のプライヴェートなことについては語らないというストイシズムがあったのが、いつから崩れて。どういう動機があるんですか。

巖谷　いや、はじめからそういうのはあんまりないですよ、澁澤さんには。

松山　ないんですか。

巖谷　ええ。語らないと称しているんだけれども、こんどの全集を見ると、プライヴェートなことを書いたものが初期からいろいろあるから。

松山　あ、そう。さすがに全部読んでいる人は違うね（笑）。

巖谷　単行本に入れなかったやつにも、そういうのはかなりあります。ただ、プライヴェートといってもふつうじゃない。意味がちょっと違うわけで、私的心情のようなものはまず書かない。そうではなくて、自分の体験をいったん、ちょっとかわいた、ドライフラワーみたいなものにしちゃって、それを描写していくような形をとるけれども、桑原甲子雄（きねお）の『一九二〇年東京』という写真集を見て書いたのが『記憶の遠近法』に載っているんですが、「無性に懐かしくてしょうがない。あんまり懐かしくて、うまく書けない」とか言って、そのことを書いてない。そこらへんで、どうやらはじまるんです。「ノスタルジア」という題名のエッセーが、それに載っていましてね。

＊

巖谷　そこで、さっき「旅」と言われたけれども、旅というのは、僕はそういうふうに象徴的な意味で、澁澤さんが箱のなかにセットされた世界の区分というのを終えちゃって、あるいは飽きちゃって、むしろそういうところから勝手にどこかへ流れていこうとした、そういう七〇年代以後の傾向を、僕は「旅」と言っているわけです。そして実際に旅行をしたというのも、それに偶然にも対応している。

松山　そういう旅というのが、非常に逆説的になっているというところもありますね。

巖谷　そうそう。

松山　ヨーロッパに四回行ったとか、近東へ行ったとか言っているけれども、あれが本当の旅だったかという問題があるんだね（笑）。あれは現場検証に行ったということで。

巖谷　確認ね。

松山　うん。ひとりでできない旅なんてあるか、という感じもするんだよね（笑）。

巖谷　あの人はひとりじゃできないからね（笑）。

松山　だから、澁澤さんの旅は旅じゃないという感じがあって……。

巖谷　そうです。あの『滞欧日記』を見たときは驚きましたからね。読みました？

松山　すこしは見た（笑）。

巖谷　あれは完全にプライヴェートな旅の日記のはずですよ。僕は、そんなものを本にするのはまずいんじゃないかと思って。

松山　あれは存命中には出さなかったでしょう。

巖谷　もちろん出さなかった。没後に出すことになって、僕は最初は、「こんなものは出さないほうがいいんじゃないか。プライヴェートなものだから」と言っていたんだけれども、読んでみたら、発表された作品とあんまり変らないんですね。つまり、プライヴェートな手記なのに、不思議な表現が出てくる。たとえば、「マンディアルグの写真集でおないじみの巨像が次々と現われる」なんて書いてあるのね。そんな書き方は、プライヴェートな日記では、ふつうはしないわけ。

松山　あれは、いずれ作品として発表する形の、コンテみたいなものも混ざっているわけでしょう。

巖谷　多少ね。

松山　多少かどうかは、私はあんまり読まないけれども。

巖谷　いや、実際に使っていますから。

松山　使ってるの？

巖谷　『ヨーロッパの乳房』とか、そういう本のなかに。いわゆるプライヴェートなところは、ほとんど感じられないですよ、旅の日記でも。それに旅のしかたそのものが、「そんなものは旅じゃない」と松山さんが言われたようなものかもしれない（笑）。

松山　それで、ヨーロッパへ旅したおかげで、ヨーロッパなんていうものはたいしたことないという面もひとつあるし……。

巖谷　いや、たいしたことあるという面のほうも強かったんじゃないかな。

松山　そうかな。

巖谷　なにしろ本で読んでいてすでに蓄積があって、下調べがあるから、たとえばある美術館へ行けば、澁澤さんが見るものは決まっているわけです。「あ、あった」と、これですよ。その部屋にしか行かないから、新しい絵なんていうのは、ちっとも見ないわけね（笑）。古典のルーベンスだとかレンブラントなんてのも、最初に行ったのはアムステルダムで、アムステルダムというのはそんなものばっかりなのに、その部屋はパーッと通りすぎちゃって、クリヴェッリかなにかを見て「あ、あった」と言うのね。だから、確認ですよね。

松山　そうそう、確認なんだよね。

巖谷　発見しない。ところが、途中からだんだん発見しはじめるんですよ、あれを読んでいると。たとえばストラスブールへ行って、ストスコップフなんていう澁澤さんが聞いたことも見たこともなかった画家にはじめて対面する。それから、ロホナーという画家がいますけれども、それもはじめてだったんですよ。そういうのに驚いたとか書いてある。その書き方も、プライヴェートな日記にしては紋切型ですけれどもね。「度胆をぬかれた」とか。

松山　なにかというと紋切型だものね。

巖谷　なにかというとね（笑）。度肝をぬかれたというようなことを書いている。それから途中で迷っちゃったりね。澁澤さんの旅行は、はじめは目的地しかなかったわけです。たとえばどこかの美術館へ行きたいというと、タクシーで行く。あいだの道筋はなにも見ない。そういう旅だったらしいけれども、そうもいかなくなっちゃって、どこかへ迷いこんだらそこの庭園がすばらしかった、というようなことを書きはじめます。

結局、自然がいちばんよかったのかな。植物が乱れ咲いているとか、南のほうの風物というのがどうも気に入っちゃった形跡があって、最初の旅のときは北からまわっていますが、それは偶然かもしれないけれども、アムステルダムから入ってハンブルクへ行ったり、ベルリンへ行ったり、プラハへ行ったりして……。

松山　でも、いいかげんに行って、偶然どこかの村とか誰かの家に紛れこむとかいうのを、ほとんどしないわけでしょう。

巖谷　でも、しちゃったんですよね。

松山　しちゃったの？（笑）

巖谷　ええ。それがすこしずつ出ていますね。『滞欧日記』という本がおもしろいとすれば、まずそのへんです。グラナダの近くのランハローンとか、思いがけない場所に迷いこんでいるところ。そういうときの澁澤さんの反応というのは、やはりそれまでとはちょっと違いますから。

松山　そうですか。私は読まないでいいかげんなことを言っているから困るけど、やっぱりヨーロッパへ行って、本物を自分の目で検証しえたということの安心感と……。

巖谷 いや、検証したんだけれども、どうも予想外でおもしろくなかったというものも多かった。それはだいたい北のほうのバロック的なものや神秘的なもの。彼は初期には北の観念主義みたいなものに、だいぶとらわれていたところがあったけれど。

松山 そうなの？

巖谷 そうなの（笑）。たとえばルートヴィヒ二世のお城のことをさんざん書いていて、行ってみたけどたいしたことなかった、とかね。ところが南のほうへ行って、はじめて見るものが多かったはずです。たとえば旅程を変えてシチリアへ行ったり、マンディアルグの本でおなじみのところへ行ったり、南のほうへ行くようになって、四回旅行しているけれども、二回目からは北へ行かなくなっちゃって、南ばっかりです。それで、だんだん南へくだるようになっていったわけ。それは、それまでやったことをまとめ、確認するために行った旅ではなかったでしょうね。新しいものを見ちゃったわけだから。その違いはありますよ。

松山 とにかくヨーロッパというものは、安心したところと、異質だとか……。

巖谷 異質というのは、自分と？

松山 自分と、と言うのかな。

巖谷 そういうのはあんまりないんじゃないかな、あの人。

松山 ある程度あるんじゃないかと思うんだけれども。

巖谷 ある程度ならね。

松山 そういうところで、ヨーロッパへ旅したおかげで東洋に戻るというのが、西洋のことはやっぱりわからないという気持がすこしはあるかもしれないけれども、ふつうの人は長年フランス文学をやっていても「フランスが俺には絶対わからない」と言って日本へ回帰するという人が多いでしょう。
巖谷　多いようですね。
松山　そういうのとは、ちょっと違うけどね。
巖谷　そんなもの、すぐわかると思っていたんじゃないかな（笑）。キリスト教をやっていないからわからんといって悩むとか、澁澤さんはそういうことはなかったと思う。あんまり抵抗はなかったんじゃないかな、ヨーロッパへ行っても。どこでも同じなんです。だから、さっき遠近法と言ったんだけれども、あの人の遠近法というのはだいたい、遠近がなくなることを意味しているから。
松山　それは誰の定義？
巖谷　僕の（笑）。コラージュだから、パッと結びつけられるように東も西もあって、古いも新しいもあって、そんなにヨーロッパというものに対する文化的な反撥とか、そういうのはなかったと思いますね。だから、イタリアの南へくだる旅なんていうのは、非常に自然ですよ。どこか、故郷へ帰るような感じで南へおりて行っている。そんな感じがしますね、読んでいると。
松山　そうなの？　あなたの感情移入じゃないですか（笑）。
巖谷　若干ね（笑）。そういう実際に体験した旅というのも、七〇年が最初の旅行ですから、もちろんその後の澁澤さんと関係あるけれども、それだけじゃない。書き方としての「旅」のほうです。
松山　そういうことで、行って帰ってくると東洋のことに移って、そこのところは本を読むことで、実際に龍子さんにつれられて旅行するのもあるけれども、そういうなかで、こんどは作品としての「旅」というものに移る準備ができてきたと思う。
巖谷　そう。いくらなんでも小説というものは、たとえば実際の植物のジャングルがあるとして、そういうものを見ていないで書くというのはむずかしいですよね。体験が関係していたんだよ、かなり。
松山　巖谷さんが一年ぐらい前に言ったけれども、

そういう実際の旅で得たものが、『高丘親王航海記』なんかのいろいろな場所に、シチュエーションは違うけれども、何かの感じ方としてはとりいれられているというわけですか。
巖谷　とりいれられていると思いますね。たとえば東アジアでほかの国へは行かなかったけれども、西表島までは行っています。西表島の風土についての、一種解放感のある文章を書いていますよ。それは南イタリア紀行とともに、『旅のモザイク』という本に入っているんですけれどもね。
松山　読んでいないから、はあ、と言う以外にないね（笑）。
　要するに、『東西不思議物語』の延長から言うと、やっぱり澁澤さんがやっている仕事というのは土台づくりを海底からやっているわけだよね。海面から『東西不思議物語』がすこし出ているけれども、じつは海底から測ると二万メートルぐらいある火山みたいになる予定だったわけですね。そういうことが人間技として可能かどうかという、ぎりぎりのやりかたをしていたし、本当にあと二十年生きていたら、どうなるかという感じがして、残念で……。
巖谷　『高丘親王航海記』も、そういう点では、まだ数百メートルとか数千メートルとか、そんな感じですか？
松山　だと思いますね。
巖谷　あれは解題を書かれるから……。
松山　すこしは読んだ（笑）。斜めにとかね。よく読んだところもあります。その先も、澁澤さんがなにか書くと、みんな空中を飛びながらの旅という感じになるけれども、そこで見る風土というのは、実際にあるところへ行った旅じゃなくて、全部発明した風土のなかを自分が旅するという不思議なことにならざるをえないし、なっただろうという気がする。
巖谷　実際のことは書かないでしょうね。ただ、体験していなければ書けないこともありますから。
松山　そうね。

巖谷　たとえば森なら森、湖なら湖というのを。

松山　でも、実際はずいぶん違うんだものね。

巖谷　『高丘親王航海記』に「鏡湖」ってあるでしょう。実際にあるんですよ、あれは。雲南地方に。

松山　あなたは鏡湖に行ってきたの？

巖谷　雲南の？　近くまでで、あそこは行っていないです。ただ雲南には湖はいっぱいあるから、似たようなところへは行った。もちろん、澁澤さんはそれを見て書いたというんじゃないわけだ。

松山　あのへんは行かないよね。

巖谷　中国なんかへは行っていない。外国では、ヨーロッパと中近東だけです、彼が行ったのは。

松山　そうですよね。

巖谷　でも、あそこへは行ってる。琵琶湖の東北の余呉湖（よごのうみ）へは。

松山　そんなものは見たって、だめだろう（笑）。

巖谷　いや、あそこもじつは、「鏡湖」と呼ばれている湖なんです。「鏡湖」という題名をつけるときには、どうしてもそれが頭をかすめてしまいますよ。風景だって重なってくる。

松山　あれは『高丘親王事跡』とかなんとか、書物にある地名からヒントを得ているんでしょう。

巖谷　そうかな。雲南には入らなかったけれど、実在の高丘親王は。だから琵琶湖の思い出になる。

松山　雲南なんて、わざわざ通らないよね。

巖谷　うん、遠まわりじゃないか。

松山　あそこは瘴癘（しょうれい）の地だから、行けばあそこで死にますよ（笑）。

巖谷　越南だってね。

松山　ただ澁澤さんは、本を見たかぎりで言うと、『高丘親王航海記』では間に合わなかったか、『高丘親王航海記』に使おうとしたのかどうかはわからないけれども、インドのサンスクリット文学史なんていうのもちゃんと持っていたり、仏教説話やなにかを論じた岩本裕さんの著作集なんかももっていたり、予定していた『玉虫三郎』とか、まだあとがあるとすれば、そういうものが活用された可能性があるんですね。だから、澁澤さんがあと十年ぐらい生きていると、またこっちと交差するところが五十年ぶりぐらいで出てきた可能性があるんです。

巖谷　『高丘親王航海記』にもずいぶん使われているんじゃないだろうか、そういうのは。

松山　そのへんは、読んでみないとわからない（笑）。

巖谷　「創作ノート」が残っているから、たとえばヨーロッパの文献だと、いろいろ参照したのはわかりますね、ある程度。イタロ・カルヴィーノの『マルコ・ポーロの見えない都市』とか、ホルベアの『ニールス・クリムの地底旅行』とか。

松山　あれは、そうとう使っているところがある？

巖谷　いや、イメージの原形なんでしょう。十八世紀のあの手の旅行文学の枠組というのが、澁澤さんにずいぶんあのころ入っていると思う。一九五〇年代です。それの典型的なのが、やっぱりルネ・ドーマルの『類推の山』だろうと思いますね。

松山　僕もそう思っています。それはそうだと思うけど、ホルベア……。

巖谷　澁澤さんはホルベルクと書いていますが。

松山　あれは、このあいだもデンマーク大使館に英訳があるかとたずねてもらったら、どうもないか、知らないという返事でね。

巖谷　あれはもともとラテン語で書いたんでしょう。仏訳はありますよ。僕も持ってる。

松山　澁澤さんの持っている仏訳は、いま私が借りているけれども、ちょっと表紙が欠けたか、私が借りているうちに取れたかなんですが、あれは目次がない本なんですよ。

巖谷　目次はない？　序文はあるんだけど。

松山　その目次を自分でつくってるよ。

巖谷　そうか。やっぱりそうとう好きだったんだな。

松山　あれは大昔から、文学全集の試案をつくるというときは、かならず候補に入れてたからね。

巖谷　そうですね。それでかならず翻訳されないで終るんです。

松山　あれは地下に落っこっちゃって、いろいろな不思議なことになるわけだから、地上の話とは本質的に違うような気もするけれども、あなたはあれはフランス語で読んでみたわけ？

巖谷　ええ、昔ざっと読みました。

松山　それじゃ、こんどそれをぜひ伺わなければ。

巖谷　あまりよくおぼえていない。つまり、昔から不思議旅行というのがあるんですよ。それもメルヴェイユーという形容詞を使える。僕も旅の本をいろいろ書いていますが、僕のもみんな「不思議」ってつくわけ。『ヨーロッパの不思議な町』とか。

松山　「不思議」と「驚異」は違うよね。

巖谷　「不思議」と「驚異」は違うのに、日本語ではその二つの訳語が並立するから、イメージが変っちゃうんですけれどもね。ニールス・クリムの話というのは、ヨーロッパの十七世紀くらいからはやりだした旅行文学のひとつの典型的なものじゃないですか。空想旅行記、不思議旅行記の系列があって、カルヴィーノなんていうのは二十世紀のその末裔だと思うけれども、澁澤さんはそのへんをそうとう意識していて、日本語訳でそういうものも読んでいるんですね。

松山　「創作ノート」にもカルヴィーノのことはだいぶ意識して書いているようですね。

巖谷　意識してかどうかは知りません。「創作ノート」は、写真で、「みづゑ」の特集かなにかに載ったやつしか見ていないし。

松山　うん。当然のことながら、私もその「創作ノート」もまだ見てないけれども（笑）。

巖谷　ドーマルかな、やはり。

松山　あとは、マンデヴィルの旅行記なんて……。

巖谷　『大理石』とか、どうだろう、あれは。十八世紀ならば、サドの旅行記もありますからね。

松山　サドは旅行が好きな人だと思う。

巖谷　あれもイタリアでしょう。南方旅行の系統ですよ。それから、ゲーテの『イタリア紀行』というのは彼の愛読書ですね。

松山　『東西不思議物語』がちょっといままでと違ったのは、ゲーテとかシェークスピアなんて、あんまり言わない人だったでしょう。言うの？

巖谷　かなり昔から言ってる。ゲーテのほうは好きだったんじゃないかな。

松山　ゲーテの『詩と真実』とかなんとかになると、やっぱりあれは日本語であっても一応、全集かなにかで読んでいた可能性が強いですね。

巖谷　ゲーテの翻訳全集は、あそこの書斎にはそろっていなかったな。一冊だけ『イタリア紀行』の巻はあったような気がするけれども。

松山　だけれども『詩と真実』が引用されているし、『ヘルマンとドロテア』は大好きだったとかいう話があるし。

巖谷　どうも、そんな感じがありますね。で、話を戻せば、そういう旅行記というものを、かなりいっぱい集めていた形跡が見えます、あのころ。『東西不思議物語』でお話をまとめておいて、あれは四十八篇でしたっけ、それから先、こんどは「不思議旅行」というのも蓄積しはじめていた。それは実際の旅行の体験と重なっていますよ。

*

松山　そこで、いちばん大きいのはドーマルの、あなたが訳した『類推の山』(河出文庫)というものの意義だと思うわけで。

巖谷　どういうところがですか？

松山　あれは一応、地表の物語でしょう。しかし、実際には架空の……。

巖谷　モン・アナログ、アナログ山という、とんでもない、地上に存在しない山に向って、実際に旅立ってしまう物語です。

松山　ドーマルはインド学者でもあったわけでしょ

う。だから、あれは、かなりの部分がインドの宇宙観というものに……。

巖谷　はじめにメール山が……。

松山　メール山というとヒンドゥー教の山なんです。仏教になると、それがスメール山（須弥山）になって、日本語に訳せば妙高山になるけれど、それになると、ヒンドゥー教にはない中空に延びる垂直観念が出てくるんです。

巖谷　ドーマルには仏教的なものがありますね。

松山　山に登ると人間の精神がよくなるとかいうのがあるでしょう。

巖谷　どんどん清らかになっていく。

松山　あの部分はどうも、ヒンドゥー教じゃなくて、仏教ですよ。いちばん下の世界に属するといっても、地表から六十五万キロから百三十万キロというのが須弥山なんですよ。そこの頂上までは地つづきで「欲界」と言うんです。欲望の領域ということです。そこにいるやつは、欲望のなかでもとくに性欲に動かされている。そのさらに上は、いろいろな精神統一をおこなうときに、なにか物質的な存在を見ながら、それの助けで精神統一をする。それが「色界」というんですけれども、「色」といっても色と形があるというのが物質でしょう。だから物質的世界で、そこに住む身体も物質的なんです。そういうなかに住むためには、物質的存在である必要がある、と。もうひとつ上に「無色界」というところがあって、そこへ行くと人間はへんてこりんになって、時間的存在ではあるけれども物質的存在ではなくなっちゃう。物質的な存在でなくなると、空間的に場所の限定をうけない。だから、「世界」といっても空間的な上下というより、精神的境地の上下として、下から「欲界」「色界」「無色界」とある。そういう考えをドーマルがとりいれて、自分流に換骨奪胎している。

巖谷　それはあるな。ルネ・ドーマルも、澁澤さんと同じではないけれども、あれは未完のまま。つまり、類推の山の実相というのはこの世に存在しないままなんです。
松山　そんなもの、見つかっちゃうと困るんだな。
巖谷　困るんだけど、ところが実在すると信じたやつがいて、そこへ旅してしまう。そうすると、アインシュタインだかなんだかの宇宙論を、妙なぐあいにして中に入れちゃって、山を登りはじめて途中まで行って、その途中までが、たしかにいま言われたように、ある程度、山が階層化されています。途中まで書いて、最後、書いていたときに、ドーマルは亡くなったんですね。だから、あれは未完な小説なわけだ。
松山　一応あれで終ってるの？
巖谷　終ってない。
松山　書きつづけたら、いつだって書いた日に死ぬでしょう（笑）。
巖谷　おそらく死ぬとわかっていたわけでしょう。途中でね。
松山　死んだ日も書いた、ということね。
巖谷　死んだ日も書いた。そのほうがわかりやすい（笑）。
松山　生きていれば、もっと書いたかもわからない。
巖谷　わからない。澁澤さんは、あの本が好きだったんですよ。
松山　大好きだったと思うね。
巖谷　『類推の山』というのも、奇妙な訳題になっちゃった。モン・アナログだから、本当は「アナログ山」ですよ。だけどアナログというと、アナログとかデジタルとかいう変な言葉でいま使われているということもあるし、澁澤さんがどうも『類推の山』という訳題がいいんだと言っていたから、僕もそうしたんです。それが筑摩書房の『澁澤龍彦文学館』で松山さんの編集された「最後の箱」に、たまたま再録されることになったわけだ。
松山　そうなんです。あれは量があるからすこし減らせないかなんて思ったけれども、いまになってみたら、全集とのつながりからいって非常に有効です……。あれは白水社で絶版かなにかになっているでしょう。
巖谷　あんまり売れない本ですからね（笑）。でも、河出で文庫に入ることになっている。
松山　だから、「最後の箱」のなかにあって、まだ読みくらべられるということが、非常に幸せだったという気がしてね。
巖谷　そうですね。本当はあのロラン・ド・ルネヴィルという、東洋に魅かれていた神秘思想家の序文とか、ドーマルがその先どういうふうに書くかという草稿も入っていたんですよ、白水社のには。でも分量がありすぎるから、「最後の箱」への再録のときにはカットした。
松山　奥さんの文章も？
巖谷　奥さんのやつは入れた。あの小説が澁澤さんは大好きで、その話をよくしたんです。ドーマルの「不思議旅行」が、類推の山という世界一高いとんでもない山を登りはじめて、作者が死んじゃったから途中で終っちゃって、「あと、どうなるんですかね」なんていう話を、よくしましたよ。そうすると澁澤さんは、「いや、あれでいいんだよ。その先を書く必要はないんだ。あれはプロセスだから」と言って、さかんに未完で終ったことのよさを語っていましたね。それが非常に印象に残っている。
松山　あれは西のほうから東のほうに来るでしょう。澁澤さんの『高丘親王航海記』が東のほうから西のほうへ行くというのは、ちょうどドーマルの『類推の山』とシンメトリーになっていると言えないこともないのでね。
巖谷　言えないこともない。
松山　僕は、澁澤さんはそういうことをやっぱり意識していたんだと思いますね。
巖谷　していたでしょうね。『類推の山』の話は、晩年にもときどきしていました。好きだ、と。それだけじゃなくて、あのなかに「うつろびと」という話があるでしょう。「オム・クルー」というんだけれども。

松山　ドーマルの作?

巖谷　そう。

松山　ドーマルもそんなに精読しないから、知らない(笑)。

巖谷　「空虚人と苦薔薇の物語」という挿入されている話中話があるんです。どういうのかというと、双子でまったく瓜二つのモーとホーという魔術師の子どもがいる。父親の魔術師はキセという名前なんだけれども、フランス語でキセと言うと、たぶん「知っている者」、あるいは「誰が知るか」という意味です。「魔法道士」と訳したけれども、マージュだから「方士」や「博士」でもいい。そこにもなにか東洋的なニュアンスがあります。

で、息子のひとりにしか秘伝を授けられない。モーとホーのどっちに授けるかというときに、世の中にはオム・クルーというものがある、と。「うつろびと」と訳したんですけれども、それはどういうものかというと、個体のなかでしか生きられないもので、人間の形をしている。だから岩なら岩のなかを人間の形をした空虚人——マイナスの空虚のもの——がスーッと動いて暮している。

松山　当人のほうがうつろなんだね。うつろのなかに住むんじゃなくて。

巖谷　そうなんですね。人間は死ぬと、そのうつろの空間のなかにすっぽりはまって安定する。そういう言い伝えもある。そういうのが「うつろびと」なんです。その「うつろびと」につかまらないようにと父は言う。つかまるとうつろびとのなかに入って安定して、死んでしまうから。

それで、苦い薔薇というのがこの世の中にはあって、それは山の上に住んでいて、「薔薇」とはいうけれども植物かどうかわからない。蠢くような美しいもの……。

松山　そういうふうに聞くと非常におもしろい話だ

という気がして読みたくなるけれども、読むとそうとう読みづらいという、不思議な本だね。

巖谷　「うつろびと」の話だけなら、ページ数にして四、五ページのものですけれどもね。それが挿入されているわけです。

松山　そこのところがね。だから、そういうのは読者の遠近法というので（笑）、そういうところで見ると読みたくなって、読もうとすると読めなくなる。それだから売れないという本かな、あれは。

巖谷　かもしれない（笑）。澁澤さんはそれを、『澁澤龍彥コレクション』にまた引用しているんです、そのオム・クルーを。不思議旅行記としてのルネ・ドーマルの『類推の山』が、『高丘親王航海記』の筋書に反映しているだけじゃなくて、春丸・秋丸とか、そのオム・クルーも入っていると思うんだな。澁澤さんの創作メモにもあったはずです。

それに、高丘親王は何かを探しにいって自分に出会うわけだから。オム・クルーというのは、たとえば僕なら僕も「うつろびと」というのを持っているわけで、これがちゃんと個体のなかにいれば、そのなかからこっちを見ていたりする。それで死ぬとうつろな内部に入って完結する。双子の片方がオム・クルーにさらわれて、ホーのほうがあとでそれを助けに行く。

松山　モーとホーというのは、ホモを二つに分けたわけでしょう。

巖谷　そうそう。それで最後にはそれがひとりになっちゃう。モーの意識のなかにホーが入ってきて、それでひとりになったので秘伝を授けられた、という話。そのひとりになったときにモーホーという名前になるわけです。それは、どう考えたってホモです（笑）。

松山　でも、ホモというのは、「人間」という意味のホモだよね。

巖谷　「人間」という意味。あるいは「同一」という意味ですね。「同一のもの、人間」でしょう。

言ってみれば、そういうふうに人間が人間に帰るという話なんです。それにしても、不思議物語風の、そのうつろびとの話が澁澤さんは大好きで、澁澤さんはオム・クルーを「空虚人（くうきょじん）」と訳したがるわけ。「空虚人だ、空虚人だ」とか言って叫んでいましたよ（笑）。

『高丘親王航海記』には、いわゆるエグゾティスムがあるでしょう。最初に出てくる「玉ねぎの皮をむいてもむいても切りがないエキゾチズム」というものがあって、天竺というのは玉ねぎの皮をむいていく果てにあるようなものだけれども、同時にそれはどこにでもあるものだという。

松山　あれは非常にそういう点でおもしろいけど、ドーマルの小説はかなり考えぬいたあげく書いたんでしょう。

巖谷　どうだろう。わりと行きあたりばったりの小説だとも思うけど。松山さんの言われるほど読みにくくはないし、売れるべき本です（笑）。

松山　澁澤さんの『高丘親王航海記』も、かなり行きあたりばったりで、行きあたりばったりということを利用しているところもあるでしょう。

巖谷　つまり書き方そのものが、行きあたりばったりの旅なんですよ。全部を完全に計画してひとつひとつ当てはめていくというのではなくて、行きあたりばったりにどんどんくりひろげていく、そういう境地ですよ。それが「旅」。

松山　種村さんは、あれは要するに必然性よりも快感原則にしたがって書いていたところがあるから、澁澤さんは若いときに少年小説をそういう式で書けば大ベストセラー作家になっただろう、と。そういうところはあるけれども、ドーマルはもうちょっときちんとしているんじゃないの？

巖谷　そうでもないと思う。それが「旅」だから。モーホーなんていうのだって、もとがインドにもありますか？　そういう空虚な人間の話。

松山　そんなもの、ないだろうね。

巖谷　アポリネールの『虐殺された詩人』のうつろな人型の墓なんかにも前例があるかもしれないけれど、やはり『類推の山』の入れ子、話中話として、自分でつくった話じゃないかと思う。

松山　そうでしょうね。

巖谷　それから『類推の山』の副主人公で、すべてを知っているような、同時にいかさま師みたいな学者みたいな人物が出てくるけれども、その人物の名前が「ソゴル」というんです。どう見たって「ロゴス」の逆転ですね。ドーマルはわりと簡単にそうやって名前をつけたりなんかしていて、出てくる人も、十五人ぐらい出てくるかな、冒険をする人間ひとりひとりも、パッとその場で思いついたかのごとくです。たとえばピエール・ド・マンディアルグの小説みたいに、凝りに凝ってはないんですね。その場その場でヒュッヒュッと話を進めていく。そんな感じですよ。その感じも『高丘親王航海記』に似てます。

*

松山　僕は、澁澤さんがすごく嬉しかったんだろうと思う名前は、マレー半島のあたりのところでパタリヤパタタ姫というのがいたでしょう。

巖谷　あれは何だろうな。

松山　あれは、パタッと引っくりかえるというところから発想したので、歴史的にはあんな名前はないと思いますね（笑）。（あとから気がついたが、この名前は、入院していた病院の看護婦が廊下を急ぐ履物の音から発想したと推定される。――松山）

巖谷　あれは子どものころからなにか耳についていた言葉のような感じもするし。

松山　ああいう思いつきが、澁澤さんは大好きなんですよ。

巖谷　大好きだ。

松山　だから、さっきの「驚異」と「不思議」という話ですが、昔、南洋一郎の『海洋冒険物語』のなかで、エスキモーかなにかが非常に奇怪なことがおこると「トルナスク、トルナスク」と言うんだけれども、それを澁澤さんは何回も……。
巖谷　叫びましたね。酒を飲むと「トルナスク！」と（笑）。
松山　それも、かならず「トルナスク、トルナスク」と二回言うんだね。
巖谷　その手かなと思っていたんだけれども、「パタリヤパタタ」とは叫んでいなかった。
松山　「パタリヤパタタ」は言わないけれども、写真機の外側を包む革みたいなもので、グッタペルカというのがあるんですよ。「グッタペルカ」と言うと、グッタリとなっちゃうんですね（笑）。なにかゼスチャーがあって。だから、「パタリヤパタタ」と言うとパタッと引っくりかえるという感じを、澁澤さんは持ちながら名前をつけたんじゃないかという気がしてね。
巖谷　だから、凝ってはいないですね。
松山　凝ってはいないところと、凝ったところが合わさってる。
巖谷　偶然におこる出来事みたいなものが多いでしょう、あの話は。
松山　そうだね。
巖谷　たとえば、ユング的なアーキタイプかな、「原型」にしたがったものを順々に出していくというんじゃないから。もはや、あそこではね。昔の澁澤さんの書いたものには、だいたいそんな傾向がありましたけれど。既成の紋切型のようなもので話を進めていったわけですが。
松山　それは小説じゃなくて？
巖谷　小説もそうですね。『犬狼都市（キュノポリス）』なんかそうでしょう。あれはもとがあるんだもの。たとえばマンディアルグをそのまま翻訳じゃなくて、小説に借用しちゃったりしたわけだから。
松山　あれは、「頼まれているけど、困っちゃったな」と言うんで、僕は澁澤さんも犬だと思っているから「犬の話、書けば」と言ったら、マンディアルグの狼と犬がひっついている……。

巖谷　表紙のギリシア語の綴りをまちがえてね。

松山　そう。まちがえて「クセノポリス」と書いてある。「キュノポリス」じゃないね。

巖谷　『夢の宇宙誌』なんかも、もう書くことが決まっていて、それに当てはめて逸話をもってくるという、原型に当てはめるやりかたです。それが『高丘親王航海記』には、ほとんどないですね。

松山　要するに、流れるようになったんだよね。

巖谷　そうそう。越南かどこかに入っていくと、おならをする怪物が出てきたりね（笑）。あんなのは、その場その場でヒョイヒョイと出してきて、何がおこってもかまわないという境地。だから、書き方が旅みたいになってきたわけです。

松山　非常に自由な心境になってきた。『ラリタヴィスタラ』というお経の題名は、「神通遊化」とも訳せるんです。一種の心の自在を得て、何をやってもこだわりのない遊びというもので書くように、『高丘親王航海記』でもすでになっているけれども、さらに書いていれば、そういう境地になったろうと思うわけね。そういう自由なものを書くほうがおもしろいから、『東西不思議物語』的な教養を積んでいても、もろにそういうものとしては書かないで、やっぱり創作になったんだろうという気はしますね。

巖谷　そうですね。もとからあるものを再話していくというシステムじゃなくなったわけだ。それであと『玉虫三郎』というのを書く予定だった。

松山　『玉虫三郎』というのはどうなの？

巖谷　どうなんですかね。澁澤さんの全集を全部読んだ人が『玉虫三郎』を書いてみたらどうかという話がありましたけれども。どんなものができるか。

松山　あなたが審査員か何かになるわけ？

巖谷　松山さんじゃないかな。

松山　いや、私はだって、読まないんだから（笑）。

巖谷　『玉虫三郎』というのは、時間も空間もめちゃくちゃになっちゃうらしい。

松山　そうなの？

巖谷　いろいろな時代にピョンピョン旅をするという話でしょう。たぶんそんなものをあと書くつもりだったんじゃないかなという気がしていたものに、かなりぴったり合っていましたね。それで、すごく自由になったということです。

松山　そう、自由になったね。

巖谷　だから、これから二十年生きていればということもあるけれども、僕は、あえていえば『高丘親王航海記』で、澁澤さんはもうひとつ先へ行ったところで亡くなったんだと思います。

松山　『高丘親王航海記』は本当に、急速にうまくもなっているよね。

巖谷　そうですね。章の題名のつけかたなんかも独特ですね。

松山　題名がとくにうまいけど（笑）。

巖谷　題名は、目次だけ見ればわかるからね（笑）。

松山　澁澤さんはわりに文章は紋切型で、文章そのものに凝ることはなかったでしょう。第一目的は明晰判明ということだからね。

巖谷　『高丘親王航海記』だって、もちろん紋切型は多いんです。

松山　そういうところもあるけれども、そうじゃないところもかなり出てきたよね。

巖谷　筋書が紋切型じゃないから。偶然おこる出来事に高丘親王が出会って、そのたびに驚いているという話ですからね。その驚き方が紋切型ですよ。「度胆をぬかれた」とか（笑）。そういう書き方をしているだけなんだけれども、おこる出来事がいくらでも自由にひろがっていくわけ。それは蓄積があるから、その出来事というのは、ことごとくおもしろいですね。

＊

松山　澁澤さんは書かれた作品としての詩って、わりに嫌いな人だったでしょう。日夏耿之介の詩はいいなんて言ったって、あれは詩としていいんじゃなくて、絵画的描写があるから認めているので、ポエジーじゃないんだよね。

巖谷　俳句なら蕪村とかね。あるいは安西冬衛も。絵画的。

松山　だけど『高丘親王航海記』というのは、文章じゃなくて、全体がポエジーの世界になっている。

巖谷　だいたい紋切型というのは、いわば牢獄みたいなものですよ。それだけに固まっちゃうと。こういうことを書こうとすれば、こういう表現があるという既成のものをもってきて、きちんと嵌めていくという作業は。

松山　だけど、なんで澁澤さんは紋切型の文章が好きだったのかな。楽だったからかな（笑）。

巖谷　紋切型で自分を把握したかったんじゃないかな。あんまりかけがえのない個人的体験みたいなものを文章にしたくないわけでしょう。

松山　でも、言っていることはどうなんだろう。

巖谷　言っていることは、既成のもの、あるいはデジャ・ヴュ（既視）をみごとにまとめるという形を一応とっていたわけでしょう。

松山　一種の典型というのをそのなかに出そうという……。

巖谷　そう。さっき言ったようにデジャ・ヴュと「原型」重視だったわけだ、長いこと。だから翻訳もおもしろいですよ、澁澤さんのは。サドならサド独特のフランス語の表現というものがあるけれども、澁澤さんが訳すと日本にすでにある紋切型にきちっと嵌めますからね。そういう意味では非常に安定感のある翻訳です。

松山　そうですか。僕はサドも澁澤さんのおかげで読まなくなったから（笑）。

巖谷　ふつう翻訳するときに、どうしてこんな言葉を使うのか、それをどうやって日本語で表現するかということを思い悩むことが多いはずだけれども、澁澤さんの場合は既成のありとあらゆる紋切型のなかからぴったり嵌まるものを探してきて、きちんと嵌める。澁澤さんの翻訳が読みやすくて、ことごとく名訳に見えるというのは、そういうことだな。不用意な言葉を避けますから。澁澤さんと紋切型ということで考えてみると、いろいろとおもしろい問題が出てくるはずだけれども、もう時間がない。

松山　時間がないって、何の時間？

巖谷　この対談の（笑）。

松山　もう二時間経った？

巖谷　経っちゃいましたね。

松山　それはよかった（笑）。ほっとした。

巖谷　一応「少年皇帝の旅」という話になったんじゃないですか。

松山　なったんですか（笑）。

巖谷　ような気がします（笑）。

松山　それでは、なるべく巖谷さんのほうにご質問を……。

［質疑応答］

質問①　さっき、澁澤さんが南方熊楠について一書を出すご予定だったとおっしゃいましたが……。

松山　いや、書こうとしていたんじゃなくて、南方熊楠が好きで、『南方熊楠全集』の平凡社の版には索引が一巻ついているんですよ。その索引が不満だから、また自分で索引をつくっているくらい。

質問①　もう索引を誰かがつくられたんですか。

松山　もう、すでにあるのに、さらに澁澤さんが自分用の南方熊楠の索引をつくって……。

質問①　独楽（こま）の項を抜きだすとか、書いていらっしゃいますね。

松山　そういうことでしょう。

巖谷　松山さんが索引をつくったという話はなかったっけ。あれは小栗虫太郎ですか。

松山　索引なんかつくりませんよ。

巖谷　澁澤さんがどこかで言っていたような気がす

る。

松山　澁澤さんもいいかげんなことを言うからね（笑）。もし言ったとすれば。でも、言ってないかもしれないんだ。そうすると巖谷さんが自動的にいいかげんなことを言っているということになるので（笑）。

巖谷　そうすると、いちばんいいかげんなことを言ったのは僕ということになる（笑）。

松山　私は索引なんかつくったことは一度もないよ。何についても。

質問①　私の聞き違いでした。「索引」と「作品」をまちがえました（笑）。

巖谷　南方熊楠のことは、そんなに好きだったのかな……。

松山　だいぶ好きだと書いてあるね。

巖谷　かつては、古い全集のほうを大事に、いろいろ出してきちゃ、調べていましたけれどもね。

松山　あれは、乾元社というところから出ているんだけれども、私も愛着のある全集です。平凡社のやつはどうも……。仮名づかいを変えちゃうと南方熊楠じゃないみたいな気になっちゃうんですよね。ほんとに南方熊楠というのは、とんでもないことをいっぱい書くんですよ。たとえば蓮だか睡蓮だかわからないものに、「茎に刺(とげ)があるから、これは睡蓮であろ」というんだね。「あろう」じゃなくて「あろ」と言うんだけれども（笑）、刺があるのは蓮で、睡蓮には刺がないんですよ。

巖谷　それは知らないということ？

松山　少なくとも蓮に関してはほとんど知らないんだね。植物学なんて、粘菌をやるのには要らないんだけれどもね。それからアメリカのミシシッピ河に黄金の蓮が咲いていると日本人の友達が言うと、「川に蓮が咲くわけない」と書くんです。だけど、澁澤さんも引用している橘南谿の『東遊記』というのがあるんだけれども、それなんか見れば、新潟の信濃川の河口のところには、幅が広くなって流れがゆるくなって、それで浅くなるから、ちゃんと蓮が咲いているという記事もあるんですが、そういうことは知らなかったわけね。熊楠の読書範囲は、非常に偏っているんですよ。そういうのにくらべたら澁澤さんのほうが、全体的な布石がきちんとしているという感じがある。

巖谷　そうですね。それはそう思いますね。

松山　小説を書けばエネルギーを消耗するけれども、もし書かなかったら南方熊楠を、十年かかれば完全に抜いていたという気がする。

質問②　きょうの話と関係ないんですけど、巖谷さんは、三島由紀夫を澁澤さんが認めているかぎりにおいて認めるということを『澁澤龍彥考』で書いていらっしゃるんですけれども……。

巖谷　いや、書いてないと思います（笑）。僕が三島由紀夫を？

質問②　澁澤さんの「絶対を垣間見んとして」という文章を読むと熱烈な感じがするんですけれども、三島由紀夫に対してどんなふうに思っていたのか、そこらあたりをお伺いしたいんです。

巖谷　澁澤さんがどう思っていたか、ということですか？

質問②　そうです。

巖谷　ちょっと簡単に言いにくいんですね、これ。

松山　私は、澁澤さんの三島さんに対する敬愛の念というのは、論理的とか理性的というよりも、情念的なものだったと思いますね。澁澤さんてあんまり泣かない人だけれども、私が一ぺんなにか三島由紀夫の悪口を言ったら、ちょっと涙を流して（笑）、当人は私を殴ると言わないけれども、いっしょに何人かでいたなかの女の子に「あいつを殴れ」と言いましたよ（笑）。自分が殴らないで人に「殴れ」なんて命令するというのは、典型的に小学生的だけれどもね（笑）。

　だから私は、三島さんの一種の心のあたたかさと、誰よりも澁澤さんのことを徹底的に評価してくれたことへの感謝の念という、そういうものがさらに投影されて、三島さんの作品まで、もしかしたら澁澤さんの基準から言えばもうすこし低い評価であるべきなのに、高く評価しているという感じはある。だけれども、あんまり作品のことは褒めてないでしょう。

巖谷　かならずしも褒めてはいないですね。なによりも、三島由紀夫というのは澁澤さんを最初に紹介して、持ちあげてくれた人です。最初の『サド選集』の序文を自分で頼めなくて妹さんに言ってもらったという――「殴ってこい」というのと似ているかもしれませんが（笑）――話もあるし。それから三島由紀夫の注文で、雑誌の「聲」に長いものを発表させてもらっていたということもあるしね。

松山　三島さんというのは、人間と本当の接触感があったかどうかは疑わしいけれど、それだからこそむしろ他人には非常に優しくしようという配慮の人だったでしょう。そういう感じが澁澤さんにはちゃんとわかっていて、三島さんに対する感謝の気持がずっとつづいていたんだと思いますね。

巖谷　松山さんは、三島由紀夫のことはどうなんですか。

松山　私は三島由紀夫の書いていることって、まずアフォリズムなんていうのはテンから信用できないところもあったりなんかするけど、『豊饒の海』だけはちょっとおもしろいと思う。『豊饒の海』というのは、名前としてあれだけ激烈な名前はないわけですよね。海は産みだすもので、しかも豊かなんだけど、「豊饒の海」というものがあるのは月の荒涼たる岩のところでしょう。ああいう名前と中身が正反対なものを、本田繁邦という、二人いる主人公の片方が主体になって四巻つづいているわけでしょう。そういうところで名前がすごいというのと、あれは「唯識（ゆいしき）思想」という仏教的な世界観に基づいているとして、三島さんのお母さんが早稲田に仏教を聴きにいくなんていうことをやるけれども、それは本田という看るだけで行動しない人間が懲罰されて破滅するための誤まった世界観として採用されているんですよ。私は、実際は三島さんの人生観はバタイユに近くなっていると思う。だから死のほうが本当の世界で、生きているほうがうつろの世界だ、と。それで生きているときに、死にいちばん近いのがエロティックな体験だ、というんでしょう。四冊が終ったところで、三島さんは死の世界に飛びこむわけです。だから、あの作品四巻が助走板みたいなもので、終ったら三島さんの死の世界とつながるように書いているから、あれを書き終った日に三島さんは死ぬということがどうしても必要だった。だから、中身がおもしろいとかおもしろくないというより、そういうことを考えつく人というのは、やっぱり世界の文学史にいままでいなかったという、そういう評価だよね。

巖谷　これで僕はなにも言わないですみます（笑）。だいたい、先ほど言われたようなことは書いていないと思うんです。

質問②　最初のほうに書いていらっしゃると思うんですけれども。

巖谷　じつをいうと、僕自身は三島由紀夫というのがピンと来ないんですね。とくにあの自死の演出というのが。あれをやって三島さんが亡くなったとき、澁澤さんにはめずらしく取り乱したような感じで三島由紀夫のことを書きましたが、あのへんもじつをいうとよくわかりません。澁澤さんが三島由紀夫にどうしてあれだけ執着していたかというのは、先ほど松山さんが情念的なものであると言われたけれども、そうとしか言えないところもあるからです。少なくとも僕は理性的に話を進めて澁澤さんのことを書きますから、そういう枠組ではなかなか語れないところがあって、だから僕はむしろ、三島由紀夫のことにはほとんど触れていないはずです。ただ、子どものころに三島さんの姿を見た体験のことは書きましたが……そんな感じです。

質問② ありがとうございました。

質問③ 先ほどのことと、ちょっと思いだしたことがあるんです。前に「エル・ジャポン」という雑誌に澁澤さんのインタヴューみたいなものが載って、それがすごくおもしろかったんですけど、「それまで西洋的なものにたいへん興味があったのが、七〇年ぐらいから、私は東洋的なものにも興味が移るようになりました」というふうに書いていらっしゃったんですね。それは、ちょうど七〇年に三島さんが亡くなりまして、そのとき三島さんの見送りにいっていらっしゃって、三島さんの遺作というのは、唯識というか、そういったものに近いような状態だったので、そちらの影響もすこしあったんじゃないかなというふうに、私なんかは思ってしまうんですけど。

松山 だけど、三島さんの唯識というのは、仏教の学者の説とか仏教を通じて悟りを求めようとする唯識とは逆なんですよ。『豊饒の海』に書かれている唯識思想は、唯識というのを信じていればかならず破滅するという唯識思想なのね。だから、そのことが影響したとは思いませんよ。

質問③ そうですか。

松山 昭和四十一年の一月二日かなにかに澁澤さんの鎌倉の小町という古いほうの家に三島さんが来られたとき、私は大晦日から泊まりこんでいたわけだけれども、同席して仏教の話が出て、唯識がわからないというんですよ。それで私が「あれは気違いにならなければわからない」とか、いろいろ乱暴なことを言ったら、三島さんというのは気違いが好きなんですよ。というのは、自分がつねに狂気にさらされていることの自覚があったほかに、三島さんが好きな王陽明という人がやっぱり狂気というのを特別の意味で尊重していて、その両方で好きなのね。それで喜んで、林房雄との対談でそういうことを、

「あるやつに言われて私もそう思った」なんていうことを言ったら、梅原猛が「そういうことを言われて真に受けているやつもバカだけど、言ったやつはもっとバカだ」というようなことを書いたらしいの。そうしたら澁澤さんは、それをどこかでちょっと弁護して、「松山によれば唯識というのは救済のための思想じゃなくて破滅のための思想だから、それでいいんだ」という妙な文章を書いている。だから私は、澁澤さんは三島さんの作品にあらわれた仏教思想に、同感したりなんかはしていないと思います。

巖谷　もうひとつ、松山さんが先ほど岩波の古典大系を一例に挙げて言われたけれども、澁澤さんは前から日本や東洋のものを読んでいなかったわけじゃないし、自分は西洋だけと決めてはいなかったと僕は言ったつもりです。ですから三島由紀夫の死がきっかけで、日本や東洋のものへの興味が生まれたというのは、ちょっとできすぎた物語かなと……。

質問③　インタヴューの編集の時点で、そういったふうに書かれてしまったんでしょうね。

松山　何かの都合でそういうことは……。当人も、事実に反することを言うのがつねですよ。誰にかぎらず。

巖谷　だいたい事実と違うことを言うものかもしれませんね、作家なんていうのは。僕らだって、アンケートとかインタヴューとかでは、話をわかりやすくしてしまいますし。

質問③　「三島さんの死以降、日本のことに興味が向くようになったのは」というふうに書いてあったんです。それが私としてはすごく印象に残ったので、「ああ、そうなのね」と思って……。

巖谷　それは多少、つくられたドラマじゃないかな（笑）。ただ、三島さんが亡くなってから澁澤さんがすこしずつ変っていったことはたしかで、むしろそれ以後のほうが、澁澤さんは解放感があるような気がしますけれど。

三島由紀夫がバタイユにのめりこんでいったとい

う話が出たけれども、他方、澁澤さんはバタイユを捨てちゃいましたね。バタイユの『エロティシズム』だけは、あれは非常に論理的なわかりやすい本だから翻訳をしましたが。六〇年代には、『サド復活』なんていう彼の初期エッセー集を見るとわかりますけれども、バタイユを非常に多用して書いていて、それが三島さんに影響を与えたりしています。ところが途中から、バタイユの『無神学大全』とか、非常にむずかしいカトリックの問題、その先にある闇のようなところへ入りこんでいくバタイユというのが本になって出たころに、もう嫌だ、要するに『エロティシズム』だけでいいんだと、非常にはっきり、くっきりした論理的な構造だけバタイユからとってあとは読まないことにした、という経緯がありますけれども、それと対応しているような気がしないでもないですね。

質問③　ありがとうございました。

質問④　きょうの話と直接は関係ないんですけど、澁澤さんにもし子どもがいたらということはありえますか（笑）。

巖谷　実際にどこかにいるんじゃないか、という話ではないでしょうね（笑）。

質問④　ああいう感性は、子どもがいたら持ちえない感性なのかなという気がするんですが。

松山　それは、私は原則としては澁澤さんの作品を読んだことないけれども（笑）、偶然目にしたところでは、澁澤さんは、子どもができれば、女房というのは亭主じゃなくて、子どもにかかりきりになるだろうとか……。

巖谷　自分も、娘がもし生まれたら近親相姦しちゃうかもしれないので困るとか、書いていますね。

松山　そういうことを書いて、だから嫌なんだと、わりにはっきり言っていますよ。

巖谷　それは、本当にそう考えていたかどうかわからないけれども。

松山　それはまた、わからないけど（笑）。

巖谷　ただ、ちょっと感ずるのは、子どもをつくらないで自分を律していくという、そういう非常に意志的でストイックな面は、あの人の生活や書いたものにはありますね。仕事の内容も、勉強するのにも、子どもがいたら困りますから。そういうようなことはあるでしょう。

松山　ストイックであると同時に、エゴセントリック（自己中心的）であるわけだよね。

巖谷　そうです。自己中心的ですよね。

松山　そういう点では、谷崎さんが少なくともあとの松子夫人は子どもを産みたいのに、絶対産んじゃ困るといったような、自分の仕事をする世界が崩壊するからという危惧はあるでしょうね。

巖谷　それは感じましたね。それ以外の思想的なことでは、生産性の否定ということとつながるけれど、生活の現場については、他人がはっきりとは言えませんね。

質問④　どうもありがとうございました。

質問⑤　直接きょうのこととは関係なくなっちゃうかもしれませんけれども、全集で『世界悪女物語』の「クレオパトラ」、あと「ピカソ」の解題が非常におもしろかったんですね。そのなかで、「澁澤龍彥」というペンネーム自体も作品だから、共同制作したものも作品としてあるというところがちょっとおもしろいというか、全集を読んでいてよかったというのがあるんですけれども……。

松山　その点がよかったというのは問題だよね（笑）。

巖谷　それは松山さんのおかげですね（笑）。

松山　私も困ったからね、あれは。本名は「龍雄」というんですよ。

質問⑤　ただ、原稿を仕上げる段階でも澁澤さんという人は、こういう表現をしちゃうと問題があるのかもしれませんけれども、遊んじゃっているのかなという……。

巖谷　遊んだというか、あれは書く時間がなかったんじゃないですか（笑）。

松山　暇がなかったんですよ。

巖谷　だから奥さんに書いてもらっちゃった。書かせちゃった。「おまえ殴ってこい」というのと似ている（笑）。

質問⑤　それにつながると思うんですけれども、遊ぶというか、原稿を仕上げる段階で、自分で手を出さないでやったところなんていうのは……。

巖谷　仕上げじゃなくて、原稿を書かせたんじゃないですか。それで、校正刷なんかは見ているんだろうと思うんですよ。

松山　でも、あのところだけが、ちょっとへんてこりんなんだよね。

巖谷　文体が違いますよね。「ピカソ」の場合は、とくにそういう感じがしますね。

松山　「クレオパトラ」は二回目か三回目で、ほかの連載もあって準備する期間がないから、その分を書かせて、そのあいだにほかの下調べをするということができたという、時間の問題ですね。

巖谷　ものすごく忙しかったんでしょうね。「ピカソ」のほうは誰かが「澁澤龍彦らしからぬ」なんて批判していましたけれども、じつは澁澤さんは書いていなかったわけです（笑）。

松山　それで、誰が書いたの？

巖谷　「ピカソ」は僕が解題に書いたと思うけど、あれも矢川澄子さんだということです。それを澁澤さんらしからぬと言われるところがおもしろいんで、つまり、ピカソはどういう人だったかというふつうの伝記になっているわけです。澁澤さんはそういうような書き方をしない人だろうから。

たいてい、伝記的に書く場合でも、澁澤さんだと自分と似ているところを探すはずです。そういうのがないので、よく読めばわかる。そもそもピカソなんて、はじめから好きじゃない（笑）。そういうのが二、三あったというのは、今回の全集で……。それは『世界悪女物語』が最初だったのかな。松山さんが解題に書かれたわけです。

松山　サドなんかも結局、サドと自分が似ているというところを発見して、サドを理想化することによって自分の精神も安定するという、そういう作業ですよね、あれはたぶん（笑）。

巖谷　澁澤さんはそうですね。似たものを見つけるという人だったんです。似たものの世界にどんどん行ったけれど、最後は崩していったかもしれない。

さっき『類推の山』の話があったけれども、あれはモン・アナログと言うんですが、発音からするとほぼ「私のアナログ」という意味にもなりますね。「私の似たもの」というふうにも聞こえちゃう作品です。そして、そのモーとホーの話というのは同一の人間が一致するという話ですから、そういうものに澁澤さんは反応しやすかったんです。

『東西不思議物語』のなかでも、誰かが別の人間になるとか、もうひとりの自分に出会うとか、そういう話が何度か出てくるけれども、そういう構造をあの人は愛していた、というよりは、かなり切実な問題として何かがあったかもしれません。二人一組の自分とか、自分がいくつかにわかれているとか。モティーフとしては澁澤さんにはそれがあったと思います。

質問⑤　ありがとうございました。

巖谷　それでは、松山さんとの対談にしてはまだ、はじまったばかりという感じですけれども……（笑）。

松山　いや、まだはじまってないんだね。読まなきゃなにも言えないはずなのに、読まないで喋っているんだから（笑）。

一九九四年五月十五日

於・西武池袋コミュニティ・カレッジ

澁澤龍彦・紋章学

公開対談　種村季弘／巖谷國士

巖谷　この公開対談もこれで最終回ということになりましたが、うまくまとめられるんじゃないかと思います。今回の講師の種村さんは達人ですから。

ただ、あんまり整理されてきちんと終ってしまっても、おもしろくありません。澁澤さんの全集はこれからまだ出つづけるわけで、かならずしも全貌が明らかになっているとはいえない段階ですし。それで、できたら迷宮みたいなところに入って終ってしまえればいいかなと思っているんですが、そうすると、お相手はやはり種村さんしかないということになります（笑）。

このあいだ、第二回目のときにも種村さんが客席におられて、終ってからちょっと集まってワイワイやっていたんですけれども、そのときに松山さんがおもしろいことを言っておられました。アンケートをとったらどうか、と。「自分はどこが澁澤さんと似ていないか」というアンケートをとる。それは澁澤さんの知りあいだった人に対してなのか、それとも澁澤さんの読者を含めてなのかわからないんですけれども、とにかく、そういうことを発案される作家というのもめずらしいかもしれません。

前回も松山さんとの対話のなかで、ルネ・ドーマルの『類推の山』という澁澤さんの好きだった小説の話が出て、『高丘親王航海記』にもかかわりがあるんじゃないかということになりましたけれども、「類推」というのは変な訳語ですが、もとは「アナログ」という言葉です。澁澤さんが以前に『類推の山』という訳題にしていたものだから、そのまま使って僕が翻訳を出したんですけれども、要するに「アナログ」というのは「似たもの」あるいは「あるものとあるものが似ていること」を指します。たがいに似ていること――類似、類推ということは、澁澤さんの場合、重要なポイントになってくるような気がするんですね。

われわれは澁澤さんに対していて、実際に澁澤さんとつきあっていても本を読んでいても、どこかしら、なにか自分と似たものが澁澤さんのなかに見つかるようなんです。そういう印象は、ある程度、誰にでもあるんじゃないでしょうか。もちろん反撥をよびおこされる場合もあるでしょうけれども、反撥すればたぶん読者にはなりませんから。

種村さんの言葉を借りれば、澁澤さんというのはメートル原器みたいな人で、世界の中心になんとなく居すわって、非常に透明というか、抽象的というか、そういう自我をもって存在していて、そうであるがゆえに、僕らは澁澤さんの書いたもの――澁澤さんは「私」という主語でものを書きますけれども――のなかに自分と似たものを見いだすことができる、そういう仕組になっているような気がします。その逆と言うか、そっちが元でしょうけれども、澁澤さん自身がいろいろ似たものを見つけていって、澁澤さんは「好きな対象についてしか書かない」ということを言っていた人ですが、澁澤さんの好きなものというのは、だいたい澁澤さんに似たものなんですね（笑）。似たものについて生涯にわたってさまざまなことを書いたわけですけれども、その「似たもの」というのが、澁澤さんのメートル原器みたいな透明な「私」のなかに吸いこまれていくという、そういう構造もあるみたいです。

このあいだも話題になりましたが、たとえば『胡桃の中の世界』のような、澁澤さんが自分で代表作のひとつと考えていたような書物でも、そこに書かれていることは、ほかの人がすでに言ったことを流用していたりするわけです。それは盗んできたというのとちょっと違っていて、澁澤さんはそのなかに自分の似たものを見ているということがはじめからあるんですね。そういうふうにして、いろいろと、言ってみれば「類推の山」ができあがっていったんだと思います。

僕が種村さんに伺ってみたかったのは、その点と関連するんですけれども、種村さんは澁澤さんと長いおつきあいをしてこられて、六〇年代の終りに最初のエッセー集『怪物のユートピア』を出されて以来、僕も愛読させていただいていますけれども、種村さんのあの最初の本には、澁澤さんの跋文（ばつぶん）がついているんですね。巻末に短い種村季弘論を寄せているんですが、その跋文が非常におもしろい。というのは、澁澤さんにしてもめずらしく、映画批評家として出発した種村季弘のことをいろいろ考えているうちに自分で気がついた、どうも自分とよく似ているところがある、と言うんですね。「非常に似たところ、共通するところがあるので、不思議な気がしてきた」というようなことを書いていました。

それかあらぬか、僕もはじめはそうだったんですけれども、多くの読者にとって、澁澤さんと種村さんというのは、ある時期まで似たタイプの著者として見られていた傾向があるようです。いまでもよく二つ名前を並べられることがあったりします。ところが、本当を言うと種村さんというのは澁澤さんとまったく違うタイプの文学者であって、むしろ正反対というか、ひょっとすると対立者なんじゃないか。つまり、澁澤さんを見るうえでも種村さんを通して見ると正反対の観点で見られるし、その逆もあるような、そういう人なんじゃないかと思う。にもかかわらず澁澤さんによって、「似たもの」として種村さんは紹介されながら登場したわけです。

種村さんが文章を書きはじめられたころというのは、おそらく澁澤さんとは、とくにグスタフ・ルネ・ホッケのマニエリスム論『迷宮としての世界』の翻訳の過程でおつきいが深まったころだろうと思うんですが、そのへんのことから伺えたらというふうに、僕は個人的に思っています。

前置きが長くなりましたけれども、いかがでしょうか。

種村　その前にちょっと訂正しておきたいんですが、僕の記憶では、僕の『怪物のユートピア』の跋文で、澁澤さんはずばり僕と似ているというふうには言っていなくて、読むものの傾向が似ているということを言ったんじゃないかな。

巖谷　読むもの、興味の方向に共通したところがある、と。

種村　そうです。

巖谷　それから方法も共通している、と言っていますよ。ただ「似ている」というのは、人格が似ているんじゃなくて……。

種村　つまり、ワールドとして似ているということは言っていないと思います。

自分のことをどうしても話さざるをえないので、ちょっとそれは苦手なんですけれども、私は一九六〇年ごろ、つまり安保騒動のころには、ここ（池袋）のすぐそばの護国寺の講談社の上階にあった光文社という会社で、編集者をやっていたんです。そのころ澁澤さんと知りあったと思いますね。

このあいだここで話をした松山俊太郎さんが、私の大学の教養学部の同級生なんです。彼は身体の事故で一、二年遅れているんだけれども。その松山君なんかと学生時代につきあっているうちに、当時フランスのポーヴェールという出版社でサド全集が出た。松山さんという人はものすごいビブリオフィル（愛書家）でして、私たちの学生時代にボードレールの『悪の華』の初版と再版がたまたま神田の古本屋に出たんですけれども、それを、桁が違うかもしれないけれども当時たしか二百五十万円だったと思うんですが、いままでの自分の蔵書を何割か売り払って、その初版と再版を買っちゃったわけです。東大の先生でボードレールの専門家である鈴木信太郎という人が一歩遅れて行って「しまった」と言ったぐらいのことをしたたいへんな蔵書家で、小栗虫太郎の初版を全部集めたとか、当時彼の家に遊びにいくと小川未明の初版がズラッとそろっているとか、とにかく稀覯本（きこうぼん）を、お父さん、お母さんが両方ともお医者さんですから、湯水のようにではないだろうけれども、たいへん贅沢に本を買えた人です。

　私はいまドイツ文学者とかなんとか言われているけれども、教養学部のときはフランス語なんです。フランス語の本をぼちぼち読みはじめていたころ、「ポーヴェールからサド全集が出たから、俺は買ったよ」と。で、こんな本を注文をする人間はいないと思っていたら、俺のほかに二人いた、それは誰かというと、遠藤周作と澁澤というやつだ。おたがい変なものを買うということだから、手紙を出して、紀伊國屋で買ったのだから紀伊國屋の洋書棚の前で、たしか白いハンカチだと思ったけれども、白いバラだったかな（笑）。

巖谷　白いハンカチと聞いています（笑）。

種村　白いハンカチを目印にして会おうと（笑）、そういうキザなランデヴをやったわけです。

巖谷　このあいだはちょっと違うことを言っておられましたけれど。

種村　そうですか（笑）。

巖谷　まあ、白いハンカチのほうがいいような気もします（笑）。

種村　それで会ったのが、たぶん松山さんと澁澤さんとの最初ですね。それは私の学生時代ですから、昭和三十年か三十一年です。

私は卒業後いろいろなことをしまして、ちゃんと職業があったのは光文社の社員になっていたときが最後だったと思いますけれども、それを辞めてブラブラしていて翻訳でもやろうかなというとき、ホッケの本がちょうどむこうでポケット版で出はじめた。上下二巻の『マニエリスムⅠ』『マニエリスムⅡ』、Ⅰのほうが『迷宮としての世界』、Ⅱのほうが『文学におけるマニエリスム』ですが、そのⅠのほうの翻訳を、あてはなかったんだけれども自分の勉強のためぐらいに思ってぼちぼちやっていたら、松山がそれを聞きつけて、「俺の知っている澁澤というのの女房もそれをやっているから、いっしょにやったらどうだ」と言うので、会いにいったわけです。前の奥さんの矢川澄子さんです。彼女は学習院のドイツ文学科ですか。松山さんの紹介で、鎌倉の小町というところにあった小さい二階建ての古い家へお訪ねしたのが最初です。

それで、亭主のほうと話しあっているうちに、僕は五つぐらい年下ですから仲よくなっちゃったというとおかしいですが、だんだん話が合ってきた。おもしろい人ですから。ざっくばらんな人だし、当時はあまり人見知りしなかった。

小町というところのお宅が、古い、われわれが戦前に住んでいたような家で、非常に懐かしいという感じもありましてね。私は、たぶんここ（西武デパート）の屋上からすぐ見えるような池袋のちょっとむこうに住んでいて、澁澤さんも、こっちの道をまっすぐに行くと滝野川というところがありますけれども、そこのそばですね。また話が脱線するけれども、滝野川というのは昔は牧場ですよ。牛がモーモー啼いていた（笑）。滝野川牛乳という牛乳会社がありまして、家の郵便うけの横に牛乳うけというのがあって、それに「滝野川牛乳」と書いてある。このへんの縄ばりは、みんな滝野川牛乳なんです。その滝野川牛乳のそばかどうかは知らないけれども、ここから王子に行くあいだのところがずっと原っぱで、牧場があって、非常にのどかなものでした。だから澁澤さんの『狐のだんぶくろ』とか『玩物草紙』なんかに出てくる幼少年期の風景というのは、だいたい察しがつくというか、共通部分があります。

もうひとつは、田端、駒込のあたりにいた文士とか画家が、震災であのへんが崩壊しまして、安い土地を求めて来たんですよね、池袋、下落合、大久保、このあたり一帯に。若い、当時まだ売れない絵描きさんとか文士とかが住みはじめて、すぐそこに、婦人之友だったかな、羽仁もと子なんかがやっている自由学園でも出版をやっていまして、武井武雄とか、そういう人たちが挿絵を描く子どもの雑誌がありまして、その人たちが、講談社が「少年倶楽部」とか「少女倶楽部」とかいう雑誌を出したときに引っぱられて講談社のほうに行って、講談社文化人というのが私の家のすぐそばにもたくさん住んでいました。その代表的な例をいえば江戸川乱歩ですね。立教大学のすぐそばに住んでいました。

澁澤さんの思い出のなかにも絵描きさんとかが出てきますけれども、滝野川も、あそこらは駒込の神明町に近いところですけれども、神明町というのは昔は伊賀の藩主の藤堂さんのお屋敷のあったところです。その藤堂さんのお屋敷を、大島伯鶴という講談師が買った。これは、いまのビートたけしみたいな、飛ぶ鳥を落とすようなすごい人で、いまのお金でいえば年収何億なんでしょうね。ちゃんとお雇いの自家用車がありまして、それを乗りまわして、政治家のところでもどこでも出入り御免みたいな人でした。いまの東大の先生になったロシア関係の専門家の菊地昌典という人がいますね。あの人がそのお雇いの自動車の運転手の息子さんです。そのお兄さんが、澁澤さんの同級生です。

＊

巖谷　さてそのあとで、澁澤さんがさっきの鎌倉の小町へ移ったと……（笑）。

種村　そうなんです（笑）。鎌倉の家もいい家でね。さっき展覧会をチラッと見てきたんですけれども、いろいろなオブジェがあふれている書斎を再現しているわけですね。

巖谷　あれは北鎌倉の、いまも残っている新しい家のほうですけれど。

種村　そうです。

巖谷　前の小町のころのお話だと思うんですけれども、澁澤さんは、ホッケはたしか大岡昇平さんにこういう本があると教えられて、図版を眺めて非常に興味をもってしばらく没頭していた。それで『夢の宇宙誌』なんかにもさかんにあの本を使っているわけですけれども、『夢の宇宙誌』は六四年だったかな、そのころもう種村さんはおつきあいしておられて、ホッケの話なんかをしていたわけですね。

種村　そうですね。ようやくその鎌倉小町の話に戻りますと（笑）、あの家は二階が書斎になっていて、書斎兼寝室兼サロンだけれども、そこに矢川澄子さんといっしょにおられたんですが、まあなにもないところなんですよ。畳が敷いてあるのはあたりまえだけれども。

巖谷　澁澤さんはその後の北鎌倉の書斎のイメージとともにいまあるわけだけれども、展覧会で見ると、あれは本物と違うというのでいろいろ不満もあるようです。あのイメージで澁澤さんは読まれているのかもしれませんが、以前の小町の書斎というのは、まるで別のものだったですね。

種村　ぜんぜん違っていて、床の間があって、そこにその床の間の高さぐらいの開きの本棚があって、非常に選ばれた本が並んでいたわけですね。そのほかにはなんにもなくて。

巖谷　あれは二部屋ぶちぬいていたのかな。でも十畳ぐらいですね。
種村　広かった。
巖谷　畳の部屋で、そこに机が二つ並んでいて、二面が窓かな。あとは、奥のほうに本箱があって、いろいろギューギュー詰めに並んでいて、それが澁澤さんの居間ですが、寝室でもあるわけで、グラグラ揺れる階段を登っていくと、小さな卓袱台が置いてあって、そこでたちまちお酒がはじまる。本も目の前にあれば仕事机まであるわけで、何から何まで仕事のプロセスを見せちゃってるような、そういう非常にユニークな書斎兼居間だったですね。
　北鎌倉の書斎のほうも、僕も見た展覧会場に再現されているのは書斎だけですが、じつはあれは居間とつながっているわけです。その開放的なイメージは北鎌倉の新しい家にあったけれども、小町のほうはもっとずっとオープンで、ざっくばらんだったという気がしなくもないですね。
種村　下にご家族がいて、妹さんたちがいて受験期のかたもおいでになったし。澁澤さん自身も、あのころは岩波の社外校正をやっていましたね。
巖谷　まだやっていたころですか。矢川さんだけじゃないかな。
種村　いや、まだやってた。結核は治っていたんだけれども。ちょっと前までは療養生活をしていましたが、僕が行くころには病気が治って社外校正に行っていました。
　僕らがトリスかなにか飲んでいるうちに、だんだん盛りあがってきて、徹夜に近いドンチャン騒ぎをしていると、スーッと途中で抜けだしてどこか別のところへ泊まっていたのかな。それで社外校正をやって、その次の日の夕方に帰ってくるんだけれども、まだこっちはいるわけですよ。それでまた飲みはじめて何日かいるとか、じつに暇だったんですね、いま考えると（笑）。
巖谷　でも、澁澤さんだけは案外、仕事をしていたんですね（笑）。たしかに、よく何日もお客がいましたが。
種村　二、三日。もうちょっといたときもあった。第一回の対談に出られた出口さんが、旧制浦和高校でいっしょだったけれども、仏文では澁澤さんは二年ドッペッた（受験に失敗した）から二年下になったんでしょう。出口さんは早く卒業されて、北海道大学の先生になって、帰ってくると澁澤さんのところへ来るわけですね。お酒を飲んで寝ちゃうから、朝おきると髭がボソボソ生えて、「澁澤、おい剃刀あるか」なんてやっていましたね。そのころ僕も出口さんにはじめてお会いしたんですけれども、シオランなんか、そのころ彼がテクストをもってきて、「おい澁澤、これ読んだか」なんて言っていたぐらいで、ホッケもそのころの本のなかに入っています。

戦後フランスやドイツでも出版活動がすこしずつ本格化しはじめましたが、ドイツ語の本は値段がフランス語の本の三倍ぐらいするんです。日本と同じで、ドイツはダメージを受けたので、出版社や印刷屋なんかも、もちろんめちゃくちゃになっているわけですから、立ちあがりが遅いんですね。フランスのほうは早く立ち直ったので、いろいろな情報がフランスから入る。とくにポーヴェールなんていう出版社は、ちょっと毛色の変ったものを出していて、ちょうどバシュラールの本なんていうのが出はじめたころで、「バシュラールを読んだか」とか「まだ読んでいない」とか、そういう話を二、三人で集まってやっている、という時代でした。

たまたま私もマニエリスムを訳していたので、原稿をつきあわせたりしているうちに、澁澤さんも「どれ、どれ」と言いながら横から見て、共訳者の奥さんのほうの、要するにレトリックを直すわけです。たとえば「一も二もなく」とか（笑）、たいがいその直し方はクリシェ（紋切型）の方法を使うわけだね。ふつう翻訳というのは、フランス語ができる人ほど翻訳が下手なんですね。そう言うとできる人に怒られるかもしれないけれども。

巖谷　このあいだも言ったけれども、澁澤さんの翻訳は、なんでも日本語の古来の言いまわしに直しちゃうところがありますね。

種村　そうそう。

巖谷　クリシェというか、型にはまった常套句といいますか。

種村　そのほうがいいというわけですね。

巖谷　だから原文の微妙なニュアンスとかなんとかいうのよりは、もっとくっきりとわかりやすい世界になってしまう。そういう傾向があります。

種村　そうです。

巖谷　だから一種の名訳に見えるわけだけれども。でもホッケの場合は、澁澤さん自身はドイツ語で読んでいたわけじゃないでしょうから。

種村　ただ、澁澤さんは浦高では文甲で、文甲というのはドイツ語だし、すこしは知っているんだよね。でも「すこしは」であって、キャプションぐらいは読めたんじゃないかな。ですから、写真のキャプションはわかった。

巖谷　どうも本文より、作品の写真のほうが重要なんですね（笑）。

種村　そうですね。ただ、あの図版はポケット本ですから、ものすごくよくないというか、小さいんですよ。いま美術出版社から出ている図版はむこうから取りよせたものですが、原文のものは小さくて、もっと粗っぽい印刷です。

巖谷　フランス語版が出たのは、ちょっとあとですね。

種村　そうですね。

巖谷　あれはすこし大きい判でしょう。それで、図版もアート紙で印刷されていたんじゃないかな。

種村　いまはドイツでも新しい版がトーキ版で出ていますけれども、当時は非常に恵まれていない。ただ、内容的に読んでいって、あれはフラグメント形式でつなげている本ですから、訳して、そのプロセスに立ちあっていて、だいたい概要もそこでわかって、澁澤さんの『夢の宇宙誌』やなにかの書き方と似ているというか、『夢の宇宙誌』はそのあとだからかもしれないけれども、根本的に似ているようなところもあるんじゃないかな。つまりフラグメントをつなげていくということで。

巖谷　ありますね。断片の集合のシステムで。『夢の宇宙誌』の断片的な文章には、前後を入れかえても成り立つような感じがあります。

種村　そうですね。ホッケのほうは、前後を入れかえて成り立つかどうかはわからないけれども、並列形式でずっと語っていくという、ものを置いていくという形、必然とか論理とか、もっと正確に言えば体系みたいなものをつくろうという意志がないわけです。というか、マニエリスムという対象そのものにそれがないから、ホッケがそれに応じて、そういうスタイルで書いているわけですけれども、そういう点では澁澤さんというのもはじめからそういう人ですね。

＊

巖谷　澁澤さんはもともと、気質的に、あるいは意識的な方法としても、マニエリスムというのをかなり持っていたと思うんです。少なくとも六〇年代にはそうでしょう。種村さんご自身は、マニエリスムというのがもともとお好きで、ホッケなんかを読みはじめられたということですか。

種村　そうですね。ホッケの前にドヴォルシャックという人の『精神史としての美術史』というのがあって、これは戦前の訳があるんですね。中村書店だったかな、戦前もかなり早い時期に訳されていて、そういうものは読んでいました。マニエリスムって何だろうということは……。

巖谷　クルティウスは？

種村　クルティウスは、戦後の『ヨーロッパ文学とラテン的中世』はまだ出ていないでしょう。翻訳はずっとあとになって出ましたね。僕はあのころにはクルティウスは読んでいません。あとになって読みましたけれども。

僕の場合、これは澁澤さんもそうだろうと思うけれども、最初はやっぱり、戦後の一種のシュルレアリスムのブームというか、流行があって、そのときに一応シュルレアリスムみたいなものを読むわけですね。だから、あなたは専門家だからお笑いなんだろうけれども、学生時代も僕らは亡くなった宮川淳という人なんかとブルトンの宣言の読書会なんかをやっていたので、シュルレアリスムの周辺をはじめは漁って(あさ)いたわけです。そのうちに、シュルレアリスムといっても通俗シュルレアリスムみたいなものがありますね。

巖谷　日本の、いわゆるシュールですか。

種村　いや、シュールかどうか……。要するにパリあたりで、これは澁澤さんも何冊かもっていたし、たぶんネタ本にも使っただろうけれども、「プレクサス」とか「プラネット」とか、そういう手のものが出たんです。

巖谷　僕も読んでいました。ちょっとオカルト系の雑誌ですね。

種村　キルヒャーとかジル・ド・レーとか、短い伝記なんかが出ていて……。

巖谷　フランスにはいっぱいその手の出版物があって、ポーヴェールなんていうのは、そのなかではむしろ正統派ですから。

種村　そう、ポーヴェールは多少アカデミックなんだけれども、あっちのほうは書きっぱなしみたいな、そういうジャーナリズムね。

巖谷　ホッケの本というのは、シュルレアリスムというのを歴史のなかに組みいれて、マニエリスムの現代的形態みたいに定義して、わかりやすく説明しちゃった本でもあるわけですね。常数というのか恒数というのか、あらゆる時代にマニエリスムがあるということを実証したと言えるかどうかわかりませんが、そういう宣言でしたね。

種村　結局ホッケの本がひとつの鍵になって、いままでシュルレアリスムというものは固有の現象だと思っていたのが、それは常数的なものでたえずくりかえし興っているもので、その前にエウヘニオ・ドールスの『バロック論』もありますが、これが三十六種類のバロックを分類したわけだけれども、そういうバロックやマニエリスムというのは各時代に出てくる、ある傾向だと思うんです。

巖谷　ホッケの場合、バロックとは区別していますね。マニエリスムというのを、もっと基本的な概念だとしている。マニエール、マニエラ、技法から来る言葉ですが、マニエリスムというのは英語で言うとマンネリズムですから、盛期をある程度すぎてしまって、技法だけが生きのこって追究されている時代に、そのなかから生まれてくる一種の表現衝動みたいなものですね。

ところがホッケによると、基本的に、あらゆる時代の古典主義に対立するものというのが全部マニエリスムになってしまうわけでしょう。実際にどういう形をとるかと言うと、規則的であるとか、整合性があるとか、端正だとか、きちんとまとまっているとか、未知のものに向わない保守的な傾向とか、それが古典主義ですけれども、そうじゃないものはすべてマニエリスムだというふうに、わかりやすく説明したんですね。

そうなるとシュルレアリスムもその現代的な一形態だと言えるだろうし、すでに澁澤さんの場合はバタイユの『エロスの涙』なんかを読んでいましたから、バタイユ流にシュルレアリスムをマニエリスムの現代的傾向としてとらえていた。ブルトンはブルトンで、むしろシュルレアリスムというものを各時代に見つけようとしていたわけですが、『魔術的芸術』のなかで、マニエリスムをシュルレアリスムと近づけていて、澁澤さんはこちらの影響も強く受けていました。

『魔術的芸術』はホッケの本と同年に出た立派な

図版入りの大著ですけれども、とにかくいわゆる古典主義的な、いま言ったようなきちんとまとまった、ヨーロッパではギリシア盛期を規範とするようなものの見方に対立するものを組織的に示しながら、戦後の心情にもマッチするようにシュルレアリスムを再生させた、やはり一種の宣言と言えるものです。

ただ、澁澤さんはマニエリスムに凝っていたけれども、どうでしょうか、傾向としては、いわゆるマニエラの人でないところもあるようですね。それこそ古典的な、端正なまとまった世界というものもはっきり持っていて。たとえばマニエリスムについて語るときにも、マニエリスム独特のファンタジーがありますが、どんどん気まぐれな空想がひろがってしまったり、あるいは語呂あわせのような人工的な遊戯にふけってしまう、そういう傾向はあんまりなかった人でしょう。種村さんにはあるんだろうけれども。

種村　澁澤さんにもなくはなかったろうけれども。

巖谷　たとえば、種村さんの『ナンセンス詩人の肖像』のような方向には行かなかったように思います。

種村　ただ、ちょっとその前に戻りまして、いま言われたように、ブルトンはあらゆる時代にシュルレアリスムを探っていたわけですね。僕なんかはブルトンに近いところから、西欧の現代芸術からずっと近世、中世にかけて、そういうもので入っていったんですが、ホッケはそれを逆に裏返して、結局マニエリスムのなかにシュルレアリスムを入れるというふうになったんですね。

巖谷　そうです。

種村　そっちのほうが見取図がはっきりするわけです。

巖谷　はっきりはしますね。

種村　私も、それを機会にというか、自分でもその傾向があったからだろうと思うけれども、そのあたりが折りかえし点になって、要するに現代芸術プロパーじゃわからないんだ、むしろシュルレアリスムを鍵にしてマニエリスム的な全体像を歴史のなかでとらえたほうがいいんじゃないかと、そういう考えになっていた。澁澤さんもおそらく、あのころそういう転回点があって、『夢の宇宙誌』を書いたんだと思うんです。

巖谷　そうですね。

種村　それまではシュルレアリスム・プロパーの問題をやっていたところがあるから。

巖谷　『サド復活』『神聖受胎』という大きな本が二つあって、一方には『犬狼都市』や『黒魔術の手帖』もありましたけれど、『夢の宇宙誌』は、それこそ澁澤さんのマニエラを確立した本ですね。書き方が変ってきたというのは、もともと連載を再録したというふうに彼自身も書いているんですが、初出の連載とくらべてみるとぜんぜん違う。じつにいろいろなところに手を加えていて、原稿の段階で切り貼りをやって、それこそあれは断片の集まりですから前後を入れかえてしまったり、図版なんかもそうとう慎重な選び方をして、澁澤さんの本としては、いちばん手の加わっている本です。それで澁澤さんは、いわばマニエリストとして誕生しているというか、それまでとちょっと違う文体を確立して、しばらくそれがつづくと思うんですけれども、それがいま種村さんが言われたような、西欧の戦後の動きと対応しているわけですね。

種村　そうですね。

巖谷　僕がマニエリスムについて最初にまとまったものを読んだ記憶というのは、種村さんのエッセーです。「世界文学」という雑誌にホッケについて書かれた種村さんの文章は非常におもしろくて、最初にあれを読んだときには、澁澤さんが書いたのかと思った（笑）。文体もちょっと似ていましたね。あのへんはやはり、似たところがあるという意識は、種村さんのほうにもあったんじゃないですか。

種村　つまり、その前に読んでいるものがたぶん、日本のエッセイストと言えば林達夫とか花田清輝とか石川淳とか、そういう人を読んでいたので……。
巖谷　それを言ったら、僕だってそうですが。小林秀雄なんかは好んで読まない。
種村　みんなそうなんだけれども、一方にそうじゃない社会主義リアリズムみたいなものがあったから、ちょっとそれとは違って、だから心情主義みたいなものじゃないわけだよね。情念とか心情とかというんじゃなくて、ここにあるオブジェ（客体）をちゃんと見る、ということですね。それはつまり主観主義みたいなもの、シュジェというシュジェ（主体）を大切にする立場の反対。シュジェというのはだいたいサブでしょう、サブウェイみたいに下にあるもので、オブジェのほうが上にあるもので、狂言まわしみたいなものですね。だけれどもシュジェの主張みたいなものを強く言って、デカルト以来シュジェとオブジェの主客の関係が逆転しちゃったので、そういうふうになっているわけだけれども、近代文学、とくに小説なんかを書く人は、そっちのほう、自分のエクスプレッション（表現）をバンと出す、でもその傾向はちょっとごめんだ、というのがあるわけね。
巖谷　そうですね。澁澤さんもシュルレアリスムに最初に魅かれていったというのは、オブジェの思想というのがかなり大きかったわけです。
種村　そうですね。
巖谷　オブジェとシュジェというのは、いつも対立して使われる概念ですが、案外シュルレアリスムというのは、いまの俗な見方だと主観的な、つまりシュジェの幻想のように思いこまれているけれども、まったくそうじゃないんです。オブジェ、客体についての思想ですから。澁澤さんもそれをきちんとおさえていた。

＊

巖谷　種村さんは、「世界文学」に書かれたもののなかで、ご自身もマニエリストとしてふるまっておられたように僕は感じたんですが。

種村　いまでもそうじゃないかな（笑）。

巖谷　ホッケによると、マニエリスムというのは古代ギリシアからはじまっているんですね。紀元前五世紀の正統が古典主義ですけれども、ギリシア本土はアッチカ風であって、それに対するアジア風というのがマニエリスムの起源だ、と。アジアというのは、もちろん小アジアのことですから、いまのトルコのイオニア地方、あのへんの植民市から入ってきた東からの風潮があって、それがどんな時代にもある程度は対立してある、アッチカの正統とアジアからの反正統との原型になる。

種村さんのその後を拝見していると、明らかにアジア風ですね。東からの風を体現しておられます。しかもそれは、小アジアどころか、日本の池袋でもいいんだけれども、そっちの風を吹きおこして書いておられる。でも澁澤さんの場合は、フランス的な明晰というのがひとつあった。フランスというのは、もともとアッチカ風の、古典主義の本場ですから。古典主義というのはフランスにしかないと考える人もいるぐらいの、それこそ均整のとれた、くっきりした、端正な文体なり表現形式を守ろうとしている文化ですけれども、種村さんは、いつもフランスのことを、外から見てクソミソに言っておられますね（笑）。

しかも、澁澤さんはサドをやっていたんだけれども、種村さんはマゾッホをやっている。マゾッホというのは、東の風なんですね。いまのハンガリー大平原の北のガリチアというところから出てきた。いつも西からの抑圧を受けながら、西に支配されながら、そのなかで逆に、支配されつつ相手を支配してしまおうという、負けることで勝っちゃおうという、マゾッホ自身がどうだったかは別として、そういう一種の戦略こそがマゾヒズムなのであると、それを種村さんははっきり出されるでしょう。澁澤さんのほうには、アッチカ風がかなりあったようにも思うんです。そこが対立点かな、と。簡単にしてしまうと。

種村　図式的に言えばそういうふうになるかもしれないけれども、澁澤さんは僕が知りあったころに、ちょうど「みづゑ」という雑誌で、「悪魔の中世」というのを連載しはじめたんですね。六一年ぐらいです。

巖谷　あの本は、澁澤さんはすぐ本にしないで、十年以上経ってから……。

種村　十七年。

巖谷　それでようやく本にまとめたけれども、結局は未完なんですね。

種村　その単行本になった形ではなくて、「悪魔の中世」の最初の形が「みづゑ」に連載されたころ、それが知りあってしばらくしてからなんだけれども、このあいだ全集でそれの解題を書くので、もう一回読みかえしたんですが、澁澤龍彥のなかではわりに異例の文体なんですね。というのは、参照している本がフランスのコチコチのアカデミズムのエミール・マールとかアンリ・フォション――フォションはそうでもないけれども――とか、そういう人たちですね。

巖谷　アンドレ・シャステルとかね。でも、一方ではヴィルヌーヴとかアマドゥー、カンテルのようなオカルティストのもかなり参照していますが。

種村　悪魔の主題でね。だけど、その悪魔というほうじゃなくて中世というほうに力点を置くと、わりと正統的なアカデミズムのものになる。だから、それに引っぱられて、澁澤さんの文章も硬いわけです。まさに古典主義といえば古典主義なんだけれども……。

巖谷　エミール・マールなんかがコチコチの古典主義かどうかわからないけれども、フランスの学者にはもともとそういう傾向があるから。ただ、たしかに一昔前の感じはしますね。文献が。

種村　そうです。ちょっと古い。マールにしろフォションにしろ、その弟子のバルトルシャイティスにしろ――バルトルシャイティスなんかちょっと違うけれども……。

巖谷　彼はリトアニア人で、かなり文体はマニエリスティックだと思います。

種村　そうですね。でも、フランス的な文体を、わりにそっくり受けいれているようなところがあって、後期、つまり十七年後にそれを書き直す際に、非常に難渋しているわけです。もうその文体では書けない、実際には。それで最初の章だけ書き足しているのね。それから二番目の章、つまり連載第一回目が第二章になるんだけれども、そこも半分ぐらい書き直しているんですが、非常に苦しげなわけです。六一年から十七年経って本が出たのが七八年だから、だいたい書き直している現場はその数年前だから七四か七五年ですけれども……。

巖谷　そうとう直していますか。

種村　はい。けっこう直しています。

巖谷　直しきれなかったという感じがあるようですね。

種村　というか、途中で放りだしたのかもしれないね（笑）。つまり七四―七五年の澁澤龍彦の文体では、あれは書けないというか、非常に書きにくくなっている。つまり悪魔というものは神に対する悪魔ですから、二元論が根柢にあるわけでしょう。もうひとつは、神に対する悪魔という否定的なものをもってくること、恐怖のモティーフをそこへもってくることで書いているわけだけれども、これは一言で言えばイニシエーションの思想ですよね。青年期を通過するための通過儀礼みたいなもので、誰でもそういう精神状況は通るわけです。

つまり、澁澤さんが書きあげたころは、社会的にも日本全体が安保条約で、日本が一人前になると言うとおかしいけれども……。

巖谷　あれからいわゆる、高度経済成長期に入るわけですから。

種村　ええ。つまり占領期のあった相対的な安定から抜けだすという通過儀礼的なものがいくつか重なっているし、それから個人的にも澁澤さんは当時、エッセイストあるいは批評家としてデビューするという、そういうなにか自分でメタモルフォーゼ(変貌)しなければいけない時期に入っていて、初期のものはだいたい僕はそういう文体だったと思うわけですが、それがたとえば『夢の宇宙誌』なんかでは、ガラッとではないけれども、かなり変っちゃう。

巖谷 それは、さっき言いましたけれども、あそこで自分のマニエール、方法というものをつくろうとして、手に入れたんですね。

種村 そうですね。

巖谷 だから、あのころしばらくのあいだ、六〇年代後半の澁澤さんの文章は、みんな似ていますよ。言いまわしも似ているし、何を言うか先が読めるような、そういうわりにがっちりした文体で。それが七〇年なかばから徐々に溶けて流れていった。これは世の中の動きに対応するんですけれども。いたるところで澁澤さんが六〇年代に言いふらしたような、マニエリスム的なオブジェというのが氾濫してきちゃったので、そこから身を引くというか。

もともと大岡昇平さんが澁澤さんに、サド裁判の前にホッケの本を紹介したそうで、ドイツで買ってきたものを見せたら、澁澤さんがそれに興味をもって、マニエリスムを流行(はや)らす張本人になるけれども、七〇年代に入ったら、周囲はマニエリスムだらけになっちゃって、澁澤さんはまた別のところへ行った、というようなことを、大岡さんが書いていますけれども、たしかにそれはあるのね。たぶん『胡桃の中の世界』では一見きっちりした、それこそ澁澤さんには両面あると思うけれども、古典的な、均整のとれた、安定した端正な文体でマニエリスム的なモティーフを整理したというか、ある安定に行って、いちばん最後の章で、どこか出口を暗示して終っている。

種村さんは全集の解題で、いくつか重要なポイントになる本を挙げておられるけれども、七〇年代の『悪魔の中世』が出るすこし前には『思考の紋章学』がありますね。そこでまた、ずいぶん変っているんじゃないですか。

種村　『悪魔の中世』のほうが前ですよね。原形は。

巖谷　もちろんそうです。原形は六〇年代ですから。書き直して新たに出たのが七〇年代の終りです。

種村　そうそう。

巖谷　だから、新たに直して出すときに、澁澤さんが手を加えて途中でほっぽりだしちゃったといわれるころ、それは『思考の紋章学』のころですね。

種村　そうでしょうね。さっきちょっと言い忘れたけれども、『悪魔の中世』のころまでの『サド復活』とか『神聖受胎』とかは非常に二元論的な世界で、たとえばヘーゲルならヘーゲル、マルクスの経済思考なら経済思考、そういうものがあって、それを一種のクラシックにしながら、それの裏をかくというふうな戦術です。

巖谷　そうですね。生産と労働の思想に対して、「消費の哲学」という本を、澁澤さんはあのころ書こうと思っていたらしい。結局そういう本は出なかったけれども、どうも「消費の哲学」にあたるものが『夢の宇宙誌』であり、あるいは『快楽主義の哲学』であるという気がしますが、あのへんが二元論的だったということはたしかにあります。

種村　『夢の宇宙誌』は、コンセプトはもうそこを抜けだしているんだけれども、文体はまだそのあとをとどめているわけですね。六〇年いっぱい、だいたいそうなんです。そして七〇年に入る。七〇年に入ったということは、三島さんの事件があったということね。そこで彼は、かなりガックリもきたけれども、自分の固有の世界をそこからなにか救出しなければいけないという、相当な危機感があったと思います。

巖谷　一種の解放感もあったんじゃないかという気がします。

種村　解放感と言うのかな。解放感は自分でつくらなければいけないわけだから、たとえば自分で固有の文体をつくりだすということで解放感になるわけですけれども、それが『思考の紋章学』で……。

巖谷　まず七四年の『胡桃の中の世界』があって、そのあとで変って、『思考の紋章学』でしょう。『思考の紋章学』は七七年だから。

種村　いや、もっと早いでしょう。

巖谷　書いたのはすこし早いけれども、出たのは七七年だと思います。それで、このあいだ松山さんが解題を書かれたので話題にしたんですけれども、『東西不思議物語』がそのちょっと前ですね。やはり七七年だったと思います。

種村　ちょうど七四年に出たんじゃないんだけれども、七四―七五年に「野性時代」という雑誌ができたんだね。角川で。そこに見開き二ページぐらいの短い文章を二年間書いた。それが『幻想博物誌』です。これで決定的に自分の文体をつくったと思います。文体なき文体で、つまりこだわりがない。いわゆるエクリチュールの行使だな、つまりむこうにヘーゲルなりマルクスなりがあって、それをくぐって自分が書くという、そういう、くぐることを必要としない、自分の気質のままに書いていくというスタイルになった。

巖谷　『東西不思議物語』もそうじゃないですか。

種村　あれもそうです。あれはでも、客観的なお話が多いから。だから、あまり分析というものをしなくなったわけね。

巖谷　同じころに、たとえば、『人形愛序説』とか『記憶の遠近法』とか、ああいう寄せ集めみたいなものを出しています。ああいう本のなかにもそれはありますが、文章がはっきり変ったというのはやはり七〇年のあたりからで、例の『澁澤龍彥集成』があり、最初のヨーロッパ旅行があり、三島由紀夫が死んだという象徴的な年以後に、かなり自覚的に文体を変えていったという。それは彼自身が充実感をともなって自分を再発見したような、そういう意識をもった『胡桃の中の世界』がやはり大きいと思うんです。実際、もっと自由なものが、あれ以後にいっぱい書かれている。簡単な連載なんかでね。『東西不思議物語』なんていうのは毎日新聞の日曜版に毎週一回書いていたもので、本当に時間がなかったから、逆にサラサラと書いちゃっていて、なにかちょっと抜け出した感じがします。

種村　文筆家というのは誰でもそうでしょうけれども、自分のイメージに当てはめてむこうから注文が来るときに、それにあまりぴったり書きすぎると固定しちゃってもう抜けられなくなるから、すこしずつずらすわけですね。

巖谷　自分の手法、マニエールを意識せざるをえなくなって、そのパターンが決まっちゃうと、あと同じものをくりかえせばいいわけで、一種の「芸」になっちゃう。そういう状態というのを、澁澤さんはかなり嫌っていたから、徐々に徐々に移りかわっていく流れが、あの時代にあると思います。

種村　場所によって、自分の次の文体の先どりみたいな、瀬踏みみたいなことをするわけですね。それを七〇年代のはじめごろにすこしずつやりはじめて。『思考の紋章学』というのは、ちょっとシリアスなものですからね。

巖谷　最近、解題執筆のために読み直されたわけですね。ただ、シリアスだというのは……。

種村　シリアスというか、自分の世界をもう一回変えるというか、ひろげるというか。つまり六〇年代いっぱいやってきたのは、一方では啓蒙的でもあるわけだね。たとえばシュルレアリスムの画家を『幻想の画廊から』で系統的に紹介したりして。

巖谷　そういえば、『幻想の画廊から』は六〇年代で、七〇年代は『幻想の彼方へ』という、ちょっと先を暗示するような題名をつけたりもしているし、あれは芸と言ってもいいかな、マニエール――芸が確立しちゃったことへの危機意識もあったでしょうね。紋切型の評論ですよ。
種村　ひとつは、七〇年にヨーロッパ旅行へ行ったことでしょう。われわれはみんなそうなんだけれども、それまでは印刷物でむこうのものを見ていたわけですね。実物というのは、たまたまむこうから持ってきたものがあれば展覧会で見るけれども、ほとんど見ていない。それを、むこうへ行って現物を見たわけですね。もうひとつは、フランスならフランスという国を歩いたわけです。そうしたら、たいしたことないというか、つまり日本も似たようなものだ、と。どこへ行っても似たようなものだ、と。
巖谷　澁澤さんはもともとアナロジーの人なんで、「似たもの」というので解決しちゃうところがありますからね。種村さんにはアッチカとアジアという対立があると思うんだけれども、その対立すらもあまりない。澁澤さんの場合にはある原形があって、それに嵌まればみんな「似たもの」として併立化していく、そういう傾向があります。でも、やっぱりあの旅行は、『滞欧日記』という資料を見ても、澁澤さんはいろいろ驚きをもったというか、ちょっと言葉で言えないような衝撃があったようですね。
種村　それはそうでしょう。
巖谷　それがひとつ動力になっていることはまちがいないでしょう。
種村　だから、「似たもの」と言えば日本でも似たようなものがあるはずだというところから、マニエリスムと言うのなら、それ自体に常数があるのなら日本だってありうるはずだと、そういう発想は当然出てくるわけですから、私もそうだけれども、たとえば『今昔物語』なんか、そういうものがずいぶんありますね。『宇治拾遺』とか。そういう日本の説話のなかにも、かなりマニエリスム的なものがあるしね。
巖谷　澁澤さんは、マニエリスム的なものを日本の過去の文化のなかに探し求めて、その後は国内の旅をするようになりますね。たとえば絵だってそうです。若沖とか簫白みたいな人を日本のマニエリストと言うなら、これは非常に説得力がある。さらに酒井抱一なんかまで日本のマニエリストとしてとらえています。それはやっていたんですが、彼がマニエリスムというときに、ホッケが『迷宮としての世界』のなかで定式化したマニエリスムと、ちょっと違ってきているると感じるんですが。

種村　当時、私も簫白や若沖のことを書いているんだけれども、そういう「これは日本のマニエリストだ」というふうにはっきり見えるものが出はじめた。

巖谷　辻惟雄さんの本もきっかけになっている。同じころですね。

種村　そうそう。『奇想の系譜』ですね。それもそうなんだけれども、それとは別に、なんでもないもののなかにもマニエリスム的なものがあるんじゃないか、と……。

巖谷　それがさっき言われたオブジェですか。

種村　そうですね。私なんかむしろそっちの、なんでもないもののなかにあるマニエリスムというのに、そのへんから入っていくわけだけれども、澁澤さんも、そういうのは『思考の紋章学』には出はじめていますね。

巖谷　『思考の紋章学』は、一種のマニエリスム論だというふうにも読める。けれども、他方では、自画像みたいなものでもある。自分というものを探しているわけですよ。すでに既知の自分というのがあって、そこから澁澤さんの場合はマニエール――あるいは芸――が出てきますけれども、そうではないものにぶちあたったら、こんどは嬉々としてどんどん話を進めてゆく。たとえば『胡桃の中の世界』を読んでも、先が読めるわけです。きちんとオチも来るだろうな、言いたいことはこういうふうに行くだろうなというふうに、大まかにいえばアッチカ風、調和のとれた世界というのが予想できるような書き方ですが、『思考の紋章学』になると、何かを書きはじめるんだけれども、途中でそれを忘れて別のほうに行っちゃって、最後に、「あ、そういえばテーマはこれだったけど、もうやめとこう」とか言って終っちゃうような、澁澤さんとしては、おそらくはじめてオートマティックに自分の思考を流してみたものじゃないかと……。

あのなかにいくつも澁澤さんの基本的なテーマが出てくるけれども、ダイダロスというのがありますね。ダイダロスというのはまさにマニエリスム的な人物で、ギリシア神話に出てくるクレタ島のミノス王の迷宮を設計した人です。王様の迷宮をつくったたいへんな腕をもった職人であり、澁澤さんは一時自分のことを「腕のいい職人」というふうに呼んでいたことがありますけれども、澁澤さんの分身のような形で出てくるのがダイダロスですね。すこしあとの『うつろ舟』という小説集のいちばん最後に入っているのが「ダイダロス」という題名の小説で、ダイダロスこそは澁澤さんにとりついていたひとつのパーソナリティだったと思うんです。

そのダイダロスが、迷宮をつくって、その自分のつくった迷宮のなかにとらわれてしまいます。自分のつくった人工の極致であるような迷宮構造のなかに自分がとらわれてしまって、どうやって抜けだしたかというと、飛行術です。空を飛ぶ。それは鳥の翼に蠟(ろう)をぬって自分の身体につけて、自分の息子のイカロスとともに空を飛ぶんですね。それで迷宮を抜けだす。ダイダロスはすべてに慎重で、そのまま飛んで逃げるけれども、息子のイカロスのほうは一種情念過多で、太陽にまで近づいて、太陽の熱で翼を溶かされて地上に落ちて死ぬ。そういう逸話が澁澤さんのもっとも好きな、あるいは彼の何かをシンボライズしているもののひとつだと。

ここでじつはポーのことも書いているんですね。ポーの『黄金虫』を論じたエッセーのなかで、もうひとつおもしろいことを言っているところは、ジャン－ポール・ヴェベールというフランスの批評家の説を、そのまま下敷きにしちゃっています。ヴェベールは、いわゆるテーマ批評をはじめた人のひとりで、彼はポーを論じたわけですが、ポーという作家を「時計」というたったひとつのテーマですべて説明してしまう。ポーのなかにもちろん時計はいっぱい出てくるし、ポーの作品自体が時計の構造を示す場合もある。たとえば『妖精の島』なんていうのは丸い形をしていて、西が明るくて東が暗いという二面をもった世界です。それから長い針、短い針にあたる人物が出てきたり、いわば時間というものを空間のなかに閉じこめてしまうようなオブジェである時計というのが、まさにポーの世界である。結局ポーというのは時計に閉じこめられたダイダロス的な人間だというふうにヴェベールはもっていくわけですけれども、澁澤さんはそれを下敷きにしていて、『黄金虫』が好きで『黄金虫』の話を書くと宣言したのに、知らないまに時計の話になり、ダイダロスの話になり、最後はダイダロスが人工の迷宮をつくって工学的に職人として世界を構築していくという反自然の行為が結局、自然に復讐されてしまう、そういう筋書を浮き彫りにして、ポーはダイダロスそっくりだというようなことを言って終るんです。

「ダイダロス」という小説では、題名に反してダイダロスが出てこない。源実朝の時代に鎌倉の海岸に巨大な船がある。その船は、宋の工人でたいへんな技術をもった人物がつくったという船なんだけれども、ついに一度も船出することもなく、そのまま朽ち果ててしまって、云々という話です。日本の時代小説のようなものに「ダイダロス」という洋名のタイトルをつけているところもおもしろいんですが、この場合『うつろ舟』という本は小説集で、ある程度順序だてて連載していたにもかかわらず、いちばん最初に発表した「ダイダロス」をいちばん最後に収めている。どうも澁澤さん自身、いちばん気に入っていたらしい短篇ですけれども、そういう自画像的なものも書いている。

そんなぐあいにして、『思考の紋章学』はダイダロスをいったん否定していると思います。だから反自然的な迷宮をつくりあげて、そのなかで窒息してしまう、そのなかに閉じこめられてしまうダイダロスの像というのは、どうも澁澤さんの、『思考の紋章学』以前の、『胡桃の中の世界』までの世界を思わせるわけです。

さまざまなマニエール——芸や技というのを身につけて、工人として工学的に世界を構築していく方法を、いったん崩してみたものが『思考の紋章学』ですね。大まかに言うとですが、「ダイダロス」では工人ダイダロスをまたとりあげて、でもダイダロス的な個性というのを打ち消そうとしている。そういうことを読みとれるような気がします。

それがしかも、思考の流れがたとえば水のイメージ、砂のイメージと、揺れ動くものがどんどん出てきますが、でもそれに「紋章学」というかっちりした題名をつけて、はっきりした紋章という空間的な形にまとめあげている。それが『思考の紋章学』です。マニエリスムということで言えば、いわゆる技巧主義、マニエリスムを否定しながら、新しいその後の澁澤さんを自分自身で予示しているというか、瀬踏みしているという、そういうものを感じます。

種村　紋章学というのはブラゾンでしょう。

巖谷　ブラゾンというのは「紋章」という意味で長い歴史がありますが、フランスの十六世紀あたりに流行った、女性の身体のいろいろな部分をとりあげて、それをひとつひとつ歌っていくような形の詩をブラゾンと言っていたんですね。そういう意味のブラゾンだけではない、もっと広い、美術としてのブラゾンもあるけれども。

種村　美術としてのブラゾンと文学のブラゾンというか、もうちょっと言えばエンブレムというのがありますね。

巖谷　一種の象徴と言ってもいいのかな、エンブレマティック……。

種村　僕は象徴ではないと思うんです。つまり、彼は『思考の紋章学』以前のものは体質に合わないけれども象徴だったかもしれませんが、こんどは象徴というふうな時間の概念に沿ってできあがるものではなくて……。

巖谷　なるほどね、そういう意味でなら、僕が言ったのはそちらに近いです。

種村　エンブレマティックのような、アレゴリーだね。

巖谷　それまでのアレゴリーにもとづいた、エンブレマティックな象徴を並列していくような、そういう世界から抜けだしたくてしょうがなかったんじゃないかな。それでダイダロスを否定したんじゃないかな。

種村　つまり、もうダイダロスじゃないんだろうね。

＊

種村　それともうひとつは、七四年ごろに世界文化社から『世界幻想名作集』という本が出たんですが、澁澤さんはそれの編集をやっているんですね。そこに、「幻想文学の流れ」というのと「幻想絵画について」という、絵画部門と文学部門の解説を書いている。それは大衆向けの本なんだね。こんなに大きな本で。ですから枚数が限られているので、だいたい翻案だったんです。僕もカフカの『変身』とホフマンの『砂男』をそこで翻案しているわけです。田中小実昌とか大庭みな子とか、ちょっと変った人たちが……。

巖谷　翻案ということは、ずいぶん自由に書けて、むしろ創作でもあったわけでしょう。

種村　いや、それほど創作ではないんです。

巖谷　種村さんは、やったんじゃないですか？

種村　僕はそんな、原作を曲げるようなことはしない（笑）。まあ、それはどうでもいいことなんだけれども、そのときに澁澤さんが受けもったのが、シェリー夫人の『フランケンシュタイン』なんです。あれは、フランケンシュタインというのが怪物ではなくて、フランケンシュタインという侯爵だか伯爵だかがいて、それが生物学者で、怪物をつくるんですね。

巖谷　一種のピグマリオンですね。

種村　人工怪物——男のピグマリオンみたいなものだけれども、そしてその怪物が荒れ狂って博士の妻かだれかを殺してしまうんじゃなかったかな。そして怪物は森へ逃れて、博士が探しにいくと、非常に自分は孤独なんだなんていうことを言いながら、最後に森のなかに消えてしまうわけです。

　つまりこれは、僕は澁澤さんのなかにはデミウルゴス・コンプレックスというのがあったと思います。誰だってあるんです。芸術家ならみんなデミウルゴス・コンプレックスはあるでしょう。

巖谷　デモウルゴス、造物主ね。

種村　うん、造物主だね。それが神と対立するものである場合、キリスト教神学のなかでも、神自身がデミウルゴスだという立場と、そうではないというグノーシスのような、デミウルゴスというのは神に対する悪いやつで悪魔みたいなもので、この世界ともうひとつ別の世界をつくる、と。神のつくった世界を承認しないで、この世界じゃない自分独特の世界をもうひとつつくるんだというのがデミウルゴスだという、そういう考え方です。その否定的な意味のほうのデミウルゴスが、デミウルゴス・コンプレックスというふうに呼ばれているわけだけれども、シェリー夫人の『フランケンシュタイン』は、デミウルゴス・コンプレックスが挫折して、やはり神のつくったこの世界が勝利するという、ハッピーエンドと言えばハッピーエンドになっているんだけれども、なぜ彼がシェリー夫人という、詩人のシェリーの夫人の作品を選んだか。シェリー自身が若いときに入水自殺してしまうわけですが……。

巖谷　澁澤さんが自分で選んだんでしょうか、『フランケンシュタイン』を。

種村　選んだんです。それを自分で翻案している。

つまり『フランケンシュタイン』というのは、映画で見るとグロテスクなんだけれども、非常に悲しい小説なんですね。

巖谷　そうですね。澁澤さんは『夢の宇宙誌』から「人形」というテーマを追っているわけで、人形のなかには、造物主である神と、その猿である人間というものが入っているし、のちの『人形愛序説』でもそれをくりかえしています。

種村　人形の問題は、デミウルゴスというものを宙吊りにしているというか、中性的なもの、ニュートラルなものとしてとらえているんだけれども、フランケンシュタインの場合には、はっきり否定的なわけです。なぜそういうものを選んだのか。それはやりやすいから選んだのかもしれないんだけれども（笑）。

巖谷　テレンス・フィッシャーの映画でも、フランケンシュタインものとドラキュラの吸血鬼ものがあるわけですが、種村さんは吸血鬼のほうだな。澁澤さんならフランケンシュタインというのは、わかりますね、そのへんは。

種村　フランケンシュタインを選んだのはなぜか。これは「近代のプロメティウス」という副題がついているわけで、プロメティウス――ゼウスに対して、神の火を盗んでもうひとつの人造人間みたいなものをつくる、そういう神話を近代世界のなかに引用してつくった小説ですよね。なぜそういうものを選んだかというと、デミウルゴス・コンプレックスが挫折して破滅していく、ちょっと三島由紀夫の影があると思うんだけれども、シェリーが入水自殺したということも踏まえて、デミウルゴス・コンプレックスに対する一種の訣別みたいなものとして書いたんじゃないかと僕は思うわけ。

そして、そのあとというか、だいたい同時期に文章が自在を獲得するというのか、否定的なものの要素というのがスッパリそこで切れてしまうというところがあって、神とか対立とかなんとかいうものじゃなくなっちゃうわけだね。それはむしろキリスト教的な、キリスト教的は一元論だけれども、キリスト教の底にある二元論みたいなものではない、アジア的——さっきのアッチカとアジアとはちょっと別の意味ですが——な、神秘主義でもキリスト教的な神秘主義ではない、道教的な神秘主義のほうに傾斜していく。

巖谷　ダイダロスのことを書いた「黄金虫」のなかにも、デミウルゴスの問題が出てくるわけで、あれはピグマリオンと近親性があるというんですね。それに、蹇(あしなえ)だ、と。足が動かない。『うつろ舟』の最後の「ダイダロス」でも、宋の工人は蹇で、そちらは蟹に変身しちゃうんだけれども、蟹の足は八本なのに、変身した蟹は七本の足だという話になっています。

もうひとつ、自然の問題が出てきますね。人工と自然というマニエリスムに特徴的な二元論を、澁澤さんはずいぶん持ちこしているんじゃないかな。

＊

種村　マニエリスムの問題は非常にむずかしいので、つまりマニエリスムか古典主義かという場合に、古典主義自身がマニエリスムになるし、マニエリスムがまたマニエリスム化する。

巖谷　そうそう。だからホッケは簡単すぎるところもあるわけです。ホッケのなかにも古典主義が含まれているからあれで成り立つわけで、澁澤さんというのは、もともとその両極が統合されたようなところがありましたから。

種村　統合というか……。

巖谷　混合、併存かな。

種村　マニエラとクラシックというのは、たえず緊張関係にないと、ものは書けません。どっちかに行ってしまえば、それでもう自足しちゃうわけですから。それをあとはくりかえすだけでね。だから、美学的な原理の葛藤としては、それはイデオロギーないか。

とか人生観と関係なく、どなたも抱えているんじゃないか。

巖谷　いや、それとちょっと違うんだけど。「自然」というのがどんどん出てくるんです。言葉としても、「自然」というのは文章のなかで、あまり使いたくない言葉ですね。余計ないろいろなイメージや通念がつきまとってくるから。ところが澁澤さんの『思考の紋章学』以後に、「自然」という言葉がいっぱい出てくる。ダイダロスを挙げたのはひとつの例にすぎないので、その前にウッチェッロが登場しているでしょう。『唐草物語』に「鳥と少女」という、これまたアレゴリックな小説がある。ウッチェッロもダイダロス的なアルティザン（工人）で、遠近法にとりつかれて、世界をいわばオブジェのように再構築していく方法をつらぬいたあげく、現実の生活がどこかへ行ってしまったという人物ですけれども、そこへセルヴァッジャという少女があらわれる。これが野生の女という意味なんです。

まるで、自然そのものみたいな、澁澤さんの筆で読んでいるとあまり血が通(かよ)っていない枠組だけみたいな女性に見えるけれども、同時に非常に魅力的で、ウッチェッロの完全に構築された世界というのを外から侵す存在として活躍します。ウッチェッロがそのセルヴァッジャの絵を描くという展開になっていって、最後にセルヴァッジャが死んでしまうと、ウッチェッロは惚(ほう)けたようになる。ただ、そこの書き方は非常に微妙なんで、はじめて涙を流したというんですが、澁澤さんはけっしてそれこそメロドロマにはしないで、枠組のはっきりした一種のメルヘンのような、あるいは寓話のようなものとして提示しています。

自然というのがどんどん侵入している――ほとんど臆面もなく――というのは、七〇年代後半だと思うんですが。

種村　自然は、サドの問題もあると思いますけれどもね。

それで、いまのダイダロスのことを言えば、ダイダロスというよりその息子のイカロスのほうだろうけれども、ゲーテの『ファウスト』のなかに、上から落っこってくるやつがいて、それを「イカロスと同じことね」と言ってヘレナが嘆き悲しむところが出てくるんですが、これのモデルはバイロン卿なんですよね。そうするとたぶん、イカロス失墜の情景と、何度も引きあいに出すようでおかしいんだけれども、三島由紀夫が失墜したこととが、僕はわりに重なっていると思うんです。つまり人工的なもの、アーティフィシャルなものを翼にして、太陽に近づこうとして、どんどん無限接近すると、その直前に蠟が溶けて落っこっちゃうわけですからね。だけれども、近づこうとする目的意志みたいに働くものについては、デミウルゴス・コンプレックスとして断罪するというんじゃないけれども、シェリー夫人の『フランケンシュタイン』と同じように、それは挫折せざるをえない。

巖谷　三島由紀夫の影はありますね。イカロスは意図的に三島由紀夫でしょう。それとともに澁澤さんが、自分の昔のマニエラのことも反省しているわけでしょう、イカロスというのは。

種村　そうです。自分の六〇年代が、非常に危ないスレスレのところに来ていた。へたをするとイカロスになってしまったかもしれない。だけれども、そうじゃないとすれば、ダイダロスで……。

巖谷　ダイダロスのほうはかろうじて、太陽に焼かれることなく、いわば悪辣な形で生きのびるわけですからね。

種村　ダイダロスは迷宮をつくるわけですが、さっきの蹇の工人という意味では、聖書に出てくる「ノアの方舟」のノアがやっぱり蹇で、テーファイストスという鍛冶神もそうだけれども、だいたい発明家とか物をつくる人というのは蹇が多い。蹇だから、ふつうの人なら歩いていけばいいんだけれども、歩けないから車を発明する。車輪を発明する。それからノアのように船をつくる。そして、ふつうの人は歩けるから安心していたら洪水で流されちゃった。ノアは、蹇で、酔っぱいなんですね。たいがい蹇の工人は酔っぱらいですから。酔っぱらって、蹇で方舟のなかにいたために、ほかのやつはみんな死んじゃったけれども自分たちは助かるという、そういう蹇の人間のパラドックスがどこかにあって、それが……。

澁澤さんはそれで生きのびようとしたかどうか知らないけれども、たとえば当時、日影丈吉という小説家が何かの書評で「澁澤龍彦はいまに書斎を船室にして漂い出すだろう」というふうに書いていたのを、題名はなんだか忘れたけれども、どこかで読んだのを僕ははっきりおぼえています。つまり、なにかそういうものね。書斎を船にして、高いところを飛ばないで、ヘルメスというのは踵(かかと)に羽が生えていて低空飛行するんだけれども、そのヘルメス的な低空飛行をする。それは船なんですよ。つまり船で漂い歩くということ。それが最終作の『高丘親王航海記』につながっていく。

巖谷　だいたい短篇「うつろ舟」が船です。あれは海に漂う空飛ぶ円盤ですね。逆に、空飛ぶものが海の上にあって、そのなかに謎の美女がいる。あれのことは、すでに『東西不思議物語』のなかに書いていますけれども、あれは実際にあった話として伝わっている説話を小説化したものです。それから「ダイダロス」という題名の小説は、永久に航行することのない船、しかもそれはみごとなまでに装飾化されていて、そのなかにはタピスリーみたいなものもあって、そこに美女が織りこまれていて、その美女が何百年も生きて語りはじめる、という小説です。その船が、動かないで、鎌倉の浜に放置されている。そういうマニエリスム風の光景をいくつもつくっていったんですね。それこそジャン－ポール・ヴェベールのテーマ批評式に言うと、澁澤さんのなかには「船」というのがずっと住んでいたんですけれども、『高丘親王航海記』という、もっともスムーズに広州の港から旅立つ、その話に移っていったわけです。

種村　ものをつくったら、役に立っちゃいけないわけですよ。イカロスも、太陽に到達するという一種の目的意識で、有用なものとして発明して使おうとしたわけです。それから「ダイダロス」の、実朝の船みたいな船だけれども、大陸へ脱出しようというふうな目的意識があるといけないから、それを廃船にして、立ち腐れにしちゃう。ぜんぜん役に立たない道具を発明して、要するに有用性に接触しないで、オモチャとしてずっとそれにつきあうというのがデミウルゴス・コンプレックスの挫折から逃れる唯一の方法なわけで、それをやっていたわけです。『高丘親王航海記』の場合も、船に乗って天竺に行こうとするわけだけれども、あれは行かないんだよ、結局は。

巖谷　天竺というのははじめからあるんだからね。天竺の構造というのは玉ねぎの皮ですから、むいてもむいても出てこないけれどもどこにでもあるというようなもので、遍在しちゃっています。

種村　だから天竺には行かないんだけれども、はじめから自分のなかにあるから、ずっと経めぐっていっても自分のところに戻ってくる、つまり「すでにあるもの」だね。

巖谷　『類推の山』と似ていると松山さんが言うのはそういうところもあって、「類推の山」というのは地上に存在すると仮定されている山で、仮定されている以上はあるというのがアナロジーの理屈ですから、そこへ旅立つけれども、そして類推の山まで行っちゃうけれども、上に登りつくまでのことを書く必要はない。実際にはドーマルは途中まで書いて死んでしまったわけで、未完で終ったんだけれども、このあいだもちょっと言いかけたんですが、澁澤さんは前に、「あれは作者が死んでよかったんだ」と言っていたんですね。その言葉を、澁澤さんが亡くなって『高丘親王航海記』が完成したのを読んだとき、僕は思いだしました。どうもそのへんからも、澁澤さんの旅の構造というのは、目的地じゃない。目的地があっても、そこに行くつくというのが目的ではない。

冒険というのは、さっき種村さんは「オモチャ」と言われたけれども、それは「オブジェ」と言ってもいいわけで、その「オブジェ」の世界が澁澤さんにおいては「自然」と言いかえられると思いますが、それもいわゆるなまなましい「自然」とは違う、自然というオブジェの世界のなかを、時の流れに乗って移りゆくというような、目的地にむかって緊張感をともなった旅をするのとは違いますね。

澁澤さんの「旅」について、ふつうの「旅」という言葉が使えるかどうかわからないのは、そういう点なんですけれども、『高丘親王航海記』というのは、そのようにして澁澤さんの死によって別の意味をもちましたけれども、もともとは船が自然に動いていった、幸せな小説だと思います。

種村　でも、船が移動するにはなにか……。

巖谷　いや、移動するだけであって……。

種村　もちろん飛行機があれば飛行機でもいいんだけれども、その当時は船しかないから。ただ、巖谷さんは澁澤龍彦アッチカ論者なんだけれども……。

巖谷　僕はかならずしもそう言ってはいない。初期にはとくに、アッチカ風が併存していたということです。

種村　僕はあれはマニエリストだと思うのよね。たとえば、澁澤龍彦という人はサロン小説を書いていないんだよね。フランスの小説というのは、ソレルスの『ゆるぎない心』なんかも一種のパリを舞台にしたサロン小説でしょう。お家芸はサロン小説なんだよね。『ラクロ』とかね。

巖谷　というか、心理小説ね。

種村　あるサロンという閉ざされる空間のなかでの、いろいろな策謀とか、なにか悪いことをしたり……。

巖谷　そうです。基本は人間関係ですから。

種村　そうそう。それで長裾、論理を振りまわすというような。僕はフランスのそういうところが嫌いなんだけれども（笑）。それに対して澁澤さんは「旅」ですよね。空間が移動している。つまり、根柢にあるのはアジア的なものです。アジアというのは東と西という意味でのアジアではなくて、ヨーロッパの根柢にもアジアがあるわけです。ヨーロッパというのは十二世紀ごろはじめてできたので、それまでは森林地帯でなにもないわけですからね。

巖谷　そもそもが東からの風でヨーロッパというのが成り立っているんです。アジアがなかにあったというよりは。「旅」もアジアとは限らないけれど。

種村　東に対するさまざまな、オリエントやアフリカから来るものに対抗するためのひとつの論理的な防壁をつくったのがヨーロッパで、その場合に借りてきたスタイルがアッチカ風だったということですね。それがないともちろんヨーロッパの自意識というのは成り立たないから、そういうものはあるわけだけれども、しかしそれは、ある意味でポータブルなもので、いつでもとりはずしが効くもので、とりはずしたっていいかもしれないものなんですね。そういうとりはずしというものを何度かやろうと思ったのがヨーロッパの文学と芸術で……。

巖谷　サドなんかもそうですね。

種村　サドがそうですね。シュルレアリスムがまさに、それをひとつの綱領みたいにしてやっていたものです。

巖谷　いや、綱領はないけれど。綱領のないことがアジア風に含まれる。シュルレアリスムの場合、アジア風を自分のなかに見いだしていたのが、やがてアジア風のなかからシュルレアリストが生まれてくるという、そういうふうに発展していったわけです。

種村　まあだいたいアジア人みたいなやつが多いからね（笑）。

巖谷　アルトーもギリシア系だし、東欧、中近東、エジプト、中南米とか、ヨーロッパの外のシュルレアリストも多い。内なる他者ということなら、ケルト系もいました。タンギーとか、ブルトン自身にも、ブルターニュ人の自覚があった。

種村　つまり、ヨーロッパに負けた人、というのかな。

巖谷　ただ、僕は澁澤さんがアッチカ風だと言っているんじゃなくて、アッチカ風の文体、アッチカ風の安定感というのを一方にもっていた人だと言っているだけであって、あくまでも僕は、種村さんとくらべて言っているんです（笑）。

種村　そうか。くらべなくてもいいよ（笑）。

巖谷　いや、おもしろいんだな、くらべると（笑）。種村さんは自覚的なマニエリストだと思いますよ。種村さんのマニエリスト度にくらべたら、澁澤さんはそれほどでもないということ。

種村　だけど、『高丘親王航海記』でも、変な語呂あわせがずいぶんありますよ。

巖谷　ええ、ありますね。「パタリヤパタタ姫」とか（笑）。でも、それはマニエリストの自覚の上ではないでしょう。

種村　このあいだ、澁澤さんのすぐ下の妹さんと話していたら、子どものころの本、「少年倶楽部」とか「少女倶楽部」とか、それからあのころいっぱい昔話の本やなにかが出たんだけれども、それの決り文句というか、紋切型の言葉をちょっと言うと、二人でゲラゲラ笑いだすと。これは石川淳の『普賢』という小説に出てくるけれども、石川淳と、たぶんモデルは稲垣足穂なんだけれども、「『飛行機』と言っては泣き、『潜水艦』と言っては笑う」かな、そういうひとつの紋切型の符牒みたいなものをパッと出すと、それを共有していた世界がパッとうかびあがってきて、それで非常に親密な関係ができる。そういうことを、後期になるほどやっていますよ。つまり、自分の胸のなかから湧きだすものをやるという、短歌的なことはやらないんだよね。そこにある決まりきったものを組みあわせて……。

巌谷　それが、イカロス的な情念から解放されちゃったマニエリスム。

種村　そうそう。

巖谷　ただ、マニエリスムといってもいろいろなレヴェルがあるわけですから。澁澤さんの場合、『高丘親王航海記』だって、垂れ流しのように過剰なファンタジーのほうへ流れていくという傾向はないですよ。それから、基本的に端正なところがあって、そこにアッチカ風の部分があることを僕は言ったにすぎないんです。

*

種村　さっきちょっと言った『幻想博物誌』というのは、プリニウスとかヘロドトスとかマンデヴィルとか、古代中世の旅行家たちの書いためずらしい動物の話を集めて書いているわけだけれども、古代にせよ中世にせよ、中国の『山海経』でもそうですけれども、つまり人間が住んでいる都とか里とかというものの外にある異界みたいなもの、中世の人なんか、あらゆるへんてこなものは全部インドにおしつけちゃった。つまり、自分が排除したもの——いまの心理学で言えば無意識でしょうけれども——として。ただ、中世の人たちは具体的なものが好きで、具体的なものの好みがあるから、インドにはこういう一本足の怪物がいるとか、具体的なイメージとしてつくっちゃうわけですね。そういうものがモデル表象として、古代の博物誌家はだいたい旅行家ですけれども、その当時いい通訳がいないから、むこうでいいかげんに聞きとったものを誤解のうえに誤解を積み重ねて書いてしまうから、非常にへんてこなものができる。

巖谷　へんてこ人間の図は、『夢の宇宙誌』にも入っています。あれはいまとは違って、かなりのところまで実在だと思われていた。

種村　そうそう。だから、そういうもののエクゼルシースというのかな、つまり練習問題をいくつか解いて、そして『高丘親王航海記』みたいなものは、もうすでに下敷きはできていて、だから逸脱はあまりないわけだし、もうひとつは、あれは短篇読み切りみたいなもので、連続性というのは意識しなくていいわけです。たぶん澁澤さんは、長いものは書けない人なんだよね、だから……。

巖谷　自分でなにか新しい怪物をつくりだすなんていうんじゃないわけです。

種村　そういうことはしないですね。

巖谷　むしろ自然に、オートマティックにいろいろな先例がフッとうかんでは消えるような形で、伝説の怪物なり動物なり、あるいは熱帯の植物なりが点滅していくような、そういう形をとりますね、『高丘親王航海記』は。

種村　基本的には引用ですね。すでにあるものを引用するわけで、自分から何かをつくらない。たとえば英米系の幻想小説というのは、そういうことをやりますね。なにか自分のなかにあるグチャグチャしたものを吐きだすようなところがあるけれども、そういうことは絶対しないし、ネルヴァルなんかもあんまり好きじゃなかったんだな。

巖谷　ネルヴァルはロマンティックですから。

種村　同じ幻想といっても、オニリックというのかな、夢魔的なものが嫌いなんだな。非常にくっきりした、すでにそこにあって、それを引っぱってくればいいようなもの、それだけですね。

巖谷　ロマンティスムというのも、ネルヴァルのようなものなら、マニエリスムもあると思うけれども。

種村　いや、ロマンティスムも、はっきりしているものはありますけれどもね。

巖谷　ロマンティスムというのは、要するに自我という主体によって夢の物語の世界が成り立って、なにかやむにやまれぬ衝動に動かされて、夢幻的な世界を旅していくような……。澁澤さんはそういうものとは違う。枠組がはじめからあって、くっきりした、それを「紋章」と言ってもいいかもしれないけれども。

種村さんは『幻想博物誌』の解題を書かれて、また詳しく読まれたと思うんですが、あそこに出てくるような怪物たちのヴァリエーション、少なくともその程度のものが、『高丘親王航海記』にときどき出てくるわけでしょう。

種村　引用する怪物とか幻想動物は、そういうものですね。すでにあるものです。だけれどもその引用のしかたというのは、突飛なことを言うようだけれども、戦前に少年漫画があったんです。『凸凹黒兵衛』とか『丸角さん、丶助さん』とか。これはみんな漫遊記ですよね。それからもうひとつは冒険物語です。『冒険ダン吉』とか。いまの人たちの幼時体験はたぶん手塚治虫だと思うんだけれども、僕らのときには『のらくろ』とか……。

巖谷　だいたい旅ですよ、いまの漫画も。ただし戦前は、大日本帝国が実際に西のほうへ南のほうへと、アジアにひろがっていった時期だから、それを反映しているんだけれども、旅という点ではいつの時代でも、ある程度そうなんです。子どものものって。

種村　そうです。

巖谷　手塚治虫は、亡くなってから、なんと年齢でサバを読んでいたことがわかった。大正の最後に生まれたということになっていたんだけれども、あんまり早くデビューしたので年齢を上に言っていたらしくて、実際には昭和三年生まれだということがわかった。つまり澁澤さんと同い年ですよ。僕はもちろん戦後に育って、種村さんよりも十歳くらい下だから戦前のことを体験としては知らないんだけれども、手塚治虫の初期だって、じつはすべて冒険物語、旅です。その旅というのは、手塚治虫が育った時代の、たとえば『冒険ダン吉』なり『のらくろ』なりが原形になっているような、異世界へ自分を移動させていくという、それが前提にあって、手塚治虫の場合そこにSFが加わって、とんでもない未知の世界へ行く。ただ基本的には、その旅というのは、実体験をともなわない、すでにある枠組をくりかえしたというのが手塚治虫の特徴です。

手塚治虫のことを三分だけ喋りますが（笑）、あの人の描いたものを読んでいると、ほとんど原形があるんですね。神話をそのまま使って、たとえばダイダロスもデミウルゴスも出てくる。どんな登場人物を見ても、どんな物語を見ても、未知のものはひとつもない、じつにおもしろい作家です。過去にあった神話、伝説、メルヘン、映画、演劇、その他ありとあらゆるものをあの人は下敷きに使っていて、おそらく澁澤龍彦と同じように、そういうものが頭のなかに蓄積・配置されていた人だと思う。生まれ育った場所は違うにせよ、共通したところがあります。その枠組を、十代なかばからどんどん作品化している。

僕なんかだいぶ年下だから、手塚治虫で知ったことが非常に多いんですけれども、初期の昭和二十年代後半の、小学生のころに熱中して読んだものに、たとえば『メトロポリス』なんていう名作がありますが、あれはまさに、フランケンシュタインのつくった両性具有の人造人間の話です。そういう神話のさまざまな枠組、あるいは紋章学というのを子どものころに手塚治虫を通して身につけちゃっていたから、澁澤さんの『夢の宇宙誌』なんかを読んでも、「あ、手塚治虫で知っている」というようなものがあったりした。

いまの漫画——漫画に限らず少年もの——は多少変質はしているけれども、あまり実体験をともなわないところは、ひとりひとりの個人の主観によってとらえた旅行記というのとは違う、枠組だけで古代からSFまで綿々とつづいている冒険旅行記のようなものが、澁澤さんにも、最後までつきまとっていたということだとも思います。

たとえば、僕がおもしろいと思ったのは、『高丘親王航海記』のはじめに玉ねぎが出てくるんだけれども、はるか前の『犬狼都市』のなかで玉ねぎの神様というのが出てきて、時間的構造としては、澁澤さんの本というのは、初期に出てきたさまざまなものがのちにまたいろいろな形で姿を変えて出なおしてくる。それは個人の歴史というのをもっと遡っていって、人間の文化史のなかから、ある程度まで自由に、その種のものを通じて浮かびあがらせていくという、そういう文学のひとつの型をつくったんじゃないかと……。

＊

巖谷　あと、種村さんが、少年時代のオノマトペの話なんかもそうだけれども、このあいだ「物理人間」と言っておられたでしょう。心理と違う物理の人間。じつは僕も前にそれを書いたことがあって、稲垣足穂について書いたんですけれども、稲垣足穂の『一千一秒物語』に出てくる枠組のある物語で、もっと瞬間的だけれども、人間心理としてではなく物理として存在しているという、そういうものともつながりますか、澁澤さんの個性、人格というのは。

種村　つながるところもあるだろうけれども、稲垣さんという人は最初は飛行家になろうと思って、目が悪くてなれなかった人ですね。挫折したわけです。つまり一種のイカロスですね。だからロマンティックなものを初期にはもっていた人です。そしてそれが十九世紀的なロマンティシズムと違うところは、もっと細かい美文的な瞬間みたいなものをつなげた人ですから、澁澤さんとはちょっと違うんじゃないですか。

巖谷　だいぶ違うと思う。

種村　稲垣さんはオブジェ意識はあまりない人だったと思いますね。

巖谷　澁澤さんについて、瞬間的反応というのを以前に言われたから、ちょっと伺ってみたんですけれどもね。

種村　瞬間的反応？

巖谷　瞬時にして答えが出る。それからある種のオノマトペ、子どものころの何かが触れると、そこで一挙に共通の場所が生まれるという……。

種村　僕は出口さんとの対談でもそのことを言ったと思うんですけれども……。

巖谷　「ユリイカ」誌の特集ですね。

種村　いい機会だから宣伝しときますと、もうすぐ僕の澁澤龍彥論をまとめたものが出ます（笑）。それを校正していたら、僕は七一年から書いているんだね。二十何年、ほとんど四半世紀、澁澤さんの本のことをずっと書いている。同時代的にね。

巖谷　それは、以前に書いたものを書き直されたんですか。

種村　いや、ぜんぜん書き直していません。そのまま出します。それで、さっきの話だけれど、手塚治虫とは、多少の関係がなくはないと思う。手塚治虫というのはバーレスクでしょう。出身が宝塚ですからね。

巖谷　「ですから」とは言えないと思いますが（笑）、バーレスクの部分はありますね。

種村　宝塚をよく見ていますよね。僕は手塚治虫担当の編集者だったんです。『ジャングル大帝』の単行本をつくったんです。それでよく大泉のあの家に行っているんです。いま映画作家になった息子さんがまだ生まれていない、新婚旅行から帰ってきたばっかりのときに行ってたんだから。まあ、そんなことはどうでもいいけれども（笑）。

出口さんとの対談ですでに言ったことだけれども、既知性――デジャ・ヴュですね、もうすでに見たものが根柢にあって、なにか新しい現象がパッと目の前にある。そうすると新しいものが出てくるんだけれども、それと既知のものとの、わずかと言うか大きなと言うか、要するにズレのなかで文体を動かしていく。文体のみならず、思考をですね。だから、すべては、すでに経験したものなんです。

時間的な『胡桃の中の世界』――これはオール・

ワールド・イン・ザ・ナットシェルでしょう。これはジョイスの言葉だね。ジョイスが「空間的に胡桃の中にすべての世界がある。全宇宙がある」と言ったことを、時間のなかで操作するとデジャ・ヴュになるわけです。すべてはすでに見たことだ、と。明恵上人が十三歳ぐらいのときに死にそうになると、八十歳ぐらいのところまでパッと全部自分が見えちゃうというような、一種の時間の先どりみたいなことを瞬間的にやる。時間も物理ですから、それが物理人間的なものだと思う。

物理人間というのは、僕は情念的な人間を対置して言っているわけだけれども、心理というものも物理でとらえられるわけです。それはフロイトなんかが「心的装置（アパラート）」なんていう言葉を使うけれども、それと同じように、心理的な時間の軸のなかにあるものもデジャ・ヴュという形でパッととらえることができるわけで、なにか新しいものが来たら「これはもう見たことがある」「もうこれは知っている」という、「天が下に新しきものなし」なんですよ。ただ新しいには新しいから、既視のものと新しいものとの差異があるわけね。もし差異がなければ、だいたい文章が成り立たないよね。その差異を非常にうまく動かしているのが、あの人の文章だと思う。

巖谷　なるほど、そういう言い方をすればね。ただ、澁澤さんはデジャ・ヴュで固まっているわけじゃないはずです。

種村　デジャ・ヴュというのはひとつの動きなんですよ。

巖谷　そう。

種村　それは、石川淳だったら「精神の運動」というような、もっと颯爽（さっそう）とした言い方をするわけだけれども。

巖谷　デジャ・ヴュしかないような文学世界だったら、それこそボルヘスの小説にあるように……。

種村　そうそう。あれはお墓のなかに入っちゃうからね。

巖谷　もうなにもすることがないし、あるいは発狂するとか、そういう状態……。

種村　でも、いい状態じゃない？（笑）。

＊

巖谷　きょうは種村さんのことをいろいろ伺いたかったんだけれども、巧妙に澁澤さんだけの話にされてしまった（笑）。

種村　私には喋ることはなにもないです（笑）。

巖谷　じつは、僕は「澁澤龍彥と種村季弘」というようなエッセーを前に書いたけれども、もういちどやろうと思っているんです。対立項としてね。

種村　お手やわらかに（笑）。

巖谷　その魂胆もあって、言わせようとしたんだけれども。それから「澁澤龍彥と手塚治虫」というのもおもしろいですね。これもやってみようと思いますよ。

そういうふうな形で、澁澤さんをいろんな読み方をしていくと、どんどんおもしろいことが出てきて、これからいくらでも、澁澤龍彥論、澁澤龍彥考というのが新しくなっていくでしょう。僕らは澁澤さんという人をデジャ・ヴュのように見ることもあるけれども、なんとなく澁澤さんの求めていた、澁澤さんがそれであろうとした澁澤龍彥というのは、まだまだ……。

種村　ひとつは、うしろむきに昭和初年の侵略小説というか、山中峯太郎の『大東の鉄人』とか『万国の王城』という少年読み物の世界をもう一回、これから澁澤龍彥を研究するという形が……。あれは読んでおもしろいから、研究なんかする必要はないんだけれども……。

巖谷　それは種村さんが前から言っておられることで、種村さんの仕事ですよ（笑）。

種村　いや、そうじゃない。これはいろいろな人がやるといいと思うんだ（笑）。

もうひとつは、澁澤さんがたぶんこれからそこへ出ていこうとした世界というのは、たとえば幸田露伴なんかの世界じゃないかなという気がしますね。谷崎はずいぶん、『乱菊物語』なんか使っているわけだけれども。

巖谷　「これから行く世界」というのもデジャ・ヴュなんですね、そうすると。

種村　そうそう。

巖谷　すでに型のあるところへ行くだろう、と。前例のあるところへね。

種村　そうですね。ただ、東洋だろうと思います。

巖谷　それはそうでしょうね。

ちょうど時間になりましたが、これでよろしいでしょうか。まとまっただろうか。

種村　まとまらなくてもいいんじゃないですか。お話だから。

巖谷　いいですね。迷宮になったかどうかわかりませんけれども（笑）。

［質疑応答］

質問①　文学のお話ではないんですけれども、澁澤さんというのは映画はお好きだったんでしょうか。

巖谷　ええ、好きだったですね。

質問①　お気に入りの作品というのは、どういうものですか。

巖谷　「お気に入り」というのは、どういうことかよくわからないけれども、何度も見て大事にしていたというような意味だとすれば、そういう作品はあんまりないと思うんです。でも、自分の好きそうな映画というのを自分で察知していたし、それからやはりまわりの人がみんな知っていますから、澁澤さんに見せようというので、それこそ「映画芸術」誌の小川徹さんとか、ああいう人が試写会に呼んだりして、澁澤さんが見てしかるべき映画はちゃんと見ていたと思います。

そのなかで、彼が好きだと書いていたものと言えば、ひとつはルイス・ブニュエルでしょうね。とくに『昼顔』とカトリーヌ・ドヌーヴについて書いたものは、彼の映画の見方がよくわかるエッセーだと思います。それから、もうひとつはヴィスコンティでしょうね。ブニュエルとヴィスコンティというのは澁澤さんのなかの対極かもしれませんけれども、ヴィスコンティのほうはいくつかの作品が残っていますが、『夏の嵐』とか、あのへんじゃないかな。その後『愛の嵐』という違う監督のものが出たけれども、あれなんかどうも『夏の嵐』とつながってちゃっているんじゃないかという気もしないでもないくらい、異様に好きだった。それから『ルートヴィヒ、神々の黄昏』というルートヴィヒ二世の映画、あれなんかも喜んでいましたね。

種村　映画って、見るのに体力が要るんだよね(笑)。もうひとつは、試写会とか映画館が下駄で歩いていけるぐらいの距離にないと、見にいかないんですよ。私はいま湯河原に住んでいるから、ほとんど映画は見ない。だけれども東京に住んでいたころは、新橋に住んでいたから、しょっちゅう見に行ってた。そのころですね、映画批評を書いていたのは。

それと同じで、鎌倉からわざわざ出てきて映画を見るというのは、わりに若いころのことじゃないですか。ブニュエルとかクルーゾーとか、それから女の子が仮面でやる……。

巖谷　ジョルジュ・フランジュね。『顔のない眼』という、すごい映画があるんですけれども。

種村　フランジュね、ああいうものは見ていたと思います。主にフランス映画だね。

巖谷　それからさっき出たフランケンシュタインものテレンス・フィッシャー監督のやつね。クリストファー・リーとピーター・カッシングの出てくる、イギリスの一種のゴシック映画です。

だから、六〇年代までは非常によく見ていたし、「映画芸術」なんていう雑誌の準・常連だったんじゃないかな。一冊、『スクリーンの夢魔』という映画批評集を出していますけれども、映画に溺れるというほどじゃないから、たしかに鎌倉は遠いし、徐々に徐々に見る機会は減っていったみたいです。それは誰だってそうですけれども。僕自身も昔は映画批評を書いていたけれども、最近めんどうくさくなっちゃって。それに、映画批評の文体というのが日本ではずいぶん変っちゃいまして、注文する人まで「こういうふうに書いてくれ」と言ってきて、それはたいてい蓮實重彦さんの系列のものを求められるから（笑）、それならそういう人がやればいいんじゃないかということで書きません。それに、いまはヴィデオで映画を見る時代になってきていますから、見方が違うんですね。

澁澤さんは、映画はたしかに好きだったでしょう。どういうものが良かったかということは、日常のつきあいのあいだに、「ああ、あのことを言ってた」とかいうぐらいしか思いだせないので、あんまり確固たるものではありません。でも、『ブリキの太鼓』に感動して涙を流した、なんていうのはわかる気がしますが。

それと、いま思いだしたけれども、中川信夫なんかも好きだったんです。日本の、いわば極端な怪奇映画ですね。意外なものの批評も書いています。自分の映画批評集には入れなかったけれども、増村保造の作品のことを書いていたりするんですよ。それがなかなかおもしろい。

種村 昭和二十四、五年ごろ、洋画が入ってきたのはアメリカ映画からですけれども、アメリカ映画は大味なんですぐ飽きちゃうから……。

巖谷 まあ、やはりはじめはフランス映画ですね。あのころにいちばんよく見ているのは。

種村 二十五、六年に、戦前のストックのフランス映画が一斉に公開されたわけよね。それは、そこ（池袋）の人世座、あるいは新宿の三越の上のところでやっていて、あのへんはあらかた見ているんじゃないですか。デュヴィヴィエとかルネ・クレールとか。
巖谷　新宿のは日活名画座ね。五〇年代というのは映画観客のいちばん多かった時代でしょう。映画館の数だって、新宿だけで五十館ぐらいあったんじゃないかな。いまよりもはるかに映画はさかんだったから、その当時は澁澤さんもずいぶん映画を見に行っていたと思います。
種村　映画というのは戦争と関係があるんじゃないかと思うんです。
巖谷　突然だけれども、どういうことですか（笑）。
種村　空襲は国家的な規模でやるスペクタクルでしょう（笑）。観客である自分の命と引きかえだから、見料ものすごく高いわけだけれども、朝鮮戦争のときにまた映画が非常に流行りましたよね。このあいだ湾岸戦争をテレビで見ていたら、「これはもう映画じゃないな」と思ったね。つまり、もうテレビなんですね。あるいはテレビゲームと言ってもいいけれども、もっとヴァーチャルなものになっちゃって、映画のように身体で感じるものじゃなくなっちゃったんじゃないか。
　朝鮮戦争時代、それからそのちょっとあとというのは、映画というのがかなりリアリティーがあって、みんな見たんじゃないかな。澁澤さんに限らず。
巖谷　ほかに楽しいことが少なかったということも言えるしね。
種村　それから、すこしあとになって「映画芸術」やなにかに映画批評を書くので見にくるのは、たいがい東京で飲む口実ですよ。それを見て、あとでみんなと会って飲む。飲むほうが主で、映画はどうでもいい（笑）。
質問②　いままでのお話を聞いていますと、澁澤という人は長篇というものにあまり手を出さなかったように感じられるんですけれども、知られているなかで、長篇を書くような兆（きざし）と言おうか、資料収集というか、そういうのはあったんでしょうか。

巖谷　ないんじゃないかな。
種村　『玉虫三郎』というのは？
巖谷　『玉虫三郎』という話の草案だけ残して亡くなったけれども、いわゆる長篇ではなかったんじゃないかな。だいたい近代のものでしょう、長篇小説って。澁澤さんは前近代的な人ですよ（笑）。むしろ説話とか、昔からある冒険物語とかいうような、『夢の宇宙誌』がそうであったように、断片がつながっていくような形をとるわけです。複雑に絡みあった人間関係とか、はらはらドキドキさせて大団円へ突っ走っていくなんていうことは、澁澤さんはできなかったというよりは、好きじゃなかったろうと思います。短篇をつらねて長篇を書くことは、もちろんいくらでもできるわけでしょうけれども。

　ある意味では『サド侯爵の生涯』という伝記は長篇と言ってもいいですけれども、やはり一章一章がきちんとまとまった短篇の集まりのように読める伝記ですね。

質問②　どうもありがとうございました。
質問③　本日の種村さんのお話で、一九七〇年の三島の死というものが澁澤龍彥に対して影響を与えたというふうに読みとれたんですが、かなり関係づけたお話がいくつか出てきたと思うんです。種村さんは澁澤龍彥にとって三島の死というものが、影響という言い方もおかしいですけれども、どのような感情をもって受けとめられていたというふうにお考えになるでしょうか。
種村　その話は、かならず出ると思っていました（笑）。
巖谷　前回も質問に出ましたね。種村さんも会場におられました。
種村　これ、言っちゃっていいのかな。三島さんが亡くなったときに、はじめに若い人が家に電話で知らせてくれたのは、十二時ごろだったかな、すぐそのときに澁澤さんに電話をかけて「知ってる？」と言ったら、「でも、やりそうだね」と言って「ハハハ」と笑ったよね、最初。ただ、僕もそのあと三島さんのところへおくやみに行ったりしたときには、もう違っていましたね。それは、同時代の人間としての感情と、それから自分の世界との違いと、それから人間関係をわりに乾いたところで見ている人との両極性の反応があったわけだから、反応が両極端に出ても別におかしくない。僕自身もそうだったから。

ただ、いま、長篇小説を書く人かというふうに聞かれた人がいましたね。それとの関係で言っても、最初に『快楽主義の哲学』かなにかのときに帯文を三島さんが書いているんだけれども、「教養がアナーキー」ということを言っていますよね。「この人は教養のアナーキーがある」と。澁澤さんがどこかで何かの比喩で、麻雀のパイを掻きまぜたようにバラバラにしちゃうみたいなことを自分でも言っていたのを、いまチラッと思いだしたけれども、三島さんなんか戦前にある程度の人格形成とか教養形成というのをしちゃった人ですね。学習院の優等生で。先生にも非常に優れた日本浪漫派の国文学者のかたがおいでになったところですから。われわれはもうちょっと下で、中学に入ったときがあの人が卒業するくらいですから、教養形成というのがまだないんですね。戦後、焼跡闇市で出た本、それもひとつの戦前の統一が壊れちゃったような、全集でも全集の端本を読んでいるわけです。全集のそろったやつを買って読むなんていう経済的な余裕もないし、またそろっているほうがめずらしかったので、バラバラになったものを買ってきて読んで、それをつなぎあわせて自分のイマジネーションの世界をつくるというようなことに慣れている。つまり、あらかじめズタズタに分断されたフラグメントになったところから、教養形成というのをはじめているわけです。だから、体系があって、そこから発想していって、それで行きづまってぎりぎり、その論理でやっていけなくなったときにどうするかなんていうことは、あまり考えていないわけですね。最初から体系がないから。たぶん、三島さんは、体系があるのであるいう壊れ方をしたので、われわれと教養体験がかなり違う人なんじゃないかというふうに思いますね。

ほかに違いもあるでしょうけれども、大きな違いはそういうところで、多かれ少なかれ戦争中までに教養を形成した人が、戦後も大ざっぱにいえば日本浪漫派的な文学に対する考え方をしているか、あるいはそれを引っくりかえして左翼のほうに行くとか、そういう選択がわれわれよりちょっと年上の人たちにはあったんですけれども、それをするまでにいたっていなかった。

だから、さっきもちょっと言いかけたけれども、あまり有用のものをつくっちゃいけない、無用のものとしかつきあわないというのは、戦争中にわれわれが受けた教育は戦争に行ってアメリカと戦うというようなことを考えていたわけだけれども、それを使わずにすんじゃった。自分たちがやってきたことが全部無用になっちゃった。無用のままあとの人生をずっと生きる——僕はそれをいまもやっているわけですが（笑）——というふうに、戦争が終ったときに、あとは余生というか、バラバラなものがいま目の前にあるから、そのなかをプカプカ浮いていればいい、と。言い訳じゃないけれども、そのへんが柄だろうというふうに僕は思った。澁澤さんもたぶん、戦後の出発のときには、自分の前にはバラバラのものしかなかったと思いますよ。

三島さんは、カチッと、ある体系というか、観念ができあがっちゃっていた人です。とにかく三島さんというのは早熟な人で、私が中学に入ったときの国語の坊城俊民という先生——天皇の娘さんの結婚候補かなにかになっている人の親戚です——が三島さんの学習院時代の先輩で、文芸部の頭で三島さんがその下にいたわけだけれども、中学に入った年に『花ざかりの森』というのが出て、それ以前の「鈴鹿鈔」という短篇小説を作文の時間に、「君たちよりちょっと上だけれども、こういうものを書く人がいる」といって朗読してもらったのをおぼえていますから、たぶん十六歳ぐらいのときの作品でしょう。だから、ものすごく早いころに早熟に完成しちゃった人ですね。それに対して澁澤さんは、何かの雑談のときに「僕は早熟ではなかったよ」と言うんだな。たぶんそれは本当だろうと思う。自覚もそうだし、客観的に見ても、彼は文学的な早熟性というのはない人だと思います。ラディゲとかランボーとか三島由紀夫とか川端康成とか、そういうタイプとはちょっと違うという気がする。

巖谷　三島さんの影響というか、亡くなってからどうかという質問だとすれば、先ほどのイカロスの話なんかに、三島由紀夫の影がちらついているということはあると思います。ただ、あんまり文学的に思想的に、三島由紀夫と澁澤龍彥をつなげる根拠はなさそうだな。若いころにお世話になったということはあるわけだけれども。それは個人的にだけじゃなくて、たとえば澁澤さんの最初の『サド選集』にも三島由紀夫の序文があるわけだし、ホッケの『迷宮としての世界』も三島由紀夫の序文がある。なにか、三島由紀夫という存在が頼りになるというところはあったわけです。でもそういうことは別にして、澁澤さんが人格的に、あるいは文学の傾向として、三島由紀夫と非常に似たところがあるとはまったく思えないですね。ですから、その後も三島由紀夫というのがもし澁澤さんのなかにあらわれているとすれば、なにか客観的に、寓話化されたような形で作品のなかに出てくる程度ではないかと考えています。

質問③　たしかに文学的にもまったく違うものだとは思うんですが、きょうのお話にも何回も出てきたので、関係があるというか、そういうふうにとらえていらっしゃるのかなと思っただけで、やはりあの世代の人たちにとって三島の死というものが、私たち一世代が終ってしまってからの人から見るよりも非常に大きな衝撃をもって受けとめられているようなので、それに対してどうだったのかなというのを、ちょっと興味をもったものですから。

種村　それはなかなか一言では言えないことですけれども、ある種の成長幻想みたいなものがそこでとまったということは、そうだと思いますよ。

それから、澁澤さんを論じたり澁澤さんを好きだという人が、きょうの展覧会もちょっとそうなんだけれども、「世紀末」というようなことをよく歌枕みたいにつけちゃうんですが、「そうかな？」という気がするのね。世紀末的な装飾性とか、そういうゴチャゴチャしたものが書斎にも置いてあるし、そこにもありますけれども、それに囲まれちゃった人なのかというと、僕はそうじゃないんじゃないかと思いますね。

巖谷　それはもう、ぜんぜん違う人でしょう。

種村　だから、一種の澁澤オタクみたいな人が考えているのとはちょっと違って、もうちょっとなにもない世界ですよ、きっと。つまり、最初に僕が伺ったころの小町の八畳間の、青畳がタタタッとあって、なにも置いてなくてトリスの壜が置いてあるだけというような、あとから考えて言うんだけれども、なにか東洋の神仙の世界みたいなものに近いような人で、プレテクスト（口実）としていろいろなオブジェはあるんだけれども、そのオブジェがどうしてもなきゃならないというものじゃないので、なくなっちゃったっていいし、ひょっとしたらなくそうと思っていたんじゃないかな。

だから、これからあとにどういう小説を書くかというと、『紅楼夢』みたいなものを書いたかもしれないけれども、非常にあっさりした、ひょっとするとなんにもおこらない世界——そういうのがはたして小説になるかどうかわからないけれども——みたいな、そういうこともひとつ考えられますね。装飾的なゴテゴテした文体というのは一切なかった人だから。

巖谷　一切ないとまで言えるかどうかわからないけれども。少なくとも六〇年代には多少それはあったし。

種村　ありました。

巖谷　装飾的ではないオブジェをというか、むしろオブジェのイメージをいっぱい掻き集めてくる。『夢の宇宙誌』がまさにそうで、プラハの皇帝ルドルフⅡ世が澁澤さんの理想の分身のように出てきて、驚異博物館みたいなものをつくるという話がありますけれども、さっきもちょっと言ったとおり、だんだん『思考の紋章学』のあたりから小説の世界になると、道具だてが減ってきますね。澁澤さんの世界って、なにか空間がスーッと先まで見えちゃうような、ポカーンとひらいた空間みたいなもので、その先のほうがどんどん遠くなっていって、はるか彼方まで、外縁のはっきりした庭なら庭というものに塀があるとかいうのではなく、先のほうまで見えてしまうポカーンとしたひろがりのようなものにだんだん近づいていったという気が、僕にもしています。種村さんの言われるように、それが澁澤さんの初期の書斎のイメージとつながるということもありますね。

質問④　七年目で今回こういう場が開かれたということに感謝します。関係者の方々に。

巖谷さんが、『庭』から『旅』へ」というような言葉を使って、『澁澤龍彦考』の帯のところか何かにお書きになっていますね。そこらへんがちょっとお聞きしたいんです。

巖谷　帯は僕がつけたわけじゃないですけれども(笑)。たしか「庭から旅へ」という題名の短いエッセーがあのなかに入っていて、それがわかりやすいから帯に使われたという事情で、しかもそのエッセーは朝日新聞に書いたものですけれども、新聞というのはご存じのように題名はむこうがつけるわけで、あれは見出しの文句です。

いまは全集が出はじめているから、かならずしもそうではなくなってきたかもしれませんけれども、澁澤さんというのはぜんぜん変らなかった人だと思われていた傾向があるんですね。自分の世界を早くにつくってしまって、そこに閉じこもったきりというイメージが、さっき言われたような「世紀末」風のおどろおどろしさに包まれて、澁澤龍彦そのものというよりは「あの澁澤龍彦」というような、それが篠山紀信撮影の書斎のイメージと相まってどんどん増殖されつつあるようですけれども、それはそうではないんで、澁澤さんというのは、かなり自覚的に変貌してきた作家だということを早くから感じていました。きょうの話がまさにそうだったと思いますけれども、七〇年代から澁澤さんが変っていったというのを一言で言いあらわすとすれば、まあ「庭から旅へ」でいいんじゃないかなと思ったんです。というのは、「庭」というのは「城」と言いかえてもいいですけれども、ひとつの閉ざされた世界で、しかもその庭のイメージというのはバロック庭園のように、きちんと区分けができていて装飾品も整っていて外部との境界がある——というような庭でもいいし、あるいは城と言えばルートヴィヒII世の城のように自分の好みで固めたおどろおどろしくて贅沢で不思議なものにみちみちていたりする城でもいいんですけれども、あるいはダイダロス的な迷宮、そのなかに閉じこめられてしまった彼——それは僕らがそう感じていた以上に、澁澤さん自身が感じていたことだと思います。

それについて、さっき言ったことに戻すと、『思考の紋章学』あたりでダイダロス的な人工的空間への反省というのがはっきり出ている、ということを僕は指摘したんです。同時に、種村さんも言われたとおり、七〇年にはじめてヨーロッパへ行って、その後の澁澤さんはどんどん旅をするようになった。それは実生活上のことですけれども、それはむしろ旅をしたからというよりは、それが結果かもしれないんですが、澁澤さんの書くもののなかに時間的移動が出てきた。一箇所にとどまって空間を整理しなおしていく——たとえば十八世紀のヴォルテールの『カンディード』みたいに、旅の結末が庭を耕すことでそこにユートピアができるというのではなくて、もっと自在に動けるような、あるいはさまざまなオブジェが点滅する世界のなかを船に乗ってそのまま漂っていけるような、そういう状態に変っていった。その彼の変貌の過程を簡単に言ってしまうと、「庭から旅へ」でもいいんじゃないか、ということです。ほかにもっといろんな要素がありますが、そんなところでよろしいでしょうか。

質問④　感じで逆に言ってしまえば、庭が移動したというような感じもないではないような気がするんですが。

巖谷　そうも言えるかもしれませんね。ただ「庭」というのは、僕がいま言ったような意味での「庭」です。閉ざされた空間、そのなかでひたすら自己愛にひたることができるナルシシックなオブジェに囲まれた人工的世界のことを、象徴的に「庭」と言っているわけです。庭が移動したっていっこうにかまわないし、ガリヴァー旅行記のラピュタみたいに島が飛んだってかまわないけれども、そういう意味の「庭」ではない。

種村　庭が動いたり書斎が動いたりするというんですが、でも自分で動かすんじゃないんですね。澁澤さんは七〇年代にいろいろな意味で外へ出ていった。世紀末というのはひとつの状態で、その世紀の廃棄物みたいなものが全部集まってくるところですから、一種のゴミためみたいなものだから、それでおどろおどろしいんだけれども、世紀末思想とか世紀末芸術というのは、そこから脱出するためのインテンションをもっているわけですから、その世紀末的な状態そのものではないわけですね。そういう衣裳を着ながらそこから抜けていくというものですから、世紀末という状態と、それを抜けていくものとは根本的に違う。

このあいだの回（松山俊太郎との対談）にも来ていたな、佐野史郎という人が。あれはちょっとおもしろい役者だけれども、ああいう変った人が出てくるんですが、あれは役者ですから意識的にそれをやっているので、そのものじゃないわけでしょう。そのものだったら六歳の子どもを殺しちゃったような四十男が、年代的にも似ているから、それになっちゃったかもしれないけれども、あれは役者だから意識的に役者をやって、CMに出て、ちゃんと金持になっていくというふうに（笑）、ちゃっかりしているわけですよ。

「世紀末」というのでも、生態的な状態として見たら、なにかゴテゴテしたものに囲まれていて、その重圧でもってヘトヘトになっちゃうんじゃないかと、展覧会を見てもちょっとそういう感じがしますね。でも、ちょっとやっぱり違うんですね。そこから抜け出る。そのことの非常な功労者は、早稲田大学自動車部であったところの龍子夫人が自動車の運転ができたということで、それでほうぼうをまわれたのでいろいろ考え方が変ってきたと、僕はそう思っているけれども。そういうところもあるだろうということで。

巖谷　それは実際に旅をしたということと関係があるんですね、やはり。

一九九四年五月二十二日　於・西武池袋コミュニティ・カレッジ

『全集』完結――新発見・再発見

座談会　出口裕弘／松山俊太郎／種村季弘／巖谷國士

巖谷　『澁澤龍彦全集』の最終巻がようやく六月末に出て、全二十二巻・別巻二巻、全二十四冊ということで完結します。予定どおりにというか、大方の予想よりも早く、ほぼ二年間で、作家・澁澤龍彦の全貌があらわになったわけですね。そこで、この全集をはじめるときにも座談会をやりましたけれど、あのときとくらべて、それぞれ違う印象を持たれているかもしれません。解題を書いたわれわれも、澁澤龍彦の読み直しということをやったわけですが、まず、松山さんが『高丘親王航海記』をはじめ、澁澤さんの小説の解題をとくに多く担当しておられるので……。

松山　まあの、じつに申し訳ないことなんだけれど、私は澁澤さんの小説って、じっくり読んだことがなかったもんでね（笑）。はじめて読ましてもらったところ、たいがいの小説に共通してるところが二つか三つあるわけで、ひとつは玉がかならず出てくるっていうことね。すべてがオブジェ小説だけど、球体はかならず出てくるってんで、球体の沿源はもっと古いだろうと思うから、こんど全集が完結したら読み直そうって思っています。で、球体は巖谷さんもちょっと言われてたけど、そうとう前から好きなわけですね。

巖谷　ええ。僕はこのあいだ、別のインタヴューで喋ったところだけれど、たとえば玉ねぎですね。『高丘親王』にも玉、球体が出てくるけれども、その前にあの有名な、「エキゾチシズム」について書いたところがある。あれは同時に澁澤さんの創作衝動を物語ってるんでしょうけれど、「玉ねぎの皮のようにむいてもむいてもきりがないエキゾチシズム」という言い方をしていて、その玉ねぎにちょっと引っかかったわけです。というのは、玉ねぎは玉でもあるし、植物的オブジェとして形もおもしろいし、実際に澁澤さんは玉ねぎが好きだった。で、ずっと昔の『犬狼都市』に出ているわけです、「玉ねぎの中の神」っていうのが。それで澁澤さんの場合、なにかこう、長い年月をおいて同じモティーフがふっとうかびあがってくるっていうことが、こんど全集をやってみて随所でたしかめられたような気がする。僕は最終巻に年譜を二百七十枚ぐらい書くときに、澁澤さんの初期のメモですね、年次の手帳のようなものを今回、特別に見せてもらった。するとずいぶん若いころから、小説を書こうとしていた形跡が見えるんですが、二十七歳ごろ、つまり、最初の「撲滅の賦」なんかを書いたあとに、「玉ねぎの中の神」っていう言葉を手帳に書きこんでいるんですよ。

松山　ああ、そんな前から使ってるの。それは今回の全集では発表されないメモのなかの言葉ですか。つまり、読者にはわからないものなの？

巖谷　いや、プライヴェートなメモはもちろん紹介しないけれども、小説の構想のようなものは、できるだけ正確な形で年譜に引用することにしました。だから年譜を読んでくだされば、いろいろわかってくるはずです。つまり、ごく初期からずっと思いうかべていたものが、『高丘親王』ではわりと集大成的に出てきているような感じがあって。

松山　そうか、非常に志が持続してるんだ。実現するまでは寝かしといても、ちゃんとスリーパーとして生きてるんですね。

　ただ、そこのところはあれでしょ、巖谷さんは非ユークリッド的な空間とか円環って言っていたけれど、そうもとれるけれども、片っぽうにあの、往復運動とかね。

巖谷　そうそう、振り子のような。澁澤さんが子どものころ科学博物館で好きだったっていう、フーコーの振り子ですね。こう円環を描きながら、往復運動するやつ。

種村　あれは懐かしいね。

巖谷　なにか目に見えるような形でね、イメージが持続して、周期的に出てくる。玉もその一例です。

松山　その先はちょっと私がつづけさせていただきますと、玉がかならず出てくるということがひとつでしょ、それから、もうひとつはやっぱり、かなりのものに下敷きがあるわけだけど、その下敷きもね、知ってる者から見りゃ、もう本当に逐語的に写していて、ちょっと固有名詞とか何かを変えてるだけっていうのもあるけれど、作品中のあるところからめざましく変るのね。で、読みおわった感じは、原作とはまったく違うものに仕上げてるっていう。そういうやりかたを見てて、これを真似れば私も小説が書けるんじゃないかと思うほど、勉強になりましたけどね。

　それで『高丘親王』のことを言えば、創作メモにいろいろ書いてあったもので、たとえばポーの『アーサー・ゴードン・ピムの冒険』を最初に挙げてあるんだけど、これはまあ旅行に関する虚談ですよね。アメリカで流行ってた、ホークスっていうものの一種を書こうって思ったっていう、そういうつもりはあっても、実際にはまったく利用してないわけね。それから、ピエール・ルイスの『ポーゾール王の冒険』も、結果的には利用してないでしょ。久生十蘭も挙げてあったけど、あれはちょっと、阿倍仲麻呂の安南に上陸したときのことで影響を受けてはいるけど、まあ結局あれは、ほとんど依存してないわけですよ。

巖谷　つまり、下敷きが少ないわけですよね、ほかの本とくらべて。

松山　そう、全体には。でも細かいところのヒントってのはいろんな箇所にあってね、たとえば陳家蘭ていう鳥の体をした女だか、単孔の女っていうのが出てくるでしょ。あれは『考証真臘風土記』かなんかからの知識であるけれども。それで、アラカン国から空飛ぶ船みたいなので雲南へ行っちゃうっていうのは、その陳家蘭に対するあんまり信用できない記述を澁澤式に曲解したから、そういう廻り道の筋が成り立ってきたっていうようなところがあるわけですよ。「陳家蘭」は真臘（しんろう）（カンボジア）の言葉の音写で、漢字の意味はまったくないのを、「蘭のような珍種」を意味するとこじつけて、しかも雲南の奥地の「単孔の女」と強引に結びつけている。それからジャヤヴァルマン一世とかが出てくるわけだけど、当時は時代的にはジャヤヴァルマン三世の時代なのに、ジャヤヴァルマン一世のハレムができちゃうんですね。で、それが出てこないと、中国の奥地に行く必然性がなくなっちゃうわけ。だけど、そこんとこでこんどはマンディアルグの『大理石』を大幅に使ってるんで、「蘭房」っていう章の記述は、そのへんからすごくとりいれてるとかね。

巖谷　だから『高丘親王』になって、下敷きの使い方も変ってきたというのは……。

松山　いろいろ発想してるということね。

巖谷　そうそう。話の枠組については、ルネ・ドーマルのことを松山さんが書かれたわけだけども、あれはやはり関係があるでしょう。

松山　だからドーマルの『類推の山』はね、やっぱり結果的にはなにか、妙ちきりんな「影の男」とかってんで出てくる……。

巖谷　うつろびとの出てくる話中話ね。

松山　うん。あの話のモーとホーっていうのが、さらに『高丘親王』の秋丸と春丸になっているとか。だけど、全体的には、思ったほど投影されてないいんだろうと……。

巖谷　細かい部分は投影されてない。ただ松山さんも引用しておられるけれども、一九六三年ごろにめずらしく小説の構想を書いたメモがあって、そこにドーマルの『類推の山』が出てくる。ところでもっとずっと昔にね、例の玉ねぎの構想のなかに、「入れ子」っていう言葉が出てくるんです。つまり、話中話ですね。航海をして、乗組員が話をすると、その話が入れ子になっているということを構想している。で、澁澤さんがドーマルの『類推の山』をはじめて読んだっていうのが、その前の年なんですよ。

松山　ああ、そうですか。

巖谷　それで、その一九五五年っていうのは、澁澤さんのお父さんが急逝した年であり、「撲滅の賦」を発表した年であり、矢川澄子さんや松山さんと出会った年であり、澁澤さんの結核が再発した年であり、澁澤家の血洗島の屋敷が解体されて他所へ移された年でもある。一時代が終ったことを感じたって澁澤さんは後年に回想しているけれども、まさにその年に『類推の山』を読んで、あの不思議旅行の乗組員が話をするところ、モーとホーとうつろびとの話に触発されて、入れ子ふうの「話中話」というものを構想した。あの話は、またあとで『澁澤龍彦コレクション』に引用されることになるわけですが。そもそも入れ子っていうのは、七〇年代の『胡桃の中の世界』のテーマになるけれども、それがすでに、一九五〇年代に出ていたということね。

松山　かならずしも直接の影響って言えるかどうかわからないけど、全体としてやっぱり、あの『類推の山』っていうのは遠い影響とか、刺戟になったっていうことは否定できないんですよね。ただ、初読のときから何十年も経ってるわけだから、早くに書いていたら、もっと『類推の山』に似たものが書かれていたかもしれない。

巖谷　ユートピアっていうのは、ユートピアに向うということは小説として成り立つけれど、ユートピア自体を書くことはむずかしいし、ばかばかしくもありますからね。『高丘親王』の天竺と同じことで、「類推の山」の上まで登っちゃったあと、どうなるかってことは、おそらくドーマル自身もちゃんと考えていたかどうかはわからない。ドーマルもメモを残してはいるんですけれど。

松山　でも、ドーマルのユートピアっていうのは、やっぱりトポスっていうより、心境の問題になってくるでしょ、最後は。澁澤さんの作品のほうは、『高丘親王』以前の小説でもね、なにかこう、きまった感銘を残すっていうことを極力避けるようになってると思います。そのへんでね、ドーマルとは書き方が、もしかすると、かなり反対のことになってるんじゃないかっていう気はするんですね。

巖谷　そうですね。影響っていうのよりも、なにか枠組として、大きなヒントになったということ。

松山　で、やっぱり、まったく違うものを書けるっていう自信があるから、逆にそれの影響を、かなり全面的に受けたんじゃないかと……。

＊

巖谷　ドーマルの『類推の山』にも博物誌的なところがあるし、玉のモティーフもくりかえし出てきます。種村さんは以前もちょっと書いておられたけれど、もっと広い視野から玉については何かあるでしょう。

種村　いや、あのね、要するに玉と言っても、中身の詰まった玉じゃなくて中身が空洞の玉というふうに書いたことあるんですね。ということは、まあUFOでもいいんだけれども、古典的なイメージとしては船ですよね。だから、船で航海するっていうようなことは、わりに昔から考えてたんじゃないかな。それでいま、ドーマルが行きついた先のユートピアを書いてないって話ですけれども、行きついた先っていうものをあらかじめ到達不能なところに、ずうっと遠ざけちゃうっていうようなやりかた。そこまでのプロセスをどんどん変えていくっていうのは、まあ『白鯨』もそうですよね。メルヴィルの『タイピー』なんかもそうで、これはだいぶ読んでたらしいから、旅行記としてやっぱり『ゴードン・ピム』もそうだけど、メルヴィルもかなり入っていて、そしてそのプロセスの、メルヴィルの場合には文献学的なんだけれども、博物学的な羅列っていうものね。それ自体が航海記になるっていう作り方は、『高丘親王』でも、それ以前の著述でもあると思いますね。たとえばあの、シモルグっていう鳥ですが、あれはなにかシモルグっていう鳥を求めていくんだけれども、あの行くこと自体、あの旅自体がシモルグだっていうふうな。ああいう世界なんじゃないかな。その到達点で、なにかある秩序に到達するっていうんじゃなくって、なんかこう、歩いているあいだ、それからその途上の属目のものを拾い集めていくプロセス自体が、言語空間、作品世界になっていく。それは要するに、中空、つまり、中身が空っぽだっていうことで、なにか目的意識があってやっているんじゃないんだっていうことね、そのことと重なるんだろうなっていう気がするね。

巖谷　だからさっきの、玉ねぎをむいてもむいてもきりがないっていう、それにもかかわる。核心がないわけですね。

松山　そう、核心がないっていうのと、なかが中空っていうのと、それからまあ、玉だから完全な物体であるっていう感じとか、いろんなもんが重なってるよね。

巖谷　うん、『思考の紋章学』のシモルグの章では、愛と愛する者と愛される対象との三位一体っていうことをいいますね。一種こう、矛盾をふくんだ言い方だけれど、あの言葉で一応まとめているんじゃないかな。

松山　それに、『高丘親王』で言えば、やっぱり親王が、シンガポールの近くで目的をとげずに死んでしまうということは、終りとしては非常にいい形だからね。ユートピアに達しないことがわかってるってことは、安心して書けるっていうことですよ。だから、はじめから挫折する人を主人公に選んだっていうのは、非常に賢明だったっていう気がするね。

巖谷　まあユートピアっていうのは、ずっと澁澤さんの固定観念だったけれど、初期にはユートピアを称揚していて、ユートピアこそは現在の政治主義を超えるものだっていうようなアジテーションをやってたわけでしょう。若いころの『サド復活』とか『神聖受胎』に入ってるユートピア論は、同時に一種の革命論みたいになっています。ところが『胡桃の中の世界』で「ユートピアとしての時計」を書いたときに、こんどはそのユートピアの無時間性を否定するところへ行くんです。で、ユートピアから抜け出しちゃう、その抜け道がいわゆる「胡桃の中の世界」の入れ子になって、永遠のほうへ突きぬけていく空間ですね。

松山　そこのところでね、ユートピアっていうものの二重か三重の意味が『高丘親王』にはあって、ひとつは理想郷としてのユートピアっていうのにはたどりつかないわけで、そんなものは本当はないっていう立場でしょ。それからもうひとつは行ってるあいだに、通過してるどこのユートピアも現実には合わないっていうことがあるでしょ。さらにもうひとつはね、着いたところがジャヤヴァルマン三世の宮殿があるはずなのに、ジャヤヴァルマン一世の宮殿になっちゃうってのは、いちおう歴史的な事実にもとづいているはずなのに、そこのところを変えてあるんですよ。そういう意味では、高丘親王だけの幻覚とか夢であらわれてる場所が多くて、随員はまったくそんなこと知りませんよっていうのがある。そういうことで、高丘親王っていうのは、ユートピアめぐりはしてるわけなのね。

巖谷　うん。ユートピアがすでに遍在してるんですよ、いわば。

松山　ただ、それがとくにすばらしいっていうユートピアでもない。架空世界っていう意味ではあって、それでしかし、ずっと通っているまさにその瞬間瞬間がユートピアなんだっていう考えもあるんじゃないかと思ってね。

巖谷　それから『胡桃の中の世界』でね、ユートピアを否定しつつ別のユートピア観を提出したのが「ユートピアとしての時計」だけれど、もうひとつはあの本を書くときに、はじめてプリニウスをまともに読んだと思うんですよ。

松山　ははあん。ベル・レットル版かなにかの。

巖谷　うん。あの羅仏対訳本に言及するところから書きはじめていると思いますよ、『胡桃の中の世界』は。で、プリニウスの『博物誌』も一種の旅行記ですからね。

松山　そうね。旅行した結果の博物誌なんだ。

巖谷　晩年の『私のプリニウス』ね、あれの解題のなかで、種村さんが澁澤さんの後半生の守護神がプリニウスだってことを書いておられて、あれがおもしろかった。

種村　ああ、前半生がサドでね。

巖谷　うん。最初はアンドレ・ブルトンを通じてサドがあらわれて、その後プリニウスが登場し、守護神に居すわったという……。

松山　そういえば、あの長崎の魚の話、なんて言ったっけ……。

巖谷　「魚鱗記」。

松山　「魚鱗記」のね、解題を書いてるときは気がつかなかったっていうより、出典がわかんなかったんだけど、あの『崎陽年々録』っていうのはね、いつも種本があっても隠すことがふつうだからと。今回は実在しない種本を出そうっていう、芥川龍之介的にやったっていうことはわかったんだけど。魚をお酢かなにかに入れると虹色に変るという。あれは、全集が出てから前のほうをちょっと読んでみたら、ちゃんと書いてあるわけね。あれはプリニウスにあるんだ。それでね、あの魚を、トポロッチとかってやるでしょ。トポロッチっていうのがだいたい……。

巖谷　ポトラッチ（一種の贈与儀礼）みたいだから。

種村　うん、それだと思うね。

松山　だから、あれはエリアーデの『世界宗教史』かなにかを読んでるのね。

巖谷　バタイユの『呪われた部分』のほうが早いんじゃないかな。あれにポトラッチ論がある。

松山　それだからね、ずいぶんそういうことで遊んでるっていうことね。

＊

松山　まあとにかくね、こんどの全集をすべて初出によって編年体に仕立てたっていうことは、非常に良かったと思うのね。

巖谷　やっぱりそうしないと、澁澤さんていうのはわからないですよ。

種村　わからないね。

巖谷　つまり、時間・変遷がないとおもしろくない。あの人はやはり、編年体で読む作家でしょう。プリニウスとのつきあいだって、種村さんも示唆してたように……。

種村　うん、だから、さっき巖谷さんが言ったように、プリニウスっていうのは旅行家ですよね。ま、ヘロドトスもそうだけれども、要するに博物誌学者っていうのはたいがい軍人とか貿易商で、みんなが行ってなかったところにどんどん行って物産を集めてくるわけだから、そういう旅行者としての物産収集みたいなものをね、まあ、そこがサドとは違ってくるという……。

巖谷　ただね、澁澤さんのサド論っていうのも、サドの旅行者および博物誌家としての側面を書いたっていうのが、唯一のオリジナリティーかもしれないと思うんだ。
松山　うん、そうだね。
巖谷　それ以外はだいたいモーリス・エーヌなんかをそのまま写してるものね。ただ、サドというのは博物誌家であり、旅行家である。で、サドのイタリア旅行ね、あれを重んじているっていうのが早くからあって……。
種村　そうそう。イタリアの引っかかりで言っている。だからそのころにもうはっきり、サドの、別様の解釈があるんじゃないかな。ただ、サドはやっぱり「フランス人よ！　共和主義者たらんとせばいま一息だ」とかなんとか言うでしょ。つまり一種のまあ、状況的なものもあるけれども、目的意識があるんだね。だけど『胡桃の中の世界』では、目的意識なしに自足して、ひとり遊びをしていてもいいんだというふうな、そのあたりの曲り角があったんじゃないか。
巖谷　そう、ありましたね。
種村　だからね、旅行記って言ってもさ、どこかにたどりつこうっていう旅行記じゃない。要するに旅っていうのはそもそも遠方への憧れですが、遠方ってのは遠方へ行ってしまうともう遠方じゃなくて、「ここ」なわけだよね。次のところが遠方なわけで、どんどん次のところへ行く、それがなにか博物誌的なこう、道行っていうものと非常に似ているわけでね。
松山　まあ要するに、珍奇なものを発見することへの憧れね。
巖谷　だからプリニウスもそうだけど、ルキアノスの『本当の話』とかね。シラノ・ド・ベルジュラックの『月世界旅行』とか、ああいうのだって、目的地へ着いてもなお珍奇なものばかり見つけて歩いているわけで、目的地そのものが問題じゃないですからね。

松山　ひとつうかがいたかったのは、ホルベアの『ニールス・クリムの地底旅行』、あれはよく名前は出てくるけど、直接にはやっぱり、『高丘親王』には、どうなんだろうね。

巖谷　あれもね、さっきの、一九五六年ぐらいのメモの「玉ねぎの中の神」のところに、地下をめぐる構想を書いていて、なにか関連がありそうなんだ。あの本の仏訳本が出たのが一九五四年だから。

松山　うん。でも、地下っていうのは『高丘親王』にはなくてね。

種村　いや、ないけどね、最後に虎に食われるっていうのは、虎の口から入るわけだから、やっぱり、地下内部的な穴のなかに入るわけでしょう。

松山　それは、種村先生的な洞察っていうものかもしれないけど（笑）。

種村　やや飛躍があるかな（笑）。でも、地下のあれだと、諏訪三郎縁起ね、諏訪三郎とか、甲賀三郎とか、ああいうものでしょ。それとね、次に書く予定だった小説は、甲賀三郎の縁起かなにかに発想していたんじゃないの？

巖谷　『玉虫三郎』ね。これも「玉」ですよ。

松山　あの玉虫は飛ぶ玉虫じゃないの？　わらじ虫のことを言っているの？

巖谷　飛ぶ玉虫であって、同時に玉なんでね。澁澤さんが亡くなる前に、自分のことを呑珠庵（どんじゅあん）と号したでしょう。珠（たま）を呑むという。まさに咽喉の癌が珠と見なされて。そこで生涯のさまざまな玉が集まってきて、『玉虫三郎』の構想にもつながっていく。

松山　両方に掛かっているのかな。

巖谷　わからない、そこまでは。いまの段階では推測にすぎないけれど、象徴としてはそうですよ。

松山　澁澤さんの書いたもののなかに、タンク・タンクローというのは出てくるのかな。

巖谷　出てくる。あれは好きだったらしい。

松山　出てきますか。あれも玉だからね。

種村　だから、生涯の前半からプリニウス的な世界に移るには、マルカクさん、チョンスケさんとか、子どものときの漫画の道中記がいっぱいあったのよ、昔。あれが無意志的想起でよみがえったんじゃないの? つまり、旅行というのは無責任にしていればいいんであって、なにか目的があって、たどりつくユートピアの拘束力というのを別に自覚しなくてもいいんだというので、非常に楽になったときの状態がね。

松山　楽になったのかね? もとからそうだったんじゃないの?

巖谷　ただ、彼にもそうとう自己拘束的な時代はあったから。

松山　そうね。時代の圧迫というのを受けたんだ。

巖谷　それが『神聖受胎』のあたりなんだけど、おもしろいのはあれの「あとがき」ね、まだ六〇年代のはじめですよ。『神聖受胎』はサド裁判のまとめみたいな本ですが、その最後に、じつは「私はプリニウスみたいになりたいんだ」と書いてある。

松山　へぇー。

巖谷　あのころはプリニウスはまだまともに読んでいなかったと思う。ただ、プリニウスというのはいろんなところに引用されているし、拾い読みはしていたと思うけど。『神聖受胎』はかなりイデオロギッシュな本ですね。サド裁判の現場でいろんなことを発言して。しかもヘリオガバルス論があったり、ユートピア革命論みたいなものが入ってたりする本のあとがきに、プリニウスへの言及があるというのは、僕は『夢の宇宙誌』を予告しているんだと思う。あれもいまから見ればかなり自己拘束的な本ですが、博物誌的なユートピアをつくって、その中心に居すわって、私設博物館の館長みたいに、しかも子どもの顔をして、遊びほうけてやるっていうような宣言の書ですね。

松山　あのときはユートピアか理想社会というものを志向しなきゃいけないという時代的拘束があって、そうだとすれば、そういう式のものを自分でつくろうということなんだね。

巖谷　それがルドルフ二世のヴンダーカマー（驚異の部屋）であり、同時に幼年時代なんですよ、澁澤さん自身の。そこからこんどは『胡桃の中の世界』への変化というのが大きかったわけで、そのへんがさっき種村さんも言われた「旅」になるというところ。つまり七〇年にちょうど『澁澤龍彦集成』が出て、ヨーロッパにはじめて旅行して。あのへんは澁澤さんはそうとう自覚的に、いままでのをまとめちゃって、別の方向へ行こうと思ってた。そこへ三島由紀夫の死があるでしょ。みんな同じ年です。そのあと『胡桃の中の世界』。これがいわば、再出発でしょうね。

＊

巖谷　さっきのサドの話なんだけれども、サドも博物誌的にとらえたというのが澁澤さんのオリジナリティーだって言いましたが、その一方で、「フランス人よ……」やなにかの革命家としてのサドも強調していた、初期にはね。これも澁澤さんのサド論の特徴でしょう。たとえば澁澤さんが二十代はじめにサドと出会ったころ、もうひとつ、サン＝ジュストというのが大きかったと思う。全集の別巻1に、未発表の原稿で、ひょっとしたら彼のデビュー作になったかもしれない「サド侯爵の幻想」という物語を収録してある。五四年ですから、さっき言った、お父さんが亡くなるよりも前に書きあげたものです。それを「三田文学」に持ちこんだわけ。彼はそのころ、せっせと出版社や雑誌社に持ちこみをやってて、これは自信作だったらしくて、「三田文学」の山川方夫に見せたんだけれど、ボツにされちゃった。

松山　ふーん。

巖谷　それを読むとわかるんですけれど、サドというのが、まだサドだけじゃないのね。裏側にサン＝ジュストがいたんじゃないかと。

松山　澁澤さんの裏側に。

巖谷　あるいは、サドの裏側に。サン＝ジュストはその前に小牧近江から全集を借りて、『オルガン』とかいろんなのを読破しているんですよ。その前に澁澤さんの書いた原稿としては非常に古いもので、これも別巻1にはじめて収録してあるんだけれど、ガリ版刷りの雑誌に載ったもので、「革命家の金言」というのを書いている。そのエッセーの筆者名が「澁川龍兒」っていうんでね。つまり、「澁川龍兒」でサン＝ジュストの箴言の紹介、「澁澤龍彥」で「サド侯爵の幻想」という、二つのペンネームで。「澁川龍兒」のほうはもうそこでいなくなるんだけれど、「澁澤龍彥」がサドをもって躍りでてくる。僕は、その当時は彼のなかに、「澁川龍兒」と「澁澤龍彥」が共存していたのかもしれないと思う。だから、サン＝ジュスト的な夭折の革命家、断頭台で格好よく死んじゃった、過激なテロリストというイメージと……。

松山　清潔な人なんでしょう、あれは。

巖谷　と、澁澤さんは思っている（笑）。

松山　実際はどうだったかわからない。

巖谷　わからない。だっていろいろ説があって、白い首に白いスカーフを巻いていて格好いいとかいうので、サン＝ジュストいまだに女の子なんかに人気があるわけです、肖像画を通じて。だけど、あれはなぜ巻いていたかというと、デキモノがあったから巻いていたという説もあるから、清潔かどうかはわからない（笑）。

「サド侯爵の幻想」というのは、サドがヴァンセンヌの牢獄に閉じこめられて、独房のなかで夢を見る。そこにサン＝ジュストが美少年の姿であらわれるというふうな話。

松山　はぁ。

巖谷　出口さんは読まれたんですか？

出口　いやいや、ぜんぜん見ていない。それは楽しみだね。

巖谷　楽しみって、もう出ているんだけど。

出口　え！（笑）。
種村　出たばかりだから、僕もまだ読んでないんだよ。でも、聞いてみると、「撲滅の賦」とはだいぶ違うね。
松山　そうすると、その直前に木々高太郎が『ジュスチイヌとジュリエット』の、独訳からの重訳原稿をやっていて、結局いそがしくて手がまわらなくなって、「三田文学」の編集責任者の地位を降りたかどうかの、すれすれのころだよね。もしかしたら、そういうのが出ているからというので、同じ雑誌に持っていったのかもわからない。
巖谷　ありえますね。でも、それがボツにされたというのがおもしろい。たしかに「撲滅の賦」のほうを彼の処女作と考えていいんでしょうけれど、「サド侯爵の幻想」とのあいだにはだいぶ差があるんです。一年ちょっとしか離れてないんだけれど。
松山　だが、それが発見されたというのはかなり大きな事件ですね。
巖谷　だから、別巻1というのは見ものですよ。
松山　その一篇だけでも。
巖谷　よくとってあったと思うんだな。やっぱりおもしろい作品ですよ。第一、サドが主人公ですしね。とにかく美少年が夢のなかにあらわれて話しかけてくるわけですが、最後にそれがあのサン＝ジュストだとわかる。しかも漢字にルビつきで、「聖義人（サン・ジュスト）」と。
種村　澁澤さんはそのころ結核でしょう？　夭折願望というより、夭折恐怖という、その裏返しの願望があって、やはり美少年、夭折美少年というのは、たぶん自分と重ねているんだろうと思うけどね。
松山　それはいまあなたが気がついたわけだろ？
種村　というか、ある人と、四、五日前にあるパーティーで会ったんだけれど、澁澤さんが話題になって、「あれは結核の文学ですよ」と言うんだね。その人自身も清瀬にずっと入っていて。結局ああいう直線で進む、奔馬性の、ガッと行っちゃうというある時期までの気質ね。僕はそれがプリニウスなんかの時期に、結核が固まったというか、治って、別の身体的なサイクルに出たんだというのが、その人の話を聞いて、なるほどという感じがしたね。
巖谷　うん。その密室で夢を見るという。そこへ夭折の革命家が登場するという、これはなにか澁澤さんの物語の原形になっているかもしれない。

＊

巖谷　そういうわけで、フランス革命に入れあげていた時期はけっこう長いんですね。出口さんなんか、あのころつきあっていたんじゃないですか。
出口　いや、そこへ行く前に、ちょっと前説（まえせつ）をやらせてください。いま、彼のことをね、いろいろ古い手紙なんかを織りこみながら書いて進行中なんだけれども、要するに、彼と僕くらい異質な人間はいないって再発見したようなものでね……。
松山　それは衆目の一致するところだ（笑）。
出口　ところが衆目の見るほど違ってはいないことも僕は発見したんですよ。昭和三年生まれで、長男で、総領で、おんなじような教育うけて、おんなじような本読んで。瞬間的な反応がぴたっと合っちゃう。説明ぬきでいろんなことがわかっちゃう。そういうその、なんともいえない古い友達っていうのが中心にある。だから勢い、彼の作品っていうのは、やっぱり虚心な読者のようには読まなかったんだろうな。全集が出て、はじめてまともに読めるっていうことです。
松山　いや、それはこれから読まなきゃ（笑）。
巖谷　その出口さんに、澁澤さんの二十代を再現していただけるといいんだけれど。
出口　いや、それより先に言わしてもらいたいことがあるわけ（笑）。話がおきてから七年だか八年だか、四人ともよくまあ生きてて、全集が出て、やっぱり僕がいちばん感動したのは、松山氏のあの綿密な解題だな。あれで僕は、やっと澁澤の小説がね、読めたんですよ、はじめて。

松山　だって、私も読んだのははじめてですよ（笑）。

出口　『サド侯爵の生涯』に関しては、点が辛かったでしょう。それが次の『東西不思議物語』あたりで、だいぶん……。

松山　あれは、再評価した。

出口　再評価っていう感じがはっきり読みとれて、僕はね、この松山俊太郎が言うのなら、これはもう一度とっくりと眺めなくちゃというんで、『東西不思議物語』を引っぱりだして読んでみた。ここのところ、そういうことの連続です。あなたの克明な小説解題で蒙を啓かれるっていうか……。

松山　だって、こっちがはじめて澁澤さんの作品を勉強してて、ああ、こういうもんかって思って、絶望しながらやってたんだから。だけど、『サド侯爵の生涯』の解題の場合は、批判的っていうよりね、やっぱり、第一次資料がなくて、澁澤さんは書きようがなかったんです。ひとつはさっき出た博物学者としての目を強調したことで、それで自分とサドとをアイデンティファイできるところを見つけてるわけでしょ。もうひとつはさ、サドをイノサンスの人だって言っちゃって。イノサンスの定義によってはまた問題があるけど、あそこでものすごく美化してね、なんか誉めすぎになってるけど、しかしあれはまあ、あの本とかサドの翻訳っていうのは、誰の役に立ったかっていうと、誰でもない澁澤さんにいちばん役に立ってるっていうことだね。

出口　それはそうだろうね。自己栄養にしたんだ。

巖谷　澁澤さんというのは、自分に似たものを探しつづけた人だから。

松山　サドにいたっては、自分に似たふうにしちゃったっていうところがあるからね（笑）。

種村　あのサドの伝記はさ、モーリス・エーヌとかいろんな人のを利用して成り立ってるんだろうけれども、あれ書いちゃってからあとっていうのは、サドのこと、老年にしか書いてないよね。つまり、サン＝ジュストでアドレッサンスの時間を止めちゃって、それで青年期、成長っていうものを拒否しちゃって、それでいきなり老年に行っちゃうっていうようなね。

松山　誰が？

種村　澁澤さんの一種の気質がね。で、そこの青年期の時間が動くところを、全部空白にしちゃうっていう。まあそれは玉のなかの中空なんだけれども。それで、皮のところしかやらないっていう、そういうことじゃないかな。そこからある種の軽さが出てくるわけだから。

出口　むしろサン＝ジュストのほうが先なんだろうね。彼のナルシシックな、自己完結的なお手本としてはね。サドは、三島由紀夫なら同じ血筋だからな、って思える。血まなこになってサド文献を追いかける必然があったんです、三島さんには。英訳とか、いろいろと手をつくしてサドを読んでたわけですよ。そういうところはまったく澁澤にはなかったと思うな。

巖谷　澁澤さんはつまり、サドをいくらか歪曲したんだよ。

出口　シュルレアリスト風に歪曲したんです。松山さんが言ったように、一種の綺麗事にしてる。

松山　ただね、やっぱり『サド侯爵の生涯』はジルベール・レリーの本のダイジェスト版として見ると、分量も三分の一か四分の一でしょ。それで重要なことはね、きっちり書きあげてあるから、稲垣足穂とか三島由紀夫とかっていう資質の違う人が、澁澤さんがわかってもらおうと思ったサドと違うところからこう見て、利用できたというような本だよ。

出口　原書を読むのはたいへんだし、全訳されればされたで、一般の読者にはわずらわしい記述が多すぎる。

巖谷　サドは有害かつ退屈な文学だからね。それをあの、澁澤さんが自画像のようにして、おもしろくまとめたっていうのは大きいですよ。しかも一種の普遍性があるからね、澁澤さんの人格には。

出口　澁澤はね、その後、構造主義的な言説が氾濫したでしょ、ああいうものに興味がなかったし、資質的にも合わなかった。あの人はきわめてわかりやすいこと、明晰なことを、読みとり、かつ、書く人だったんです。

巖谷　『サド侯爵の生涯』以後、サド論をやっていないって松山さんは仄めかしておられたけれど、じつはやっていると思う。たとえば『城と牢獄』っていうのはそうです。

出口　あれはいいエッセー集だね。

巖谷　かなり年とってから、あのころ、サドが日本でも世界文学全集に入るようになった。筑摩書房や講談社の全集もので、サドとレティフの巻っていうのができて、それの解説を書くときにね、彼は構造主義のものとか、いろんな新しいサド論に目を通してますよ。たとえばミシェル・フーコーやロラン・バルトなんかも読んで、そのうえでやっぱり旅行家としてのサドっていうのを出している。

出口　ミシェル・フーコーは「語り」があるから好きだったんだろうな。バルトにも「語り」があった。

巖谷　だから密室のサドっていうのを昔ずっと追究していたのが、旅行家としてのサドになって、それでゲーテの『イタリア紀行』なんかと重ねてみたり、いろいろおもしろい試みをしている。

松山　ひとつ、いまゲーテの『イタリア旅行』っていうのが出たからつけくわえるけど、澁澤さんて、わりに大文学のことを言わなかったけど、ゲーテは大好きなんだってね。あれはやっぱり旧制高校に入ったころに……。

出口　そうですね。十七、八のときに読んだんでしょう。あのころは太宰治だって読んでる。けっしてはじめっから異端なんていうんじゃない。

松山　読んでたって言わないっていうことがかなりあったのが、こんどの全集見てると、いろいろわかってくるわけだね。

＊

巖谷　だいたい大学時代の澁澤さんっていうのは、意外に多感で素直でね、いろんなものを読んで影響をうけて、格好はいくぶんフランス風というか、ベレー帽かなにかかぶって、パイプをくわえて、シャンソンを聴いていてって、そういうイメージもちょっとある。

松山　でもそれは、巖谷さんの幻想かもわかんない（笑）。

巖谷　いや、フランス通の秘田余四郎夫妻にいろいろ手ほどきされていた時期があるからね。ダンスを習ったりパイプを買ったのもあのころ。それも当時の手帳からわかりますよ。

松山　そうか。出口先生はそういうのを現実に見てたわけですか。

出口　ベレー帽でシャンソンっていうのは、ほんの一時期の澁澤だし、一時期にしても、七割しか該当しないね。フランスがぽたぽたしたたるみたいな様子は、あのころ誰もしてなかった、僕らは。

松山　浦和の校風があるからね。

出口　そうなんだ、とくに僕ら旧制浦高生っていうのは、はじめからちょっと斜にかまえててね、一高系のフランスっていうのにも潜在的な敵対意識があった。むこうはいかにもオーソドックスで、権威としてのフランス風のお洒落だと、まあ僕らには見えたわけ。そういうのは、僕も野沢協も嫌だったし、やめようやって思ってた。そのなかではたしかに澁澤はパイプなんかくわえて、一種のおキザさんだったけれども、それにしてもね……。

松山　澁澤流のキザか。

出口　うん、彼流のダンディズム。だからシャンソンも好きだったけど、その好きになりかた自体、すこし斜にかまえたみたいな、そんな感じ。

巖谷　じゃあ、仲間うちの「パリ祭」なるものを毎年、自分で企画していたということも……。
出口　あれも、非常にお行儀のよろしくないパリ祭でね。およそ銀座で紳士がやるようなものとは縁もゆかりもなかったんだ。
巖谷　そりゃそうでしょう。学生だもの。
出口　あれは、僕のおぼえているかぎり、昭和二十六、七、八、九年いや、三十年ぐらいまでだった。
巖谷　まあ、澁澤さんの若いころでいちばん大きかったのは、二年浪人したってことだと思うな。社会に出たこと。しかも、「モダン日本」に行ってるでしょう。あそこで吉行淳之介みたいな人とつきあったってことが大きい。
出口　十九か二十歳のころかな。
巖谷　あのころに童貞を捨てたりね、いろいろあったわけ。
出口　そうそう、俺が童貞捨てたのは人妻だぞって威張ってた。
巖谷　同じころパイプを買ったり、ベレーをかぶったりしはじめるんだけれども、同時に、その二年間の浪人時代っていうのは、戦後の、おどろおどろしいあたりをうろついていてね。
出口　みたいだね。
巖谷　その二年間っていうのが大きい。だいたい東大の仏文っていうのは、いわゆる秀才みたいなのもいるわけで、渡辺一夫にかぶれるようなタイプっていうのは、ある意味ではむしろ晩稲なんだ。澁澤さんのほうは案外、その二年間にいろんなことを身につけていたということね。
松山　人世を見ちゃったのね。
巖谷　人とのつきあいかたも、すでにある程度できていたんだと思う。
松山　文学っていうのは、人生あぶないところまで行かないと、やっても駄目っていうところはあるからね。
巖谷　それで二年浪人して仏文に入ってみたら、なにしろ渡辺一夫中心の研究室でしょ。二年間、彼は社会生活してるんで、これはなじめなかったと思う。その後に大江健三郎が出てくるでしょう。で、だいぶ下だけれども、在学中に芥川賞をとって。あのころ、澁澤さんはかなり意識してるね、大江健三郎のことを。

出口　ああ、ほんと？

巖谷　いろんなところで大江さんのことを書いてるし、それから、早い時期に座談会をやってる。全集の別巻2に載るけれども、江藤淳、篠田一士、澁澤龍彥っていう三人の座談会。

種村　「新潮」に載ったやつ。

出口　そうなの？　知らなかった。

巖谷　そのときに三人が攻撃してるのは、東大仏文の雰囲気というやつで、それから小説家として立つというときに、大江さんがフランス文学の研究者としてもやりたいというのは駄目だとか、カマトトだとか。澁澤龍彥も発言している。

種村　俺、大江さんの一年か二年上なんだよ。「東大新聞」にいたから、五月祭の懸賞小説にあの人が応募してきた事情は知っているけどね。

巖谷　でも澁澤さんは大江さんをね、かなり初期からまともに評価してるんですよ。要するに、サド的であるってことでね。

出口　けっこう本気で読んでたんだね。

巖谷　うん。『鳩』なんか好きだったし。

種村　それは、幼児的なサディズムがあるもんな。

松山　だからそういうね、性に対する変な偏執があるっていうところと、あとはマイナー・ポエットとしての素質はあったんじゃないか、と思うけれども……。

種村　たぶん、あの、初期にはね。

＊

松山　やっぱり全集っていうのも、あんまり慎重を期して、同時代につきあった人がいなくなってから編集すると、消えちゃうところもあるしね。あんまり拙速だと困るし、まあだから、二年で仕上げたといったって、その前に……。

出口　その期間がすごかった。

巖谷　いやあ、だいぶ急いでやっちゃったけれども……。

松山　うん、まあ、急いでやってもねえ、とにかく巖谷さんが、作品を全部おぼえてて批判もできるっていう、全部知ってる人だからよかったよね。

巖谷　いや、かなり記憶してはいるけれども、全部を知ってるわけではないですよ。

松山　でも理解もして、作品に通暁してるっていうのは、本当に稀有なことだからさ……。

種村　スタンスがすこしあるから、やっぱり好奇心でね、あとからの……。

松山　親子の世代の差のちょうど半分のとこってのがいいんだよね。

巖谷　でも、なにしろ解題を担当した本数が多いから、全部で千五、六百枚、いろいろいいかげんなところもありますよ。年譜なんて、二週間で原稿つくっちゃったわけで。

種村　その年譜が助かるねえ。

巖谷　いやあ、年譜はおもしろいはずですよ。未発表のデータをいっぱい出したから。

出口　あれは美挙、快挙だ。

巖谷　ただね、その年譜にもまだ、詳しくは書けないことがあって。たとえば小笠原豊樹さんとの関係とか。

出口　うん、小笠原君はキーマンなんで、いずれ書かせてもらうつもりです。

巖谷　四歳ほど年下の小笠原豊樹のほうが、詩人・岩田宏として、早くにデビューしていたわけだけれど……。

種村　岩田さんといえばやっぱり『なりなゝむ』という小説じゃないかな。あれに澁澤龍彥らしき人物が出てくる。

出口　いや僕がね、澁澤とつきあいはじめたころね、高校のときは、すれちがいっていうよりほとんど敵対関係で、卒業後かなりたってから再接近して、急に仲よくなったんだけど、そのときはすでに小笠原豊樹がいた。鎌倉の小町の家へ遊びに行くと、いるんだよ、いつも。彼、澁澤とはじつに気が合ったんだ。もう、いつもわいわい、楽しくってね、小笠原君はかなり左傾していたから、そういうイデオロギー的話題も出るんだけど、それはすぐみんなでつぶしちゃうし、高級馬鹿話っていうか、ツーって言えばカーって調子のジョークが飛び交っていたね。そういうときに中心にいたのが小笠原豊樹です。詩人としてスタートが非常に早くてね。

巖谷　あの詩集『独裁』はすばらしい。あれは一種、天才的な早熟の詩人だと思いますね。

出口　しかも語学の達人だから。

巖谷　フランス語だって、プレヴェールの訳詩なんていいし。でも、澁澤さんは小笠原豊樹をどう意識していたかっていうことが、わからない。

出口　仲よしだった。小笠原君は実務にも長けていて、伊達得夫の「ユリイカ」で、僕らの同人誌「ジャンル」も伊達さんの援助と実務で出たんです。そのパイプ役が小笠原豊樹。

巖谷　そもそも、彰考書院の『サド選集』がそうじゃないかな。

出口　あれもそうです。小笠原君の肝いり。

松山　彰考書院ていうのは、いまとなってはねえ、あの『サド選集』が出たってことでしか思いだせない（笑）。

巖谷　なにか麻原彰晃系みたいだけど（笑）。それにしても、そういう年下の、言語感覚の優れた人物について、澁澤さんがどう感じていたかに興味があるな。

出口　才能を非常に買っていたし、ぴたり、気が合っていた。反面、違いもはっきりしていたね。澁澤が、おい出口、ナチズムっていうのはさあ、なにはともあれ大きいだろう、グランだよってね……。

巖谷　グランだよというのはいいな（笑）。

出口　そうすると小笠原豊樹がさ、困るよな、大兄は、歴史感覚がまったくないんだからと言う。そんなことで、まあ、ワーっと盛りあがったような感じだね。

松山　大兄って呼び方はどこから出たんですか。

出口　山田美年子（みねこ）さんなんかも、大兄、大兄って言っていたね……。

松山　大兄ってのはね、見識が高いっていうことと、もうひとつ体が小さいからっていうことの、反語的っていうか、ジョークの意味と、両方あったんですか。

巖谷　妹さんの目から見てっていうこともあったのかな。

出口　妹たちにとってのお兄ちゃんというイメージも入っていたのかもね。でも、身体が小さいとかの意味はないな。

巖谷　妹さんが目あてで小町の家に集まる人もいたとか、聞いたことがあるけれども。

出口　でも、俺は違うよ（笑）。俺は本当にそういうつもりはなかった。それで、一九五五年というあの年がね、大事な年なんですよ。小笠原豊樹の例の事件もあったし、激動の年だね。

巖谷　うん、そこからはじまって、矢川澄子さんとはじめて会い、「撲滅の賦」を発表し、結核が再発し、親父さんが急死し、それで食えなくなった。その後しばらくして、「俺は死を考える」なんていうメモを残している。

松山　自分のじゃないんでしょ、死を考えるってたって。

出口　括弧つきの死でしょ？

巖谷　ただ、昔に書いたものを自分で焼いたらしいんだな。『類推の山』を読んだのも、「玉ねぎの中の神」を構想したのも、同じころですよ。その前にはさっきの「サド侯爵の幻想」を書き、それから「撲滅の賦」が登場する。要するに、あの年が変り目なんです。
出口　「ジャンル」が出たころ、僕はもう小説一点ばりの人間だった。本気で小説家になろうと思ってたわけ。彼もそうなんだ。
松山　ふーん。
出口　「ジャンル」でも、彼は小説でしょ。「撲滅の賦」が載った。で、そのあと手紙が来てね、親父が死んじゃったんで、とにかく経済的にちょっとまずいと。小説もいいけど、翻訳でもバリバリやって、稼ぐほかないよって言ってきてる。だから、その変り目というのはわかりますよ。
巖谷　食えなかったんでしょうね。で、小説の構想のほうは、どんどん出てきていた。年譜にできるだけ引用しておいたけれども……。
出口　そこはおもしろいな。
巖谷　サン＝ジュストがちょっとあらわれてから、澁澤龍彦って名前が登場、あるいは定着したのもあのころだった。
出口　それまでは龍雄だった。
巖谷　いや、澁川龍兒だった。
出口　あ、そうか。
巖谷　あと、蘭京太郎とかＴＡＳＳＯ・Ｓとか、ペンネームがいくつかある。それが澁澤龍彦になったっていうのが、一九五五年じゃないかと。
種村　そうか、それは特定できるといいけどね。
巖谷　おもしろいのは、ジャン・コクトーからの手紙っていうのをついに発見したんです。ごく簡単な手紙ですが、その宛名がＴＡＳＳＯ・Ｓだったの。
出口　ああ、そうなの。
巖谷　つまり、澁澤さんはＴＡＳＳＯ・Ｓというペンネームで、コクトーに手紙を出していたわけですよ（笑）。
種村　ははは。それはおもしろい。
松山　でも、その前の澁川龍兒っていうのは、タツノオトシゴだね（笑）。
巖谷　そのまま澁川龍兒っていう名前を使っていた

ら、いまみたいなブームにはならなかったかもしれない。

松山 それはわかんないね。

編集部 でも、澁川龍兒では、やくざみたいじゃないですか（笑）。

松山 しかし、名前にこう、流れがあるよね。澁川龍兒のほうがいいっていう感じはする。

巖谷 まあ、龍がポイントですけどね。そういえば先日、川越へ行ってきたんですよ。で、澁澤さんが子どものころよくつれていかれて、「自作年譜」にも書いてあるあの蓮馨寺（れんけいじ）っていうお寺があってね。そこをのぞいてみたら、「呑龍（どんりゅう）」上人の縁日っていうのが、毎月の八日に開かれている。澁澤さんは五月八日生まれでしょ。なんだか出来すぎのような気がしてね。

松山 で、呑珠庵にもつながるわけか。

巖谷 うん。これは偶然でしょうけれども、なんとなく、全集をやってみるといろんなところで、くるくるっとめぐってつながってくるものがある。不思議な構造を感じますね。

＊

種村 先ほど言い忘れたけれど、サン＝ジュストのことでね。夭折願望でいえばノヴァーリスを、かなりあの人は意識していたと思うね。ノヴァーリスも結核で早く死んじゃった人で、一種の博物学的なセンスとかがあって。

巖谷 『ザイスの学徒』なんていうのは石や博物の話で、つながってきますね。『青い花』だって、地下めぐりがあるでしょう。

松山 『青い花』はもうね、完全にあっちと重なるけど、『類推の山』のほうと。でも、『高丘親王』はとにかく、めずらしく下敷きにしてない部分のほうが多いからね。

巖谷 下敷きのシステムから抜けだそうとしていたと言えるかな。

松山　ただ、参考文献に書いてある、ひどくつまんない記述をふくらまして、大筋のところに重大な影響を及ぼしちゃったっていうところはいくつもあってね。

巖谷　僕はね、本格的に彼が下敷きシステムをとるようになったのは、『胡桃の中の世界』あたりじゃないかと思ってるんですけどね。

出口　いや、もっと前の「聲」に出たものはみんなそうだよ。

巖谷　もちろんね、『サド復活』や『神聖受胎』のころも、強引な、剽窃と紙一重のことをやってるけれど。でも『胡桃の中の世界』になると、やっぱりプリニウスの発見ということが大きくて、下敷きをむしろ積極的に、楽しんでやりはじめている。

出口　なるほどね。

巖谷　プリニウスの本がそもそも、だいたい下敷きがあるわけでしょう。ヘロドトスやアリストテレスやなんかをそのまま引き写している。

種村　『胡桃の中の世界』でも、個々のいろんなものについては、ピエール＝マクシム・シュールとか、ああいうのをずいぶん使ってますね。

巖谷　ほとんど引き写しに近い形でね。最初の有名な「石の夢」なんかは、バルトルシャイティスがほとんどです。それからさっきの「ユートピアとしての時計」にしても、ジル・ラプージュの『ユートピアと文明』ね。そういうのをもう、平然と使える境地になっちゃったのが、『胡桃の中の世界』という本。そのことの口実がやっぱり、ベル・レットル版のプリニウスなんじゃないかな。あれは注がついているでしょう。ここはヘシオドスの引き写しだとか、アリストテレスの引き写しだって書いてあるわけ。そういうプリニウスの方法をかなり自覚的に、自分もやっちゃうぞと。『私のプリニウス』を書いたときに、そういう面をさかんに強調してますね。

プリニウスのこの部分の記述なんか、ほとんど引き写しだ、と。で、ちょっとだけ自分の意見をつけくわえる程度のことしかしていないんで、近代的な独創性なんていうのは、プリニウスの場合、薬にしたくもないのである、とかなんとか書いてあるわけ。でも、近代的なんてアナクロニズムじゃないですか。プリニウスは古代の人なんだから（笑）。

松山　そこは自分と重ねて……。

巖谷　自分と重ねてプリニウスのことを書いている。『私のプリニウス』は、プリニウス、イコール「私」だっていうことにもなる本ですよ。

松山　だから澁澤さんのいろんな下敷きなんていうのはね、二つ、なんというか、ほかの人には適用しないけど、自分のなかではエクスキューズがあったと思うのは、一つはまあ、非常に幼児的だからね（笑）。幼児っていうのは所有の観念がないのね。それともう一つはやっぱり、自分っていうのがすべての人の代表になるんだからっていう一種の無私性でさ、自分がとっちゃってもいいっていう、非常に一種のアンペッカブル（無欠）の境地っていうのと、二種類が重なってるんじゃないかね。

巖谷　後者のほうを僕は強調しておいたんだけど。河出で出した『澁澤龍彥考』という本では。

松山　だけど、澁澤さんの無私性だけで説明すると、綺麗事に終るんじゃないかっていう懸念もある。

出口　昭和三十年代に、僕は北大で教師をしてた。そこへ雑誌「聲」を送ってきたわけ。見ると、澁澤の「暴力と表現」っていう大論文が載ってる。そのときは下敷きを知らないからショックをうけた。ずっとあとになってわかったわけです。これは、本当にバタイユやブランショの継ぎはぎだったんだ。でもね、一世一代だからね。あれは三島、大岡昇平、中村光夫、すごい連中がそろった同人誌でしょ。そこに書けって言われたらね、それはね、やるよ、それぐらいのことは（笑）。文筆業界へ打って出るっていうの？　スタンダールだって昔、似たようなことをやってるものね。

巖谷　ただ「暴力と表現」の場合はね、思想をそのまま持ってきてるわけですよ、バタイユの。つまり、博物誌的なものじゃないでしょ。

出口　それはそうです。

巖谷　だから、それは彼の力技なの。たとえば、バタイユをもってきたってね、バタイユの文章よりもわかりやすくなってるんだよ、澁澤さんのは。

出口　まちがってるけどな、あちこち（笑）。

巖谷　バタイユに乗りうつって、強引に……。

出口　お話をつくってる。そうそう。それは言える。

巖谷　その段階ではね、まだ若書きっていうのかな。

出口　うん。うん。なるほど。

巖谷　ところが『夢の宇宙誌』を経て『胡桃の中の世界』になると、博物誌をそのまま写しちゃうわけだから、出てくる事例も、こういう話があるんだっていうのも、全部バルトルシャイティスと同じだったりする。

出口　そうすると問題だよな、それはやっぱり……。

巖谷　いや、それをね、プリニウスという先例が正当化してくれたんだと思う。プリニウスのおかげでこう、一気に開かれちゃったんじゃないかと。

出口　でもそれは、盗作よばわりされてもしょうがないところはあるな。

松山　それはさ、いつかは誰かが気がつくっていうことを、考える暇もないほど緊迫してたのかな。

巖谷　いや、気がつかれてもいいんですよ、彼は。

出口　まあ、同国人のものだったら話は別だけどね。彼はよく自分で言ってたよ、エディターもいる席で「僕は盗みますよ」とか言って、やってた。

巖谷　プリニウスがやったみたいに「編集」するんだからと。

松山　でもそれは内輪に対する発言でしょ。ただ、創作の場合にね……。

出口　そう、そこが大事。

松山　あとで気がついてもいいんだしさ。気がつくとかえっておもしろいところがあるわけだけど、ジャン・ロランの『マンドラゴラ』ね、澁澤さんの

「狐媚記」なんかは、ちょっとはじめに狐についてのことを覚念坊っていう変な男に聞くっていう伏線があるから、それがあとで効いてくる。あの蛙が狐になり、王妃が北の方になり、王が左少将になるっていう、機械的な変更をすると、逐語的に似てきちゃうっていうのが、半分ぐらいまでつづくわけね。で、そこんとこからめざましく狐玉が効いてきて、『マンドラゴラ』の場合は王妃なんだけど、途中で左少将の狐とか、修験道狂いっていうのがおこって、で、最後はまったく違うでしょ。

出口　大飛躍したんだね。

松山　最後の大飛躍で、ここはすばらしいと思ったら、澁澤さんのメモに、「大語園　何ページ」って書いてあるの。

出口　あ、そうなのか（笑）。

松山　それを当たってみたらね、『大語園』のなかの、朝鮮の「温突夜話」（オンドル）っていうのに、玉をすったり出したりっていうのがあって、まったくそれの引き写しなのね。だから、そこんとこへ行くとね、澁澤さんのは、コラージュの技巧なんだ。剽窃じゃないんだよ。ぜんぜん違うもので、引っつかないものを引っつけるんだから。

出口　それはおもしろい。よくあなた、突きとめたね。

松山　それはだから、狐なら狐っていうと、『大語園』とか『廣文庫』を見ればいい。

巖谷　『大語園』にはテーマ別の索引があるから、「狐」って項を引けばすぐ出てくる。

出口　なるほど、そういうことか（笑）。でも学者じゃないんだから、それでもいいわけだ。

松山　結局、やっぱりいちばん使いやすかったのが『大語園』なのね。ついで『廣文庫』で、『古事類苑』も使ってるところがあると思うけど。

巖谷　ただ、小説の場合は下敷きにするのが説話でしょう、ほとんど。説話っていうのは作者がいないんだから、いくらでも再話できるわけ。そういう世界へ行けば、これは自由なわけですよ。博物誌だって同じだろうと澁澤さんは思っていたんだ。

松山　まあ、狐のことを書こうと思ってるときに、『大語園』をぱあっと開いてみたら、これがあったってんで、それで落ちをつけようって……(笑)。

巖谷　だから、出口さんがさっき言われた「暴力と表現」なんかで、バタイユを借用したというのとは、だいぶ違うわけ。

出口　あのころはね、五〇年代ですからね。あれはせいいっぱい、無理したんだよ。でもまあ、ちょっと目に余るところがあったよな。

巖谷　それはだけど、目に余ったってかまわないんですよ。それがいわば、彼のつくりだした方法というか、ジャンルなんだから。澁澤龍彦の文学っていうのは、もともとそういうところがあるんですよ。

松山　目に余るっていったってね、外国語の本をじかに読めない人間はねえ、澁澤さんがそういうことをしてくれなかったらさあ、そういうものにぶつかれなくってね。

種村　その後、澁澤さんは、バタイユ嫌いになったですね(笑)。

出口　バタイユはやっぱり思想家で、くどくて、くりかえしが多いからなあ。

松山　とにかく小説の場合は、九割以上、原作とはめざましい違いがあるから。

出口　いや、あなたがそう書いてくれたんで、澁澤のことを書くのに、へんな留保をつけずにすみそうです。

種村　でも、近代文学でもなんでも、ネタ本がないものなんてないでしょう。

出口　広い意味ではね。だけど、彼はもっと方法意識的にやったんだよ。

種村　うん、それはそうです。

巖谷　それはかなり早くから自覚していたんです。さっきのプリニウスも、きっかけのひとつを提供したんですよ。

出口　なるほどね。

＊

出口　でも、四十代後半になってから、じかな下敷きを使わなくなったね。他人の著作を、ほんとに自家薬籠中のものにしたわけだと思う。素手でもすてきなエッセーを書けるって証明もしてくれた。『玩物草紙』とか『狐のだんぶくろ』とか。

巖谷　そう。それはあとになってからだけど。つまり、もう一度、変り目があるんですよ。『思考の紋章学』にいたって自由になってくる。あれはもう本当に思いがけないものを、どんどん結びつけていく本です。

出口　僕もそれを言いたかったわけ。

巖谷　それであのころにね、ちょっと迷ってる。こう、振り子みたいに。つまり、なにか具体的な事物に自分はとらわれはじめている、と書いている。

出口　なるほどね。

巖谷　そこでね、『記憶の遠近法』っていうのが出てくるわけです。題名がすでに象徴的ですけれど。

松山　そういう澁澤さんの思い出、心境と作品の進展の関係っていうのをさあ、こうばあっと言えるのは本当に、あなただけしかいないからね。巖谷さんしか。

巖谷　いやいや。『記憶の遠近法』のときにね、ノスタルジアの概念が入ってきます。つまり、時間的に遠くのものと近くのものとが両立するような世界になってきて、そうすると、具体物を観念化しようとする衝動が働くわけね。晩年の『フローラ逍遥』の「あとがき」でも同じこと言ってるけれど、どうしても具体的な花を語ろうとすると、それをすぐ観念化しようとする欲求が働いて、具体を逃れていってしまう、と。

出口　うん、そうそう。

巖谷　プラトンとアリストテレスといってもいいけれども、観念と具体物とのあいだで、意外に迷ってる。これは『思考の紋章学』、『記憶の遠近法』、それから『貝殻と頭蓋骨』とか、あのへんからですよ。具体的な事物への渇望というのが、どうしようもなく芽ばえてきたときがあって、そこらへんであの『狐のだんぶくろ』へ移っていくわけです。その前には『玩物草紙』があって、ぜんぜん違うエッセーのスタイルが出てきた。

出口　あれは「朝日ジャーナル」の連載だったね。

巖谷　あのへんは下敷きがないんですよ。

出口　アピールしたいことが溜まってきて、下敷きがもどかしくなってきた、と見たいね。

巖谷　下敷きがないんだけど、生（なま）には書けないっていう、その揺れ動きがあってね。

出口　明察だ。

巖谷　僕はあっちの作品の系列も好きですね。あそこからずっと『フローラ逍遥』まで。記憶による博物誌っていうのかな。

出口　巖谷君はしかし、澁澤の全部に目がとどいているんだね。ジェラシーをおぼえるよ。僕はあなたみたいに、そこまでは踏みこめない。やっぱり古い友達だからね。おたがい、ものをつくるその手が見えちゃうんだ。

松山　踏みこめないっていったって、第一、作品を読んでないでしょ（笑）。

出口　いや、そんなことないよ（笑）。小説以外は、おおかた、リアルタイムで読んだ。

松山　でも巖谷さんみたいに精読してはいないよ。

出口　それはほんとにその通り。だからさっきから申しあげてるんで、澁澤の小説は、あなたのおかげで読めるようになったんだよ。いずれ何かの焼き直しなんだろうって、敬遠してたわけ。彼には悪いことをしたと思ってます。

巖谷　出口さんはやっぱり、具体的な事物の人でしょう。

出口　それはそうです。

巖谷　だから澁澤さんのことも、具体的な事物の人として見たいわけだ。
出口　まあそりゃあ、しょうがないね。でも、僕だって離陸するよ。
松山　だけど、客観的に澁澤さんのことを見るっていうのは、私にもできないね。だから私は、出口さんと巖谷さんの中間ぐらいのところで、まあ一言でいえば、兄事してつきあってきたわけでしょうね。
出口　あなたいつもそう言っていたね。
松山　だから、対等の人間というふうには思わないシステムでやってるんで、そうでなけりゃ、澁澤さんと喧嘩になったかもしれないですよ。とにかく、澁澤さんは大兄じゃないけど、自分より上の人っていうふうに関係を固定してるところでね。その面で澁澤さんはものすごく率直、幼稚な態度を示してくれて、それはだから、もしかすると出口さんに対しては、そんな幼稚なことは示せないっていうようなことを、ありのままに示していたっていうところはあるかもしれないね。
出口　あなたにはインファンティリズム（幼児性）の極を示したんだよ。ははは。
松山　だから、インファンティリズムのさ、おまえはナンバー2だっていうんで、つねに自分はナンバー1だって威張りながらね。
出口　でも、この『全集』の解題は、僕がいちばん素気ない書き方をしたんだけど、みんなそれぞれの流儀があって、百花繚乱といってもいいくらい。とくに小説については、あなたのお墨つきが出たと僕は理解していいんでしょ。
松山　お墨つきとは思わないけど。
出口　いや、僕なんかは書誌学をやる能力も意欲もないし、ましてや本歌さがしなんか絶望だから。
松山　だけどあれはね、澁澤家から創作メモを貸与されたっていうことが大きいんでね。そのメモは今後また公開されるかどうかっていうことがわかんない性質のものだから、なるべくそれを使って、公正に、見たことを紹介しなきゃいけないっていうことがあったから。

*

巖谷　こうして全集、『澁澤龍彥全集』全二十四冊が終ってみると、はじめに予想していた以上に、いろんな視点が出てきているでしょう。

松山　だから、私はもう最初はさあ、澁澤さんが日本のものを書くっていったら、『大語園』と『廣文庫』と、二丁でやってるって思っていた。

出口　そういうふうに、かなり厳しく言ってた。

巖谷　それはね、過小評価だった。

松山　うん。それでもうひとつはね、澁澤さんは、非常に自由に生きている人だけど、学校教育っても のに適応した人だということね。たとえば『高丘親王』の種本になっている本、二十何冊か拝借したんだけど、そのなかのひとつに、中学校のときの東洋史の教科書があるんだ。

出口　いいな、その話は（笑）。

松山　それのなかから使っているのが一箇所か二箇所あるけど、それのところは全部インクでね、要約するような書き入れもあるし、それから本文にないことも書き入れてあるわけで、そういうことをきちっとやっていてね、もともと記憶力がいいわけだから。

種村　それとね、いわゆる注釈文学っていうのがあるよね。グロサール文学っていうのが。要するに、注を書いているうちにそれが独立して、ひとつの文学世界をつくっちゃうなんてのが。ウィーンの文学者なんかがよくやるわけだけれども、あれも関係しているよ。

出口　あ、そうなんだ。

種村　なにかこう、原作をいじってるあいだに、そのある数行から独立して、注釈だけで独立しちゃっていく、っていうね。

出口　なるほどなるほど。

巖谷　『サド侯爵の手紙』の注なんかで、それがはじまっているな。
出口　あれはいい本だよ。僕は書評を頼まれて、いい気分で書けた。
巖谷　自覚的に、注をいっぱいつけてるでしょ。ああいう形、もっと長生きしてたら、いろんなものでやれたろうな。
種村　江戸の文学者なんて、だいたいそうじゃないの。注釈がおもしろいっていうのばっかり。だいたい、元がないものなんてないんだよ。
出口　そりゃそうだよ。だけど、彼がたとえばマンディアルグの本の、どのページの、何行目から何行目までを、どう入れかえて使ったか、僕は全部指摘できるわけ。
巖谷　それはすぐにできますよ。
出口　翻案って名のっちゃえばよかったのにな。明治のころには、みんなやってたんだから。
種村　それはね、明治の翻案とかなんとかいうだけじゃなくてね、現代小説もそうだよ。僕が編集者やってるときにね、ある大家になっちゃった人に、先生、あの、オリジナルをね、せめて三本書いてください。一本二本だとね、夏子を冬子にとりかえてさ、九州を北海道にとりかえてね、二作めを簡単に書けるけれども、それは簡単に見破られるから、一作二作おいて、そうやってくださいって。
松山　それは自己模倣だろ。
種村　そうそう、自己模倣だけど、もう一作書いておいて、それをハンコ押すように、ちょっと夏を冬に替えるとか、全部できますからね。それはみんなやるでしょう。
巖谷　種村さん自身も、かなり意識的に、編集みたいな、元を使ってっていうことをやることがありますね（笑）。
種村　あれは思いつきですね。うん。だって元のない本なんてないから。
巖谷　澁澤さんとは、質が違うということですか。
種村　うん。僕は編集者だったから。澁澤さんのほうは、校正部の感覚じゃないかな（笑）。校正の仕事してるでしょ、岩波なんかでね。だからわりに、ブロックが全部こう、ひとつひとつ明晰にあって、それをこう、つなげていますよ。
巖谷　澁澤さんがやってたのはアステリスク（＊印）ですね。アステリスクでもって、ひとつひとつかたまりをつないでいく。それが『夢の宇宙誌』ですよ。順序を入れかえてもいいっていうような、パックされたもので、こんどの全集でわかったのは、最初に連載したものとどう違うかっていうことで、入れかえが多いですよね。で、コラージュ式に組みあわせていく。
種村　さっきフーコーの振り子が科学博物館にあるって、巖谷さんが言われたでしょ、僕も子どものころによく行ってね。フーコーの振り子のあるところは地下になってて、ちょっと行くとね、石を集めてるところがある。鉱物標本のところ。あそこが好きだった。石譜とか、花譜とかいう発想が、まあ、子どもはみんなそうですからね、その内部に時間の体系を入れこんで、それを有機的に組織しようなんてことは子どもはぜんぜん考えてないから、ひとつひとつ見て、ひとつひとつの鉱石がおもしろいと思ってるわけでしょ。で、そういうのがまあ一時その、『サド復活』『神聖受胎』あのあたりで、ぱあっと筋道をつけようと思って状況の光をあてて、そこで個々のものが、ひとつの有機体にね、体系立つような、それこそカント的な体系のなかへぱかんと入っちゃう、と。で、それがパッと解けたときに、石譜とか、花譜とか、なんとか譜っていうような、無差別的な平等性みたいなものね。で、ひとつひとつの鉱物におもしろさがあるという。それをずらっと、アステリスクを使って並べた文章を集める。だから、本質的に終りがないものでしょう。そういうものでエッセーはいいんだ、っていうのが、彼の発見じゃないかな。
松山　ただ、これでいいんだっていうよりは、むしろ結論があっちゃいけないんだ、っていうところがそうとう強いんじゃないかと思うけどね。

＊

巖谷　さっき、松山さんが「兄事」と言われたけど、種村さんの場合はどうだったんでしょうか。大いに興味があるけれども。

種村　澁澤さんは、要するに、先輩ですよ。

松山　先輩・後輩のほかに、澁澤さんはフランス中心で種村さんはドイツ中心っていう、バーター関係があったわけだよね。

出口　何をやっても、まず競合しないっていう、はじめっからいい星を持ってたと思うよ。

種村　僕ね、おそらく小笠原豊樹さんなんかと同い年だから。違うのは、小笠原さんは澁澤さんと会ったそのときには、できちゃってた人だよね。詩人として。

出口　二十歳でできてた。

種村　澁澤さんのほうは、自分は早熟じゃなかったって言ってたし。

出口　そう？

種村　何回か言ってたよ。で、それはね、三島さんとの対比かな、と僕は思ったんだよ。だけどね、さっきの話を聞いていたら、小笠原さんのことかな、とも思うの。で、それと僕は違うよ。

出口　あ、そうか、あなたの場合はね。

種村　ただ、小笠原さんも優れた人だけれども、澁澤さんみたいな、鉱物的な明晰さっていうのはないんじゃないの。

松山　詩人だからさ、ウェットであり、紆余曲折があるよね。

出口　澁澤にもウェットなところはあったね。十八年前、パリを去るときなんか、もう感傷の人だった。しかし、垂れ流しはしない、ぐっとダムでせきとめるっていうのが澁澤だったんだ。だから、あとになってほら、何かを見て泣いたりするでしょ、彼は。

映画を見ても泣くんだよね。

巖谷　「ブリキの太鼓」とかね。年譜に三箇所ほど、泣いたことを書いておきましたよ。

松山　なんか、兎をさ、ウチャなんていって飼うなんていうのは、彼の精神の鉱物性っていうのから言うとねえ（笑）。

種村　あれは、奥さんじゃないの？　ウチャっていう名前をつけたのは。

巖谷　でも、彼が自分でこんな木の札をつくって、自筆で「ウチャの家」って書いている（笑）。

出口　五十代になってから、秋の七草っていいなあ、なんて言いはじめたよな、彼は。いまから考えると、体が生き急いだ分だけ、気持がやさしくなったんじゃないの。君としみじみ話したいなんて葉書も来たし。

巖谷　ああいう澁澤さんはどうなのか、と。

松山　だから、ウチャのことはね、私には、はずかしいから言わなかったんじゃないかな（笑）。

巖谷　僕とのつきあいでは、ああいうところをずいぶん出していた。

松山　大概のやつよりは俺のほうが幼稚だったって言って威張ってたけど（笑）。

巖谷　幼稚っていうのか、ああいうフランクで無防備なところが澁澤さん、何につけてもあったから。

松山　どっちが馬鹿かっていう話とかね、もうひとつはぜんぜんおたがいの専門でもないことについて、あることを聞くとさ、澁澤さんが答えてくれるでしょ。そういうことについては、澁澤さん自身の何か、ずうっと生きてることの、基のとこに揺るがない土台があって、それから導きだされたことを言ってくれるわけね。そのへんが信頼感というか、頼りがいがあったわけです。

種村　だいたい、最初にきまっちゃってる土台が揺るがないっていうところはずっとありましたね。だけれども、やっぱり迷うこともあったわけで。

出口　誰が？

種村　澁澤さんが。表層的な部分というかね。僕は何回か、文献とかそういう二次資料的なことの相談以外で電話をもらったことがあるけれども、それは人生的な部分もあったんですよ。で、それはただ、こっちをすれっからしだと思ってたんじゃないかな。多少。

松山　そうかね。それは重大な事実かもしれない（笑）。

種村　だから、そういう種類の言い方があった、というふうに、ちらっと記憶にあるけどな。

巖谷　僕にもそれはあったように思う。こういうことがあって、困っちゃうんだよな、っていう話ね。どうしたらいいかねえ、とか。それは文献の話じゃなくて、実生活上のね。

種村　変える気はないんだ。反応を見るだけだってところもある。

出口　それにしても、澁澤の印象は、四人とも違うからおもしろいね。

巖谷　それがいいんだよ（笑）。

出口　いいっていうより、天下に触れまわりたいくらい、おもしろい。第一あなた、こんな、原著者がもう降参！っていいそうな解題を載せた全集はほかにないよ。版元の器量に脱帽だね。

松山　でもね、やっぱり毎月一冊刊行っていうのは、さ、降りられないから絶望的になって、悶えたんです（笑）。

巖谷　どうして編集部を含めて、こんなに少ない人数で全集ができちゃったのか（笑）。月に一冊出すというのは、雑誌と同じですからね。

出口　現代の奇跡。

巖谷　まあ、O型のいいかげんな人がやったっていうのがこれ、勝因です（笑）。

松山　O型のほうが蛮勇をふるうんだよね。とにかく、澁澤さんに「私はA型だ」って言ったら、「なんでお前はO型じゃないんだ」って（笑）。典型的にO型の発想だよね。

巖谷　でも、僕らO型ばっかりじゃだめなんで、やっぱりA型の松山さん、出口さんがいないことには。
種村　僕もOで暴走する。Aにブレーキ掛けてもらわないと。でも、まあ、日本人はAが多いからね。
松山　まあ、一切はこの全集が出たあと、これを編年的に読み直してみると、違う澁澤像が出てくる感じは本当にあるよ。
巖谷　それだけは、やってみないとわからないことでしたからね。
出口　これは巖谷君の勝利だよ。僕は編年体には反対したんだから。でも、たいへんなものができちゃったね。本当にそう思ってる。
巖谷　これからいろいろ出てくるでしょう。少なくとも、すでにできあがっている澁澤龍彥像とは違うものが、もう一度……。
松山　まあこれから、補完とか補正のために一巻くらい足せるかもしれないけど……。
巖谷　あれ、もうそんなこと考えているんだ（笑）。

一九九五年六月四日　於・河出書房新社会議室

『澁澤龍彥を語る』あとがき

一九八八年四月二十七日、北鎌倉の澁澤家の客間で、『澁澤龍彥全集』の第一回編集会議がひらかれた。庭の牡丹桜の花がまだ咲きのこっていたのをおぼえている。前の年のおなじころにも、恒例となりつつあった花見の会が催され、下咽頭癌の大手術を終えて一時退院していた澁澤さんをかこんで、談論風発（といっても、澁澤さん自身はすでに声を失っていたから、筆談で加わっていたのだが）、外見には陽気な数時間をすごしたことが思いおこされてきた。

けれどもその日、主人公はもうそこにいなかった。くだんの花見の会から四か月後の八月五日、再手術後の病室で、読書中に頸動脈が破裂し、澁澤さんはこの世の人ではなくなってしまっていた。いま正式に『全集』の編集委員を依頼された出口裕弘氏、松山俊太郎氏、種村季弘氏、私、河出書房新社の飯田貴司氏と内藤憲吾氏、それに澁澤龍子氏の計七人は、黒い額縁のなかの故人の笑顔の前で、それぞれの思いを秘めながら、五年後に刊行を予定されているこの大企画の構想を語りあわなければならなかった。

『全集』を河出書房新社から出すということは、生前の澁澤さん自身の希望だった。編集委員の人選についても故人の意を汲んだものだというが、四人が四人、専門分野が多少とも澁澤さんと重なるばかりでなく、長いこと親しい友人としてつきあってきた面々である。親しい友人である以上、とびきりの『全集』をつくりあげようという意気ごみで、編集方針を立て、構成を玩味し、資料を読み、収録作品の解題を分担して書くことにきめ、予定のとおり、ほぼ五年後の一九九三年五月二十三日、第一巻の刊行にこぎつけることができた。

それまでに、しばしば編集会議がひらかれた。千駄ヶ谷の河出書房新社の会議室に集まっては討議を重ね、帰りには原宿や代々木や渋谷にくりだして酒宴となった。談論風発、もちろん話題の中心は「澁澤龍彥」であり、さまざまな作品解釈、人物評が飛びかった。最年少の私などは出口さん、松山さん、種村さんのお話から得るところが大きかった。そうした貴重な意見交換の機会は、今年の六月二十六日に最終巻『別巻2』が出るまで、ことあるたびに生まれたものである。

編集委員四人によるそうした「澁澤龍彥」論は、やがて公的なかたちでも語られるようになった。本書に「『全集』で読む作家・澁澤龍彥」として収められている座談会は、『全集』刊行直前の「新文芸読本　澁澤龍彥」に掲載されたものであり、「『全集』完結――新発見・再発見」として収められているそれは、『全集』完結直後の「文藝」誌に掲載されたものである。前者はいわば「序論」として、後者はいわば「結論」としてここに収録されることになったが、いずれもこの機に多少の訂正を加えていることを申し添えておく。

他方、「近所の澁澤龍彥」「少年皇帝の旅」「澁澤龍彥・紋章学」として収められている対談については、これまでどこにも発表されたことがなかったもので、本書のいわば「本論」をなしているといえるかもしれない。一九九四年四月二十八日から六月二十二日にかけて、池袋西武ロフト・フォーラムで「澁澤龍彥展」が催されたおりに、「澁澤龍彥考」と題して、西武コミュニティ・カレッジで三度おこなわれた「公開対談講演」の筆記録である。

そのときはいちおう私がまず聴き手にまわり、他の編集委員お三方の澁澤龍彥観を引きだすという役割をつとめようとしたが、結果は私も大いに喋ったので、タイトルどおりの「公開対談」になった。各回とも百人以上の聴衆を前にしていたせいか、「『全集』で読む作家・澁澤龍彥」「『全集』完結——新発見・再発見」とはかなりトーンの違う、ある意味では啓蒙的・本格的なものになっているように思われる。終ったあとの聴衆との質疑応答も興味ぶかいものになったので、あわせてここに収録することにした。それぞれの質問者のみなさまに謝意を表しておきたい。

さて、そのようなわけで『澁澤龍彥全集』全二十二巻、別巻二巻は、ほぼ予定どおりに完結した。私たちもひとまず語るべきことを語り終えた。だがこんどは『澁澤龍彥翻訳全集』なるものの企画が立てられ、編集と解題の執筆も、やはりおなじ四人によって進められることになってしまった。私としてもその編集がつづく間、年長のお三方と、また「澁澤龍彥を語る」機会がもてることを愉しみにしていることである。
　末筆となったが、河出書房新社編集部の方々に御礼を申しあげたい。とくに『全集』のまたとない専任担当者だった内藤憲吾氏には、これらの対談、座談会をふくむ万端にわたってお世話になった。ありがとうございます。

一九九五年十二月十二日　　巖谷國士

澁澤龍彦と書物の世界

ストラスブール（フランス）のとある書斎

『澁澤龍彦文学館』をめぐって

鼎談　出口裕弘／種村季弘／巖谷國士

巖谷　澁澤さんの書斎というのは独特で、いつも必要な本だけがまわりにずらりと並んでいるという、そんな感じの空間でしたね。
種村　澁澤さんの本の扱い方でいまも感心するのは、文庫本ですね。文庫本なんて見つからないと何回も買ったりするでしょう。書棚を探すのが面倒だから、もう一回買っちゃえとか。
　澁澤さんはそうじゃないんだな。文庫本が大きな豪華本の横にちゃんと入っていて、何かの項目の一環をなしている。マイナーとグラン・ダールが一緒になっているのね。文庫本と豪華本が並んでいて、両方とも比重が同じで、そのために、どこか古本屋で見つけてきた一冊の薄っぺらな汚れた文庫本が非常に輝いてくる、しかも清潔に輝いている、そういう本の扱いだね。
出口　書物に関して言えば、極端になると、読む本と置いとく本を二つ買うなんていう人がいる。汚れるからいやだみたいだね。

澁澤の場合は、たとえばブランショの『ロートレアモンとサド』、もうすごかった。青鉛筆、赤鉛筆でぎりぎり線引いて、余白に書きこんで、本を徹底的に使用するというか、食べちゃうみたいなところは、いわゆる好事家ではないんだな。

巖谷 意外に本をせっせと集めてよろこぶという人じゃなかった。蔵書がきちんとまとまった規模なんです。ごく必要なものだけを置く。全集も全部そろえるというのじゃなくて。たとえば個人の全集だったら、二、三冊しかないという場合もある。

種村 全集は端本で読むとかね。それはひとつは、われわれの世代の特徴でもあるね。

出口 おカネがなかったということも、あることはある。

種村 それから新刊書というのがまだ出ないころに、文学のノヴィーチェ（新入生）だったわけでね、闇市で端本で本の世界に入っていくという。

出口 紙がもったいないっていって、いちど使った原稿用紙をとっといて、裏に書くみたいな。僕らの世代は、みんなそういうところがあるんですよ。

種村 僕はいろいろ澁澤さんに本を借りたりもらったりしたことがありますけれども、非常に丹念に読んでいますよ。線を引っぱって、ちゃんと訳語なんかも入っているから、こっちは非常に読みやすくなるわけだ（笑）。

読書時間がどのぐらいあったかわからないけれども、そのなかにピタッとはまりこんで読んでいたという姿勢、借りた本の書きこみから非常によくわかりますね。

＊

巖谷 こんど筑摩書房から出す『澁澤龍彥文学館』全十二巻は、もとは一九七七年ごろに澁澤さん自身が計画していたものです。それをわれわれ三人の編集で完成させることになったわけですが、僕も何度か澁澤さんからその計画を聞いていて、相談されたりした記憶があります。

澁澤さんの書体で書かれたリストを見た最初の印象として、なんだか澁澤さんの書棚を見ているような気がしました。というのは、ときどき彼の家に遊びに行くと印象的なのは、いつも書棚が整理整頓されていて、厳密に選ばれている感じがした。澁澤さんは書棚のどこに何があるか全部わかっていて、いつでもすっと取りだせるようになっている。リストを見てそういう感じを思いだした。彼のなかにもうできあがっている自分の文学史というのがあって、そこのいろんな抽斗(ひきだし)からポンと抜いてきて「箱」に詰めたというような。


種村　昭和三十七年ごろですか、まだ鎌倉の小町に住んでいるころね、遊びに行くと、まだ書庫なんかなくて、二階の部屋に大きな本箱が二つぐらいあった。床の間の奥のほうに、だんだん新しい本箱をつくって、付け加えたような、そういうコーナーがありましたね。非常にきちんと整理されていて、だけども、当時は経済事情や輸入事情もあって、そんなにたくさんの本はなかったわけです。

僕が憶えているのは、シャルル・クロス（クロ）の二巻本全集が出たときで、それが着いたばかりで、出してきて、このぐらい書きゃいいんだよなって言ってるんですね。つまり全二巻でまとまるぐらいに（笑）。

シャルル・クロスもかなり厚かったけど、『澁澤龍彥文学館』はその十数倍になるでしょう。あのときの本箱もまた十数倍になったと思うわけ。縮めれば、小町の床の間の本箱になっちゃって、ひろげれば、こんどのアンソロジーかあるいはそれ以上に、世界の図書館全体になっちゃうような、それはやっぱり読書の遠近法みたいなものが最初からあるわけですね。不安定だというのではなくて、時間の遠近法のなかでまた読書の遠近法が、だんだんいろんな視点から空間に置きかえられて、またそれを多角的なところから見る。これ、ひょっとすると終らない作業かもしれないんでね。

　彼の仕事が『高丘親王航海記』まで展開して、そこでまたワンサイクルが終ったときの遠近というものが非常に透明になったんで、この形がはじめてできたという感じも僕はするわけです。

巖谷　小町の家の書斎には彼の机があって、その前にひとつだけ、小さな本箱がつくりつけになっていた。そこに一番よく使う大事な本というのが並んでいる。アンソロジーみたいのが多いわけです。ブルトンの『黒いユーモア選集』とか、ロベール・カンテルの『オカルティズム文学集』とか。つまり、そこに最初の小さい箱があって、さらにその外に床の間の書庫があって、すこしずつ輪がひろがってゆく。北鎌倉の家に引っ越してからは、彼の書斎をかこむ本箱の列が、また新しい世界をつくってゆく。

　その北鎌倉の書斎なんですけど、あれ、庭の自然とつながっていてすごくいい。窓をあけるとバーッと鎌倉の凹凸のある風景と――小高い丘の上にあるわけだけれども――家々の屋根が見えて、彼方にお寺があったり、木がいっぱい生えている。書斎からそのまますっと出られる。彼はいつも庭へ出て、そこらの草花か何か、タンポポなんかを愛でたりしている。幸せな人ですね（笑）。その感じは彼の文学史のなかにもあると思います。

＊

出口　澁澤は徹底したマイナー指向の人じゃなかった。サドをはじめて、出版社なんかとてもマイナーなところから出して、貧乏しながら戦うという姿勢はあったけれども、文章そのものの質が、寛闊というか、あれもだめ、これもいや、と排除していくマイナー型ではないんですよ。まあ、そのことは、この人の文学がだんだんメジャーになっていって、大衆を獲得していった過程と見あっていると思うんだけれども。
　彼は、たとえば夢野久作は読むけれども、谷崎は読まないとか、そういう人ではなかったわけです。谷崎大好き、荷風もどんどん読むっていう人。ただ彼は谷崎でも、僕の好きな『蓼喰う蟲』なんかはあんまり好きじゃなかったらしくて、そのかわり、綺譚めいたものは全部読むというふうでしたね。得意の偏愛で行けばもちろんペトリュス・ボレルなんだけど、ボードレールだってバルザックだって、気に入ったものはちゃんと読む。メジャーなものを頑なに排除するというマイナー型ではなかった。

巖谷　ゲーテはかならず入るし、フロベールや、プルーストも入る。あの人の場合、サドもマイナーとか異端というようにとらえてはいない。サドというのもある意味では、古典主義からロココの伝統をすべて背負った大貴族の文学ですから。

出口　まあ、澁澤が訳すと、ちょっと澁澤節になりすぎるところがあるけれどもね。

巖谷　そうそう（笑）。ただ、非常にオーソドックスな部分があって、それをちゃんと踏まえた上でサドをやっていたと思うね。だからサドから出発しても、それがけっしてマイナーなものだけの系列にはならない。

出口　日本で昔、サドを手がけた人たちは、まあ、異常好色文学みたいなね、そういう小さい世界に閉じこもったわけです。そしてそれなりに読者を獲得して、一部の好事家たちの特殊世界として、しこしこやってた。

澁澤の人のサドが普遍性を旗じるしにして一歩もひかなかったのは、もちろんフランスでのサド復活の状況がそうだったわけで、その日本版といえばいえるんだけど、もともと澁澤は派手好き、賑やか好きでね。ぎすぎすしたマイナーの凝りかたまりじゃなかったというところを、僕は評価したい。

こんどの「箱」シリーズも、そういう澁澤の寛容というか寛闊というか、おもしろいものはどんどんおもしろがるっていう気質がちゃんと映っていて、いいんじゃないかなって思いますよ。

種村　それはサドの翻訳にしても、それ以前のサドというのは、サディズムなんですよ（笑）。つまり淫乱症とか淫虐とか。大正時代のイメージを引きずっている、そういうもの。そういう人たちは、そのなかで自足しちゃって、それ以上に出ていかないですね。だけど澁澤さんの場合には、そういうディレッタンティズムというものをレトリックとしてはいうんだけれども、はたして本当にそんなことといっているのかということは、たいへん疑問なところもありますね。

古典主義的なものを――古典主義といっても、一種の自然哲学だと思うんですけれどね。青年というものは自然哲学ってなかなかわかろうとしないで、やっぱりロマン主義のほうに行っちゃう。彼もはじめは、その姿勢なきにしもあらずだったと思うけれども、やっぱり自分の気質をだんだん自覚して、それと折れあっていくという方向があって、そういう意味での脱皮というか、自己実現みたいなものが、ちょうどその時期に重なっていて。だからこういうアンソロジーを編もうという気もそのころに出てきた。誰かに、澁澤さん、あなたの異端文学館を編んでくださいといわれたわけではなくて、自分の自然哲学者的な気質を発見するために、内的な衝動から出てきた。やっているうち、骨格が整ってくるうちに、過去のいろんな自分の読書経験をどんどん入れこんでいくと、その結果がこうなるということじゃないかという気がするんです。

＊

巖谷　そのとおりだと思います。それに加えて、はじめは自分の気質というのを限定して、故意に強調していた時期が長かった。『黒魔術の手帖』とか『毒薬の手帖』とか、一種のアンソロジー的な性質の本がありますけれども、あのころには、自分は非常に変り者で、偏奇だとか、ダンディだとか、そういうふりをするということが多かったですね。

つまり、寄席やサーカスのフリーク・ショーというのかな、極端にいえばそういう感じで、変り種をいっぱい並べるアンソロジーがあったんだけど、『悪魔のいる文学史』あたりになると、そのなかでいろいろ選別して、振り分けていくというか、そういう操作ができるようになりましたね。それでだんだん、『胡桃の中の世界』とか、『思考の紋章学』みたいな、彼のなかにある文学史が空間的に整理されて、トポロジカルな結びつきを呈するような本を、自由自在に出してくるようになった。

出口　あのメジャーの柳田國男を遠慮なく出すという形で、普遍性のほうへ脱けだしていったわけです。あの人は何度も脱皮した人でね。

みんなが悪魔学の澁澤というふうにいっていると、するっと悪魔学から脱け出して、別のところに行って涼しい顔で団扇（うちわ）を使ってるみたいなところがあった。

巖谷　いつでも自分がこういう人間であるということを書く、あとがきなんかに。ところが書いたときには、もうそういう人間じゃなくなっている（笑）。

出口　しばらく仕事をすると、それまでの自分をこっそり脱け殻にして、置いていっちゃうという憎らしい人でね。プロとして達人だったし、よく目の見えた人だと思いますね。

種村　最終的には、そういう異端というような意味性をどんどんなくしちゃって、最後には無意味な、石ころとか自然物とか、そこにごろんと転がっていて名づけようのないもの、そういうもので構成された庭園であるとか世界であるとかというものが、『胡桃の中の世界』とか、あのころからはっきり出てきたと思うけれども。そういうのとだいたい同時期に出てきた、これはジャルダン（庭園）ですね。

巖谷　『胡桃の中の世界』というのはまさに入れ子の宇宙ですね。中へ中へと箱が――チャイニーズ・ボックスみたいに――無数の箱が重なっていって、そこへどんどん入っていくと、最後にまた大きな箱に抜け出てきたりする。そういう非ユークリッド的な構造をもった空間というのが、『胡桃の中の世界』あたりから出てくるわけです。彼の文学史というのも、そんな構造をもっていたんじゃないか。

そういえば、彼がブルトンの影響を受けていた時代に、ブルトンは文学史を魔術的に転回させたとかいう言い方をしていますけれども、澁澤さんの場合にも、魔術的というか、あるいはトポロジカルに、文学史のなかに入って、そのなかで空間をひねっていって、結果として非常にすっきりした、新鮮な、いろんなものが有機的につながりあう新しい視野をもった文学史がひらかれていく、そういうところまで行けた人だったと思います。

*

巖谷　第一回配本の『ユートピアの箱』でいうと、サドとフーリエだけを結びつけるというのがそもそもめずらしい。これ、たぶん世界ではじめての試みでしょう。もともとサドは、文学史から除外されていた特別の作家だったし、フーリエの場合には、経済学史のほうに入っていて、文学としてとらえるという動きは、フランスでも五月革命以後ですね。もっとずっと前から、ブルトンの直感で結びついていたということはあるけれども。しかもユートピアというのは、まさに「箱」の概念そのものだから、この巻というのは、このシリーズのひとつの核だろうし、画期的なところがあるはずです。

日本ではじめてサドとフーリエをつなげて読んだ人は、たぶん澁澤さんでしょう。『サド復活』という処女エッセー集がありますけれども、この二人をいつかいっしょに論じてやろうと思っていた形跡が見える。結局サドに没頭していたんでフーリエのほうへは行きませんでしたが、でも、最後までフーリエの影はちらついていたような気がします。

ただ、じつはサドとフーリエというのは、ある意味でユートピアからもっとも遠い人でね。ユートピアというのは、普通は幸せな世界ということになっていて、表面は楽しくて明るくて、管理され抑圧されていながらニセの自由を感じるといったような、いまの日本にちょっと似た社会がユートピアです。プラトン以来そうだったわけだけれども、サドくらいそれに反する世界を書いた人はいない。

フーリエの場合には、一見ユートピア的に未来社会を書いたと思われているけれど、実際に読んでみると、ユートピアの原則を徹底させていったところが全部ユートピアを超えちゃって、超ユートピアみたいな世界になってしまい、人間の姿までも、想像のなかでどんどん変形していく。この巻の目玉である『愛の新世界・抄』もそうですが、澁澤さんも好んだ『アルシブラ』なんかでは、未来の人間が尻尾をはやす。第五の肢になったその尻尾で、ライオンを殴りつけて殺すことができたり、パラシュートみたいな機能を持っていたりというような、そんな魔術的な世界に入っちゃう。だからフーリエにしても、ユートピアどころではないわけです。

ところが一方で、サドとフーリエというのは、ロラン・バルトなんかは同一のエクリチュールだと言っていますけれども、文章そのものが非常にユートピア的なんですね。ユートピア的に整然と区分され分類され、体系化され、息苦しいまでにびっしりと世界が埋められている。この巻ではその感じをとらえやすい作品を並べてみることにした。そうすると、じつは十八世紀というのが浮かびあがってくるわけです。十八世紀の博物学。ミシェル・フーコーが画期的なものとしてとりあげたものですけれど、その博物学とか、人間機械論の思想とかを前提として、十八世紀的な自然哲学の行きついたところにサド、フーリエを置いてみたらどうか。それがこの巻を受けもった僕の着想でしたけれど。

＊

種村　同時に出る『綺譚の箱』の巻はね、澁澤さんが残した手がかりがわりに少ないんですね。ホフマンは『カロー風幻想曲』というふうに指定がはっきりあるんで、そのなかから『大晦日の夜の冒険』を入れた。ノヴァーリスはむしろ『花粉』とか、『断片』とか、そういうもののほうがよかったかもしれない。つまり自然哲学的な好みがじかに出ているようなもの。だけど、一応これは「文学館」というと、なにか物語性のあるものというふうな漠然とした前提があるので、『ザイスの弟子たち』を入れた。

巖谷　あれも自然哲学的なものでしょう。澁澤さんみたいな人物が出てくる（笑）。

種村　そうです。だからいわゆるロマン派のなかのホットなロマン派じゃない、わりに冷たいロマン派のほうね、冷たくて、乾いて、明るいロマン派をなるべく選ぼうと思った。

　イタリアとかフランスに取材したものがわりに多いということになっているかしら。かならずしもドイツ的なゴシック的な、暗鬱さみたいなものを主に選んだんじゃなくて。それからアンドレーエは、長いのでさわりだけをやったんだけれども、薔薇十字団の小説で、これは非常に澁澤的な世界なんです。

巖谷　それ、『ユートピアの箱』とつながるんですよね。だからすごくおもしろいと思う、はじめにこの二つの巻が出るというのは。

種村　アンドレーエはサドやフーリエ以前ですけど、すでにその世界の予感みたいなものがあるわけで、つまりオカルティズムなんていうことをいうなら、世紀末のよりも、この時代の自然哲学的なオカルティズムのほうが思想史的にも出るべくして出たものだから、たいへん公明正大で悪びれてないんですね。そういうところがアンドレーエなりノヴァーリスなり。ノヴァーリスとかクライストなんていうのは、ほぼ十八世紀文学者に近いですからね。

巖谷　それから『サド侯爵』というエッセーが入っていたり。十八世紀的なものを十九世紀のはじめに見るという、そういう見地は従来の文学史からするとおもしろい、新しい見方でもあると思う。

＊

巖谷　そのつぎの『ダンディの箱』では、ネルヴァルの『幻視者』を入れていますね。これもまさに十八世紀の名ごりです。

出口　そうそう。ネルヴァルについては『幻視者』を入れたのがミソなんで、日本で普及しているネルヴァルとは一味ちがうというところです。あとはノディエ、フォルヌレ、これは澁澤の、若書きっていうか、まあ「若訳」なんだけど、彼の体質に合った、とってもおいしい、しゃれた翻訳でね、まずこれをさらっと読んでもらう。そしてペトリュス・ボレル、これは澁澤自身が例の「解剖学者ドン・ベサリウス」を訳していて、なかなか格調高いいい訳なんだけれども、金子博さんのボレルへの打ちこみ方が、これはもうただごとじゃないんです。この巻は、ペトリュス・ボレルをなるべくたくさん、金子さんの名訳で読んでもらいたいというのが僕の念願。ゴビノーが入ってますが、これを訳された室井庸一さんも、長年ゴビノーに打ちこんでこられた人なんで、これはいいな、うまく行きそうだなという予感のする巻なんです。

『世紀末の箱』は、ごらんのとおり、まず、ユイスマンスとリラダンがどしんと鎮座してます。これはいまやもうマイナーでもなんでもないわけですが、ただ、ユイスマンスはすぐ、『さかしま』ってことになって、『彼方』『大伽藍』なんていうところはあんまり読んでもらえそうもないので、ひとつ、いまの若い人にそのへんのユイスマンスを知ってもらいたいということがあるわけです。それと、齋藤磯雄さんのリラダンも少数精鋭にしか読んでもらえないような風潮があるので、このあたりで、おもしろいリラダンとして肩肘はらずに読んでもらいたい。そしてレニエ。レニエは例の、窪田般彌さんが訳しておられる『生きている過去』ですか、ああいうものと、短篇はがらっと調子が違うんです。窪田さん自身、訳してみて、こんな奇々怪々なコントをつくる人だったのかなっていっています。これは乞う、ご期待。

＊

巖谷　十九世紀を通じて、レアリスムがないですね。普通なら、十九世紀というのはロマン派があってレアリスムがあって、そして象徴派、世紀末という、そういう見取図があるわけですが、それはほとんどこのシリーズには通用しない（笑）。

種村　ホッケの『マグナ・グラエキア』がそういう方法論で書いているんだけれども、十三世紀あたりにシチリアのフリードリヒ二世が教権に負けて、それ以後、地中海世界がヨーロッパから孤立する方向ね。地中海を通じてアラブと交通していたああいう古代的な地中海に生きていたものが、全部ヨーロッパ中心主義に沈められちゃう。

それがはなはだしかったのが十九世紀だけれども、十八世紀というのは、それがみんな、カリオストロでもカザノヴァでも、地中海世界からあがってくるわけだね。そうして、簒奪（さんだつ）者であるヨーロッパというものをひっくりかえすとかだまくらかすとかいうことをやっていて、例外的に地中海的な雰囲気が、そういうなかでちらっと復活したのに、十九世紀でまたそれが沈んじゃう。だからそういう地中海の文化の浮き沈み。それはアンドレーエの小説なんかもまさにそれなんで、要するにヨーロッパがあまりにも秩序が固くなっちゃう。それを前にあった古いものがノコッと出てくるという、そういう見取図がルネサンス・バロックからあると思うのね。

巖谷　澁澤さんはだいぶ前に、十七世紀と十九世紀というのは偉大な世紀で、権力的で抑圧の強い時代だった、一方、十六世紀と十八世紀というのはエロティックな時代なんだ、といっている。奇数・偶数でいうと、二十世紀もエロティックな時代になる。

それでルネサンスから十七世紀をバロックでとびこして、十八世紀のいろんな側面が、このシリーズでは出てくるわけです。

ひとつは旅行記ということ。十八世紀には、たとえばヴェネツィアやイタリアの町々が典型的な夢の国になって、そこへ行くグランド・ツアーが知識人のステータスでもあった。それにつれていろんな旅行文学が出てきて、世界の視野がどんどんひろがってゆく。スウィフトだとか、ニールス・クリムの地下旅行とか、極端になるとヴォルテールの『ミクロメガス』みたいに、地球の外にまで行ってしまうわけですね。そんな旅の文学の思想というのが、このシリーズの底流にはあるんだな。そこが従来の文学史と違うところ。それに二十世紀もまた、そんなふうになりつつあるんじゃないかということ。『シュルレアリスムの箱』の巻に入れるピエール・ド・マンディアルグの『大理石』なんて、南イタリアの旅の文学の典型ですよ。

種村　逆にいえば、十九世紀が例外なんだよね。つまりランティエとか、居住者なんていうものがいて、郷土小説や家庭小説なんかを書くなんてのは、大きな視野から見たら例外じゃないですか。

やっぱり小説というものはノヴェレだから、新奇なもの面白いものを発見するんで、それは日常性のなかに埋没したんじゃできないわけで、外へ出ていろいろ見て歩かなきゃ。それで十八世紀人はいっせいに旅行に出る。ホフマンなんかは逆に、ナポレオン戦争で職を追っぽりだされちゃうんで、どうしようもなく放浪するという亡命文学者型だけども、二十世紀も亡命文学者型の人がどんどん出ていますから、これは、そういう点では共通していますね。ホフマンのイタリア指向は、一回もイタリアへ行ったことないのにやたらイタリアのことを書くとかね。そういう想像力のなかでの旅行も、これも十八世紀の特徴だし、十九世紀になってからもそっちのほうはまだやれるというんでやっている。

出口　十九世紀についてちょっといわせてもらうと、十九世紀フランス文学の、とくにレアリスム系統の作家たちは、日本の仏文アカデミズムの最大の研究対象だったわけです。そこがすっぽりない、ということじゃないですか。

巖谷　もちろん澁澤さんもかなり読んではいるんだけれども、こういうふうに集める段になると、どうしてもそうなる。彼の文学そのものとつながっているんですね。『高丘親王航海記』っていうのは、僕はサドやゲーテのイタリア紀行なんかの記憶もあって、南イタリア旅行記みたいな感じのする部分もあるんだけれど。十八世紀的な旅の文学の遠い反映というか、そういう角度から読んでもいいものですよ。残念ながらこのシリーズに入っていないけれども、たとえばイタロ・カルヴィーノなどは、一種の旅の文学の専門家でもあるし、いいエッセーを書いたりしているし、十八世紀の旅行などについての研究というか、どこか澁澤さんと共通するところがある。ルネ・ドーマルの『類推の山』や、ピエール・ド・マンディアルグの『大理石』だけでなく、カルヴィーノの『マルコ・ポーロの見えない都市』なんかも、澁澤さんは『高丘親王航海記』の資料として使っていますね。結局このシリーズ全体に、一種のエクゾティスムというのがあるわけでしょう。

種村　エクゾティスム、他の世界、ユートピア、あるいは反ユートピアでもいいんだけれども、それは主題的にそうであるというだけじゃなくて、文体の上でエクゾティスムを完結しているようなもの、それを選んでいるんだというふうに思うんです。

巖谷　おもしろいことに、われわれが編集をやっている過程でそういう話はあまり出なかったんだけど、終ってみたら、このような、さまざまな異世界への旅とか、十八世紀的な旅とか、いろんなものがうかびでてきて、エクゾティスムへの誘いにもなっていたということですね。

一九九〇年三月七日

『澁澤龍彦蔵書目録』をめぐって

対談　松山俊太郎／巖谷國士

巖谷　松山さんが澁澤さんの鎌倉小町の家に最初にいらしたのは、昭和三十年くらいですか。
松山　三十二年くらいですね。
巖谷　僕が澁澤さんと出会ったのは三十八年で、はじめて訪問したのは四十一年。松山さんは僕より十何歳か年上で、澁澤さんの最初の友人だったと思うんですが。
松山　いや、最初の友人ってことはないですよ。だって小学校の友人だっていた……。
巖谷　それとは違う意味で、最初の友人。「書物」を介してめぐりあった友人ということで。
松山　私はねえ、澁澤さんのこと友人だったと思ったことは一度もないんですけどね。まあ、友人の定義って、みんな違うからね（笑）。私が最初に伺ったときは、小町の六畳二間でしょう、二階の。
巖谷　六畳が二つつながっていたのか、あるいは十畳くらいの居間兼書斎があったと思う。
松山　それで片っ方はぜんぶ滑川（なめりがわ）に向いた窓でしょ

う。それに別の片側は床の間だからね。だから、くの字にしか本を置けないわけよ。そのときは千冊はなかったと思うな。
巖谷　最初はね。その後に、床の間の部分にもどんどん本箱をつくって、書庫みたいになった。
松山　あの家じゃ危ないからね。下手すりゃ床が抜けちゃうからね。
巖谷　小町の家の玄関の引戸をあけるでしょう。昔のまんまの玄関だ。右側に厠（かわや）がある。それも水洗じゃなかった。手を洗うのも小窓の外に手を出して、下から押すと水が垂れてくる、あれだった。
松山　私はその記憶ないから。いつも二階から用たしてたから、記憶がないんだな（笑）。
巖谷　それで、左の階段は最初カーヴして、家の壁に沿ってずっとあがっていって。あがったらもう、部屋なんですね。奥に本を置いてたけれど、それがだんだんひろがって書庫みたいになった。それからね、僕の記憶では、あがってすぐ左側に「ハヤカワ・ミステリ」が積んであったんだ。雑誌でミステリー月評をやっていた時期もあったから。それがこんどの『澁澤龍彥蔵書目録』にはあんまりないみたいです。だから、小町から北鎌倉の山ノ内へ引っこすときに、かなり処分してるんじゃないかな。雑誌も全部の号をとっておくなんてタイプじゃないし。それから人にあげちゃうってこともあったと思う。減ってるものもかなりある。
松山　あなたは乾元社の『南方熊楠全集』なんかをもらったんでしょう。
巖谷　うん、もらいましたね。
松山　それはね、どっかからバラで買ってそろえるようにすると、重複する分が出たからくれたんじゃないかな。
巖谷　小町のころだったかどうか、はっきりしないけれど、「全巻、手に入れたよ」といって、それで残っているやつを二、三冊かな、くれたんですよ。ふつうだとどうだろう、全集をそろえると、それまで持っていた巻は売っちゃうか、あるいはとっておくとか。というのは、線が引いてあったりするわけだから。でも、澁澤さんってのは、案外そういうのをぱっと手放しちゃうらしい。ありがたかったですね、こっちは学生だったから。澁澤さんにもらった本が最初ですよ。南方熊楠を読んだのは、澁澤さんにもらった本が最初ですよ。そんなこともあったりしたので、多少は減っているんじゃないかと。小町の段階では、千冊もなかったということですが。

松山　私の推定ではね。

巖谷　僕が最初に小町へ行ったときは、矢川澄子さんといっしょに、中学生の勉強机みたいなのを二つ並べていたと思う。で、そばに一つだけ、壁にとりつけた白木のままの本箱があって、そこにふだん使っている本が入っていたんです。興味あるから覗いたら、すごく印象に残ったのが、ほとんど洋書でアンソロジーが多いってことね。たとえばカステックスの『フランス幻想短篇選集』とか、もちろんアンドレ・ブルトンの『黒いユーモア選集』とか。エロティック文学集、それからオカルト文学集、ロベール・アマドゥとロベール・カンテルという人が編者ですけれど、そういう本が並んでいたんです。それと、最初の印象では、ほんとに必要な本だけを集めてるなって感じた。

松山　そうだよね。だから、愛書家だけども、いわゆる本そのものが好きっていうビブリオフィルではないね。

巖谷　ビブリオフィルにもいろいろあって、ひとつは稀覯書とか、めずらしい本を大事に集めているタイプで、澁澤さんはそういうのでは全然ない。それからもうひとつは、個人の全集であれば全巻そろえるとか、ある作家についてはすべて買うとか、そういうタイプの愛書家っているでしょう。それでもないんですね。

松山　いや、全集は全巻そろえるんじゃない？

巖谷　古本なんかを一括注文すれば当然、全巻が来るわけだ。たとえば南方熊楠全集もそうだけれど。でも、ゲーテの全集なんかは全部そろってないんじゃないかな。だから必要な巻だけ置いているっていうのが、僕の最初の印象です。

松山　はじめっから全部そろえる人ではないね。日本の古典なんかも、岩波の『日本古典文学大系』が基本だけども、そのあとにね、必要な本であれにないのは補っている。たとえば朝日新聞社の『古本説話集』っていうようなものを、買って補っている。それからシナ文学でもね、平凡社の『中国古典文学大系』があるけれど、それより詳しいのが部分的に単行本で東洋文庫で出るとそれも買うでしょう。それから、他で出たやつも買うとかって、必要に応じていくらでも層を厚くするっていうやりかた。

巖谷　だからたとえばひとりの作家、石川淳なら石川淳を初版本まで含めて全部を集めるとか、その種のビブリオフィルの傾向は全然ない。自分の必要な本だけをそろえていて、それが非常にきっぱりしていてよかった。

松山　まったくそれですよね。画集なんてのは、どうなのかなあ。

巖谷　画集もね、自分の好きな画集だけがある。僕が最初に行ったころ、これもそのときの記憶なんだけれども、澁澤さんはさかんにね、フランスの出版社のカタログを出してくるんですよ。「これ見た？」「こういう本があるよ」といってね。澁澤さんの仕事の形成過程で重要な時期ですけれど、一九五〇年代から六〇年代にかけては、フランスに小さい出版社がいっぱいあって、それが冒険をしていた。そういう小出版社はたいていの場合はシュルレアリスムの影響を受けているわけです。なかで有名なのはジャン＝ジャック・ポーヴェール書店、それからエリック・ロスフェルドとか、パリミュグルとか、チューとか、ロール・デュ・タンとか、そういう本屋と直接に手紙のやりとりをして、カタログを送らせて、それで注文して本を送ってもらう。当時の澁澤さんはそんなにお金がなかったから、その方法で安く買っていたわけです。洋書店を通せば二倍ぐらいの値段で買わなきゃならないから、直接輸入で、振替でお金を送るっていう、そんなやりかたをしてたんです。

松山　ポーヴェールなんて、くれた本もあるんじゃない？

巖谷　あるでしょうね。主人と手紙のやりとりしているから。ポーヴェールは縦長の、絵の入ったすごくいいカタログを毎年出していた。僕もいろいろ持っていますよ。それで見て、「あ、これおもしろそうだ」っていう本をどんどん集めていった。世間のいわゆる外国文学者みたいに、洋書輸入店のカタログで買うというんじゃなくて、小出版社と早くに直接交渉して、そこからめずらしいもの送らせて、そこで画集などを手に入れるんです。だから、日本でほとんどの人が知らなかった、たとえばピエール・モリニエなんかを早くに知る。モリニエの本で、アンドレ・ブルトンが序文を書いたやつが出たときに、勘で注文して、さっそく買っている。それで、「これ見た？」っていう。「おもしろい、おもしろい」っていってましたね。

本物の絵を見たわけじゃなくて、画集が来ると、たちまち彼の好みのものになって、本棚に入っていく。で、その後すぐに雑誌「血と薔薇」にピエール・モリニエの特集を出す。そういうふうにつながってくるんですよ。だから、たとえば一人の画家について系統的に画集を集めるとか、そういうことは一切ない。それが澁澤さんらしいなと思います。エルンストなんかは澁澤さんは大好きだったけれども、今回の『蔵書目録』を見ると、エルンストの重要な画集や展覧会カタログなんかを、ずらっとそろえてはいない。洋書のエルンスト画集はたった四冊ですが、つまり必要な分だけがあるんです。

松山　必要と、その購買力が許す範囲でね。はじめのうちは金銭的にそうとう厳しかったんじゃないかな。

巖谷　よくまちがえられるよね。澁澤一族だから若いころから金持で、好きな本をどんどん買ってたんじゃないかって。とんでもないと思う。二十代なかばでお父さんが亡くなって以来、あのころまでは大変だった。澁澤さん自身も病気をしたしね。だから小町の時代は、そんなに本にかこまれて悠々としているっていう雰囲気ではなかった。

松山　ただまあ、買った本は洋書でもなんでも、だいたい舐めるほど丁寧に読むっていうぐらい読んでいた。

巖谷　澁澤さんの蔵書を見ると、線が引いてあっても綺麗に引いてある。すうーっと鉛筆で。

松山　それから、本そのものが好きっていうんじゃなくても、大事にしていた。よく読む本はカヴァーつけたのがある。

巖谷　けっしてページを折ったりしないし。澁澤さんにとって本はそういうものだった。子どものころからそうだったらしい。本をとても大事にする、オブジェとしても。触り方もこう、優しく柔かく触るような持ち方をしていたのを、よく憶えています。

松山　だから、そのへんが不思議なところですよね。いわゆる愛書家にはならなくて、本は大事にするっていうのが。

巖谷　澁澤さんの線の引き方には、驚いたことがあります。僕なんかの場合、もっとばーっと乱雑に、こうマルや星印をつけちゃったりしますけれども（笑）。

松山　私なんかは、ガキのときは本を、みんな折ってたもの。

巖谷　僕はいまも折っていますよ。といっても、べつに「また買えばいい」と思っているわけじゃなくて。本っていうのは、そんなになにか流通価値として大事にするものではなくて、こちらが吸収するものだって感じているから。でも澁澤さんの読み方って、丁寧だったですよね。舐めるようにかどうかはわからないけれど、線を引くにしてもちょっとだけ、「ここは使える」ってところに引いてある。ほとんど単語だけです。で、澁澤さんの著書をあとで読んでみると、たいていそこが使われている。だから、澁澤さんの最初のアンソロジーとの出会いはアンドレ・ブルトンの『黒いユーモア選集』でしょうが、その本の線を引いたところを見ると、彼の最初の著書『サド復活』などにほとんど使われています。自分で読みとったものをどんどん自分の文章に入れていくっていう、そういう流れがある。

松山　最近はコンピューターで勉強してる人っていうのは、若い人には多いの?

巖谷　若い人はほとんどそうじゃないかな。本を買わないで、パーソナル・コンピューターで読んだりする。

松山　やっぱり澁澤さんは絶対、本だろうね。

巖谷　われわれもそうですね。本で読まないとわかんない何かがある。だいたい装丁からしてね。手ざわりからして、そういうものはコンピューターに入らないわけだから。たとえば松山さんの蓮の研究だって、コンピューターでやると変っちゃうんじゃないですかね。

松山　やらないからいいけど(笑)。

＊

松山　題名も憶えてないけどね、プラネット社だったか、テーマ別のアンソロジーが何冊もあった雑誌がある。巖谷さんは以前、私がインドの話を澁澤さんから聞かれたことがあるだろうっていってたけど、そういうことは一度しかないんだよ。インドのことはね。黄金の卵、それをヒラニアガルバっていうんだけど、インドでなんていうんだとかって聞かれたのが、ただ一度だけ。フランスで出た、そういう式のアンソロジーの宇宙開闢のテーマで知ったらしい。

巖谷　インド関係のアンソロジーや説話集みたいなのを持っていたでしょう。フランスで出たテーマ別のアンソロジーみたいなものが、かなり多いんじゃないかな。

松山　ものすごく多いと思いますよ。インドのことなんかは、そういう本で知ることも多かったんでしょう。

巖谷　いまプラネット社のことが出ましたが、「プラネット」っていう雑誌も、彼はかなり持っていました。それから「プレクサス」っていうのも。「君、興味あるだろ」とかいって、くれたこともある。「プラネット」は表紙に「不可視の歴史」とか「失われた文明」なんて書いてあって、考古学、民俗学、オカルト、エロティスム、SFなどを動員した、六〇年代のおもしろい雑誌だったんです。

松山　こんどの目録には、ピエール・ゴルドンっていう人の『イマージュ・デュ・モンド・ダン・ランティキテ』(『古代における世界のイメージ』)って、入ってるかな。ゴルドンってちょっとあやしい人なんですよ。

巖谷　澁澤さんが読んでいたのを知っています。

松山　もっとでかいんじゃね、デュエムの『世界形態論』があるけど、それは持ってないだろう、古いし。

巖谷　ゴルドンっていうのは、オカルトから古代考古学から神話伝説から、そういうものを手びろくやっていた人で。

松山　その本を私もたまたま持っていたんですよ。それで、その話をしてたら、ジャン・プシルスキーっていうポーランド系のフランス人の『大女神』というのもおもしろいよ、っていう。その本がね、私の法華経の研究のためには、べらぼうに役に立った。おもしろいって言われて私も買ったんですよ。だからね、サドに興味なければ澁澤さんに会わなくて、澁澤さんに会わなきゃプシルスキーを知ることもできなくて、それがないとこっちの法華経論は成り立たないっていう、非常に不思議な因縁だね。それで、サドが好きっていうのは、木々高太郎の推理小説を読まなきゃなかった。木々高太郎は『柊雨堂夜話』っていう小説で、昭和十三年にサドをべらぼうに誉めたんですよ。それがなきゃ、サドが好きにならないわけだから、因縁っていうのはどこまでつづくかわかんないし、変なつながりができる。

巖谷　松山さんと澁澤さんの出会いは因縁ですね、やはり。

松山　まあ、私としちゃあね、とにかく澁澤さんの恩というものは非常にすごいものなんです。

巖谷　僕はメリュジーヌという妖精のことを一時ちょっとやっていた。メリュジーヌの話を澁澤さんのところで、まあ当時は若造だから図にのって喋っていた。それで、「ピエール・ゴルドンの書いたメリュジーヌの説がおもしろいんだ」っていったら、澁澤さんがね、「俺も読んでんだ」っていって出してきた本が『古代における世界のイメージ』だった。だから松山さんから聞いて驚きました。彼はあの本を、『夢の宇宙誌』やなんかに使ってますよ。

松山　なんでゴルドンなんか持っているかっていうと、『イマージュ・デュ・モンド・ダン・ランティキテ』って題がよかった。

巖谷　題名からか（笑）。

松山　題名から注文したんだろうね。

巖谷　カタログで見当をつけて買う主義でしたからね。洋書輸入店に注文する場合も、いまならたとえばフランスの本であれば、フランス図書などがカタログを送ってきて、それにマルつけて注文をするとかでしょう。当時でも紀伊國屋や丸善や竹内書店などもあったけれど、そういうところじゃなくて、澁澤さんは第三書房とか、白水社とかを使っていた。第三書房っていうのは、洋書輸入会社としては小さいわけです。第三書房で本を買う人って、フランス文学者でも少なかったんじゃないかな。

松山　だけど、第三書房っていえばフランス語の教科書会社でしょう。

巖谷　でも洋書部があって、たった一人だけ向山（さきやま）さんという女性がいたんですよ。その人がまたフランスの小出版社から送られてくるカタログを、澁澤さんのところにどんどん送っていた。

松山　ああ、小さいところだから親切なんだね。それはだけど、ものすごく違うよね。それに、とくに古本なんかの場合だったら、圧倒的にそういうサービスしてくれるところじゃないと。

巖谷　いまのフランス図書なんかも立派な会社だけれど、あそこでカタログつくるときには、選(よ)っちゃう。そうすると澁澤さんが買いたいような本は載ってなかったりするわけですね。当時、フランスの小さな出版社のカタログをそのまま送ってくれる本屋というのは、第三書房だけだった。それは第三書房というよりは、その向山さんの功績です。この人はたしか近くの鵠沼(くげぬま)に住んでいたから、澁澤邸にも行ったことがあるかもしれない。向山さんには僕もお世話になっています。その彼女がよくメモを入れてきて、「これを澁澤家にも送りました」「澁澤さんからも注文がありました」なんて書いてくるから、だいたい動静がわかっちゃったりして（笑）。澁澤さんも彼女のことをおもしろがっててね。いちどフランスで出た『Shunga（春画）』っていう本を注文したら、向山さんが何のことだかわかんなくて、ローマ字のタイトルを見て「しゅがー」だと思ったらしい。「しゅがーって何ですか？」と電話がかかってきたといって、大笑いしていました。それ以前には、日本のカタログには載らないようなものは小切手で送るとか、そういう方法で安く買ってたわけです。

松山　フランス語でもちろん注文するんでしょう？澁澤さんは書けるわけ？

巖谷　僕にも直接注文しろといって、なんとフランス語の手紙の書き方の本を一冊くれましたよ。「これのとおりにやればいいんだよ」ってね。しかも澁澤さんが手書きした紙があって、「俺はこう書いてるんだ」っていって僕にくれたのね。澁澤さんの手書きの注文書っていうのをもらった（笑）。この人はこういうこともやってるんだと驚きました。その『フランス語の手紙の書き方』とかいう本は、いまでも僕のところにあるけれど、澁澤さんからのプレゼントです（笑）。それで、そういう場合にカタログで注文するときは、やっぱり題名で見当つけて注文するんですね。

松山　それは、最初はそうでしょうね。

巖谷　だから、おもしろい題名の本をどんどん買って読んで、なんか「おおー、これは」ってところがあると、それが澁澤さんのなかでいろいろ組みあわさって、おもしろいエッセーが生まれるという、そういう過程が『夢の宇宙誌』あたりにはある。

松山　澁澤さんは、コクトーには直接手紙を書いているんでしょう？　本も、訳したの送ったんだね。で、「Tasso」って署名して。

巖谷　「Tasso S.」ってね。コクトーは高校時代から読んでいて、それで大学のあいだに『大胯びらき』の翻訳を終えて、二十六歳ぐらいで出した。

松山　澁澤さんは、だけど、はじめはドイツ語やってたわけでしょう。旧制浦和高校では当時、澁澤さんの学年にはフランス語の授業がなかった。だから、平岡昇先生の下の学年の授業に特別に出させてもらってたという。そのころ、すでにコクトーが読めたのかな。

巖谷　はじめはもっぱら、堀口大學訳をそばに置いてでしょうね。おもしろいと思ったのは、自分で詩集をつくっているんですよ。堀口大學の訳した詩を手書きで写したり直したりして、手づくりの表紙をつけて。高校時代にそういうことをやっている。コクトーの原書をそばに置いて堀口大學訳を読むってこともやってたんじゃないかな。そのうちに自分で訳しはじめるんですけれど。一種の文学青年なんで、「わたしの耳は貝の殻」とか、そういうのをとても綺麗な、われわれの見慣れている澁澤さんの書体とちょっと違う、とても几帳面な字で書き写している。そういう手書きのものを自分で装丁したのが、いまでも残っています。フランス語は平岡昇の教室に行ったのと、それからアテネ・フランセへ通ってたわけですよね。戦争が終ってから。

終戦後すぐにというのは、一種フランスかぶれというか、澁澤さんはやっぱり反米だったし。それと、姫田嘉男（秘田《ひめだ》余四郎）というフランス映画のスーパーインポーズをやってる人と、その夫人にかわいがられたようですけども。その影響もあってアテネ・フランセで、どんどん勉強してね。数か月である程度フランス語を読めるようになっていたっていいますね。でも独学で、体系的な勉強じゃないから、喋ったりはできなかった。

松山　まあ、目的によってだよね。喋るのが目的じゃないっていうのは、日本人にはずいぶんあるもんね。

巖谷　それから大学に入る。二年浪人しているけれど、その間に『モダン日本』の編集のアルバイトをやっていた。

松山　三年じゃない？

巖谷　二年ですね。三年目に東大へ入った。もうそろそろ入んなきゃと思って、すこし勉強して入ったらしい。そのころには、ある程度フランス語が読めるようになっていたわけです。当時の手帳も残っていますよ。あんまりいろいろ書いてはいないんですが、自分の気のついた本の題名なんかをメモしてある。で、一九五〇年、昭和二十五年に、『黒いユーモア選集』に出っくわした。それはブルトンに興味があったという以上に、アンソロジーだったからかもしれない。

松山　サドはブルトンより前にカステックスかなんかで読んだんじゃないかな。

巖谷　カステックスの本は、一九四七年でしたっけ。でも澁澤さんの卒論はブルトンの『黒いユーモア選集』を、いわば要約したものですよ。卒論は公表できないものですが、うまくまとまったアンソロジーになっていて、だから鈴木信太郎教授がもっと論文らしくせよといったという話があるけれど、論文というよりは小アンソロジーなんですね。ブルトンの方法にならって、ブルトンの扱った先人たちを並べてゆく。

『サド復活』の最初に「暗黒のユーモアあるいは文学的テロル」ていうエッセーがあるでしょう。書きおろしのね。あれの原形は卒論です。だからブルトンとの出会いは、アンソロジーが最初だった。おもしろいことに、ブルトンの原書もそんなにたくさん持ってはいない。澁澤さんにとって必要なブルトンっていうのは『黒いユーモア選集』とそれから『魔術的芸術』『シュルレアリスムと絵画』、要するにアンソロジー的な本なんだ。『シュルレアリスム宣言』の原書が今回の目録にないというのは、とっても興味ぶかいですね。

松山　エルンストはどうなんですか？

巖谷　エルンストはたぶん『百頭女』が最初です。

松山　それは巖谷さんが教えたわけじゃないの？

巖谷　いや、もっと前からですよ。ポーヴェールのカタログでエルンストはよく扱われていましたから。『百頭女』も古い一九二九年の初版を持ってるはずはないので、五六年のルイユ版でしょう。

松山　だから澁澤さんがわざわざ古いものを持ってるっていうのは、サドの手紙一通だけじゃないかな。応接間の額に入ってる。

巖谷　いや、それは、ちょっとかわいそうだよ（笑）。でも、びっくりするほど画集が少ないですね。それもすごくいいなあと思う。だって、たとえばエルンストが好きになったら、どんどん集めるようなことするかと思いきや、じつはそうではなくて、四、五冊しか持っていない。

じつは澁澤さんの美術との出会いは、わりと遅いんです。最初に美術のことを書いたのは三十歳ぐらいになってからだから。そのときに出てくる画家がルドンとギュスターヴ・モロー、あとはクレー、エルンストくらい。だんだん増えてく過程で、ポーヴェール書店などが物を言ってくるわけです。どんどん取り寄せて新しい画家たちと出会う。

でも美術との最初の出会いは、本格的には加納光於でしょう。一九五九年に加納さんの展覧会に行った。なぜかというと、加納さんが「サドの肖像」をはじめて発表したんです。それを噂に聞いて、銀座の栄画廊に見に行った。そこで加納光於の絵を見てほんとに驚いたらしい。すぐあとで澁澤さんはミクロコスモスっていう言葉を使うわけです。絵を見て、このアーティストが現代美術においてどうだとかいうんじゃなくて、ある種の宇宙観として感じとって、はじめて書いた美術エッセーが加納光於論だった。それが六〇年ですから、意外に遅い。

松山　昭和三十五年か。ずいぶん遅いね。

巖谷　だから美術との出会いが遅いってことは言えるんです。

松山　ユイスマンスの『さかしま』を訳したのは、昭和三十七年ですか。それと、いまのルドンとかギュスターヴ・モローとかってのは、つながりあります?

巖谷　ありますね。外国の一人の美術家について最初に書いたのはルドンです。それはたぶん注文ですが、「みづゑ」誌に出た。ルドンの「聖アントワーヌの誘惑」の一点一点について説明を加えたその文章が、ヨーロッパ美術論としては最初です。

松山　そのころ、いまよりはルドンが流行っていたしね。

巖谷　共通しているのはルドンにせよ、エルンストにせよ、モノクロだということ。黒と白の細密画のようなものが好きだった。だから、最初に自分の美術の好みを列挙した「空間恐怖について」というエッセーが六〇年代のはじめにあるけれど、それは意外なことに、澁澤さんの単行本に入ってない。それを読むと、彼の好きなものとしてドイツの細密画、銅版画とか、そういうものを挙げている。それから現代でいうとエルンストだと。で、そろそろ別の名前も出てくる。スワーンベリとか。彼はドイツ語式にスワンベルクといってしばらく直さなかったけれども。それからレオノール・フィニーね。あれも、正しくはフィーニなんだけど、澁澤さんはフィニーと書いて直さない（笑）。そのあたりの画家を好むようになる。

松山　でも、スワーンベリなんて色がいっぱいあるでしょう？

巖谷　だから、だんだん色のあるものに移ってきた。でも、実物を観てっていうんじゃないんで、画集からです。一方、実物を観た最初の美術との大きな出会いは加納光於、ついで野中ユリでした。ただし、その前にね、一九五四―五五年だと思うけど、澁澤さんの手帳のなかにタケミヤ画廊のアドレスが書いてある。当時そこでは、瀧口修造が無償で二〇八回もの展覧会をやっていたわけです、数年間。それで結局、経済的理由でつぶれちゃった画廊なんだけれど、そこのアドレスが書いてあったということは、そこへ行っていた可能性もある。加納光於も野中ユリも池田満寿夫も、もともとタケミヤ画廊でデビューしているから。

松山　そのときはもちろん鎌倉にいたから、わざわざ行ったわけ？

巖谷　行った可能性がある。手帳にアドレスが書かれているってことは、興味があったってことでしょう。少なくとも、瀧口修造への興味がすでにあったことはまちがいない。澁澤さんの最初の著書は『サド復活』ですが、装丁、表紙カバーから、本のなかにも加納光於の絵が入っている。加納光於の絵と、エルンストのコラージュを使っています。あの『サド復活』はその後、再版が出たときに加納さんの絵がなくなっちゃうんですが、最初に出したのが五九年でしょう。それが出た日に、版元の弘文堂へ加納光於といっしょに行って、そのまま加納さんにつれられて瀧口修造の家を訪問している。それで『サド復活』をプレゼントした。そのときの話もおもしろい。澁澤さんは当時パイプくわえていたけど、瀧口さんのアトリエ行く前に、緊張したかどうかして、パイプはやめてタバコを買って、タバコをくわえて瀧口さんと対面した。

松山　パイプじゃ失礼と思ったのかな？

巖谷　思ったのかな。僕はパイプでいいと思うんだけど。

松山　でも、尊大に見えるかもしれないね。

巖谷　それで、すぐに『サド復活』をとりあげて評価したのが瀧口修造だった。だから世間一般は三島由紀夫との出会いをいうけれど、瀧口修造との出会いも澁澤さんにとって大きい。それからしばらくして瀧口さんの『エルンスト』って本がみすず書房から出る。澁澤さんはその書評（『澁澤龍彥全集2』補遺）を書いていますね。それで、瀧口さんが『サド復活』を何度かとりあげ、澁澤さんが瀧口修造の本について何度か書くっていう、そういうやりとりが六〇年代のはじめにあった。最初の出会いは五九年の夏から秋にかけてなんだけれど、おなじころに土方巽とも出会っている。でも土方さんとの出会いと、瀧口修造、加納光於との出会い、どれが早いかというと、加納光於ですね。

松山　それは、昭和三十五年ぐらい？

巖谷　三十四年です。

松山　それでも、やっぱり美術との関係ってのは、思ったより早くないんだな。

巖谷　ひとつには、学生時代には日本であまり展覧会がなかった。とくに外国の絵を観る機会が少なかった。少年時代なら、たとえば武井武雄でしょ、初山滋でしょ、それから漫画もある。田河水泡から、『タンク・タンクロー』の阪本牙城とかね。大城のぼるとか、あのへんへの郷愁っていうのが、澁澤さんの美術観のもとにはある。それからあと、博物学的な、昆虫だとか、結晶だとか、貝殻だとか、そういうのも原形にある。戦後になって、僕が見たところでは、卒業論文でダリのこと言っているのが早いかな。ダリには、かなり興味があったようです。これも日本でダリの展覧会があったことが大きい。五〇年代にシュルレアリスムの絵を観るといったら、まずダリだったんですから。ダリのいわゆるパラノイア・クリティックについて研究したくて、本を探している形跡が手帳に残っている。それもやっぱり、ブルトンの『黒いユーモア選集』にはダリの項目があるので、そちらからの興味だったと思う。

松山　ビアズレーは何冊ぐらい持っていますか。画集が三、四冊ありましたね。

巖谷　ビアズレーも最初は五〇年代ですね。

松山　五五年に河出から出た、文庫の、そのころはカバーついてると特装版なんていってた（笑）。サドの『恋の駈引』ってやつが、ビアズレーの絵を逆刷りにして載せてるんですよね。

＊

巖谷　澁澤さんの蔵書には、洋雑誌が少ないですね。全部でも数十冊とかそのぐらいしかないでしょう。これは驚くべきことだな。雑誌のレヴェルまで論文を調べてないってことかもしれない。あと、英語の本はほとんどないですね。たとえば彼の好きだったエドガー・アラン・ポーなども、原書では読んでないかもしれない。

松山　マリー・ボナパルトは持ってるかな。ポーの精神分析の本。もとは二冊なんだけどね。大きい本だったから、澁澤さんの持っている小さい本になると三冊になるのね。

巖谷　マリー・ボナパルト女史の本は、澁澤さんは「女史」ってつけて言うけれど、あれはずいぶん利用していますね。

松山　私にね「共訳しないか」っていってたことあったけど、できっこないから。でもポーの本を英語で全部読んだってことはない。

巖谷　まあ、ポーは日夏耿之介あたりからね、もう高校時代からいろいろ読んでいたと思うけれど。
松山　日夏耿之介が『サロメ』を訳した一年前か、おなじ年に佐々木直次郎が訳してるんだ。だけど、佐々木直次郎が訳した『サロメ』って、私、見たことないんだよね。
巖谷　出帆社のワイルド全集のときに、『サロメ』をフランス語から訳すとか言ってたな。そのためか、『サロメ』の訳本はそろっているようですね。
松山　あの河盛好蔵が訳したコクトーの『山師トマ』、昔の春陽堂文庫に入っていた灰色のちっちゃいの。あれは持ってはいないようだね。
巖谷　『大胯びらき』を訳したときには、山川篤っていう翻訳家の訳本が、澁澤さんの訳本の前の年に出ている。澁澤さんはあれを参照しているのかどうか、微妙です。一年後に翻訳を出してるわけだから、当然参照してると思うんだけれど。あえて、自分の最初の本なのに、思いきって山川篤と違う文体をつくっているから、そこがいいなと思ったんですけれど。
松山　ところで、こういう『蔵書目録』をつくっちゃうと、澁澤さんの本を読みたいって人に、見せてあげるシステムはあるんですか、ないんですか？　へたに扱われたら、本がぶっこわれちゃったり。
巖谷　そうですね。それはしないほうがいいんじゃないかな。これはあくまで題名だけのリストで、図書館などへ行けば探せるわけだから。
松山　でも、図書館の本じゃ、線引いた跡とか見られないからね。
巖谷　でも、線を引いてあるっていったって、微々たるものじゃないかな。やたらに引いたわけじゃない。澁澤さんがあとで利用するときに、ぱっと目につくように線が引いてあるという感じ。だから、単語だけにちょっと引いてあるとか。
松山　それでも、それが重要ってときがずいぶんありますよ。
巖谷　重要なところは赤鉛筆なんかで、すっと単語をマークする、重要なパラグラフのところだけ薄く、下に線を引いて。でも澁澤さんの本格的な読者であれば、原書のどこに線が引いてあるぐらい、逆に予想できないといけないんだけれど。

松山　それは、巖谷さんだけだよね、できるのは(笑)。そこまで行くのはちょっと。

巖谷　バシュラールやエリアーデの本は、いろんなところに線を引いているはずですね。

松山　バシュラールも、いまから想像できないくらい流行ってたからね。

巖谷　翻訳が出はじめて、流行りましたね。

松山　あの、三八〇円の安い、あれパイヨ刊かな。

巖谷　学術書だから、あれは。それからジョゼ・コルティ刊ですね、だいたいのバシュラールの本は。

松山　私は、一冊だけね、バシュラールがロジェ・カイヨワに献呈したのを持っています。いまでもどっかにあるけど。

巖谷　すごいな。澁澤さんはそんなのは持ってないけど。でも懐かしいですね、ジョゼ・コルティ版。装丁も、『水と夢』なんかは小型本でね。それから『大地と休息の夢想』『大地と意志の夢想』や『空間の詩学』になると、大型本。ペーパーナイフで切っていくと、白い粉が落ちる。澁澤さんはそれを「去年の雪」とか言っていて、切るのが好きだったみたいだ。そうやってペーパーナイフで切りながら読んでいくっていう、それをずっとつづけていた。だから、切ってあるところと切ってないところのある本もあるでしょう。本が来ると全部ばーっと切っちゃう場合と、自分の読みたい箇所だけ切って、一枚一枚切りながら読んでいく場合と、両方あったと思う。でも澁澤さんは、バシュラールだって、いま言ったような地水火風論や『空間の詩学』ばかりで、いわゆる科学哲学みたいな本のほうは、全部そろえていないですね。バシュラールでも興味があるのは四大元素の詩学だけ。そもそもバシュラールが好きだったからといって、全部を読むことはしない人です。

松山　澁澤さんは、だいたい動くものってあんまり好きじゃない（笑）。動くもの、変るものは。

巖谷　機械なんかは好きだったけれどね。

松山　そうかな。機械だってさ、飛行機にだってあんまり関心ないでしょう。あとになると、つまり動くからよ。時計ならいいんだよ。

巖谷　歯車とかゼンマイとかバネとか、そういう原形的な形のあるものは好きだった。

松山　それから、螺旋が好きなんじゃない？

巖谷　螺旋は好きでしたね。澁澤さんが子どものころによく描いていた絵のこと、エッセーに書いていたでしょう。僕もよく聞きましたけれど、実際に描いて見せるの。子どものときとおなじ絵を描くんだ。それが、二種類だかあるっていう。ひとつは蟻の巣である、と。地面の断面図を描いて、蟻がこうやってずっと穴を掘って、部屋に到達して、蟻の一家がそこでくらしている。さらに穴を掘っていって、それで全体が迷宮みたいになってゆく。それがひとつ目。それからもうひとつは、墓場の絵だっていう。墓石がいっぱい立っていて、焼香の煙があがっているとかね。それが子どものころの得意なテーマだったと。そういうことをわざわざ語るのは、本人も意識しているってことで、なにか澁澤さんの世界観に通じていますね。

それを本の世界にあてはめてみると、こう穴を掘っていって、部屋に到達して、また掘りにゆく。ときには螺旋状に掘って、世界をひろげてゆくっていう、それがひとつでしょう。それに、墓場ってのはいろんな本のアンソロジーみたいに、いろんな人のお墓が立ってる世界。こじつければ、そういう原形があるような気がしてね。というか、澁澤さんは、そのことを意識して、そんな話を書いたんじゃないかって思うんですけれど。

松山　プリニウスはレーブ版とベル・レットル版と、どっちを先に買ってるのかな。

巖谷　ベル・レットル版を手に入れて喜んでいまし

たね。

松山　ベル・レットルのほうが圧倒的に詳しいんですよ。だから、それこそずいぶん線を引いたりして、いろいろ読んだんでしょうね。

巖谷　最初はサドと、それからブルトンのアンソロジーが原形だったけど、プリニウスを獲得してから、プリニウスが澁澤さんの柱になっていったような気がする、晩年まで。

松山　うーん、だけど、そんな遅いんですかね。澁澤さんが、自分でも一種のエンサイクロペディストだってことを意識してるとすればね。

巖谷　プリニウスの死に方を挙げて、「こういうひとになりたい」といっているのが、すでに六二年の『神聖受胎』のあとがきにありますね。

松山　かなり早いは早い。

巖谷　でもプリニウスを読むことはできなかったんじゃないかな、当時まだ、ちょっとしか。

松山　レーブの本では読めるけど、ベル・レットルのほうはまだでしょう。

巖谷　ベル・レットル版は全部そろってるでしょう。そろえたときはすごく喜んでいた。

松山　全然、詳しさが違うんだもん。

巖谷　注がいっぱいついてるから。

松山　注であのボリュームになるわけだから。

巖谷　注のほうを読んでる。澁澤さんの『私のプリニウス』って本は、そのプリニウス渉猟のまあ、中間報告みたいなものです。

松山　それから、あれはあるかしら？　ピエール・ルイスの『ポーゾール王の冒険』は。

編集部　翻訳のほうはありましたけれども、原書はないです。

松山　澁澤さんが世界文学館みたいなのをつくるなかには、よく『ポーゾール王』が入っている。

編集部　じつは『ポーゾール王の冒険』の書きこみに、「サドと共通性があり」ってありました。

松山　へえー、それは大意外だな。

巖谷　ピエール・ルイスは、「新しい逸楽」っていう短篇があるでしょう。澁澤さんはああいうのが最初じゃないかな。タバコの話だけれどね。ああいう洒落たコントみたいなのから入るんだ。だいたい短篇が好きな人ですから。

松山　そうですよ。

巖谷　アンソロジーに加えるには、長篇じゃできないんだから。

松山　ピエール・ルイスはふつうの作品のほかに、ポルノと伝記みたいなのをけっこう持ってるね。ピエール・ルイスの生涯に興味あるんでしょうねえ。おそらく、晩年の悲惨な感じのところでしょう。

巖谷　ええ。でも「サドと共通性あり」っていうのは、新しい説でおもしろいね。

松山　それは、私にとっては仰天の説だ（笑）。いや、私はね、ピエール・ルイスの『ポーゾール王』は、原書を二冊もってるわけ。ひとつはルイスの署名入りでね、ひとつは限定十部のやつで。

巖谷　すごいな。和紙ですか？

松山　こんな厚くてさ、大きさもグラン・パピエってやつだから。

巖谷　絵も入ってる？

松山　どちらも初版だから絵は入ってない。それから表紙はね、大きいやつの表紙ができないもんだから、じつに安っぽい表紙に差し換えてある。でも、不思議だよね、澁澤さんは原書を持ってないか。

巖谷　ピエール・ルイスはそんなに読みこんでなかったんじゃないかな。短篇を読んでたんでしょう。

松山　でも、ピエール・ルイスの短篇を読むのって大変でしょう？　つまり当時、手に入れるのが。

巖谷　いや、アンソロジーのなかに入ってるやつでしょう。ピエール・ルイス全集とか、そういうものは買わないと思う。

松山　ピエール・ルイス全集ってのは高かったよ。昭和二十五年にね、三万円っていうからね。

巖谷　いまだったら？

松山　いまありゃ、はるかに安いわけよ。
巖谷　ああ、そうか。
松山　その当時、買うのやめたぐらい高かった。
巖谷　澁澤さんはフランスの作家でも、全集はあんまりそろえない。よく憶えているけれど、レーモン・ルーセルの『ロクス・ソルス』を訳したいと言っていて、ルーセルはポーヴェールから著作集が出ているんですよ。で、それの話をしたら、澁澤さんは持っていない。それで「俺はこれで読んだんだよ」って、別の版本を出してきて見せた。興味のあるものしか買っていない。

＊

巖谷　『ホモ・エロティクス』という本がありますね。あれは澁澤さんの著書として大事な本だと思う。蔵書のなかに、『ホモ・エロティクス』って同名の原書があるでしょう。クロード・エルセンの。この本は僕も愛読したんだけれど。
松山　澁澤さんの『ホモ・エロティクス』ってのも、あんまり重版はしなかった。
巖谷　あれは「現代思潮社のプレゼントだ」っていっていた。豪華な装丁でね。澁澤さんの好きなようにつくった本です。箱にはタロットの絵を使ってある。貼り箱で、なかは澁澤さんの好きなガーネット色のビロードかなんか使っている。現代思潮社が澁澤さんのサドでいろいろやっているなかで、プレゼントしたアンソロジーみたいな本です。題名はエルセンからとったのにまちがいない。『ホモ・エロティクス』っていう題名に魅かれて、クロード・エルセンがどんな人かは知らないで買ったんだと思う。僕もおんなじで、「あれはいいですね」という話をした。そしたら、「いやあ」ってちょっと照れくさそうな顔をして、「じつは使いたいんだ」と。それが「ジャン・ジュネ論」。『ブレストの乱暴者』の翻訳のうしろに入っていて、すごくいい解説ですが、あれはほとんどクロード・エルセンの流用なんです。

でも、クロード・エルセンの原文とそっくりおなじじゃなくて、わかりやすくしている。そうやって、好きな本っていうのは、そのまま使ってしまう。ただ、それは使い方の問題なので、澁澤さんは記憶力がいいから、書いてるうちに自然にそっくりになっちゃうってことで、逐語訳して写しとったっていうのとは違う。澁澤さんは下敷きがあるから云々って、よく言うでしょう。僕はそれが澁澤さんのいいところだと、逆に言っているわけです。

松山　まあ、それにすこし約(つづ)めたりね、要旨をいう才能ってのは抜群なんだよね。

巖谷　アンソロジストっていう才能と通じますね。非常にうまく集めて、配置している。

松山　だからサドの翻訳の、抄訳っていうのはアンソロジストとしての才能も大きいわけ。やっぱり全訳すると、出版情勢の制約は別としても、かなり退屈でしょうね。

巖谷　抄出がうまいんですよ。それは技術だけじゃなくて、体質的にというか、頭脳的にというか。ある本を読んでそれを好きになると、それがもう体に入っちゃって、おんなじことをうまくまとめて書いちゃうという、そういうことがあるんですね。

松山　それに、澁澤さんにとっては、森羅万象ってのは自分のものなんですよ（笑）。だから、他人とかなんとか、あまり差別がない。

巖谷　うしろめたいとかいうことは全然ないわけ。それを発見した人は、鬼の首をとったようによく批判しますけれど。本を訳してるうちに「あ、これ、澁澤龍彥が使ってるな」とわかったとか。でも澁澤さんは、もっと何百倍もいろんな原典を使っているんで、ひとつ発見したからってそういうことを言うってのは、じつはまだわかってない（笑）。『ホモ・エロティクス』の場合は、ジャン・ジュネを論ずるときに、みごとにそれを使った。題名も使って、別に『ホモ・エロティクス』という本も出しちゃった。内容は違うけれど、そういうケースもある。

松山　ジャン・ロランなんてのは、そんなに訳されないと思いこんでいたのかな。
巖谷　いや、自分で訳している（笑）。あの仮面の物語ね。自分で流用したものも平気で訳す人ですよ。初期に「錬金術的コント」という作品がありますね。彼の掌篇ですが、あれは完全にアルフォンス・アレの翻案。ノルウェーの海岸というのを葉山の海岸に置きかえて、翻訳をそのまま自分の短篇として発表している。
松山　ジャン・ロランの小説を種本にした澁澤さんの短篇は圧倒的に多いけど、だけどもやっぱり、下敷きにしたやつより上手く書けるっていう自信のあるものしかやらないんだろうな。実際、仕上りは種本よりもよくなっているけどね。
巖谷　そうですね。ジャン・ロランはずいぶん使っているけれども、ジャン・ロランがそんなに好きで、いっぱい本を集めてたというわけでもない。この目録には、六冊くらいですね。
松山　なんか、ジャン・ロランってやたら仮面が好きだからさ、仮面のことを使ったやつも、どれだかわかんないとかあるね。
巖谷　澁澤さんはアンソロジストだからいろんなものから集めてくる。仮面の場合もいろんなものを使っていますよね。マルセル・シュオブの『黄金仮面の王』とか。ああいうの好きだから。
松山　シュオブは、澁澤さんが好きになった始まりは何なんでしょうね？
巖谷　何でしょうね。最初は『架空の伝記』かなあ。僕も学生時代、澁澤さんに薦められて読んだのを憶えているけれど。
松山　あるいは、どっか高校の図書館あたりでね、奇妙な本だけども、第一書房が出した『古希臘風俗鑑』っていうのを読んだかな。『蔵書目録』見ると、あの本を持ってますね、澁澤さん。
巖谷　矢野目源一の訳ね。
松山　矢野目源一っていう人も不思議な人ですね。

訳は、日本語の達人ですもんね。

巖谷　澁澤さんも好きだったみたいです。

松山　不思議な人だからね。最後は、「ハウザー食」っていうの食うと百四十歳まで長生きするとかいって、すぐ死んじゃったけど（笑）。

巖谷　仮面といえば、レオノール・フィニがわりと初期から関心をひいたというのは、仮面作家でもあったからかもしれない。仮面の写真集があって、それで好きになった。

松山　それにしちゃ、澁澤さんのところは、お面はかけてなかったんじゃないかな。

巖谷　そうですね。実際の仮面は、かかってないかな。それから、ロジェ・カイヨワが仮面の本を書いているね。だからそういうのもみんな、全部よせあつめて、澁澤さんの仮面論ができあがる。『澁澤龍彦コレクション』でいえば、夢なんかも、アンソロジーの資料がいくらでもあるわけだから。

松山　それに澁澤さん、夢は毎日見て、天然色だっていってたね。

巖谷　悪夢はないっていってましたよ（笑）。

編集部　いわゆるエロ本はほとんどありませんでしたね。

巖谷　まあ彼が好きなのはエロティシズムであって、具体的なセクシュアリティーじゃないからね。絵でも、エロティックな絵画は好きだけれども、いわゆるエロ画はさほど好きじゃない。『ホモ・エロティクス』でも、別に人間の性生活を扱っているわけじゃなくて、観念としてのエロティシズム。アンソロジー嗜好みたいなものも、やっぱりエロティシズムなんだね、彼にとっては。吉岡実さんみたいに、あんなすごい詩を書いていて、一方ではポルノ映画が好きで見てるっていう、そういうのとは違う。フリークス本もあんまりなかったでしょう。普通の人なんだ、そういう意味では。

松山　普通の人っていうのが基本にあるって感じはするね。

いうか、柳田國男全集もあるし、折口信夫の全集もあるし、それから南方熊楠は新版旧版の両方の全集を持ってます。

巖谷　南方熊楠はかなり早くから読んでいた。折口信夫はそんなに読んでないと思うけど。彼の持っていたのは中央公論社の背が縦長文字の、新しい箱入りのあの版本でしょう。柳田國男は、あの大きい筑摩の『定本柳田國男集』。

松山　だから柳田の全集のなかに、石川鴻斎の本が、あれは子どものときに読んでいちばんおもしろかったって書いてあるんで、それで『夜窓鬼談』に興味をもったんだと思う。でも『夜窓鬼談』なんてね、普通の古本屋に出るってことは滅多にないわけです。あれは要するに、初版と再版があって、再版のほうにしかない話を澁澤さんは使っているわけだから。だから再版に決まってると思った。ふつう、ないからね。なんか編集者の人で、横浜の大学の先生で中国文学かなんかの専攻の人が親戚にいたとかで、そ

*

松山　石川鴻斎の『夜窓鬼談』は、どこから発見しました？　『ねむり姫』で下敷きに使われた本だけど。

編集部　二階の書庫の左奥のほうにあったんですけど。いちばん奥のほうですから、そうとう探さないとわからない。和綴本であったのは、あれともう一冊ぐらいですね。

巖谷　和書とか、東洋関係の本は、初期にはあんまりなかった。

松山　それでも、とにかく岩波の『日本古典文学大系』、とくに『今昔物語』を徹底的に読んで、それにつながるのをやっていた。

巖谷　やはりアンソロジーを読んでいたんだな。『古今著聞集』とか、あとは『御伽草子』もよく読んでいたね。

松山　だけどさ、それと併行してっていうかなんと

の編集者の人が澁澤さんに見せたとかいう話を聞いたけど。どういう入手経路かっていうのがはっきりしないね。和本だから。

巖谷　古本屋に探させたのかな。

松山　うん、だからそのへんが、ちょっとナゾだね。

巖谷　古本屋とのつきあいはどうだったんだろう。お得意の店があったんですか?

松山　だから、ないわけね。こういう漢籍関係のは。

巖谷　たとえば神田の田村とか松村とか、ああいうところとはつきあいがあったと思うけれど、漢籍関係はないだろうなあ。

松山　だから、ものすごくわからない。でも、石川鴻斎も、澁澤さん自身が言ってんのとそうでないのと、二篇かそこらは下敷きにしたんだから、あの本が書庫から発見できたのはめでたいことです。

巖谷　そのへんは現代思潮社の石井恭二さんとは関係ないのかな。石井恭二さんが、古典は自分が読ませたんだといっていた。漢文を読ませたんだと。

松山　読めっていったんだよ。だけど読まなかった。石川鴻斎は、柳田の全集から知ったんでしょう。だけど、どうやって手に入れたのかは、ナゾだ。あとはさ、中国文学についていえば、おそらく、府立五中(現・都立小石川高校)っていうのがあんまり漢文に重点を置かなかった学校だからね。

巖谷　ああ、そうですか。ハイカラな学校っていわれていましたね。ネクタイかなんかしちゃって。

松山　だから漢文に弱いっていう意識が澁澤さんにはあっただろうね。少なくとも英語だって思っちまえば、漢文はかなりわかるんだけどね。それでもね、石川鴻斎のやつには、訓点がついているんですよ。それを正確に使っているから、読めたんだ。まあ、時間かけているかもわかんないけど、正確に転用してるから。

巖谷　漢籍は読んだのかな、澁澤さんは。

松山　漢籍はないよね。それで、インド関係の本より少ないわけだけど、でも、澁澤さんが生きていられたらね、そっちの本をどんどん読んでいったでしょうね。というのは辻直四郎先生の本が一冊とね、岩本裕さんっていう、やっぱりインドの説話のことやってる先生の本も買ったりしているから。そういう本も、必要に応じて、すこしずつ厚みを増していったというところですね。

巖谷　実質的な読み方だから。でも、実質的な読み方で、しかもそれだけで一万冊を超えるってことが澁澤さんのすごさですよ。

松山　そうなんだね。でも、澁澤さんは着実だけどさ、自分の宇宙をつくるために必要な栄養を吸収するっていうことには、いつもかなり忙しかった人ですね。悠々と、ゆったりやろうっていうんじゃないんだよね。そのかわり、志は持続してるっていう、不思議なタイプだ。

巖谷　不思議なのか、それがむしろ正攻法かもしれないけど。

松山　わりに、いつでもかなり急いでいたこともたしかです。持続するのと急いでるっていうのと両方ある。

巖谷　とにかく、澁澤さんはただ本を集めて、だけど読まないっていう人じゃない。

松山　日本人でね、個人でいちばん本を持ってたのは、明治以後だと徳富蘇峰だろうと思うんだよね。二十万冊ぐらいあったんじゃないかな。

巖谷　図書館レベルですね。

松山　ただ、実際に読むってなると、大昔だけど、辰野隆さんが自分で読んだフランス語の本は、三百冊ぐらいだなんて言ってるでしょう。

巖谷　あの人は、必要なところだけ破ってとっといたとかいう。

松山　澁澤さんは、フランス語の本はやっぱり千冊は読んでるでしょう?

巖谷　読んでるでしょう。千冊以上、読んでいるんじゃないかな。その規模の大きさというのが、やはり重要です。いわゆるアカデミックな読み方じゃないから、すごいんです。アカデミシアンっていうのは、たとえばラブレーならラブレーに関係した本は、ほとんど読んでいるとか、そういう人なんだろうと思うけれど、澁澤さんはひとつのものをというんじゃなくて、あらゆる種類を読んで、全部つなげちゃう。

それから、ちょっと気になってたんだけど、ピエール・ボエテュオという人のイストワール・プロディジウズ、『不可思議物語』って本があるでしょう。澁澤さんはあの本の古い版本を神田で買ったと書いている。一五六一年の版本。ところが目録を見ると、じつはそれじゃないんだね。一九六一年版で、それなら僕も持ってる。澁澤さんは一九六一年版で読んでいた。稀覯本趣味はないんだ。このボエテュオの本はよく使っていて、『夢の宇宙誌』の図版なんか、だいぶそこからとっています。

松山　へえー。そんな古い絵ばっかりなの？

巖谷　スキアポデスとか、東方世界に住むへんてこな人類とか、顔がロバの顔をした人間、熊娘とか。だから、一九六一年版を使っていたんだとわかれば、「白夜評論」誌で「エロティシズム断章」っていう連載をはじめたことと関係があるわけだ。

松山　あれ、「はくや」なのか「びゃくや」なのか。

巖谷　石井恭二さんによれば、どっちでもいいみたいですが、「はくや」と言っていたな。『夢の宇宙誌』が六四年ですが、「白夜評論」での連載は六二年から。六一年に出た版本をすぐ使ったんですね。それだけ早く読んで使う人ですよ。

松山　まあ、私が意外だったのは、澁澤さんってのは、少なくとも中学校から勤勉な学生、学生というか生徒であって、秀才であったということですね。

巖谷　小学校からじゃないですか。ともかく几帳面な人ですよ。いろんなものを、きちんと整理していて、それはほんとに驚く。

松山　だから、「勉強力」っていうと赤瀬川原平みたいだけれど、その勉強力のすごさってのは、ものすごいもんだ。
巖谷　本の読み方でも、あれだけコンスタントにおなじ筆圧で、きれいに書きこみをしたり、線を引いているのが不思議だと思う。仮綴本をペーパーナイフで丁寧に切って、こういうふうにめくってゆく、そういうことも好きだったんだ。
松山　『高丘親王航海記』でも、チェックしてみると、中学のときの東洋史の教科書のなかにしか出てこないような言葉を使ってるんですよ。それ以外にあるのかどうかってのがわかんない言葉が出てくるんだから。
巖谷　空襲で家を焼かれたから、子どものころの本をそのままとっておいたというものは少ないけれど、あとで買うことはしてますね。たとえば「コドモノクニ」なんかは何冊かあるでしょう。古本屋で見つけたんだと思う、これは。
松山　「コドモノクニ」ってのは、べらぼうに高いからね。
巖谷　買ったんじゃないのかな。あるいはもらったのか。
松山　あるいは鎌倉あたりの古本屋って、焼けてないからさ。昔は鎌倉って、古本屋がずいぶんあったんですよね。やっぱり東京と、鎌倉や京都じゃ本の鉱脈が違うって感じでね。焼けないところは思わぬ古い本がぎゅってあるっていうのがあったから。
巖谷　「コドモノクニ」の好きな号を、探して手に入れたんじゃないかと思うんだけれど。少年時代をある程度まで再現するって意図もあったような気がする。「コドモノクニ」はおそらく頭に入っていて、そこで読んだ童謡だとか、絵だとかを生涯忘れなかった。とくに武井武雄は頭に入っちゃってる。
松山　きっと、初山滋もある程度ね。「コドモノクニ」は復刊されてもいい雑誌（その後に復刻版が出ている）なんだけれどね。しかしあれ、大正の末期のほうよりもね、昭和になってから、武井武雄とかが出てきて、すごくよくなった。

巖谷　澁澤さんがとくに好きだっていう北原白秋の「チュウリップ兵隊」って童謡があるでしょう。「コドモノクニ」の、それの載っていた号じゃないかと思うんですよ、澁澤さんがあとで手に入れたのは。武井武雄が絵を描いていて、「チュウリップ兵隊」っていう題名からして澁澤さん好みだけれど。
編集部　「チュウリップ兵隊」の号は、たしかにありました。
巖谷　あと、澁澤さんの蔵書には、いわゆる雑学的な本がないですね。ほんとに必要なものしかない。たとえば、漫画の本もないよ。つげ義春が一冊だけあったはずだけど。『ねじ式』が出たとき、彼は大よろこびしてね。「これはいいんだー」って言っていた。だけど、つげ義春のほかの作品は読まないんで、それも特徴です。僕のところなんか、漫画だけでも何千冊かあるから、置き場に困るけれども。

＊

松山　澁澤さんはさあ、吉行淳之介さんなんかとは飲み屋なんかに行っていたらしいね。自分で飲み屋へ行くってことはほとんどしない人なのかな。
巖谷　澁澤さんが一人で行くっていうのは、考えられないですね。
松山　あ、やっぱり考えられない?
巖谷　うん。なにせ、誰かにつれられてじゃないと、あんまり動かない人ですよ。
松山　ああ、それは私だってね、はじめのころは飲み屋の七割は種村（季弘）につれていかれてたわけだ。
巖谷　だから種村さんのほうは、誰かをつれてゆく人なわけだ。飲み屋にもね。
松山　ああ、そういう人だ。
巖谷　僕なんかもつれまわされたことがある。
松山　ああそう。どこで?
巖谷　大学院のころ、アルバイトで國學院大学で教えていたんですよ。夜学ですが、隣の教室で種村さんがドイツ語をやっていて、僕はフランス語をやっていたの。
松山　そんなのが、出会いやすいんだな（笑）。
巖谷　で、タネさんが先に終っちゃう。すると教室の外から、こうやって手招きして、呼ぶのね。しょうがないので、「じゃあ、用があるから」とかいって授業をやめて、それでたいてい渋谷か恵比寿に出る。そうやって毎週、タネさんのなじみの店へ行くっていう時期があったんです。
松山　あの人は、本質的に彷徨（さまよ）う人だから。飲み屋も彷徨うんだよね。
巖谷　人の決めた飲み屋じゃいやなんだ、タネさんは。
松山　とにかく店を発見してきて、誰かをつれていくっていう、ほとんど癖だね。
巖谷　それで、わびしい、薄汚いところが大好きだ。澁澤さんはそうじゃなくて、人をつれてゆくときには料理屋ですね。
松山　ああ、そういえばそうだな。
巖谷　何度も招ばれましたね。「どっか、食いに行こうや」って。フグだとか。もちろん北鎌倉へ移って、『快楽主義の哲学』が売れていたあとだけれど。その前の小町の時代は、澁澤さんは人を家に招びこむだけだったでしょう。
松山　本の話じゃなくていいのかね（笑）。なんとかいう蕎麦屋あったでしょう。鎌倉に。
巖谷　一茶庵かな？
松山　一茶庵はいまでもあるけど、一茶庵って、騒ぐとなんか、親父が怒るようなところがあって、そこにつれていくんだよ。澁澤さんが。
巖谷　本と関係なくもないですよ（笑）。自分の書斎で、わりとカタログを見るのが好きだったと思う。古本屋のカタログで発見して、注文してというやりかたが多くて、神田なんかの古本屋街にしょっちゅう出かけて歩きまわっていたっていうのは、学生時代ぐらいかもしれない。あとは鎌倉だから。そんなに出歩いていないと思うんだけれど。
松山　私と澁澤さんと趣味が違うとこはねえ、澁澤さんは、花田清輝が好きでしょう。石川淳が好きでしょう。それから林達夫が好きでしょう。私はその三人はなんとなく……。
巖谷　インチキくさい？
松山　まあ、石川淳はチンピラだと思うわけ（笑）。それから澁澤さんにチンピラ性があるとすると、石川淳的なチンピラ性だと思う。
巖谷　その三人って、澁澤さんのいわば先人三羽烏ですね。
松山　わりに好きでしょう。でね、種村も好きだ。林達夫のことは知らないけどさ。だけど、好きだけど、種村は途中で、その二人に対する評価って変っているんじゃないかと思う。澁澤さんは終生、変らなかったんじゃないかな。
巖谷　種村さんには、好きな作家があったんだろうか、わからない。ほんとに好きなのは大衆小説なんかじゃないかな、種村さんは。
松山　それはわかんないな。
巖谷　山田風太郎なんか好きだったんじゃないかな。
松山　とにかく、豆腐と温泉が好きで、旅行が好き、放浪が好きなんだから。
巖谷　種村さんは複雑な人ですよ。そう見えて、ほんとは……、っていうのがしょっちゅうありますからね。
松山　だけど、O型ではあるんだけどね（笑）。
巖谷　O型でなんでも面倒みちゃうから、誰についても書くけれども、実際に好きなものはわからない人だな。
松山　それから、作家全体としてなんかまとめるってことはしない。ザッヘル・マゾッホだけは、伝記が一貫してあるけれども、他のものはなんか、ある角度から見たのを、ちょっと引いて……。
巖谷　それも、なんか種村風の世界に引きこんでくっていう感じですね。美術についても、種村さんが本当に好きなものはよくわからない。ひょっとしたら、ゾンネンシュターンがいちばん好きなんじゃないかって気がするんだけれど。ああいう酔っぱらいで、精神病すれすれで、反社会的で、世に受けいれられないで暴れまわる道化のような人間が好き。そうすると、さっきの三羽烏でいうと、みんなちょっとだけ道化性はあるけれど、花田清輝がいちばん、タネさんに近いんじゃないですか。

松山　それでも、途中から変っているんじゃないかって気もするんだけどね。タネさんは、ずいぶん狂気すれすれか、狂気になった人の作品を訳すの好きだったね。

巖谷　しかも、有名になっちゃいけないんだ。偉くなるといけないっていうのが、種村さんのストイックなモラルです。ところで、澁澤さんのほうは、一度いいっていったら、最後までいいんだと言いつづける。

松山　どうも、そうらしいね。だから、二人はそこが違うんだね。

巖谷　澁澤さんは断固として譲らない。「あの作家は最近よくない」なんていうと、澁澤さんは「いや、いいんだ」と。

松山　船の名前だってね、ノルマンディー号ってのを、ノルマンヂーって書くのは、昔は「ヂ」は本来は「ディ」だから、知ってるやつはノルマンディーって発音する。けど澁澤さんは、子どもだからノルマンヂーって発音していたのを、頑固に後までノルマンヂーで通すからね。フランス文学者がノルマンヂーって書くってのは、「すごいー」と思ったけど（笑）。

巖谷　フォンテーヌブローってのも、澁澤さんはフォンテンブロオって書いたりする。

松山　あれはでも、書き直してもいるでしょう。二種類の表記がある。

巖谷　うん。やっぱり編集者に指摘されたりすると、直すってことがあったかもしれない。さすがに、これはまずいというのはありましたから。
松山　堀口大學だってリュクサンブールを、最初、レキサンブルグって書いていたぐらいだから（笑）。
巖谷　それでも澁澤さんは、昔の表記がいいって頑張るところがあったですね。
松山　まあ、昔の表記はすごいもんね。
巖谷　だいたいレオノール・フィニーってのがね、フィニーとは読めない。フィーニあるいはフィニなんだけれど、最後までフィニーを貫いたでしょう。
松山　いや、まあ、表記はずいぶんわがままな表記を使ったね。
巖谷　ユイスマンスもそうだ。はじめユイスマンで通していたけれど、どうもみんなに言われるもんで、やむをえずユイスマンスに直している。
松山　そんなことといえばさあ、バチストっていうのをバプチストって書きつづけているし（笑）。
巖谷　フランス語だったらバティストだ。澁澤さんは、発音の本は持ってないのかな（笑）。そういうことにあんまり興味ないんですね。
松山　いらなかった。
巖谷　俗語辞典の類もそんなに多くないんじゃないかな。
松山　でもアルゴの辞典はね、得意になって、「これにこう書いてある」とかって言ってはいるんですよ。
巖谷　辞書も、ある時期までは、フランス語だったら『スタンダード仏和辞典』一本槍って感じだった。
松山　私は、「仏仏」は引いてなかったという疑いを持ってますけど（笑）。
巖谷　やはりある時期までは、あまり辞書を持っていなかったでしょう。
松山　あとは、日本語を発明しちゃうわけだから。
巖谷　そうですね。勘がいいんです。澁澤さんがうまく訳文をあてはめると、なるほどそのとおりだってことがとっても多い。翻訳はやっぱり、あの人は達人ですね。正確かどうかっていうのは、また別の問題で（笑）。正確にしちゃうと逆に日本語としておかしくなるケースもあるので、そこらへんのギリギリのところで勝負するっていうのとはちょっと違う。うまく日本語に書きこなすことが翻訳だっていうふうに彼は思っていた。ちょっとした言いまわしを日本語の紋切型の文章に変えるっていう喜びを、彼は持ちつづけていましたね。だから花田清輝が大好きだっていうのは、例の紋切り型で、「しかしまあ、そんなことはどうでもいいが」とか、それを翻訳でも借用していたりする。

＊

松山　澁澤さんは、詩っていうのはどうだったのかな。とくに好きな詩人というのはあったと思う？

巖谷　学生時代はコクトーでしょうね。

松山　だけど、コクトー好きっていうのは、コクトーの詩が好きっていうわけではないんでしょう。

巖谷　堀口大學でしょう。堀口大學のコクトーの訳が好きだったのはまちがいないですね。それで彼も詩の翻訳を試みたりしていた。北鎌倉の家から出てきた資料で、詩がいっぱい書いてある正体不明のノートがある。澁澤さんが書いた詩かどうかは不明ですが、翻訳するのは好きだったんでしょう。でも学生時代だけで、その後はあんまり興味が向かなくなっている。

松山　なんか芦川羊子に捧げた翻訳の詩を憶えている。

巖谷　詩の翻訳を発表してもいます。ブルトンの「ユニオン・リーブル」っていう有名な詩。これはすでに堀口大學訳もあれば、瀧口修造訳もあるのに、澁澤さん独自の訳で発表している。その訳し方もおもしろいんですね。原詩は「Ma femme à la chevelure du feu de bois……」で、堀口訳だと「かみの毛は焚火の炎、僕の妻」だったかな、つまり語順が逆になる。ところが澁澤さんは、「私の女は森の炎の髪の毛」。こう名詞どめで訳すわけ。だから堀口訳を筆写して、その影響をもろに受けていた人が、六〇年代に入ってから訳したのが堀口大學訳と全然ちがうものになった。むしろ散文的な訳で、僕はとてもいいと思う。語順のとおりだから。それに、もとが「Ma femme」ってある。普通は「Ma femme」っていえば自分の奥さんだよね。だから堀口大學は「僕の妻」ってやっているのに、澁澤さんは「私の女」って訳している。まあ、そのほうが澁澤さんらしいというか……。

松山　それに、両義性を許容してるから。

巖谷　だから「女」にしたほうがいいんですよ、澁澤さんとしては。それから題名も、本来の意味をとって、堀口大學はたしか「内縁関係」って訳しているんだよね。ところが澁澤さんは、「自由結合」。僕は澁澤さんのほうがいいと思う。ほかにも詩の訳はやっているし、詩を読まなくなったわけではない。でも、自分で詩は書かなかっただろうな。俳句はやっていたらしいけど。

松山　いや、詩も大昔は書いたんじゃないの？　なんか「三崎の女へ」とかなんとかいう。

巖谷　「三崎のサカナよ」です（笑）。あれは詩だろうか？　アジテーションだね。

松山　でも、澁澤さんが書いたときは少なくとも、詩のつもりだろう。

巖谷　友人に小笠原豊樹、筆名・岩田宏がいたでしょう。岩田宏っていうのは、澁澤さんよりも年下だけれど、早熟の詩人ですね。岩田宏がすでに詩を書いていたら、澁澤さんは書く気にならなかっただろうと思う。

松山　そういうことになるかな。

巖谷　ただ高校時代には、俳句はすこしやっていたでしょう。それは妹の幸子さんが言っている。戦争中か、焼けだされてしばらく浦和か深谷にいたころに、俳句を試みていたらしい。俳句は定型だから、形にピタっとはめるとかいうことは、澁澤さんの好むところだし。でも、いわゆる現代詩というものには反撥があったでしょう、「現代詩手帖」みたいなのには。詩人とのつきあいというのも、限られていますね。澁澤さんが一等よく読んだのは、現代詩人だったら吉岡実。吉岡さんの、かっちりした形を持ったオブジェの詩、それに反応している。

詩集は、友人知人関係から献呈されたもの以外、持っていたのは少ないでしょうね。贈られた詩集だってそれほど読んでいるかどうか。ただ、詩についての批評は書いていて、安西冬衛や鷲巣繁男や加藤郁乎、多田智満子から高橋睦郎まで、さらに若い世代だったら平出隆ですね。「胡桃」っていう言葉が特徴的ですけれど、平出さんの『胡桃の戦意のために』は澁澤さんも評価していた。

松山　まあ、あの人はいい詩人で、いい編集者だ。

巖谷　オブジェ性があるからね。吉岡実が好きっていうのも、よくわかります。あとは、入沢康夫さんのことは意識していたかな。ネルヴァルも共通していたし。

松山　グールモンは何冊かあったけど、詩集はないんじゃないかな。『ディヴェルティスマン』はなかったな。

巖谷　レミ・ド・グールモンはあんまりぴったり来ないんじゃないかな。

松山　でも、堀口大學が大好きだったから、第一書房からグールモン詩集って出ていたでしょう。澁澤さんはさあ、案外ゲーテが好きだったっていうけど、ゲーテ論とかそういう蔵書がけっこうあるね。

巖谷　でも、ゲーテでも『若きヴェルテルの悩み』とか、ああいうのじゃなくて、博物学者ゲーテと、それから旅行家ゲーテですね。『イタリア紀行』はほんとに好きだったんじゃないかな。あれも、『高丘親王航海記』の典拠のひとつでしょう。『イタリア紀行』も南へ南へと旅したわけだから。それで、各地の不思議なものに出会う。だからゲーテの読み方も、ふつうと違うんじゃないかな。

松山　でも、澁澤さんがもしゲーテ好きだったとすればね、サド以前に好きになっているわけでしょう。

巖谷　サドとゲーテはほぼ同時代で、あの十八世紀後半っていうのは、澁澤さんの好きな時代ですね。まず『百科全書』があって、エンサイクロペディスト的な資質の作家たちが出てくる。いわゆる文学だけじゃなくて、科学からなにから、すべてにわたって世界を見ていたのが、ゲーテであり、サドだった。

松山　ゲーテって、サドを読んでるかしら？

巖谷　どうだろう。時代がちょっと前ですからね。ゲーテはナポレオン時代のあとまで生きていますが。

松山　だから、重なるわけでしょう。

巖谷　サドの本が、その後、ゲーテまで行きわたったかな。

松山　サドがゲーテを読むことはなくても、ゲーテがサドを読むっていうことは、ありうるよね。

巖谷　ありうるけれど、どうだろう。サドにまで関心がいくかな。でも、意外に愛読していたりしてね（笑）。

松山　ゲーテは言わないけどね（笑）。

巖谷　それからもうひとり、文学者じゃないけれど、ゴヤがいるでしょう。同じ時代にゲーテ、サド、ゴヤがいたっていうのは澁澤さんのなかではたぶん、あの時代のイメージとして結びついていると思います。だから、ゴヤもほんとに好きだったかどうかはともかく、非常に興味があった。サドの同時代人の画家といえばまず、ゴヤ。共通点がある。

松山　さっき、サドが何と共通点があるって言ってたっけ？

巖谷　ピエール・ルイス？

松山　ああ、ピエール・ルイス。

巖谷　これはちょっとね、新説です。

松山　『ポーゾール王の冒険』は、澁澤さんは新訳で出したいっていうのを、つねに強調してるよね。

巖谷　まあ、とにかくいろいろ翻訳したかった人ですね。学生時代から翻訳計画を手帳に書きこんでいるくらいで。それを徐々に徐々に実現していってます。それからある時期まで来ると、「澁澤龍彥世界文学集成」みたいな企画が筑摩書房から持ちこまれて、それもけっこう熱心に、筑摩がいちどつぶれるまで、何度も何度も計画を立てなおしていた。本格的なアンソロジーをつくろうとしていた。そういえば現代思潮社の「古典文庫」も、澁澤さんのひとつの夢でしたし。

*

松山　あなたもO型ですか？
巖谷　O型ですよ（笑）。
松山　土方巽さんに呼ばれてね、澁澤さんや種村もいて、私がA型だって言ったら、澁澤さんが「なんでお前、O型じゃないんだー」って（笑）。そういうことをいうこと自体が、O型の典型だよね。
巖谷　でも澁澤さんは、松山さんがO型っぽいと思っていたんじゃないかな。
松山　わたしゃ、隠れO型、母親がO型だから。普段ではなく、あるとき突発的に超O型反応になるんです。
巖谷　僕の場合は、澁澤さんとはO型同士の対応がありましたね。話が早いっていうのがよかったんじゃないかなあ。いろいろ、あーだこーだ言わないで、「あれはバカだ」とかすぐに応じるのが澁澤さんの流儀でしょう。そこへ僕みたいな若造がやってきたら、同じようなやつだ。これは話しやすいと思ったんじゃないのかな。
松山　それでも「バカだ」っていえばそれで済んじまってさ、どういうふうにバカだってことをしつこくは言わなかったね。
巖谷　言う必要ないんですね。言う必要ない相手がいいんですよ、澁澤さんは。一言で通ずる相手がいい。「それはどうしてですか？」と聞かれたりすると、めんどくさくなっちゃう。
松山　澁澤さんって、癌にならなければやっぱり八十、九十まで長生きする人でしょう。そうすると、そこまで長生きしたら、澁澤さんの蔵書っていうのはどういうものになっちゃったろう。

巖谷　どうですかねえ。傾向は変っていったでしょうね。

松山　変るし、それから家のなかに本を置けなくて、どうなるかって問題もある。本の収容はすでにギリギリだったでしょう。だけど、あれで健康がつづけば、かならず本はものすごい勢いで増えたはずだと思う。

巖谷　だいたい小町の家で、もう二階が風で揺れちゃうぐらい本が増えていた。それで、山ノ内に建てた。最初はきちんと本が入っていたんだけれど、どんどん増えたから、書庫を建て増しした。で、あれもそんなに大きな書庫じゃないから、次はどうするってところまで、もう来ていましたね。

松山　澁澤さんは、存命中だって、フランス語の本よりは、日本語の本のほうが多いわけでしょう。だから、これでずっと長生きしていたら、フランスのことはもういいかもしれないけれど、日本の民俗学関係の本とかがわーって増えて、どうなったろうっていうことを考えますね。

巖谷　すごいと思います。ふつうの人だと、年をとったらあまり新しい本を買わなくなりますね。でも澁澤さんの場合、病院のなかでさえ本を買っていたわけですから。

松山　いや、それはねえ、やっぱり頭の若さと老いっていうもので。あの人はまだ、ものすごい勢いで伸びてたんだから。見かけが若いだけじゃなくて、頭ん中味も若かったからね。

巖谷　だから、どんどん新しい本を、もっと集めたでしょうね。そうすると、昔のものを捨てていくしかない。

松山　だけど、澁澤さんはわりに、昔のものを捨てるの嫌いな人だから。だから、とっとくと思うな。

巖谷　ただ、雑誌とか、かなり捨てただろうとは思います。それから、同じ本が二冊あったら、片っ方は人にやっちゃうとか。

松山　まあ、おんなじ本が重なればね。しかし、プリニウスなんてのはいろんな版がある。違うんだからとっとかないと。それで、いっぱい出てればそういうのは増える。

巖谷　そうですね。いや、プリニウス関係だけだって、研究書みたいなのを集めはじめたら大変だしね。とくに日本の本はでかいのが多くて、箱入りだったりするから。フランスの本はふつう箱に入っていないので、薄くてすむ場合が多いんだけれど。それから、画集や写真本が増えたらたいへんですよ。

松山　だから、画集はそんなに買わないんでしょう。

巖谷　不思議ですね。澁澤さんは美術はほんとうに好きだったけれど、画集がそのわりに少ないっていうのが特徴です。

松山　それでもさ、澁澤さんの本がらんと売れて、本を買うのに経済のことを考えないですむっていうのは、かなり晩年でしょう。だからそれまでは、多少は値段の点もあって、あんまりでかい本とか、豪華本は買わないっていうのはあったんじゃないかな。

巖谷　それに、借金してまで買うって人じゃなかったからね。本屋って、借金を許される場合があるけれど。

松山　私は許されなくてもさ、買っちゃいますけど（笑）。

巖谷　それと、図書館を使わなかったらしいですね。自分の本じゃないとだめなんですよ。だから事典なんかでも、できるだけ自分でそろえています。事典類は多いんじゃないかな。

松山　やっぱり図書館っていうのは、何冊でも貸し出してくれるならいいけどさ。そうじゃないと、十何冊ひろげなきゃっていうのはできないから。

巖谷　一時は『グラン・ラルース』とか、百科事典を探していたことがありますよ。安く手に入んないか、と。それから『十九世紀ラルース』っていうのがある。でかい本で、古いところはいちばん詳しいんです。それも、古本で欲しがっていた。

松山　持ってないですか？

巖谷　『グラン・ラルース』はあるけれど、『十九世紀ラルース』はないんじゃないかな。復刻版が出ましたが、買ってないかな。それと、旅行関係の本とか、いろんな都市についての本はないですね。これも不思議です。ガイドブックがいくつも残っているけれど、それは旅行の必要に応じてその土地で買うとか、そういうことだから。旅のあいだに発見したストラスブールのセバスティアン・ストスコップフとか、それからコルドバで発見したロメロ・デ・トレスとか、ああいう画家の解説書なんかは買っています。だけど専門書までは行っていない。それと都市論的なものがあまりないってのはおもしろいなと思った。たとえばヴェネツィアが好きだとすると、ヴェネツィアの本がたくさんあるかと思えばそうでもない。ならばフランスのミシュランのガイドブックとか、ギッド・ブルーとか、そういうのがあるかというと、これもないんじゃないか。

松山　行く前に地図を見て、旅行したいって憧れるってことはないわけだ。

巖谷　地図を自分で描くんですよ、行く前にね。ここはマンディアルグが書いているとか、そういう発想で行くみたいで、その土地について調べることはあんまりしない。今回、この『蔵書目録』をざっとながめて、やっぱりと思ったのはそこですね。旅をする人だったという側面もあるけれど、僕にとっては、旅のしかたがやはり不思議だ。

松山　でも旅をする人っていうのは、龍子さんと結婚したから可能になってきたわけで、本来は動けない人なんじゃないかなあ。

＊

松山　読者と自分というものの位置の設定っていうことがあるでしょう。読者を対等と思うか、どんなやつがいるかわかんないから恐ろしいという潜在的敬意を払うか、あるいはその逆か。そういうことでいえば、澁澤さんはやっぱり上から……。種村だって「こういえばもうおわかりだろう」っていうけど。
巖谷　「周知のごとく」みたいな。
松山　澁澤さんもそれ式のことをいってたような気がするけどね。
巖谷　とくに六〇年代がそうですね。『夢の宇宙誌』なんてそればっかりです。おもしろいのは、あのころは「私」じゃない、「私たち」っていういいかたをしている。自分のことをいうのに「私たち」って書く。
松山　ああ、そうですか。
巖谷　それはフランス語でいう「nous」、本の著者の「私たち」っていうのとちょっと違う。
松山　違うんでしょうね。
巖谷　「私たち」といって、読者を誘いこむっていうかね。
松山　まあ、そのへんが、澁澤さんがなんでも取りこんじゃって書くのと、おんなじだね。
巖谷　おんなじですよ。僕は前に、澁澤さんについて「アンソロジーとしての私」という文章（『澁澤龍彦の時空』所収）を発表したことがある。「私」とはアンソロジーである、というのが澁澤さん。
松山　ま、そういうことだな。「プルーストのje」とかっていうのもあったから（笑）、「澁澤龍彦の私」か。
巖谷　七〇年代に入るとね、『胡桃の中の世界』からはもう、完全に「私」ですよ。
松山　ああそう？
巖谷　だから小世界に閉じこもったみたいな感じがする。『夢の宇宙誌』の段階では「私たち」があった。「私たち」があるから、「周知のごとく」とか「ご存じのとおり」みたいなそういう言いまわしで。それがちょっと芝居の客寄せみたいな、「寄ってらっしゃい、見てらっしゃい」みたいな雰囲気を漂わせて、それも受けたんです。

あのころは真似する人が多かったですね。花田清輝もよくやるように、人の知らないようなことを書いて、「周知のごとく」といったりする（笑）。一種のダンディズムもあるし。

でも『胡桃の中の世界』『思考の紋章学』あたりになると、「私たち」はなくなる。「私」ばっかり。その先、「私」もないような文章がだんだん出てくる。その過程を僕は書いたんですが、松山さんは僕の『澁澤龍彥考』を読んで「無私」っていうふうにとらえた。いわゆる無私ではないんだけれど。「私」が「私たち」であったり、なにか透明なアンソロジー的な自我になっちゃう場合がある作家だと。そういうふうにいえば、澁澤さんが人のものを使うっていうのも、むしろ当然のことになるんです。

『高丘親王』では、「私」っていう言葉はないわけですね。小説だから。でも、高丘親王はどう考えたとかいう場合、あ、これは澁澤さんだと思えるように書いてある。

松山　最後の作品になると、いっとう最後のところは……。

巖谷　「モダンな親王にふさわしく」とか、そういう感じ。

松山　あれはね、長野県に花藻群三とかっていう『澁澤龍彥書誌』をつくった人がいたでしょう。亡くなった人ですがね。あの人がへんなペラペラの骸骨みたいなの送ってきた……。

巖谷　骨ですか。

松山　骨というか、これくらいの小さなもんだけど。澁澤さんとか種村のところに送ってきてるんですよ。それの連想だろうとは思う。もちろん、それだけじゃあないんだけど。あまりにもこう、つきづきしい終りになっちゃった。

巖谷　なにか、それまでの書いてきたものがじつはみんな伏線だった、みたいな感じで終りましたね。そうやって円環を閉じるのが彼のやりかたなのか。

松山　『高丘親王航海記』ってのもずいぶん、夢ですよね。

巖谷　夢。

松山　アンチポデスが出てくるなんて、夢んなかで出てくるんであって、現実にいたってことじゃない。

巖谷　あれもまあ、アンソロジーとしても読める本ですね。いろんなところから引いてきているわけで。

松山　ゲーテの『イタリア紀行』もあるだろうし、それからルネ・ドーマルの『類推の山』があるでしょう。それからサドが女房の妹とイタリアへ行った体験もある。

巖谷　そういう書物の潜在的記憶がどっと『高丘親王航海記』のなかに出てきますね。

松山　かなりサドの要素もあるね。

巖谷　それからやっぱりアジアの説話とか、そういうのをすごく調べていたわけだから。あちこちに、ヒュッヒュッと出てくる感じですね。

＊

巖谷　『蔵書目録』で見る本の配置ですが、亡くなる前と後とで、ちょっと違ってるところがあると思うんだけれど。

松山　あ、そう？

巖谷　書斎に入ると、ふりかえってすぐ頭の上に棚がありますね、あそこには、僕の記憶ではプリニウスの『博物誌』が並んでたんじゃないかな。ベル・レットル版のね。いまでは、『大語園』かなにかが並んでいるけれど。

松山　私が見たときも、上のほうにプリニウスがあった。少なくともベル・レットル版は、上のほうにあったね。

巖谷　そうそう。あそこ通るときに、あっ、プリニウスがあるなと思って、それでちょっと本を出して見たりしてね。どういうわけか最近では、あそこに『大語園』がある。だから配置がすこし変ったんじゃないかな。

松山　あ、そう？

巖谷　『全集』をつくるときに、多少いじったのかもしれない。それから壁を塗りかえたりしたときにも出し入れして、すこし動いたのかな。あそこにプリニウスがあるっていうのが、印象的だったので。

松山　絵描きの卵ばっかりがやってる展覧会に行ってね、澁澤さんは、書斎にオブジェを置いたら、十年二十年って位置を変えない人だっていったらね、感激して涙流した人がいたね。だけど、やっぱり移動も多少はある。

巖谷　やっぱり亡くなってから変ったんだと思うけど。それから『群書類従』は、階段の下にあったんだ。階段の下にね、『群書類従』を買ったときに新しい本箱を置いて、そこに並べていたのを憶えています。いまは二階にあるらしい。

松山　あれは、私が日本書房ってとこから買わせたら、あとで石井恭二に別の版のほうがいいんだっていわれて、澁澤さんは悔しがってた（笑）。

巖谷　一時、ああいうものをいっぱい買いましたね。『廣文庫』とか、『大語園』は贈呈ですが。

松山　それから『群書類従』のほかに、『古事類苑』。

巖谷　索引から検索して、自分のアンソロジーにもういちど引きこんでゆくためのアンソロジー的な本っていうのが、もともと澁澤さんの好みでしたから。そういうものの数の多さってすごい。それに、あの記憶力があるから。澁澤さんは言葉で憶えるっていうのがあって、暗記力ですね。

松山　暗記しようとして暗記するのと、ひとりでに憶えちゃうのと、両方あるでしょう。

巖谷　暗記しようとして憶えているうちに、ひとりでに憶えられるようになったのかな。一方、日常生活のことは憶えてないでしょう。

松山　ああそう？

巖谷　僕なんかは、よく驚かれていたね。澁澤邸へ行って、「あ、絨毯（じゅうたん）が変りましたね」っていったら、ほんとに驚いちゃって、「え？　どうしてそんなことがわかるんだ？」って（笑）。

松山　ああ、そういうことは憶えていない。

巖谷　だから僕が「色あいと模様を憶えてるから」っていったら、驚いて、「そういう記憶力は、俺には全然ないんだ」と。イメージとか形に反応するっていうのが僕にはあるんで、それが写真を撮ったりすることにつながっているけれど、澁澤さんの記憶はそうしたイメージや形じゃない。

松山　だからブッキッシュっていうより言語的なんだね。

巖谷　言語的なんですね。おもしろいなと思った。前に会ったときにどういうものを着てましたね、なんていうと驚く。あのときはグリーンの着てたでしょうとかいうと、「なんで憶えてるんだー」と。日常的というか、形態やイメージの記憶はあまりないんだと思います。それから、たとえば絵のことを話していて、このへんにこういうのが描かれていてとかいうと、「よく憶えてるな」という。で、画集を出してきて確かめる。光景を憶えていることはあんまりない。

だから、地理勘もあんまりないわけです。いっしょに何度か旅行しているけれど、案内しないと行けないんだよね。僕は地図が頭に入っちゃうタイプで、はじめての町でも、いちど地図を見れば、どのへんに何があるかわかる。ところが澁澤さんは、龍子さんによると、たとえばホテルの部屋に入っても、いちど入っちゃうともう町へ出られない。ホテルのなかで逆の方向へ歩いて行ったりするらしい。空間把握がないんですね。

松山　私もないね（笑）。

巖谷　それは酒を飲んでるときじゃないの？

松山　私ね、辻直四郎先生が存命中の何十年間ね、鵠沼のお宅へ行くのにまちがえなかったこと、一度もないんですよ。私は「犬」のくせにその感覚がないんだよ。ただね、五百キロ、千キロっていう遠くになると、まあだいたいヤマカンでね。自転車でバンと行くんでも、地図なしで辿りつくんですよね。

巖谷　だから澁澤さんが旅行記を書いていても、あんまり描写に具体性がなくって、抽象的な表現が多くなりますね。

＊

巖谷　最後に何かいうとすれば、もしも澁澤さんが生きてたらという、松山さんがさっきいわれた話にしましょうか。本があふれてどうしようもなくなるかもしれないし、意外にだんだん精選して、もっと必要なものだけ残るかもしれないし。

松山　私は、とにかく日本およびアジアの本のほうが、フランスの本よりも増えて、どうも止まることがないと思うわけ。存命だったら本もますます売れつづけるだろうから、本を買う軍資金は補給できるしね。

巖谷　フランスおよびヨーロッパの本は、新しい小説なんかはほとんど読まないと思いますね。だから資料的なものやアンソロジー的なもの、説話集のような本がどんどん増えてゆく。そういう運命にあったでしょう。

松山　記憶力ったって、南方熊楠なんてのは、驚くほどデタラメなんですよ。それで、論旨もまちがっているのがいっぱいなのね。澁澤さんは、そういうところはそうとう正確でしょう。そうすると、澁澤さんがもう二十年、三十年も生きていりゃあ、なにか大全集といったものの監修者になったんじゃないかな。

巖谷　かもしれない。南方熊楠は大英図書館に通って読んだっていうけれど、読み方はまあ、斜め読みだったんじゃなかったかと思う（笑）。

松山　それでもさ、熊楠は子どものときに読んだ本なんかを、全部暗記して、手で書き写したとかいうでしょう。

巖谷　それは子どものときだからでしょう、たぶん。

松山　大人になったら記憶ないのかなあ。

巖谷　澁澤さんはこうやって、一枚一枚ページをめくっていく姿が目にうかびますね。きちんと、きれいに読んでいたと思うんですよ。それも図書館じゃなくて、書斎で。

松山　熊楠は植物のこと知らないね。

巖谷　そうですか。澁澤さんはどうだろう？　晩年になって『フローラ逍遥』とか、植物に傾いていったところはあるけれど。

松山　生きつづけていりゃあ、自分の宇宙のなかのちょっと手薄なところをいくらでも補強する人だからね。

巖谷　変化もあるでしょう。さっき、動くものが嫌いだっていってたけれど、だんだん好きになっていった気がする。

松山　龍子さんの影響で、自動車の運転を好きになるかな。

巖谷　それよりも、風とか、水とか、季節とか。もともと自然は好きだったから、そっちへ行ったかもしれない。

松山　とくにあの、ヌエっていうか、トラツグミが好きでしょう。

巖谷　ああいうものも、そうですね。だからといって、鳥類図鑑とか植物図鑑をたくさん持っていたわけではないけれど。

松山　歳時記はどうですか？　歳時記はなかったね。まあ、とにかくこの『蔵書目録』を見りゃ、宇宙のなかの手薄なところと濃いところとがわかれているのがおもしろいね。まあ、やっぱり、澁澤さんの蔵書のコピーってのを、ひとつほしいね。書きこみまでわかるコピーの図書館なんてあれば、なおいいんだけど（笑）。

巖谷　すべて復刻版にしちゃったりして。一万冊を一セットで（笑）。そんなに読者がいるかどうかわからない。やっぱりこの蔵書は一生かけてのものだから。ほんとに長い時間がかかっていますよ、澁澤さんがこれだけ読むのに。

二〇〇六年七月十三日　於・銀座ローゼンタール

後記

『澁澤龍彦論コレクション』の第Ⅳ巻には、「トーク篇1」として、出口裕弘氏、松山俊太郎氏、種村季弘氏（生年齢）と私との、澁澤龍彦をめぐる「トーク」のすべてを収めてある。

ということは、四者による共著、と見ることもできるかもしれない。ただし、全七篇（座談会が二篇、鼎談が一篇、対談が四篇）のうち、三氏の参加したものはそれぞれ四篇ずつにとどまる。とすれば、全七篇を通して語りつづけている私の「トーク集」と称してもよいのではあるまいか、という判断におちついた。

残念なことに、三氏はすでに亡くなっている。寂しくもあり、懐かしくもある。再録にあたってはそれぞれのご遺族や関係者の快諾を得、誤記・誤植の訂正や表記の統一などを慎重におこなっているが、そんな作業のあいだにも、三氏の生前の面影がしばしば目にうかんできたものである。

私から見れば十歳以上の年長者である三氏は、河出書房新社の大企画『澁澤龍彦全集』と『澁澤龍彦翻訳全集』の編集委員をともにしたばかりではなく、それぞれ親しく交友することのできた先人である。いずれも著名な文学者ではあるが、念のため、三氏についての簡単な紹介を試みておく。

出口裕弘（でぐちゆうこう）氏（一九二八—二〇一五）は東京生まれのフランス文学者・小説家・批評家。澁澤龍彦とは同い年で、旧制浦和高等学校の同期生だった。東京大学の仏文学科には二年早く進んで、卒業後に北海道大学に教職を得てから澁澤龍彦と文通をはじめ、上京の折に鎌倉の澁澤家を訪れるようになった。やがて一橋大学の専任として東京にもどって以来、いっそう交友を深め、関心の方向はかなり異なるものの、最後まで親しくつきあった。

とくにまだ新人だった二十代の澁澤龍雄（本名）のことをよく知っていて、のちに当時の思い出を語り、また書く機会が多かった。彫琢した文体による体験的・幻想的な小説のほか、十九世紀の象徴主義文学と現代のバタイユやシオラン、また太宰治や三島由紀夫などにも傾倒し、著書・訳書も多いが、澁澤龍彦についての回想をふくむ主な著書として『綺想庭園　澁澤龍彦のいる風景』と、自伝的な『澁澤龍彦の手紙』がある。

私は一九六〇年代のなかばに澁澤龍彦の紹介で知りあい、言葉をかわすようになったが、会っていたのはたいていの場合、澁澤龍彦のいるところでだった。むしろその没後になって、前記の『全集』『翻訳全集』の編集の場で長く語りあう機会を得てから、親しくつきあいはじめた。澁澤龍彦とは別種のインファンティリズム（退行的幼児性）をそなえ、いつまでも文学青年でありつづけることのできた稀有の人物、というような印象ものこっている。

松山俊太郎（まつやましゅんたろう）氏（一九三〇―二〇一四）は東京生まれのインド学者・批評家・談論家・蔵書家。東京大学の梵文学科出身だが、東西の文学・言語・思想などに通じ、大学や専門学校、研究会、寺院などで講義していた。澁澤龍彥とは一九五五年、フランスで出た『サド全集』注文の縁で知りあって以来、鎌倉をしばしば訪れ、また一九六〇年代の東京でイヴェントや酒宴のあるたびに交遊し、もっとも親しい友人のひとりになった。卓抜なモラリスト（人間観察家）でもあり、二歳年長の澁澤龍彥に兄事（けいじ）しながら、その人格を深く洞察していた。澁澤龍彥のほうも、松山俊太郎の怪人・碩学ぶりを幾度か紹介したり、讃辞を呈したりもした。両者は明らかに独特のインファンティリズムの思想を共有し、たがいにそのことを認めあっていたように思える。

中学時代の事故で手に不自由があったため、執筆した著作はさほど多くないが、講演や講義を通じてくりひろげる知識の領域は広大だった。『インドを語る』『インドのエロス』などの著書、ヒンズー教・仏教や日本文学をめぐる多種の著述・口述のほか、古今東西の「蓮」についての論考と厖大な研究資料とをのこした。澁澤龍彥の作品と人物をめぐる考察は、『全集』『翻訳全集』に収められた克明な解題（とくに『高丘親王航海記』やサドの訳書など）をはじめ、没後出版の『綺想礼讃』でも読むことができる。

私が松山さんと出会ったのはおそらく一九六三年の夏だった。新宿の酒場で言葉をかわしたのが最初である。鎌倉の澁澤家でもよく顔をあわせていたが、やがて一対一で話す機会が増し、ときには拙宅へお招びしたりもしていた。この大人(たいじん)モラリストとの対話から、私自身の得るところも大きかった。当『澁澤龍彥論コレクション』でも、第I巻の「澁澤さん」の書きだしに、早くも松山さんを登場させていただいている。

種村季弘(たねむらすえひろ)氏(一九三三―二〇〇四)は東京生まれのドイツ文学者・批評家・随想家にしてマニエリスト。のちに東京都立大学、國學院大学の教授となるが、東京大学の独文学科を出てまだ編集者だった一九六〇年ごろに、澁澤龍彥と出会っている。ホッケの『迷宮としての世界』を矢川澄子氏と共訳した縁で交友を深め、澁澤家や、土方巽のアスベスト館などの宴会にも欠かせない人物となった。最後まで澁澤龍彥を追い、観察し、読解し、しばしば鋭く分析してもいた批評家である。

東西の書物を渉猟し、軽妙洒脱でマニエリスティックな綺想をくりひろげるという点では澁澤龍彥と似ていたが、人柄と生活ぶりはまるで正反対に見えた。さらにフランスならぬドイツ・オーストリアを、サドならぬマゾッホを拠点としていたことなど、興味ぶかい対照性があり、自身もその点を意識していたようだ。『澁澤さん家で午後五時(ち)のお茶を』のほか、厖大な著書のあちらこちらに、澁澤龍彥についての卓見がひそんでいる。

私はやはり一九六〇年代のなかばに新宿で出会ったが、大学院生のころに國學院大学の夜学でアルバイト講師をしていたとき、たまたま隣の教室で教えていた種村さんと出くわし、そのまま毎週のように、夜の渋谷の酒場へつれていかれるようになって以来、一対一で話す機会も多かった。澁澤さんをはさんでもよく飲んだものだが、いつもいわゆる意気投合してばかりいたわけではなく、ときおり異論・反論をとなえてくるこの年長者から、どれだけ刺戟を与えられていたか知れない。

以上、思いがけず長めに書いてしまったが、澁澤龍彦の人物と作品だけではなく、三氏それぞれの特異かつ魅力的な人格や気質もまた、この第Ⅳ巻を通じて読みとることができるだろう。私にとって大切な年長者だった三氏に、哀悼の意を表しつつ、あらためて御礼を申しあげる次第である。

★

はじめに収めた単行本『澁澤龍彦を語る』の詳細については、私自身による「あとがき」（原本では「後記」）も再録してあるので、そちらを見てくだされば足りるだろう。書誌的データは「初出一覧」でわかるようになっている。ここではわずかな異同として、原本では著者名が五十音順になっていたこと、タイトルに「１９９２〜１９９５の対話」という副題がついていたこと、巻頭に「編集部による序」が掲げられていたこと、の三点だけをつけ加えておく。

著者名の配列を生年順に変えたという理由は、最年少の私の名が最初にあるのはなんとなく気がひけるから、ということにすぎない。副題については当初、河出書房新社の「大企画」と銘うたれた

『澁澤龍彦全集』の刊行開始から完結までの期間に対応させる意図もあったようだが、すでに二十年を経てしまっていることでもあるので、今回は省かせていただいた。

もうひとつ、巻頭に一ページを占める「編集部による序」は、『全集』の全巻を担当した優秀な編集者・内藤憲吾氏の筆になるものと思われ、簡にして要を得ている好個の端書(はしがき)だった。この本の成立事情がよくわかる記述なので、書誌的部分を除き、つぎに引用してお目にかける。

「当社の『澁澤龍彦全集』は全二十二巻、別巻二巻におよぶ大企画だったが、一九九三年五月二十三日に刊行を開始し、以後毎月刊行の予定をほぼこなして、一九九五年六月二十六日、全巻完結のはこびとなった。編集委員は故・澁澤龍彦の遺志をくんで巖谷國士、種村季弘、出口裕弘、松山俊太郎（五十音順）の四氏があたり、それぞれが編集の実際に加わったほか、各作品の解題を分担執筆するという作業にたずさわった。

本書『澁澤龍彦を語る』は、この全集の編集と刊行の過程で、右の四氏のあいだでおこなわれた座談会、対談のすべてを収録したものである。」［中略］

「いずれも全集の刊行をきっかけとしておこなわれた座談会、対談だが、話題はすこぶる多岐にわたり、澁澤龍彦という作家の「人」と「作品」を、これまでになく鮮明に、克明に、本格的に語っているものである。」［後略］

実際、各巻ともにページ数の多い『澁澤龍彦全集』を、「毎月刊行」してゆく作業はかなりハードだった。最年少の私は「編集方針」（第1巻に所収）を起草し、本文校閲にもかかわり、多くの著書のほか各巻の「補遺」（単行本未収録テクスト）などについてもつぎつぎ解題を執筆しつつ、「年譜」（別巻第2巻に所収）を書くための調査と準備までしていたのだから、忙しいことは忙しかったにしても、不思議なほど労働の感覚がなく、遊び半分といってはなんだが、すいすいと航海をしている心もちだった。その間に別の仕事もしていたし、旅に出たりもしていた。むしろ愉しい日々だったという記憶しかのこっていない。

亡くなった澁澤龍彦ともういちど出会い、つきあいなおしているかのように、すべての著作を年代順に読んでゆく過程はときにスリリングで、発見・再発見の悦びもあった。『澁澤龍彦の時空』（当『コレクション』第Ⅱ巻）などと同様、この『澁澤龍彦を語る』には、当時の気分と感覚が反映しているような気もする。

他の三氏もそうだったかもしれない。たとえば前後二つの座談会を読みくらべてみると、『全集』の準備から完結までの二年をへだてて、個々の作品についての理解がかなり深化していたことに気づく。その間におこなった三回にわたるトークショーもまた、そうした深化に役立っていたように見えるし、第一、四者の立場や見方や論法の相違、それぞれの文学観・世界観の差異なども窺われて、別の意味でおもしろい読み物になっているのではあるまいか、と思えたりする。

ちなみにこの二つの座談会では、前記の担当編集者・内藤氏もときおり発言している。つまり編集者もまじえてわいわいやっている現場の空気が、なんとなく伝わってくるような座談会だったということだろう。

★

この第Ⅳ巻ではさらにつづけて、「澁澤龍彥と書物の世界」という章を設け、鼎談と対談を一篇ずつ増補収録してある。どちらも澁澤龍彥にちなむ大きな出版企画を機におこなわれた「トーク」だったが、詳細はつぎのとおりである。

まず鼎談「『澁澤龍彥文学館』をめぐって」のほうは、没後三年目の一九九〇年三月七日、筑摩書房による同名のシリーズ全十二巻（編集協力――出口裕弘・種村季弘・巖谷國士）の刊行に先行しておこなわれ、雑誌「ちくま」の同年五月号に掲載されたものである。

そのときのタイトルは「のびやかなエクゾティスムへの誘い『澁澤龍彥文学館』をめぐって」だったが、ここでは端的に「『澁澤龍彥文学館』をめぐって」としたことをお断りしておく。

澁澤龍彥はかなり早い時期から、アンドレ・ブルトンの影響下に、既成の正統的な文学史ではない「私の」文学史（『悪魔のいる文学史』という著書もその一端だろう）を構想し、それにもとづく「世界文学集成」のようなシリーズの刊行を夢想してもいた。のちにはホルヘ・ルイス・ボルヘスの前例も参考にしていただろう。

やがて筑摩書房編集部の故・淡谷淳一氏がその夢想を実現したいと申しでてからは、各巻の収録作品リストをつくり、幾度も書きなおしたりしていた。それらの試案メモは『全集』の別巻1にすべて収めてあるので、必要ならば解題とともに参照していただくことができる。

澁澤龍彦が亡くなってからも、筑摩書房にはその刊行プランが生きつづけ、故人と親しかった私たち三人が「編集協力」をするという形で、実現のはこびとなったわけである。

全体を「世界文学集成」ならぬ『澁澤龍彦文学館』と名づけ、各巻を「……の箱」と呼ぶことになるこの集成の編集方針や収録作品の選択については、この鼎談自体のなかに詳しく語られている。十二の「箱」の「編・解説」は私たち三人だけでなく、それぞれにふさわしい専門家にも依頼するという形になった。念のためにそのラインナップだけを示しておこう。


『澁澤龍彦文学館』全十二巻（下は編・解説の担当者）
1. ルネサンスの箱　河島英昭
2. バロックの箱　桑名一博
3. 脱線の箱　富士川義之
4. ユートピアの箱　巖谷國士
5. 綺譚の箱　種村季弘
6. ダンディの箱　出口裕弘
7. 諧謔の箱　高橋康也

8. 世紀末の箱　出口裕弘
9. 独身者の箱　岡谷公二
10. 迷宮の箱　池内紀
11. シュルレアリスムの箱　巖谷國士
12. 最後の箱　松山俊太郎

巻だても各巻のタイトルも収録作品も、すべて生前の澁澤龍彥の試案どおりになったというわけではない。そもそもその試案には、日本の出版事情・翻訳事情からして収録のむずかしい作品もふくまれていた。他方、こういう試案をつくっていたこと自体、澁澤龍彥特有の「遊び」の精神のあらわれでもあったので、こちらも遊びをまじえつつ文学史の組みかえをやってみよう——というのが、編集協力者三人の方針だった。もちろん鼎談にもその姿勢があらわれているだろう。

こうして『澁澤龍彥文学館』シリーズは、一九九〇年五月二十一日に第一回配本として「4. ユートピアの箱」と「5. 綺譚の箱」を刊行し、翌一九九一年十月二十五日、「12. 最後の箱」の刊行をもって完結したのだった。

もうひとつ、最後に収めてある松山俊太郎氏との対談「『澁澤龍彥蔵書目録』をめぐって」は、二〇〇六年七月十三日、同名の大型本が国書刊行会から刊行されるすこし前におこなわれ、同書にそのまま掲載されることになったものである。

本書収録の「トーク」のなかでもとくに長時間にわたり、広汎な書物の世界をさまよっているこの特異な対談は、唯一、今世紀に入ってからの仕事であり、ほかならぬ松山俊太郎氏との最後の対話になったということもあって、私には忘れがたいものである。松山さんはその博識と観察力ばかりでなく、語り口やちょっとした仕草にも独特の魅力が感じられ、もっとも話のしやすい年長者のような気がしていた。澁澤龍彦もまた別の意味でそうだったと思えるのだが。

対談のテーマと内容については、まさに読みとれるとおりのものだというしかない。語ることをひとつの作品行為とする松山さんのような人物と出会えたことは、私にとって貴重な体験でもあった。ほかでも何度か対談をしたことが思いだされ、もしかすると、たぶん種村季弘氏とならんで、もっとも多く対談の機会に恵まれた友人のひとりであったかもしれない。

なお、この対談中にときおり「編集部」として発言しているのは、当時まだ国書刊行会の編集者だった磯崎純一氏である。そのこともここに付記しておく。

二〇一七年十月三十日　巖谷國士

初出一覧──いずれも本書収録にあたって大幅に加筆・修正した。

澁澤龍彦を語る

『全集』で読む作家・澁澤龍彦

一九九二年十二月十五日に河出書房新社会議室でひらかれた座談会の筆記録。『新文芸読本　澁澤龍彦』（河出書房新社、一九九三年四月）に「澁澤龍彦・全集」として発表。同席の編集者は河出書房新社の内藤憲吾氏。

近所の澁澤龍彦
少年皇帝の旅
澁澤龍彦・紋章学

一九九四年四月二十八日から五月二十二日にかけて催された池袋西武ロフト・フォーラム「澁澤龍彦展」の一環として、池袋西武コミュニティ・カレッジでひらかれた連続公開対談「澁澤龍彦考」（同年五月八日、五月十五日、五月二十二日）の筆記録。

『全集』完結──新発見・再発見

一九九五年六月四日に河出書房新社会議室でひらかれた座談会の筆記録。「文藝」秋季号（河出書房新社、同年八月）に「『澁澤龍彦全集』完結によせて」として発表。同席の編集者は河出書房新社の内藤憲吾氏。

澁澤龍彦と書物の世界

『澁澤龍彦文学館』をめぐって

一九九〇年三月七日、おそらく筑摩書房会議室でおこなわれた鼎談の筆記録。「ちくま」（筑摩書房、一九九〇年五月）に「のびやかなエクゾティスムへの誘い──『澁澤龍彦文学館』をめぐって」として発表。同席の編集者は筑摩書房の淡谷淳一氏。

『澁澤龍彦蔵書目録』をめぐって

二〇〇六年七月十三日に銀座ローゼンタールでおこなわれた対談の筆記録。『書物の宇宙誌　澁澤龍彦蔵書目録』（国書刊行会、二〇〇六年）に「対談　澁澤龍彦の書物」として発表。本文は横組で、欄外に脚注スペースを設け、外国人名の原綴や蔵書目録中の整理番号などが併記されていた。同席の編集者は国書刊行会の磯崎純一氏。

装幀・本文レイアウト　櫻井久（櫻井事務所）

協力　澁澤龍子
出口紀子
丹羽蒼一郎
種村品麻
河出書房新社
筑摩書房
国書刊行会

＊本書の発言のなかには、今日の人権意識に照らして不当・不適切な語句または表現がある場合もございますが、言及されている事項の時代的背景にかんがみ、そのままとしました。

巖谷國士（いわや・くにお）

一九四三年、東京に生まれる。東大文学部卒・同大学院修了。仏文学者・批評家・作家・旅行家・明治学院大学名誉教授。二十歳で瀧口修造と澁澤龍彦に出会い、以来シュルレアリスムの研究と実践をつづける。十五歳年上の澁澤龍彦とは親しく交友し、唯一人の「共著者」となる。澁澤龍彦の『全集』『翻訳全集』の編集や記念展をリードし、多くのエッセーやトークを捧げてきたが、本来の活動領域も広く、文学・美術・映画・漫画の批評から紀行・博物誌・庭園論・メルヘン創作、また展覧会監修・講演・写真個展などに及ぶ。主著に『シュルレアリスムとは何か』（ちくま学芸文庫）『〈遊ぶ〉シュルレアリスム』（平凡社）『封印された星　瀧口修造と日本のアーティストたち』（同）『森と芸術』（同）『旅と芸術　発見・驚異・夢想』（同）『幻想植物園』（ＰＨＰ研究所）ほか。ブルトン『シュルレアリスム宣言』『ナジャ』（岩波文庫）、エルンスト『百頭女』（河出文庫）、ドーマル『類推の山』（同）などの翻訳でも知られる。

澁澤龍彦論コレクションⅣ　トーク篇1
澁澤龍彦を語る／澁澤龍彦と書物の世界

二〇一七年十二月八日　初版発行

著　者　巖谷國士
発行者　池嶋洋次
発行所　勉誠出版株式会社
〒101-0051　東京都千代田区神田神保町3-10-2
TEL：03-5215-9021（代）　FAX：03-5215-9025
〈出版詳細情報〉http://bensei.jp/

装　幀　櫻井久（櫻井事務所）
印刷・製本　中央精版印刷

ISBN978-4-585-29464-1　C0095